설득

Persuasion

세계문학전집 348

설득

Persuasion

제인 오스틴

전승희 옮김

민음사

차례

설득 7

1

서머싯셔의 켈린치 홀에 사는 월터 엘리엇 경은 재미 삼아 읽기 위해 집어 드는 책이라고는 준남작 명부뿐인 사람이었다. 그 명부를 읽다 보면 한가한 시간이 쉽게 흘러갔고, 불쾌하던 기분이 절로 풀렸다. 비록 제한된 형태지만, 남아 있는 오래전 조상들의 훌륭한 작위를 곰곰 들여다보자면 존경과 감탄의 마음이 저절로 솟았다. 그리고 일상사에서 느끼던 달갑지 않은 감정들도 자연스레 연민과 경멸로 바뀌었다. 지난 세기에 생성된 작위들로 가득 찬, 끝도 없이 이어지는 책갈피를 넘기다 보면 모든 게 그저 그렇게 느껴질 때도 있었지만, 그럴 땐 자기 자신의 약력을 읽었다. 자신의 약력을 읽으면서 흥미를 잃은 적은 한 번도 없으니 말이다. 그는 가장 좋아하는 책인 그 명부에서도 항상 자신의 약력이 적힌 갈피를 펼쳐 놓았는데, 거기엔 이렇게 적혀 있었다.

켈린치 홀의 엘리엇

월터 엘리엇은 1760년 3월 1일에 태어나 1784년 7월 15일 글로스터 군의 사우스파크에 사는 향사인 제임스 스티븐슨의 딸 엘리자베스와 결혼했으며, 1800년에 사망한 부인과의 사이에서 1785년 6월 1일생 엘리자베스, 1787년 8월 9일생 앤, 1789년 11월 5일 사산한 아들, 그리고 1791년 11월 20일생 메리를 자녀로 두었다.

이것이 원래 인쇄소에서 인쇄된 내용이었으나, 월터 경은 (자신과 가족을 위해) 메리에 관한 묘사에 다음과 같은 구절을 덧붙임으로써 이 문단의 내용을 향상시켰다. "메리는 1810년 12월 16일 서머싯 군의 어퍼크로스에 사는 향사인 찰스 머스그로브의 아들이자 상속자 찰스와 결혼했다." 그리고 자기가 아내를 잃은 날짜도 정확히 끼워넣었다.

이 문단에 이어 명부에는 엘리엇 집안의 내력이 명예롭고 유서 깊은 가문의 내력과 부상(浮上)을 묘사할 때 흔히 사용되는 방식으로 기록되었다. 이 가문이 언제 어떻게 체셔에 자리를 잡았고, 덕데일의 책에 기록된 바에 따르면 그 집안의 인물들이 어떻게 주 장관의 직무를 수행했고, 한 선거구를 대표해서 3기에 걸쳐 의회 의원을 지냈고, 국왕에게 충성을 다했으며, 찰스 2세 즉위 첫해에 준남작의 작위를 받았고, 언제 온갖 메리들과 엘리자베스들과 결혼했는지에 대한 모든 기록이 훌륭한 지질의 12절판 두 쪽가량에 걸쳐 열거되었으며, 그 맨 끝에는 문장과 제명이 기록되었다. "주 영지, 서머싯 주의 켈린치 홀." 그리고 다시 월터 경의 필적으로 이렇게 마무리 되었다.

추정 상속자, 향사 윌리엄 월터 엘리엇, 제2대 월터 경의 증손자.

월터 엘리엇 경은 철두철미 허영심으로 시작해서 허영심으로 끝나는 사람이었다. 바로 외모와 지위에 대한 허영심으로 말이다. 젊었을 때도 빼어난 미남이었지만 그는 쉰넷에 이른 지금까지도 여전히 보기 좋은 인물을 유지하고 있었다. 여자라도 그만큼 외모에 신경을 쓰는 사람은 드물 정도였다. 새롭게 작위를 수여받은 귀족의 시종도 월터 경만큼 자신의 사회적 지위에 만족하지는 않았을 것이다. 이 세상에서 미남이라는 행운보다 중요한 게 있다면 그것은 남작이라는 지위의 축복일 터였다. 따라서 이 두 가지 행운을 겸비한 월터 엘리엇 경의 자부심과 스스로에 대한 헌신은 누구보다 뜨거웠다.

사람됨에 비해 분에 넘치는 아내, 자기보다 훨씬 자질이 우월한 아내를 얻은 것도 틀림없이 잘생긴 외모와 높은 지위라는 조건 덕분이었을 것이다. 레이디 엘리엇은 사리가 밝고 상냥한 성격의, 매우 훌륭한 여성이었다. 그녀를 레이디 엘리엇으로 만들어 준 철없는 사랑은 너그러이 이해해 줘야 하리라. 하지만 그 사실을 제외한다면 그 이후 그녀의 판단력과 품행은 한 번도 남들의 너그러운 시선을 요구하지 않았다. 그녀는 남편의 결점을 잘 다루었고 완화시켰으며 덮어 주었다. 그리고 비록 이 세상에서 가장 행복했다고는 할 수 없지만, 자기에게 주어진 일과 친구들, 자식들 사이에서 삶을 사랑하며 살았다. 따라서 사랑하는 사람들과 보람된 일을 뒤로하고 세상을 하직하게 되었을 때 그녀의 심경은 착잡하지 않을 수 없었다. 큰딸과 둘째 딸이 각각 열여섯과 열넷인 세 자매는 엄청난 유산이었다. 아니, 자만심으로 꽉 찬, 지각 없는 아버지가 이끌고 지도하기에는 너무나 큰 짐이었다. 다행히 그녀에게는 절친한 친구가 한 명 있었다. 그녀는 사리가 밝고 존경할 만한 여성으로 친구인 레이디 엘리엇과 가까이 지내기 위해 켈린치 마을로 이사 와 살고 있었다. 레이디 엘리엇은 딸들을 훌륭한 원칙에 입각해 키우려고 애썼는데 바로 이 친구의 성심 어린 조언에서 큰 도움을 받았다.

레이디 엘리엇의 친구와 월터 경의 관계는 주변의 기대와 무관하게 결혼으로 귀결되지 않았다. 레이디 엘리엇이 사망한 지 십삼 년이라는 세월이 흘렀지만, 두 사람은 여전히 가까운 이웃이자 친한 친구로 남아 있었다. 한 사람은 홀아비로, 또 한 사람은 과부로.

중년의 나이에 접어든 데다 성격이 차분하고 재산도 상당한 레이디 러셀이 왜 재혼을 고려하지 않는지는 설명할 필요가 없을 것이다. 대중은 여자가 재혼을 안 하는 경우보다 재혼을 하는 경우를 훨씬 더 이상하게 보는 경향이 있으니 말이다. 하지만 월터 경이 계속해서 독신을 지키는 이유에 대해서는 설명이 필요하다. 월터 경이 (한두 번 아주 터무니없는 청혼을 했다가 남모르게 실망을 한 이후로) 사랑하는 딸들을 위해 독신으로 지내고 있다는 사실을 자랑스럽게 생각하는 훌륭한 아버지라는 사실을 주지하자. 그중에서도 맏딸을 위해서라면 그 무엇도 포기할 용의가 있었는데, 사실 그럴 만한 유혹을 받을 기회는 별로 없었다. 엘리자베스는 열여섯 살의 어린 나이에, 돌아가신 어머니가 지녔던 모든 권한과 권위를 대부분 물려받았다. 외모가 출중한 데다 월터 경을 꼭 닮았기 때문에 아버지에게 지대한 영향력을 행사했고, 또 두 사람은 서로 죽이 아주 잘 맞았다. 나머지 두 딸은 아버지에게 별로 중요한 존재가 아니었다. 메리는 찰스 머스그로브의 아내가 됨으로써 약간의 인위적인 중요성을 획득했지만, 앤의 경우는 아버지나 큰딸에게 없는 존재나 마찬가지였다. 총명하고 상냥해서 조금만 지각이 있는 사람이라면 누구나 중요한 존재로 여겼을 텐데 말이다. 앤의 말은 언제나 무시되었고, 항상 다른 사람을 위해 자신의 편리를 양보할 사람으로 간주되었다. 그녀는 그냥 앤일 뿐이었다.

실제로 레이디 러셀은 앤을 자신의 대녀로서 가장 소중하게 생각하고 사랑했으며, 또한 좋은 친구로 여겼다. 엘리엇 집안의 세 딸을 모두 사랑했지만, 앤에게서만 생전 어머니의 흔적을 느꼈다.

몇 년 전만 해도 앤 엘리엇은 상당히 예쁜 아가씨였다. 하지만 그녀의 전성기는 금세 지나갔다. 더욱이 키마저 별로 크지 않아 아버지가 감탄할 만한 면모는 사실상 찾기가 불가능했다.(또한 그녀의 섬세한 생김새와 부드러운 검은 눈은 그의 것과 너무나 달랐다.) 이제는 젊음이 시들어 가는 데다 몸도 말라서 아버지가 앤을 보고 감탄할 여지는 하나도 없었다. 과거에도 월터 경은 앤의 이름을 자신이 가장 좋아하는 책의 다른 면에서 읽게 되리라는 희망을 가진 적이 별로 없지만, 지금은 그 희망의 끝자락도 잡고 있지 않았다. 지위가 비슷한 집안과의 혼인을 통해 인척 관계를 만드는 것은 이제 전적으로 엘리자베스의 과제로 남아 있었다. 메리는 지역 유지의 집안으로 시집가는 데 그쳐 명예를 주기만 하고 받지는 못했던 것이다. 널리 존경받으며 재산도 상당한 유서 깊은 집안이었는데도 말이다. 엘리자베스야말로 조만간 격에 맞는 집안과 혼인으로 맺어질 딸이었다.

열아홉 살 때보다 스물아홉 살 때 더 아름다운 여성도 더러 있기는 하다. 그리고 건강이 나빴다거나 걱정거리로 속앓이를 한 적이 없는 사람에게 스물아홉은 아름다움을 별로 안 잃었을 수도 있는 나이이다. 엘리자베스의 경우가 그랬다. 그녀는 십삼 년 전과 마찬가지로 여전히 아름다운 엘리엇 양이었다. 그러니 월터 경이 엘리자베스의 나이를 잊는 것도 무리는 아니었다. 다른 사람들은 모두 외모가 시들어도 자신과 엘리자베스만큼은 언제나 한창때의 아름다움을 간직하고 있다고 생각하는 것도 완전히 터무니없는 생각만은 아니었다. 그의 눈엔 가족과 친지들이 늙어 가는 모습이 아주 똑똑하게 보였다. 앤은 초췌해졌고, 메리는 천격스러워졌으며, 이웃 사람들의 얼굴은 모두 시들어 가고 있었다. 레이디 러셀은 오래전부터 관자놀이 주변에 있는 까치발 모양의 주름이 하루가 다르게 깊어지는 것 때문에 스트레스를 받고 있었다.

엘리자베스는 아버지만큼 자기 삶에 만족하지 못했다. 남들에게 실제 나이보다 어려 보인다는 느낌을 주지 않을 만큼의 자신감과 결단력을 가지고 켈린치 홀에 관한 모든 일을 주재하고 지시하는 여주인 노릇을 해 온 세월이 벌써 십삼 년이었다. 무려 십삼 년 동안이나 파티의 안주인 노릇을 했고, 집 안일에 관한 규율을 정했으며, 앞장서서 사륜마차로 향했고, 인근 지역의 모든 응접실과 식당에서 레이디 러셀 바로 다음에 걸어 나왔다. 무려 열세 번의 겨울 동안 보잘것없는 이웃이 아쉬우나마 제공했던 점잖은 무도회에서 개회를 선언했고, 열세 번의 봄마다 더 큰 세계를 즐기기 위해 아버지와 함께 꽃이 흩피어 있는 거리를 지나 런던으로 갔다. 그녀는 이 순간들을 모두 기억했다. 그리고 스물아홉이라는 나이를 의식하면서 약간의 후회와 자부심을 동시에 느꼈다. 그녀는 자기가 여전히 매우 아름다운 외모를 유지하고 있다는 사실에 충분히 만족감을 느끼고 있었다. 하지만 위험한 나이가 다가오고 있다는 사실을 의식하지 않을 수 없었으니, 다가올 열두 달가량의 기간 동안 준남작의 혈통을 가진 사람이 적절한 구애를 해 올 거라는 보장만 확실했다면 더할 나위 없이 흡족했을 터였다. 그랬다면 그녀도 책 중의 책인 준남작 명부를 어렸을 때처럼 즐거운 마음으로 집어 들었을 것이다. 하지만 지금은 그 책이 싫었다. 읽을 때마다 항상 자신의 생일만 마주할 뿐, 막내 동생의 결혼 외엔 그 어떤 결혼의 기록도 볼 수 없는 그 책은 그녀에게 나쁜 책이 되어 있었다. 그래서 아버지가 가까운 탁자 위에 펼쳐 놓은 그 책을 눈길도 주지 않고 덮어 버린 다음

저만치 밀어 버린 적도 한두 번이 아니었다.

특히 그중에서도 가족에 대한 기록을 볼 때마다 항상 과거에 자신을 실망시켰던 경험 하나를 떠올리지 않을 수 없었다. 아버지의 추정 상속인 윌리엄 월터 엘리엇 씨 때문에 실망한 일이 있었던 것이다. 아버지가 그렇게 너그럽게 그의 권리를 인정해 줬는데도.

엘리자베스는 소녀 시절에 자신에게 남동생이 생기지 않을 경우 장차 윌리엄 월터 엘리엇 씨가 준남작이 되리라는 사실을 알게 되었고, 그 즉시 그와 결혼하기로 마음먹었다. 그래야 마땅하다는 것이 아버지의 지론이었다. 소년 시절의 그와 사귈 기회는 없었다. 하지만 월터 경은 레이디 엘리엇의 사망 후 곧 그와 사귀려고 노력했다. 그리고 비록 저쪽에서 열렬히 환영하는 기색은 아니었지만, 젊은이로서의 수줍음 때문이려니 하고 너그럽게 생각하여 끈질기게 접근했다. 그리고 엘리자베스가 처음으로 활짝 피어나던 어느 해 봄, 다른 해와 마찬가지로 런던에 갔다가 엘리엇 씨가 자신들과 상면하지 않을 수 없는 상황을 만들었다.

당시 그는 막 법률 공부를 시작한 새파랗게 젊은 청년이었다. 엘리자베스는 그가 꼭 마음에 들었고, 따라서 그가 자신에게 쉽게 접근하도록 온갖 계획을 세우고는 그것을 실행에 옮겼다. 그를 켈린치 홀에 초대한 뒤, 그해 내내 그에 대해 이야기하며 이제나저제나 그가 오기를 기다렸다. 하지만 그는 끝내 오지 않았다. 다음 해 봄에도 런던에서 그와 마주쳤고 여전히 그가 마음에 들었으며 다시 은근한 암시와 함께 그를 초대한 뒤 기다렸지만 그는 그때도 찾아오지 않았다. 그러고 나서 그가 결혼했다는 소식이 들려왔다. 그는 엘리엇 가문의 상속 자에게 정해진 길에서 행운을 찾으려 하기보다는 가문은 못 해도 재산이 많은 여자와 결혼함으로써 독립을 산 것이었다.

월터 경은 분개했다. 그는 자기가 집안의 어른인 만큼 엘리 엇 씨가 자기와 상의했어야 한다고, 특히 자기가 그렇게 공공 연하게 그를 포용한 마당에 더더욱 그랬어야 한다고 느꼈다. "태터설스[1]에서 한 번," 그리고 하원의 로비에서 두 번 "그들 이 함께 있는 것이 남들의 눈에 띄었을 것이기 때문"이라는 것 이 그의 설명이었다. 그는 그 결혼을 승인하지 않는다는 의사 를 표시했지만, 그 같은 의사 표시는 아무런 효력을 발휘하지 못한 것이 분명했다. 엘리엇 씨는 사과하는 시늉조차 하지 않 았고, 월터 경이 그가 가족의 자격이 없다고 생각하는 것 못지 않게 그 또한 자신은 엘리엇 가족과 사귀는 일에 전혀 관심이 없다는 태도를 분명히 했다. 그들 사이의 교류는 그것으로 막 을 내렸다.

엘리자베스는 엘리엇 씨와의 사이에 있었던 이 어색한 과 거사를 생각하면 여러 해가 지난 지금도 화가 났다. 그도 마음 에 들었고, 더욱이 아버지의 상속인이라는 사실도 마음에 들 었다. 또 가문에 대한 자부심이 대단한 그녀로서는 월터 엘리 엇 경의 장녀인 자신에게 그만큼 합당한 배필은 없다고 생각 했다. 준남작이란 준남작은 다 돌아보아도 엘리엇 씨만한 사

---

1) 그로스브너 크레센트에 있는 마권 센터의 이름.

람은 없었다. 그러나 그의 처신은 너무도 형편없었고, 따라서 고인이 된 아내를 위해 상장을 달고 있는 지금 이 순간(1814년 여름)까지도 그를 더 이상 고려할 가치가 있다고는 생각하지 않았다. 첫 결혼에서 자식을 얻었다는 소식은 들은 바 없으니 아마도 그 결혼으로 인한 수치는 그 이상 지속되지 않을 터였다. 그가 더 창피한 짓만 안 했다면 말이다. 하지만 친절한 친구들이 알려 준 바에 따르면 그는 월터 경의 가족 모두에 대해 경멸적인 언사를 서슴지 않았다고 했다. 자신의 혈통과 장차 자신의 것이 될 명예를 더할 수 없이 모욕적이고 경멸적으로 언급했다는 것이다. 그것은 결코 용서받을 수 없는 잘못이었다.

바로 이런 것들이 엘리자베스 엘리엇의 감정이고 느낌이었다. 그런 것들이 그녀가 덜어야 할 걱정거리였고, 부아를 돋우는 여러 일들, 삶이라는 풍경의 단조로움과 우아함, 화려함과 하찮음의 면면이었다. 그런 것들이 전원의 한 지역 사람들하고만 오래도록 교제하면서 단조롭게 지내는 그녀의 삶에 그나마 흥밋거리를 제공하는 감정이었고, 집 바깥에서 쓸모를 찾는 습관도 없고 집 안에서 할 일에 대한 소질도 소양도 없어 생기는 내면의 공허를 채워 줄 감정들이었다.

하지만 이즈음 들어 그녀에겐 또 다른 소일거리와 걱정거리가 생기고 있었다. 아버지가 돈 때문에 점점 곤란을 겪고 있었던 것이다. 그녀는 요사이 아버지가 준남작 명부를 집어 드는 이유가 상인들이 보낸 비싼 청구서나 집사인 셰퍼드 씨가 주는 반갑지 않은 암시를 잊어버리기 위해서라는 사실을 알았다. 켈린치에서 얻는 수입은 상당했지만, 아버지가 그 영지의 소유자에게 요구되는 품위에 걸맞다고 여길 만큼은 아니었다. 레이디 엘리엇 생전에는 그래도 나름의 체계와 절제, 절약을 통해 엘리엇 경의 소비를 그가 버는 수입의 범위 안에 가까스로 한정시킬 수 있었다. 하지만 아내가 저세상으로 떠남과 동시에 그 같은 곧은 마음도 사라지면서 소비는 지속적으로 수입을 초과했다. 소비를 더 이상 줄이는 것은 불가능하며, 자신은 월터 엘리엇 경이라는 지위에 합당한 것 이상의 일을 한 적이 없다는 게 그의 생각이었다. 하지만 자기 잘못이 아니라 하더라도 빚이 날로 눈덩이처럼 불어나고 있었을 뿐만 아니라 너무 자주 그 사실에 대해 듣게 되었기 때문에 이제는 딸한테 그것을 감추려고 하는 것조차 소용이 없게 되었다. 지난봄 런던에서는 딸에게 약간의 암시를 전하기도 했다. 심지어 "지출을 좀 줄일 수 없겠느냐? 우리가 안 쓰고 지낼 수 있는 게 있겠느냐?"라고까지 물었던 것이다. 그 질문을 들은 엘리자베스의 첫 반응은 여성다운 놀라움이었다. 그렇게 놀란 엘리자베스가 어떻게 지출을 줄일까 진지하고 열심히 생각한 끝에 마침내 두 가지 절약 방안을 제시했다. 불필요한 기부금을 줄이고 응접실의 가구나 천을 갈지 말자는 제안과, 해마다 앤에게 사 가지고 가던 선물을 올해는 생략하자는 제안을 기뻐하며 덧붙인 것이다. 하지만 이런 조치들은 나름 훌륭했을지는 몰라도 사태의 심각성에는 걸맞지 않았다. 따라서 월터 경은 곧 딸에게 상황이 얼마나 심각한지를 전부 다 털어놓지 않을 수 없었다. 엘리자베스로서는 이미 제시한 것보다 효과

적이고 근본적인 대책을 생각해 낼 수 없었다. 그녀도 아버지처럼 자신이 이런 일을 당하다니 부당하다고, 어쩌면 이렇게 운이 없을까 하고만 생각했다. 그리고 두 사람 다 자신들의 위엄을 희생하거나 도저히 참을 수 없는 정도까지 안락을 포기하지 않으면서 소비를 줄일 수 있는 대책은 끝내 생각해 내지 못했다.

월터 경이 처분할 수 있는 재산은 그의 재산 중 아주 작은 일부에 지나지 않았다. 하지만 그가 땅을 모두 처분할 수 있었다 해도 사태는 별로 달라지지 않았을 것이다. 그는 능력이 허락하는 한 저당을 잡히는 것까지는 감수했지만 땅까지 파는 불명예를 감당할 생각은 단연코 없었다. 말도 안 된다, 자신의 이름을 그렇게까지 더럽힐 수는 없다고 생각했다. 무슨 일이 있어도 켈린치 영지를 물려받은 그대로 온전히 다음 대에 물려줄 작정이었다.

그들은 자기들과 가장 가까운 두 지인, 인근 읍에 사는 셰퍼드 씨와 레이디 러셀을 불러다 조언을 청했다. 아버지와 딸은 두 사람 중 누구든 나서서 자신들의 지출 항목 중 몇 가지를 쳐내 주고, 그럼으로써 자신들이 지금 느끼는 당혹감을 제거해 주고 자신들의 소비를 줄여 주되 취향이나 자존심에는 손상을 입히지 않기를 기대하는 모습이었다.

2

예절 바르고 신중한 변호사인 셰퍼드 씨는 월터 경에 대한 자신의 영향력이나 견해야 어떻든 불편한 이야기는 다른 사람이 맡아 주기를 은근히 바랐다. 따라서 그는 자신의 견해는 전혀 내비치지 않은 채 레이디 러셀의 훌륭한 판단을 듣는 것이 좋겠다며 그녀의 의견을 물었다. 훌륭한 판단력의 소유자인 레이디 러셀이 월터 경에게 단호한 조치를 권유할 것이라고 기대한 것이다. 궁극적으로는 자신도 그것을 권유할 생각이었으므로.

레이디 러셀은 문제의 상황을 걱정하며 깊이 숙고했다. 사고력이 명민하다기보다는 사리 분별이 바른 편인 그녀는 이 문제의 해결에 있어서 두 가지 주요 원칙이 상충한다는 사실 때문에 쉽게 결론을 내리지 못했다. 그녀는 엄격하다 할 정도로 올곧은 성격이라 명예를 지키는 일에 꽤 까다로운 편이었다. 하지만 사리 판단을 잘하고 정직한 만큼이나 월터 경의 마음을 상하게 하고 싶지 않았다. 그리고 월터 경 가족의 명성에 흠이 가지 않게 하고 싶었으며, 그 가족이 신분에 걸맞은 대접을 받아야 한다는 귀족적인 견해를 갖고 있기도 했다. 그녀는 너그럽고 관대하며 마음씨 좋은 여인으로 다른 사람을 사랑하는 마음도 컸다. 또한 행실이 곧았고 예의를 지키는 데 엄격했으며 태도 또한 훌륭하여 모범적인 가정 교육의 기준이라 할 만했다. 교양이 풍부했고, 대체로 합리적이고 일관된 성격의 소유자였다. 하지만 가문의 중요성에 대한 편견이 있었으니 신분과 지위에 가치를 부여했기 때문에 그것을 소유한 사람들의 잘못을 어느 정도 눈감아 주는 편이었다. 그녀 자신이 단순한 훈공작의 미망인이었기 때문에 준남작의 지위에 대해서도 응분의 존경심을 품고 있었다.[2] 따라서 그녀는 월터 경이 오랜 지인이자 배려심 있는 이웃이며 친절한 지주, 가장 친한 친구의 남편, 그리고 앤 자매들의 아버지라는 사실 외에, 그가 월터 경이라는 이유만으로도 현재 처한 곤경에 대해 심심한 동정과 경의를 받을 자격이 있다고 생각했다.

엘리엇 가족이 생활비를 줄여야 하는 것은 분명했다. 하지만 그녀는 가능하면 월터 경과 엘리자베스가 가장 고통을 적게 받으며 지출을 줄이는 방법을 찾으려 고심했다. 절약의 방법을 이리저리 궁리하고, 그런 방법을 썼을 때 절약되는 액수

---

2) 훈공작 혹은 나이트는 준남작 바로 아래의 작위로 당대에 한해 부여되며 자손에게 대물림되지 않는다.

가 얼마인지를 정확히 계산했다. 또한 다른 누구도 생각해 내지 못한 일, 즉 앤과의 상의도 거쳤다. 다른 사람들은 앤이 이 사안과 상관이 없다고 생각하는 것 같았지만. 상의를 했을 뿐만 아니라 앤의 제안을 대폭 수용하여 경비 절약 방안을 만든 다음 이를 월터 경에게 제시했다. 앤이 수정을 제안한 항목들은 모두 체면치레보다 정직함을 우선으로 하고 있었다. 앤은 빚을 빨리 갚는 것을 목표로 정당성과 형평성의 원리에 맞게 예산을 삭감한다는 원칙을 세우고는 과감하게 살림을 개혁하고자 했다.

"만일 월터 경이 이 제안을 모두 받아들이도록 설득할 수만 있다면," 레이디 러셀이 자신의 노트를 내려다보며 말했다. "대단한 성과를 거둘 거야. 이 조정안에 따르면 칠 년 안에 부채를 모두 갚을 수 있거든. 그분과 엘리자베스에게 이렇게 소비를 줄인다 해서 켈린치 홀이 지니고 있는 존엄을 잃지는 않는다는 것을 납득시킬 수 있으면 좋겠구나. 그리고 사리 분별을 아는 사람이라면 누구나 월터 엘리엇 경이 당신의 원칙에 충실하게 행동하신다고 해서 진정한 위엄이 감해지지 않는다는 걸 알겠지. 이런 일들은 사실 우리 사회 최고의 집안에서 흔히 겪어 온 일이고, 또 응당 그래야 하는 일 아니겠니? 그분만 이런 일을 겪는 건 아니야. 흔히 그렇듯이 혼자 당하는 고통은 견디기가 더 힘든 법이지. 그분을 설득하는 건 어렵지 않을 거라고 믿어. 진지하고 단호하게 말씀드려야 해. 빚을 진 사람이 빚을 갚는 건 절대적인 과제니까. 그리고 신사이자 가장이신 네 부친의 기분도 중요하지만, 그분이 정직한 분으로서 인격을 유지하는 게 더 중요하니까."

　이런 원칙들이야말로 앤이 아버지가 행동의 지침으로 삼았으면 하는 것으로서 그녀는 아버지 주변의 사람들도 그에 입각해 아버지를 설득해 주기를 바랐다. 그녀가 보기엔 채권자의 빚을 가능한 한 빨리 갚는 것이 자기 가족의 긴급한 의무였고 그러지 않는 건 신사답지 못한 처사였다. 사실 그 같은 목표는 대단히 포괄적인 경비 절감을 통해서만 달성할 수 있었다. 그녀는 아버지와 언니가 그런 처방을 채택하기를 바랐고, 그렇게 하는 것이 자기 가족의 의무라고 생각했다. 그리고 아버지와 언니가 레이디 러셀의 충고를 무리 없이 받아들이리라고 기대했다. 그 같은 개선책을 전부 실행에 옮기든 반만 옮기든 가족의 즐거움을 상당히 희생해야 하는 것은 마찬가지이니 아버지와 언니를 설득하는 데 큰 어려움은 없으리라고 믿었던 것이다. 그것은 물론 그녀 자신의 양심에 기초한 판단이었다. 아버지와 엘리자베스의 성격으로 미루어, 가령 그들이 자신의 생각처럼 말 두 마리를 다 처분한다고 해서 레이디 러셀이 잡은 초안에서처럼 한 마리만 처분하는 것에 비해 고통이 덜하리라고는 생각할 수 없었던 것이다. 레이디 러셀의 제안은 아버지와 언니의 불편을 조금이라도 덜기 위해서 모든 편의를 현재의 반만 줄일 것을 제안하고 있었다.

　레이디 러셀이 앤의 견해를 받아들여 살림을 더 강력하게 줄이자고 제안했더라면 아버지나 엘리자베스가 어떻게 반응했을지는 논외의 문제겠다. 레이디 러셀의 방안조차 전혀 받아들여지지 않았으니 말이다. 그들은 도저히 견딜 수 없는 일이며 당치 않은 말이라고 반응했다. "뭐라고! 인생의 낙이란 낙은 다 없애야 한다고! 여행도 못하고 런던에도 가지 말고 하인과 말과 탁자까지…… 그러니까 모든 걸 줄이고 제한해야 한단 말이지. 신사라면 관직이 없어도 품위를 유지하기 위해 누리는 모든 것을 포기하란 말이지! 그렇게 수치스럽게 사느니 당장 켈린치 홀을 떠나고 말겠소!"

"켈린치 홀을 떠난다." 그 말은 곧 셰퍼드 씨에게 좋은 힌트가 되었다. 셰퍼드 씨의 관심은 오로지 현실적인 수준의 경비 절감에 있었기 때문에 월터 경이 거처를 옮기기 전에는 어떤 목적도 달성할 수 없다고 절대적으로 믿어 온 터였다. "결정권을 쥔 분으로부터 나온 그 견해에 저 또한 주저 없이 전적으로 동의한다고 말씀드리겠습니다. 월터 경께서 전통적으로 후한 환대를 하는 장소로 널리 알려져 온 당신의 저택에서 생활 방식을 대폭 바꾸시는 걸 기대하기는 어렵지 않나 하는 것이 제 소견이올시다. 댁이 아닌 다른 곳에서라면, 그곳이 어디든 월터 경께서 재량껏 판단하셔도 될 것입니다. 그리고 어떤 방식으로 가사를 운영하시든 살림을 절도 있게 통제하신다고 존경을 받으실 것입니다."

월터 경은 켈린치 홀을 떠나기로 결정했다. 그리고 며칠 동안 어디로 이사를 할 것인가 하는 그 엄청난 문제를 확정하지 못하고 망설였다. 그러다 마침내 그 문제를 해결하면서 이 중요한 변화의 윤곽이 대강 그려졌다.

런던과 바스, 그리고 그들이 사는 지역의 다른 집이라는 세 가지 가능성이 논의되었다. 앤은 세 번째 안이 채택되기를 간절히 바랐다. 인근의 자그마한 집에 산다면 레이디 러셀도 지금처럼 자주 뵐 수 있고, 메리와도 지근거리에서 오갈 수 있으며, 가끔씩 켈린치 홀의 잔디밭과 정원을 보는 낙도 있을 터였다. 하지만 늘 그렇듯이 결론은 앤이 바라는 바와 반대로 났다. 그녀가 바스를 좋아하지 않으며 자신과는 잘 안 맞는 곳이라고 여겼으니, 그녀가 바스에서 살아야 하는 것은 당연한 결론이었다.

월터 경은 처음에는 런던에서 더 살고 싶어 했다. 하지만 셰퍼드 씨는 월터 경이 런던에 살 경우 그의 소비를 신뢰하기가 힘들다고 판단하고, 바스를 택하도록 유도했다. 월터 경과 같은 곤란에 처한 신사분에게는 바스가 런던보다 훨씬 안전한 장소다, 바스에서는 비교적 적은 비용으로도 중요한 인물로 행세할 수 있다, 또 런던에 비해 두 가지 중요한 장점이 있다, 켈린치 홀에서 50마일밖에 떨어지지 않아 거리상 훨씬 편리하고 레이디 러셀이 겨울마다 일정 기간 그곳에 가서 살 수도 있다는 것이었다. 결국 월터 경과 엘리자베스는 바스로 이사를 하면 체면도 잃지 않고 재미있게 지낼 수도 있을 거라고 믿게 되었다. 이것은 그들의 이사 장소로 처음부터 바스를 선호했던 레이디 러셀의 마음에 드는 결과이기도 했다.

레이디 러셀은 이 문제에 관해서만큼은 자신이 총애하는 앤의 소망에 반대할 수밖에 없다고 생각했다. 월터 경에게 당신이 살던 마을 인근의 작은 집으로 줄여서 이사를 가라고 하는 것은 너무 가혹한 요구라고 생각했다. 그렇게 되면 당장 앤부터도 지금 생각하는 것보다 훨씬 큰 굴욕감을 느낄 거라고 보았다. 월터 경의 입장에서 보자면 그건 너무나 끔찍한 해결책이었다. 레이디 러셀은 앤이 바스를 좋아하지 않는 것은 편견이나 상황과 관련이 있다고 판단했다. 어머니가 돌아가신 뒤 삼 년 동안 바스에서 기숙 학교에 다녔고 그 뒤로도 딱 한 번 레이디 러셀과 거기서 겨울을 보낸 적이 있는데, 공교롭게도 그 당시 그녀의 건강이 좋지 않았으니 말이다.

요컨대 레이디 러셀은 바스를 좋아했고, 따라서 그들 모두의 필요에도 아주 잘 들어맞는 장소라고 생각하고 싶어 했다. 앤의 건강으로 말하자면 더운 계절에는 켈린치 로지에서 자기와 함께 지내면 되니 건강을 상할 염려는 없다고, 그리고 실제로 바스로 이사를 하면 앤의 건강이나 기분에도 도움이 될 것이라고 생각했다. 그동안은 집에만 틀어박혀 지냈고 다른 사람들과도 별로 어울리지 않았으니 기분이 저조할 수밖에 없었다, 다양한 사람들과 교제하며 지내면 그녀의 기분도 좋아질 것이다, 그녀가 많은 사람들과 교제하는 편이 낫다는 것이었다.

월터 경이 이웃에 집을 구하는 것이 바람직하지 않다는 주장에는 또 하나 매우 중요한 이유가 있었다. 그것은 처음부터 전체 계획의 핵심을 이루던 한 가지 요소, 그중에서도 특히 중요한 요소와 관계가 있었으니, 월터 경이 자신의 집에서 살지 못할 뿐만 아니라 다른 사람이 그곳에 사는 모습을 보기까지 해야 했던 것이다. 켈린치 홀을 세를 내줄 예정이었으니, 그것은 월터 경보다 의지가 훨씬 강한 사람에게도 큰 시련이 될 만한 일이었다. 하지만 이것은 관련된 사람들한테 외에는 당분간 입도 떼지 않을 아주 깊은 비밀이었다.

자신의 저택을 세놓기로 한 계획이 알려지는 것은 월터 경에게 감당하기 힘들 만큼 수치스러운 일이었다. 셰퍼드 씨가 한 번 '광고'라는 말을 언급한 적이 있긴 하지만, 그 뒤로는 입도 벙긋하지 못했다. 월터 경은 자신의 저택을 스스로 세놓는다는 건 말도 안 된다면서, 자기한테 그럴 의사가 있다는 식의 암시는 하지도 말라고 명령했다. 예외적으로 탁월한 인물이 어쩌다 나서서 청을 넣으면 월터 경이 조건을 정한 뒤 호의를 베푸는 형식으로라야 세를 줄 수 있다는 것이었다.

인간이란 자신의 마음에 드는 일을 승인할 이유는 얼마나 빨리도 찾아내는지! 레이디 러셀은 월터 경과 그의 가족이 마을을 떠나게 되는 것이 너무도 기쁜 나머지 그게 바람직한 일임을 말해 주는 훌륭한 이유를 또 하나 생각해 냈다. 엘리자베스와 최근에 급속도로 가까워진 친구가 하나 있는데, 레이디 러셀은 그 관계가 단절되기를 은근히 바라던 참이었다. 바로 불행한 결혼 끝에 자식을 둘이나 데리고 친정으로 돌아온 셰퍼드 씨의 딸이었다. 그녀는 다른 사람의 비위를 맞추는 요령, 적어도 켈린치 홀에 사는 사람들의 비위를 맞추는 요령을 잘 아는 영리한 여자였다. 그렇게 비위를 맞춤으로써 그녀는 엘리엇 양에게 잘 보여서 켈린치 홀에서 벌써 한 번 이상 체류했었다. 그런 우정이 격에 맞지 않는다고 생각한 레이디 러셀이 조심하고 경계하는 게 좋겠다는 뜻으로 최대한 조심스럽게 엘리자베스에게 암시를 주었지만 별로 소용이 없었다.

레이디 러셀은 엘리자베스에게 거의 영향을 미치지 못하는 사람이었으며, 마음에 들어서라기보다는 의무감에서 엘리자베스를 아껴 주는 듯했다. 그녀는 엘리자베스한테서 겉치레의 인사, 의례적인 공손함 외에는 받아 본 적이 없으며, 엘리자베스 역시 그녀가 자신의 의사에 반하는 충고를 했을 때 그걸 받아들인 적이 없었다. 가족이 런던에 갈 때 앤을 빼놓고 가는 게 얼마나 이기적이며 스스로를 폄하하는 행위인지를 너무나 잘 인식했던 레이디 러셀이 앤도 데리고 가야 한다고 진지하게 지속적으로 주장했지만 이 의견은 한 번도 받아들여지지 않았다. 그리고 그만큼 중요하지는 않더라도 여러 다른 일에 대해 자신의 성숙하고 우월한 판단력과 경험을 제공함으로써 엘리자베스에게 도움을 주려고 노력했지만 아무런 소용이 없었다. 엘리자베스는 고집을 꺾은 적이 없었으며, 클레이 부인을 친구로 선택한 일도 엘리자베스가 그처럼 단호하게 레이디 러셀의 충고를 거부한 대표적인 예였다. 앤처럼 훌륭한 동생과 어울리는 것이 당연한데도 그녀는 그것을 마다하고 거리를 두고 공손히 대하기만 하면 되는 클레이 부인 같은 남에게 애정과 신뢰를 주었던 것이다.

레이디 러셀이 보기에 클레이 부인은 신분으로 볼 때도 전적으로 격이 떨어졌고 성격적으로도 매우 위험한 인물이었다. 따라서 레이디 러셀은 엘리엇 경의 식구가 바스로 이사를 가면 엘리자베스가 클레이 부인을 멀리하고 자신의 격에 맞는 친구들을 여럿 사귀게 될 것이라고 보았다. 그것도 그들이 바스로 가야 하는 절대적인 이유 중의 하나라고 그녀는 생각했다.

3

"월터 경께 감히 제 소견을 말씀드리자면," 어느 날 아침 켈린치 홀에서 들고 있던 신문을 내려놓으며 셰퍼드 씨가 말했다. "현 상황이 우리에게 매우 유리하다는 것입니다. 지금은 시국이 평화로우니 돈 많은 해군 장교들이 대거 육지로 돌아올 텐데요.[3] 그러면 그 사람들이 살 집이 필요하지요. 월터 경, 정말이지 세입자를 고르시기에, 신뢰할 만한 세입자를 고르시기에 지금만큼 좋은 시기는 없습니다. 전쟁 중에 귀한 재산이 아주 많이 쌓였으니까요. 만일 돈 많은 해군 제독이 댁으로 세를 들어오게 된다면 말인데요, 월터 경……."

"그 친구 운이 아주 좋은 거지, 셰퍼드." 월터 경이 대답했다. "내가 할 말은 그것뿐일세. 켈린치 홀이야말로 더할 나위

_____

3) 나폴레옹 전쟁이 1814년 평화 조약과 함께 끝난 사실을 가리킨다.

없이 훌륭한 포획물이 되겠지. 그동안 획득했던 포획물 중에 이만큼 큰 건 없을 테니까. 그 사람들한테 그렇게 많은 상을 한꺼번에 가져다준 포획물이 또 있었겠나, 응, 셰퍼드?"[4]

셰퍼드 씨는 이 재치 있는 말에 미소를 지었다. 마땅히 미소를 지어야 한다는 사실을 잘 알았기 때문이다. 그리고 덧붙였다.

"월터 경, 감히 제 소견을 말씀드리자면 거래 상대로 해군 신사들만 한 이들도 드물답니다. 얼마 전까지는 저도 그 귀족들의 거래 방식을 잘 몰랐습니다. 하지만 장담컨대 해군 신사들은 그야말로 사고방식이 너그러워서 세입자로서 더없이 바람직합니다. 그러니 월터 경, 감히 제가 여쭙고자 하는 것은 만일 어르신의 의향이 풍문에 떠돌게 된 결과로…… 그럴 가능성을 생각하지 않을 수 없으니 말입니다. 아시다시피 세상의 한쪽에서 벌어지는 어떤 분들의 행동과 계획을 다른 쪽 사람들의 호기심과 주목으로부터 보호하는 건 정말 어려운 일이니까요. 지체에는 지체에 따르는 세금이 붙게 마련입지요. 저, 존 셰퍼드라면 가정사의 어떤 부분을 감추려고 하면 감출 수도 있을 겁니다. 아무도 제가 어떻게 사는지는 관심이 없으니까요. 하지만 월터 엘리엇 경 같은 분의 경우엔 지켜보는 눈이 너무 많아서 그걸 피하기가 거의 불가능하지요. 그러니 감히 제 소견을 여쭙자면, 아무리 조심을 하시더라도 실제로 벌

---

4) 영국 해군은 나폴레옹 전쟁 중에 적의 상선을 많이 나포했다. 정복선의 선장은 이 '포획물'로부터 재정적 보상을 받을 수 있었다.

어지는 일에 대한 소문이 웬만큼 밖으로 새 나가는 것이 놀라운 일은 아닙지요. 그러다 보면 아무래도 문의가 들어올 수밖에 없고, 특히 자격이 되는 부유한 해군 장교들로부터 문의가 들어올 것이 틀림없습지요. 그러면 제가 아까부터 말씀드리려던 대로, 제게 연락만 주신다면 밤이든 낮이든 당장 달려와서(두 시간이면 올 수 있으니까요.) 월터 경께서 일일이 답변하시지 않도록 해 드릴 수 있을 겁니다."

월터 경은 가만히 고개를 끄떡거렸다. 하지만 곧이어 자리에서 일어나 방을 왔다 갔다 하더니 냉소적인 목소리로 말했다.

"해군 신사들이라면 이런 규모의 저택에 와 보고 다들 놀라겠지, 아마."

"이 저택을 둘러본 다음엔 당연히 자기들의 행운에 감사할 거예요." 클레이 부인이 말했다. 클레이 부인도 아버지인 셰퍼드 씨를 따라와 있었던 것이다. 마차를 타고 켈린치 홀에 오는 것만큼 건강에 도움이 되는 일도 없다는 것이 그녀의 설명이었다. "하지만 해군이 세입자로 적합하다는 아버지의 의견에는 저도 전적으로 동의해요. 해군이라면 제가 잘 아는데 그분들 대단히 너그럽고 통도 크고, 무슨 일을 하든지 아주 깔끔하고 조심스럽거든요! 월터 경, 이 귀중한 그림들을 그냥 남겨 놓으셔도 걱정 안 하셔도 될 거예요. 그분들이라면 집 안팎의 모든 것들을 아주 훌륭하게 돌볼 테니까요! 지금과 거의 비슷한 수준으로 정원도 관목들도 고상하게 가꿀 거고요. 아가씨의 어여쁜 화원이 소홀히 취급될까 봐 걱정하지 않으셔도 돼요, 엘리엇 양."

"그런 사항에 대해선 아직 아무것도 결정하지 않았지." 월터 경이 냉담한 목소리로 말했다. "내 집을 세놓기로 결정을 한다 해도, 내 집에 딸린 특권을 어느 정도나 누리게 해 줄지는 아직 전혀 결정한 바 없어. 딱히 세입자에게 호의를 베풀어야 할 이유는 없으니까. 물론 영지를 둘러싼 정원을 이용하는 거야 괜찮겠지. 해군 장교든 누구든 그렇게 풍부한 정원을 누려 본 적은 없을 테니까. 하지만 유원지 사용을 얼마나 허락할 것이냐 하는 건 다른 문제요. 내 소유의 관목들을 늘 이용할 수 있게 해 주고 싶지는 않아. 그리고 내 딸 엘리엇 양의 화원으로 말하자면, 잘 생각해 보고 결정하라고 권하고 싶군. 선원이든 군인이든 켈린치 홀에 세든 사람한테 특혜를 주고 싶은 생각은 별로 없어."

잠깐 사이를 두었다가 셰퍼드 씨가 과감하게 발언을 이어 갔다.

"그런 문제의 처리는 주인과 세입자가 직접 결정하지 않아도 되도록 이미 모두 관습이 확립되어 있어서 단순하고 용이하게 처리할 수 있습지요. 월터 경의 이익이야 제가 틀림없이 보호해 드리겠습니다. 어떤 세입자에게도 마땅히 주어져야 하는 것 이상의 혜택이 돌아가지 않도록 확실히 조처하겠습니다. 월터 엘리엇 경의 이익을 지키는 일에는 제가 월터 경보다 배 이상 힘쓰고 있다고 감히 여쭙겠습니다."

여기서 앤이 말했다.

"저는 해군이 우리 모두를 위해 엄청난 기여를 했다는 점을 생각할 때 적어도 그들이 빌리는 집에 수반된 모든 편리와 특권 정도는 누릴 자격이 있다고 생각해요. 해군이 대가를 누리기 위해서 열심히 일한 건 인정해야 하잖아요."

"옳으신 말씀입니다. 아주 정확한 말씀이에요. 앤 아씨 말씀이 정말 옳습니다."가 셰퍼드 씨의 응답이었고, "오, 물론이에요."가 셰퍼드 씨의 딸 클레이 부인의 대응이었다. 하지만 월터 경이 이내 말을 이었다.

"해군이라는 직업이 유용한 면은 있지. 하지만 내 지인이 그런 일을 한다면 마땅찮을 것 같아."

"그렇게 생각하시는 줄 몰랐어요!" 앤이 놀란 표정으로 대답했다.

"그건 사실이야. 거기엔 두 가지 이유가 있지. 첫째, 그 직업으로 인해서 미천한 집안에서 태어난 사람들이 부당하게 출세할 수 있다는 점, 그러니까 아버지나 할아버지 대에는 꿈도 못 꿨을 지위로 상승할 수 있기 때문이야. 그리고 둘째, 그 직업은 젊음과 활력을 아주 끔찍하게 단축해. 해군은 다른 사람들보다 빨리 늙어. 살면서 그런 모습을 많이 봤지. 해군에 몸담은 귀족은 다른 직업을 가진 귀족보다 모욕적인 상황에 처할 위험이 많아. 자신의 부친이라면 상대할 가치가 없어 말도 안 나눴을 사람의 자제가 출세하는 꼴을 봐야 하는 거지. 게다가 본인 자신도 다른 직업을 가진 사람보다 훨씬 빨리 남들의 혐오 대상이 될 가능성이 있어. 지난봄 런던에 갔다가 어떤 사람 둘과 한자리에 있게 되었지. 그런데 그 둘이 다 내가 지금 한 말의 훌륭한 사례였어. 세인트 아이브스 경이라는 사람은 다들 알다시피 아버지가 시골 목사보에 지나지 않았어. 먹을

빵도 없이 굶주리던 사람이라고. 그런데 내가 세인트 아이브스 경과 볼드윈 제독이라는 사람한테 앞장을 서라고 양보를 해야 했다고. 그 볼드윈 제독이라는 치는 몰골이 상상을 초월하게 한심하더군. 얼굴은 마호가니 색에다가 또 얼마나 주름이 쭈글쭈글하던지, 거칠고 흉하기가 말로 표현하기 어려울 정도였어. 잿빛 머리카락 아홉 가닥이 얼굴 옆에 있고, 정수리에 파우더를 살짝 바른 게 다더라고. '하늘에 대고 묻건대, 저 노인네가 도대체 누군가?' 하고 내가 가까이 서 있던 친구인 베이질 모를리 경에게 물었지. '노인네라니!' 하고 베이질 경이 외쳤어. '볼드윈 제독일세. 몇 살이나 되어 보이나?' '예순.' 내가 대답했지. '아니, 예순두 살쯤.' '마흔 살일세.' 베이질 경이 대답했어. '딱 떨어진 사십이네.' 그 말을 듣고 내가 얼마나 놀랐을지 한번 상상해 보라고. 그 볼드윈 제독의 모습은 쉽게 못 잊을 것 같아. 해상 생활이 어떤 끔찍한 결과를 가져오는지 그보다 잘 보여 주는 예는 본 적이 없어. 하지만 해군들이 다 어느 정도는 그와 비슷한 모습이라는 걸 잘 알고 있지. 모두들 세상 온갖 곳을 떠돌아다니고, 그러는 동안 이 세상의 모든 환경과 기후에 노출되기 때문에 결국 차마 눈뜨고 볼 수 없는 몰골이 되어 버린단 말이야. 볼드윈 제독처럼 나이가 드느니 그 전에 그냥 머리에 한 방 맞고 죽어 버리는 게 낫지. 참 딱한 일이야."

"세상에, 월터 경." 클레이 부인이 외쳤다. "정말 너무 가혹하십니다. 그 사람들도 좀 가엾게 여겨 주세요. 세상 남자들이 다 미남으로 태어나는 건 아니잖아요. 바다에 살면 생김새가 나아지지 않는 건 분명해요. 해군들이 조로하는 경향이 있는 것도 사실이고요. 저도 많이 봤어요. 그분들이 젊은이다운 모습을 빠르게 잃는걸요. 하지만 다른 직업을 가진 사람들도 비슷하지 않나요? 대개의 경우엔 말예요. 육군이라도 전투에 나가는 경우는 해군보다 나을 게 하나도 없어요. 그리고 그렇게 육체를 쓰지 않는 경우에도 정신노동을 많이 하다 보면 자연적인 경우보다 빠르게 늙어 버리죠. 변호사는 노심초사하며 힘들게 일하고, 의사는 밤낮을 가리지 않고 눈이 오나 비가 오나 폭풍이 치나 환자가 있으면 찾아가야 하고요. 그리고 심지어 목사도……." 그녀는 목사의 경우에는 어떤 상황에 처할지 생각하느라 잠시 말을 멈추었다. "그러니까 월터 경께서도 잘 아시다시피 목사의 경우에도 감염의 위험이 있는 환자가 있는 방에 찾아가야 하고, 본인의 건강과 외모를 유해한 환경에 노출해야 하지요. 저는 사실 진작 알았어요. 모든 직업이 다 필요하고 나름대로 존경받을 가치가 있지만, 건강과 훌륭한 외모라는 축복을 최대한 누릴 수 있는 분들은 오로지 직업을 갖지 않아도 되는 분들뿐이라는 걸. 전원에 살면서 시간을 마음대로 쓰고 취미 생활을 즐기며 당신 소유의 영지에 사시는 분들, 수입을 늘리기 위해 안간힘을 쓰지 않아도 되는 그런 정상적인 삶을 사는 분들한테만 그런 축복이 주어지는 거죠. 그렇지 않은 분들치고 한창때를 넘긴 뒤까지 매력적인 풍모를 잃지 않은 분들은 뵌 적이 없어요."

셰퍼드 씨가 월터 경에게 조바심을 내며 세입자로는 해군 장교가 바람직하다고 미리 얘기해 놓은 건 선견지명이 있는 행위였던 듯했다. 세를 들고 싶다고 처음으로 문의해 온 사람이 크로프트라는 해군 제독이었기 때문이다. 그는 셰퍼드 씨가 톤턴에서 있었던 법원의 정기 회의에 참석했다가 우연히 만난 사람이었다. 그리고 실인즉슨 런던에 사는 아는 사람이 그 해군 제독에 대해 미리 셰퍼드 씨에게 귀띔을 해 주기도 했었다. 셰퍼드 씨가 서둘러 켈린치 홀에 가서 보고한 바에 따르면 크로프트 제독은 서머싯셔 출신으로 상당한 재산을 모은 뒤 고향에 정착하고자 하는데, 톤턴 부근에 와서 여러 저택을 둘러봤지만 아직까지 마땅한 곳을 발견하지 못했다고 했다. 그리고 우연히 켈린치 홀을 세놓을지도 모른다는 소문을 들었고(여기서 셰퍼드 씨는 월터 경에 관련된 일이 비밀로 남아 있을 수는 없다고 이미 예언했던 사실을 상기시켰다.), 또 켈린치 홀의 주인과 셰퍼드 씨의 관계에 대해서도 들었던 터라 셰퍼드 씨를 만나 인사를 하고 켈린치 홀에 세들 가능성에 대해 문의해 왔다는 것이었다. 그리고 한참 동안 셰퍼드 씨와 대화를 나누며 설명을 들은 끝에 켈린치 홀에 더할 나위 없이 관심이 간다면서 아주 분명한 언어로 자신을 소개했는데 그 태도만 보더라도 그만큼 책임감 있고 자격 있는 세입자는 없을 것이 분명해 보였다고 했다.

"그러니까 크로프트 제독이 어떤 사람이라고?" 월터 경이 냉정하고 미심쩍은 어조로 물었다.

셰퍼드 씨는 귀족 집안 출신이라면서 그의 출신지를 언급했다. 그리고 약간의 침묵이 이어졌는데, 그 침묵 끝에 앤이 덧붙였다.

"그분은 백함대의 해군 소장이세요.[5] 트라팔가 해전에 참여했고,[6] 그 후에 동인도 지역에 주둔했지요. 동인도 지역에 이삼 년간 주둔해 계셨던 걸로 알아요."

"그렇다면, 안색은 틀림없이 내 제복의 소매나 망토 같은 주황색이겠군." 월터 경이 말했다.

셰퍼드 씨는 황급히 크로프트 제독이 혈색 좋고 잘생긴 사람이라고, 물론 비바람에 약간 그은 것은 사실이지만 대단한 정도는 아니라면서 월터 경을 안심시키려 들었다. 그리고 사고방식이나 행동거지도 완벽하게 신사적이며 계약 조건에 대해서도 조금도 까탈스럽게 굴지 않을 사람이라고 말했다. 그저 쾌적한 집을 원하는 것뿐이며 하루라도 빨리 이사를 하고 싶어 한다고, 편리함에는 대가가 따를 수밖에 없다는 것을 알고 있고 켈린치 홀만큼 당당하면서 또 이미 가구 등이 다 갖춰진 집에 세를 들려면 비용이 어느 정도나 드는지를 잘 아는 사람이라고 덧붙이면서. 그리고 월터 경이 세를 더 달라고 하더라도 놀라지 않을 사람이라고, 장원에 대해서도 물어 왔으니 거기서 수렵할 권리를 살 수 있다면 분명 좋아할 거라고, 하지만 그걸 필요 조건으로 제시한 것은 아니고 짐승을 향해 총을 꺼내 든 적은 있지만 한 번도 실제로 죽여 본 적은 없다고 말했다고, 정말 훌륭한 신사라고 구구하게 말을 이어 나갔다.

셰퍼드 씨는 매끄럽게 화제를 이끌었다. 그 제독의 가족 상

---

5) 영국의 해군은 적, 백, 청의 세 함대로 구성되어 있다.
6) 1805년 10월 21일 트라팔가 해전에서 영국 해군이 나폴레옹의 함대를 무찌르고 영국 해군의 우위를 확립했다.

황에 대해 언급하면서, 결혼은 했지만 자녀가 없으니 세입자로는 더 바랄 나위 없는 자격을 갖춘 사람이라고 지적했다. 셰퍼드 씨는 여주인이 없이는 어떤 집도 잘 관리하기 힘들다는 사실도 언급했다. 여주인이 없는 경우와 아이들이 많은 경우 중 어느 쪽이 가구를 더 상하게 할지는 알 수 없으나, 아무튼 자식은 없고 여주인은 있는 경우가 가구를 보존하기에 가장 적합한 조건이라는 것이었다. 크로프트 부인도 톤턴에 제독과 함께 와서 집 문제를 논의하는 동안 내내 함께 있었기 때문에 직접 만나 볼 수 있었다고 말했다.

"의사 표현이 분명하고 품위가 있었으며 명민한 분이라는 인상을 받았습니다." 그가 말을 이었다. "제독 본인보다 집과 계약 조건과 세금 등에 대해서 질문이 더 많으셨고, 그런 거래에 대해서도 잘 아는 것 같더라고요. 더욱이, 월터 경, 이 지방에 연고가 있는 분이더군요. 그 바깥귀족만큼이나. 그러니까 이 부근에 한동안 사셨던 신사분의 누이가 되시더라고요. 제게 직접 말씀하셨는데, 몇 년 전에 몽크포드에 사셨던 신사분의 누이시라고. 아이쿠! 그 신사 귀족 성함이 뭐였더라? 갑자기 그분 성함이 기억나지 않는군요. 방금 들었는데. 얘야, 퍼넬러피, 몽크포드에 사셨던 신사분, 크로프트 부인의 남동생되시는 분의 성함이 뭐였지?"

그러나 엘리엇 양과의 대화에 몰두하고 있던 클레이 부인은 아버지의 질문을 듣지 못했다.

"셰퍼드, 누군지 전혀 짐작도 안 가는군. 지사였던 트렌트 이후에 몽크포드에 신사가 살았던 기억은 없는데."

"맙소사! 정말 황당합니다! 이러다간 곧 제 이름까지 잊어버리겠습니다요. 아주 귀에 익은 이름이었는데요. 그분 모습도 기억나고. 백번도 더 뵈었는데. 이웃 중의 한 사람이 경계를 침범한 일이 있어서 그 문제에 대해 상의하려고 저를 찾아오신 적이 한 번 있었거든요. 농부의 삯꾼이 그분의 과수원을 침범했더랬어요. 벽을 부수고 사과를 훔쳤는데 현장에서 잡혔지요. 그리고 제 충고 말씀을 안 들으시고 나중에 쌍방에 다 좋도록 합의를 보셨는데. 정말 황당하군요!"

잠깐 사이를 두었다가 앤이 말했다.

"웬트워스 씨를 말씀하시는 것 같군요."

셰퍼드 씨는 충심으로 감사를 표했다.

"웬트워스가 바로 그 이름입니다! 웬트워스 씨가 바로 그분이에요. 몽크포드의 부목사를 지내신 분이지요. 월터 경도 아시는지 모르지만 몇 년 전에 이삼 년 동안 거기 사셨지요. ——5년에 그리로 부임하셨어요. 월터 경께서도 기억하시지요?"

"웬트워스? 오! 맞군, 몽크포드의 부목사였던 웬트워스 씨. 자네가 신사라고 해서 좀 어리둥절했지. 재산이 좀 있는 사람을 말하는 줄 알았거든. 웬트워스 씨는 보잘것없는 사람이었지, 생각나. 집안도 그저 그랬어. 스트래포드 집안과는 전혀 관계가 없었고.[7] 어쩌다 우리 귀족의 성이 요즘 그렇게 흔해졌는지 참 의아한 일이지."

셰퍼드 씨는 크로프트 부부의 친척이 그들 부부를 월터 경

---

7) '웬트워스'는 스트래포드 백작 집안의 성이기도 하다.

에게 추천하는 데 별 도움이 안 된다는 사실을 감지하고 더 이상 언급을 삼갔다. 그리고 어느 모로 보나 유리한 다른 정황(그들의 나이, 가족 수, 재산, 켈린치 홀에 대한 존경심, 그리고 켈린치 홀에 세들어 사는 것의 장점에 대한 그들의 분명한 인식 등)만을 침을 튀기며 늘어놓았다. 셰퍼드 씨의 말만 들으면 그 부부는 월터 엘리엇 경의 세입자가 되는 것을 더없는 행복으로 여기는 것 같았다. 게다가 월터 경이 켈린치 홀의 세입자가 지불해야 한다고 믿는 비용을 감당할 용의가 있을 만큼 취향도 비범한 게 틀림없어 보였다.

그리고 그 전략은 잘 맞아떨어졌다. 월터 경이야 자신의 저택에 살 사람이 누구든 적의를 갖고 바라볼 수밖에 없었고, 따라서 아무리 비싼 조건으로라도 세를 들어올 수 있다면 그 자체만으로도 더할 나위 없는 행운이라는 입장이었다. 하지만 그럼에도 결국 계약을 진행해도 좋다는 허락이 떨어졌다. 크로프트 제독이 아직 톤턴에 머물고 있으니 그를 찾아가 저택을 방문할 날짜를 잡아도 좋다고 허락을 한 것이다.

월터 경은 사실 그렇게 현명한 사람은 아니었다. 하지만 모든 면에서 크로프트 제독보다 자격 조건이 좋은 세입자가 나타날 가능성이 별로 없다는 것 정도는 파악할 만큼 세상 물정을 알고 있었다. 그것이 그가 나름대로 합리적으로 사고할 수 있는 수준이었다. 또한 크로프트 제독의 사회적 지위가 높긴 해도 월등히 높은 것은 아니라서 월터 경의 허영심을 충족시켜 준다는 점도 나쁘지 않았다. "크로프트 제독에게 저택을 세 주었지."는 단순히 ○○ 씨에게 세를 주었다는 것보다 훨씬 그럴듯한 말이었다. 전국을 통틀어 대여섯 명 정도를 제외한다면 ○○씨라는 이름에는 언제나 설명이 필요했다. 해군 제독이라는 칭호는 그 칭호가 붙는 사람의 중요성을 스스로 증명하면서도 준남작이라는 지위를 보잘것없게 만들 정도는 아니라는 점에서 바람직했다. 그를 상대하고 그와 거래할 때 언제나 월터 엘리엇 경이 우선권을 행사할 수 있을 만한, 딱 그만큼의 지위였다.

결정을 내리기 위해서는 마땅히 엘리자베스의 의견을 물어야 했다. 하지만 엘리자베스는 켈린치 홀을 떠나고 싶은 마음이 하루하루 커지고 있었던 터라 당장 세를 들고 싶어 하는 사람이 있어 빨리 결론이 난다면 좋은 일이라고 생각했다. 따라서 결정을 유보하게 할 만한 말은 한마디도 하지 않았다.

셰퍼드 씨는 논의된 내용을 이행하도록 전권을 부여받았다. 논의의 전 과정에 귀를 기울이던 앤은 결론이 내려지자 곧 상기된 뺨을 식히기 위해 시원한 바람을 찾아 방을 나섰다. 그리고 평소에 좋아하던 작은 숲길을 걸으며 부드러운 한숨과 함께 중얼거렸다. "몇 달 후면 그이가 이 숲길을 걷고 있을지도 모르겠네."

4

그이란, 몽크포트의 부목사를 지냈던 웬트워스 씨를 말하는 게 아니었다. 얼핏 들어서는 그런 의심이 들 만도 했지만, 그가 아니라 그의 동생인 프레더릭 웬트워스 대령을 말하는 것이었다. 그는 산토 도밍고 근처 해상에서 있었던 전투의 결과 지휘관으로 승진했으며,[8] 1806년 여름, 임지가 결정되기를 기다리는 동안 서머싯셔를 방문했었다. 부모를 모두 여의였기 때문에 몽크포드를 집 삼아 반년을 머물렀다. 당시 그는 눈에 띌 만큼 잘생긴 젊은이로서 머리도 좋고 활력이 넘쳤으며 하는 일마다 탁월했다. 앤도 특출나게 어여쁜 외양에 온유하고 겸손하며 훌륭한 취향과 감성을 소유한 아가씨였다. 둘 중 한 사람이 실제의 반만큼만 매력이 있었다 해도 충분했을

---

8) 1806년 영국 해군이 승리한 전투를 가리킨다.

상황이었다. 그에게는 달리 할 일이 없었고, 그녀에게는 사랑할 사람이 거의 없었으니까. 하지만 두 사람에게 그처럼 뛰어난 점이 많았으니 그 만남이 실패할 가능성은 전혀 없었다. 그들은 점차 상대방을 알아 나갔고, 동시에 빠른 속도로, 그리고 깊게 사랑에 빠졌다. 그에게서 사랑의 고백과 청혼을 받은 그녀와, 자신의 고백과 청혼이 그녀에 의해 받아들여진 그, 그두 사람 중 어느 쪽이 더 완벽하게 훌륭한 배필을 만났다고 여겼는지, 더 큰 행복을 느꼈는지를 말하기란 어려울 것이다.

완벽하게 행복한 시간이 흘러갔다. 하지만 그 시간은 매우 짧았다. 곧 문제가 발생했던 것이다. 결혼을 허락해 달라는 요청을 받은 월터 경은 실제로 그 결혼이 절대로 불가하다고 말하지는 않았다. 하지만 처음에는 크게 놀랐고 이어 엄청나게 냉담한 태도로 한동안 아무 말도 하지 않다가 앤에게 절대로 결혼 지참금을 주지 않겠다고 공언했다. 거부만 안 했다뿐 최악의 반응을 보인 것이다. 월터 경이 보기에 그것은 대단히 굴욕적인 결혼이었다. 월터 경만큼 터무니없는 자존심으로 꽉 찬 사람은 아니었지만 레이디 러셀마저 혹시라도 그 결혼이 성사된다면 그건 매우 안타까운 일이라고 생각했다.

앤 엘리엇, 그렇게 귀한 집안에서 태어나 그렇게 뛰어난 미모와 지성을 자랑하는 열아홉 살의 처녀가 내세울 것이라곤 자기 자신밖에 없는 젊은이와 약혼을 하다니! 불안정한 직업에서 나올 수입 외에는 다른 재산을 모을 가능성도 없고, 출세를 보장해 줄 친척도 없는 젊은이와! 그건 정말이지 스스로를 포기하는 것과 다름없는 일이며, 레이디 러셀로서는 생각만 해도 슬픈 일이었다. 앤 엘리엇, 아직 젊고, 아직 많은 사람을 사귀지도 못한 그녀를 집안도 재산도 없는 사람에게 빼앗기다니! 아니, 극도로 지치고 근심에 찌들어 젊음을 잃게 할 결혼의 구렁텅이로 빠지다니! 그건 막을 수만 있다면 막아야 하는 결혼이었다. 자신이 친구의 자격으로 적절히 개입하고, 거의 어머니 같은 사랑과 어머니 같은 권리를 가진 사람의 자격으로 항의해야 했다.

웬트워스 대령에게는 재산이 없었다. 직업적으로는 운이 좋은 편이었지만, 재산이 쉽게 손에 들어왔기 때문에 쓰기도 아낌없이 썼고 따라서 전혀 재산을 모아 두지 못했다. 하지만 그에게는 곧 재산을 모을 수 있다는 자신감이 있었다. 활동적이고 맡은 일에 열과 성을 다했기 때문에, 곧 전함이 자신에게 맡겨질 것이고 전장으로 보내질 것이라고, 거기서 자신이 원하는 모든 것을 얻을 수 있을 거라고 확신하고 있었다.[9] 항상 운이 좋았으니 계속해서 그러리라고 믿었던 것이다. 물론 앤으로서는 그 같은 자신감을 표현할 때 그가 보이던 강렬한 열정과 그에 수반되던 매력적인 유머만으로도 충분했다. 하지만 레이디 러셀의 눈에는 전혀 다르게 보였다. 그의 낙천적이고 겁 없는 성격은 그렇지 않아도 부족한 그의 자격을 더욱 낮추었다. 위험하기 짝이 없는 성격으로만 보인 것이다. 그는 멋진 남자였지만 고집도 셌다. 레이디 러셀은 유머 감각이 별로

---

9) 전함의 지휘권을 갖게 되고, 적의 배를 많이 포획할 수 있는 진지로 배정될 것을 기대하고 있었다는 말이다.

없어서 조금이라도 경솔해 보이는 성격을 참지 못했다. 그녀가 보기엔 그것은 어느 모로 보나 바람직하지 못한 결합이었다.

그 같은 판단에 입각한 레이디 러셀의 반대는 앤이 저항하기에는 벅찬 것이었다. 아직 어리고 온순한 성격이긴 해도 아버지의 반대에 저항하는 것은 별로 어렵지 않았다. 언니가 친절한 말이나 시선을 단 한 번도 주지 않는 것도 거의 신경이 쓰이지 않았다. 하지만 레이디 러셀은 앤이 항상 사랑하고 의지하던 어른이었다. 그런 분이 그렇게 꾸준하고 자상하게 충고를 거듭하자 결국은 설득당하고 말았다. 자신의 약혼은 실수였고 경솔하고 부적절한 일이었으며 성공의 가능성도 별로 없고 그럴 가치도 없는 것이라 믿게 되었다. 하지만 앤이 파혼을 결정한 것은 단순히 자신이 입을 피해만을 염려해서는 아니었다. 자기 자신보다 그를 위해 파혼하는 것이 더 낫다고 생각하지 않았더라면 그를 포기하는 것은 불가능에 가까웠을 것이다. 무엇보다도 그를 위해서 자신이 신중해야 한다고, 자신의 소망을 포기해야 한다고 믿었기 때문에 이별 — 마지막 이별 — 의 고통을 조금이라도 덜 수 있었고, 마음의 위로를 받기도 했다. 위로가 정말 필요한 상황이었다. 그는 그대로 그녀의 논리를 전혀 받아들이지 못하고 자신의 신념을 굽히지 않았다. 그리고 그녀가 그렇게 무리하게 포기함으로써 자신에게 몹쓸 짓을 하고 있다고 느꼈기 때문에 그녀의 고통은 더 커졌다. 결국 그가 그 고장을 떠나는 것으로 사태가 종결되었다.

그들이 알고 지낸 기간은 서너 달에 불과했지만, 그때 시작된 앤의 고통은 몇 달로 끝나지 않았다. 사랑과 회한으로 인해 젊은 시절 특유의 명랑함에 오랫동안 그늘이 졌다. 그런 기간이 오래 지속되면서 앤은 하루가 다르게 젊은 처녀 특유의 홍조와 활력을 잃어 갔다.

이 슬픈 경험의 작은 역사가 끝난 뒤로 칠 년 이상의 세월이 흘렀다. 그에 대한 애정의 상당 부분, 아마도 거의 대부분이 그 세월 덕분에 완화되었다. 하지만 그녀는 그를 잊는 일을 너무 세월 한 가지에만 의존했다. 장소를 바꾸거나 새로운 사람을 사귀거나 더 많은 사람을 사귀었더라면 도움이 되었으련만, (파혼 직후 바스에 한 번 간 것을 제외하면) 그런 일은 일어나지 않았다. 그녀가 기억하는 프레더릭 웬트워스와 견줄 만한 인물이 켈린치 홀의 사교 범위 안으로 들어온 일도 없었다. 그녀 나이의 처녀에게 유일하게 자연스럽고 행복하며 충분한 치유법인 다시 사랑에 빠지는 사건은 발생하지 않았다. 그녀의 총명한 지성과 섬세한 취향에 맞는 사람이 가족을 둘러싸고 있던 조그만 사교계의 범위 안으로 들어온 적이 한 번도 없었기 때문이다. 스물두 살 때 한 젊은이의 청혼을 받아 성을 바꿀 기회가 있었지만 거절했는데, 그녀의 여동생이 그의 청혼을 받아들였다. 레이디 러셀은 앤이 그 청혼을 거절한 것을 안타까워했다. 그녀에게 청혼했던 찰스 머스그로브는 그 지역에서 월터 경 다음가는 재산가이자 사회적 지위가 높은 집안의 장남이면서 성격이나 인물이 다 무난한 사람이었기 때문이다. 레이디 러셀은 앤이 열아홉 살 때였다면 그보다 좋은 조건을 바랐겠지만 이미 스물두 살이나 되었음을 감안하여 그녀가 아버지의 집에서 천덕꾸러기 노릇을 하는 삶에서 벗

어나 자기 가까이에 영구히 정착해 살기를 누구보다 간절히
바랐다. 하지만 그에 관한 충고는 그 어떤 것도 앤에게 영향
력을 발휘하지 못했다. 레이디 러셀은 자신이 과거에 한 충고
가 신중한 것이었음을 확신했다. 따라서 과거를 돌이키고 싶
은 생각은 조금도 없었다. 하지만 이제 앤이 능력도 있고 재산
도 있는 남자를 만나 그녀의 다정한 성품과 살림살이를 잘하
는 능력에 걸맞게 살 가능성에 대해 거의 절망에 가까운 불안
감을 품게 되었다.

　그 두 사람은 앤이 당시에 내렸던 결론에 대해 상대방이 지
금은 어떻게 생각하고 있는지, 아직도 같은 생각을 하고 있는
지, 아니면 생각이 변했는지 알지 못했다. 한 번도 그 문제에
대해 대화를 나눠 본 적이 없었기 때문이다. 하지만 스물일곱
살의 앤은 다른 사람에게 휘둘리던 열아홉 살의 앤과는 견해
가 많이 달랐다. 물론 레이디 러셀을 원망하지도, 레이디 러
셀의 의견을 따랐던 자신의 행동을 자책하지도 않았다. 하지
만 만일 비슷한 상황에 처한 젊은 사람이 자신에게 충고를 구
한다면 절대로 그처럼 불확실한 미래를 위해 지금 당장 그토
록 비참한 결과를 가져다줄 충고는 하지 않으리라 생각했다.
지금 생각에는 집에서 달가워하지 않는 부정적인 상황이라든
지 그의 직업에 따른 모든 염려와 걱정, 기다림 그리고 실망에
도 불구하고, 자신이 그 약혼을 깨지 않고 그대로 유지했더라
면 지금 훨씬 행복한 삶을 살고 있을 것만 같았다. 그들이 보
통 수준의, 아니 보통 이상의 근심과 긴장을 모두 겪어야 하는
상황이었다 하더라도 말이다. 그런데 실제로 그는 그들이 합

리적인 계산에 기초하여 예측했던 것보다 훨씬 빨리 재산을 모았다. 그의 자신만만한 예측과 자신감은 모두 타당했던 것으로 판명되었다. 마치 그의 재능과 열성이 진로의 성공을 예측하고 요구한 것처럼 보였다. 그는 파혼 후 곧 배의 지휘관이 되었으며, 장차 이루리라 장담했던 일들을 모두 이루었다. 다른 사람보다 크게 유명세를 얻으며 승진도 빨리 했고, 적의 배를 계속해서 포획했으니 그가 지금쯤 한재산 모았으리란 것쯤은 능히 짐작할 수 있는 일이었다. 『해군 목록』과 신문만을 보고 판단한 것이지만 그가 지금 재산가가 되어 있으리라는 점에는 의심의 여지가 없었다.[10] 그리고 지조가 매우 굳은 사람이라는 것을 알기에 그가 그동안 결혼을 했으리라고 믿지도 않았다.

지금의 앤 엘리엇은 젊은 시절에 강렬한 사랑을 하게 된 사람들에게 노력을 모욕하고 섭리를 불신하면서 지나치게 조바심을 내는 그런 조심성보다는 미래에 대한 낙관적 신뢰를 가지라고, 그편이 훨씬 낫다고 열렬하게, 진정 열렬하게 주장했을 것이다! 젊은 시절 신중을 강요당했던 그녀는 나이가 들어가면서 로맨스에 대해서, 그러니까 서투른 시작의 자연스러운 결론에 대해서 배우게 된 것이다.

이런 모든 상황과 기억과 감정이 있었으니 웬트워스 대령의 누이가 켈린치 홀에 세 들어 살 가능성이 있다는 소식을 들

---

10) 『해군 목록』이란 장교들의 목록과 다른 항해 정보 등을 수록한 해군 공식 출판물이다.

은 앤의 마음에 과거의 고통이 되살아나지 않을 리 없었다. 그 소식으로 인해 흥분된 마음을 진정시키기 위해서는 수많은 산책과 수많은 한숨이 필요했다. 주변에서 크로프트 부부와 그들에 관한 여러 가지가 끊임없이 논의되는 것이 마치 일부러 자신을 괴롭히는 것처럼 여겨져서 그게 어리석은 느낌임을 자주 상기해야 했다. 그렇게 자주 다짐을 한 뒤에야 신경이 튼튼해져서 그런 느낌을 덜 수 있었다. 하지만 자신의 비밀에 관해 아는 세 사람이 이 일에 완벽하게 무관심하고 아예 의식조차 못하고 있는 듯 보이는 것은 다행한 일이었다. 그들은 그 일에 대한 기억조차 부인하는 것처럼 보였다. 레이디 러셀의 경우 아버지나 엘리자베스보다는 그 이유가 도덕적으로 우월했다. 레이디 러셀이 담담하게 행동하는 이유가 선의에서 나온 것임을 알기에 그녀는 얼마든지 이해할 수 있었다. 하지만 이유야 어찌 되었든 그들이 일관되게 그 일을 잊은 것처럼 행동해 준 것은 상당히 중요했다. 과거의 일을 아는 사람이 그녀 주변에선 그 세 사람뿐이며 그 세 사람이 그 일에 대해 한마디도 언급하지 않으리라는 점, 그의 주변에서는 그가 신세를 지고 있던 댁의 형님만이 그들의 짧은 약혼에 대해 알았다는 점은 평소에도 늘 천만다행이다 싶었는데 지금 상황에선 정말마음이 놓이는 일이었다. 그의 형은 그 고장을 떠난 지 오래된데다, 워낙 양식 있는 분이고 당시에 미혼이기도 했으니 다른 누구에게도 그 사실을 이야기하지 않았을 터였다.

프레더릭의 누이인 크로프트 부인은 당시 외국에 주둔하던 남편을 따라가서 함께 지내고 있었기 때문에 영국에 없었고,

앤의 동생인 메리는 당시 기숙 학교에 있었다. 그 일을 알던 사람 중 일부는 자존심 때문에, 그리고 다른 일부는 앤에 대한 세심한 배려심에서 메리에게 그 사실을 알리지 않았다.

레이디 러셀이 아직 켈린치 홀의 영지에 살고 있고 메리는 겨우 3마일밖에 떨어지지 않은 곳에 살기 때문에 앤이 크로프트 부부와 사귀는 것은 불가피했지만, 바로 그런 상황 때문에 앤은 그분들과의 사이가 특별히 어색하지는 않을 것이라고 짐작했고, 또 그러기를 희망했다.

5

크로프트 제독 부부가 켈린치 홀을 보러 오기로 한 날 아침, 앤은 늘 그래 왔듯이 레이디 러셀 댁으로 산책을 가서 그들이 집을 다 돌아보고 떠날 때까지 집을 비우기로 했다. 그들이 떠났을 때쯤 집으로 돌아가서 못 만나 안타깝다고 하는 편이 나을 것 같았다.

크로프트 제독 부부와 엘리엇 부녀의 만남은 대단히 만족스러웠다. 따라서 그 자리에서 당장 모든 합의가 이루어졌다. 두 귀부인은 이미 상대방의 의견을 따를 준비가 되어 있었고, 덕분에 서로 상대방의 태도가 훌륭하다고 생각했다. 신사들로 말하자면, 크로프트 제독이 워낙 마음이 좋고 성격이 활달하고 솔직해서 월터 경도 그 영향을 받지 않을 수 없었다. 월터 경은 제독이 자신을 귀한 집안 출신의 귀감으로 알고 있다는 셰퍼드 씨의 말에 기분이 우쭐해서 최선을 다해 최대한 세련된 태도로 그를 대했다.

크로프트 부부는 집과 대지와 가구가 모두 마음에 들었고, 월터 경의 가족도 크로프트 부부가 마음에 들었다. 임대 조건과 기간을 비롯한 모든 것, 그리고 사람까지 마음에 꼭 든 것이다. 견해 차이라곤 손톱만큼도 없어서 계약서를 작성할 때 셰퍼드 씨의 비서들은 계약서 초안의 모든 조항 중 단 한 가지도 수정할 필요가 없었다.

월터 경은 크로프트 제독이 자신이 여태까지 만난 해군 중 가장 잘생긴 사람이라고 말하기를 주저하지 않았고, 자기가 쓰는 이발사한테 그의 머리 손질을 시키면 어디를 함께 가도 부끄럽지 않을 것 같다고 말하기까지 했다. 그리고 제독은 아내와 함께 마차를 타고 정원을 가로질러 돌아가는 길에 사람 좋고 인정스러운 태도로 다음과 같이 말했다. "톤턴에서 사람들이 말하던 것과는 달리 곧 계약을 하게 될 것 같군, 여보. 준 남작님은 큰일을 해서 명성을 떨칠 분은 아니지만 성미가 고약하지는 않은 것 같소." 아내도 비슷한 말로 응수했다.

집은 미켈마스[11] 때 인계하기로 결정되었다. 그리고 월터 경은 그 한 달 전에 바스로 이사를 하기로 했다. 따라서 당장 이사에 필요한 제반 조치에 들어가야 했다.

레이디 러셀은 월터 경의 가족이 세 들어 살 집을 결정할 때 앤이 발언권을 전혀 행사하지 못할 것이 뻔했기 때문에 앤을 서둘러 보내고 싶지 않았다. 그보다는 앤이 자기와 함께 있다

---

11) 9월 29일 대천사 마이클을 기념하는 축일.

가 함께 크리스마스를 지내고 함께 바스로 갔으면 했다. 하지만 다른 일 때문에 자신이 부득불 몇 주간 켈린치를 떠나야 해서 그 기간 동안 자기 집에 묵으라고 초대할 수는 없었다. 앤은 9월에도 계속될지 모르는 바스의 새하얀 태양이 너무도 겁이 났고, 그렇게나 달콤하고 서글픈 가을의 몇 달을 전원에서 못 보내는 것이 속상하기도 했지만, 모든 정황을 고려할 때 계속 켈린치에 남아 있고 싶지는 않았다. 가족과 함께 바스로 가는 것이 더없이 타당하고 현명하며 따라서 고통도 제일 덜하리라고 생각했다.

하지만 그녀가 도리를 지키는 데 필요한 다른 일이 발생했다. 자주 몸이 찌뿌듯하고 항상 자기 불편한 것부터 생각하며 무슨 일이 생기면 당연히 앤의 도움을 받아야 한다고 생각하는 습관이 있던 메리가 병이 난 것이다. 메리는 가을 동안 단 하루도 건강할 날이 없을 것 같다며 앤에게 어퍼크로스 커티지로 와 달라고 청했다. 바스에 가는 대신 자기가 괜찮아질 때까지 곁에 있어 달라는 것이었다. 청이라기보다는 요구였다. 말하는 태도가 청이라고 보기 힘들었으니까.

"앤 언니 없이는 도저히 지낼 수 없어요."가 메리의 논거였고, 엘리자베스는 "그렇다면 앤이 남아 있는 게 낫겠네. 바스에는 앤을 필요로 하는 사람이 없으니까."라고 대답했다.

터무니없는 구실로라도 자신이 필요하다며 있어 달라는 말을 듣는 편이 아무 소용도 없다며 거부되는 것보다는 나은 법이다. 앤은 자기가 조금이라도 소용이 된다는 것이 반갑고, 자기가 꼭 해야 하는 일이 있는 것이 반가워서, 그리고 전원에서, 그것도 자기가 사랑하는 고향에서 한동안을 보내는 것이 싫지 않았기 때문에 메리와 함께 지내는 데 흔쾌히 동의했다.

메리의 초대로 인해 레이디 러셀의 문제도 저절로 해결되었으니, 앤은 곧 어퍼크로스 커티지와 켈린치 로지 두 군데에서 지내다가 레이디 러셀과 함께 바스에 가는 것으로 결정했다.

여기까지는 모든 일이 완벽하게 타당한 방식으로 처리되었다. 하지만 켈린치 홀 쪽 계획의 일부를 알게 된 레이디 러셀은 순간 그 계획의 부당성을 깨닫고 기절초풍할 뻔했다. 엘리자베스가 자신이 바스에서 해야 할 모든 일을 처리하는 데 필요한 가장 중요하고 소중한 조수로 클레이 부인을 선택해서, 바스에 데리고 가기로 결정했기 때문이었다. 레이디 러셀로서는 극도로 불쾌한 결정이었다. 의아하고 서글펐으며 염려도 되었다. 또한 앤더러는 아무 소용도 되지 않는다면서 클레이 부인은 꼭 필요하다는 발상에 함축된 앤에 대한 모욕을 생각하니 정말로 화가 났다.

정작 당사자인 앤은 그런 식의 모욕에 이미 무감각해져 있었다. 하지만 그것이 신중하지 못한 처사라는 것만큼은 레이디 러셀 못지않게 민감하게 인식하고 있었다. 그동안 꾸준하고 조용히 관찰을 해 온 바도 있고 아버지의 성격도 잘 알았기에 — 때로는 차라리 아버지의 성격을 잘 몰랐으면 싶기도 했지만 — 그녀의 가족이 클레이 부인과 그렇게 가까이 지내는 것이 충분히 중대한 결과를 초래할 가능성이 있다는 사실을 잘 알고 있었던 것이다. 지금 당장 아버지한테 그런 의도가 있으리라고는 생각되지 않았다. 클레이 부인은 주근깨가 있고 이가 튀어나왔으며 손목이 곱았는데, 아버지는 그녀가 없는 자리에서 그녀의 그런 특징들을 늘 조롱했다. 하지만 그녀는 아직 젊었고 인물도 괜찮은 편이었으며 비교적 영리한 데다 남의 비위를 잘 맞추었기 때문에 단순한 다른 사람들에 비해 훨씬 위험한 매력이 있었다. 앤은 그녀의 그런 위험성에 대한 확신이 워낙 뚜렷했기 때문에 언니에게 자신이 염려하는 바를 말하지 않을 수 없었다. 언니를 설득할 수 있으리라고는 별로 기대하지 않았다. 하지만 만에 하나, 바람직하지 않은 사태가 발생하면 앤보다 엘리자베스의 처지가 훨씬 딱해질 테니, 그 경우 미리 경고해 주지 않았다고 해서 언니에게 원망을 들을 수도 있겠다는 생각이 들었던 것이다.

결과는 언니의 불쾌함을 유발한 게 전부였다. 엘리자베스는 앤이 어떻게 그렇게 터무니없는 의심을 하게 되었는지 이해할 수 없다며 아버지나 클레이 부인이나 다 당신들의 처지를 아주 잘 의식하고 있다고 대답했다.

그녀가 성난 목소리로 말했다. "클레이 부인이 자신의 지위를 망각한 일은 한 번도 없어. 그리고 내가 너보다는 클레이 부인의 생각을 더 잘 아니 확실하게 말하는데, 그녀는 다른 사람들보다 결혼에 대해 훨씬 교양 있는 견해를 갖고 있어. 대부분의 사람들보다 조건과 지위의 불균형에 대해 비판적이거든. 그리고 아버지처럼 우리를 위해서 그렇게 오랫동안 독신으로 지내 오신 분을 이제 와서 새삼스레 의심할 이유는 없다고 봐. 만일 클레이 부인이 단연코 빼어나게 아름다운 여자라면 네 말이 맞을 수도 있어. 그 여자를 내 곁에 그렇게 자주 두는 게 옳지 않은 일일 수도 있겠지. 하지만 아버지는 이 세상 그 무엇을 준다고 해도 당신의 품위를 떨어뜨리는 결혼은 하지 않을 분이야. 불행해지실 테니까. 클레이 부인도 참 딱해. 장점이 많은 사람이지만 절대 예쁘다고는 할 수 없는 용모잖아! 그렇게 가엾은 클레이 부인이 우리와 함께 머무는 건 전혀 문제 될 게 없다고 생각해. 네 말을 들으면 아버지가 그녀의 불운한 외모에 대해 말씀하시는 걸 한 번도 못 들은 걸로 착각하겠다. 너 역시 오십 번은 들었을 텐데. 그녀의 치아! 그리고 그 주근깨! 내 눈엔 그 주근깨가 그렇게까지 보기 싫지 않던데, 아버지는 완전히 다르시더라고. 주근깨가 조금 있어도 그것 때문에 얼굴이 완전히 망가지지 않는 사람들도 있는데, 아버지는 주근깨라면 아주 질색을 하셔. 아버지가 클레이 부인의 주근깨를 흉보시는 건 너도 들었을 텐데."

"태도가 상냥하다 보면," 앤이 대답했다. "외모의 약점 정도는 점차 참을 만해지는 게 보통이잖아."

"내 생각은 전혀 달라." 엘리자베스가 바로 대답했다. "상냥한 태도가 잘생긴 얼굴을 돋보이게 할 수는 있지만, 못생긴 얼굴을 잘생겨 보이게 하는 일은 절대 없어. 어쨌든 만일 그런 일이 생기면 누구보다 내가 가장 큰 영향을 받을 테니, 네가 나서서 이런 충고를 할 필요는 없다고 봐."

앤으로서는 해야 할 도리를 다 한 셈이었다. 그녀는 그 사실로 만족했으며, 자신의 얘기가 전혀 소용이 없지만은 않았을 거라고 생각했다. 엘리자베스가 앤의 의심에 분개를 한 건 사실이지만, 아무튼 그 덕분에 앞으로 좀 더 주의를 기울일 가능성이 있었기 때문이다.

말 네 마리가 끄는 마차의 마지막 임무는 월터 경과 엘리엇 양, 그리고 클레이 부인을 태우고 바스로 가는 것이었다. 그들 일행은 기분 좋게 떠났다. 월터 경은 귀띔을 받고 배웅 나왔음 직한 주변 차지인들과 소농들을 위해 거만하게 고개를 까딱이는 인사를 준비해 두었다. 같은 시간에 앤은 쓸쓸하고 조용한 걸음으로 켈린치 로지로 향했다. 첫 일주일은 거기서 보낼 예정이었다.

레이디 러셀도 앤만큼 마음이 좋지 않았다. 가족이 이렇게 헤어져 지내야 하는 것이 가슴 깊이 안타까웠다. 엘리엇 가문의 명예는 자신의 명예만큼이나 소중했고 그간 매일같이 오가는 것이 습관이 되었기 때문에 그들이 떠나면 당장 허전할 게 분명했다. 그들이 떠나고 없는 켈린치 영지를 보는 것은 속상한 일이었고, 영지에 새로운 사람들이 들어온다고 생각하면 더더욱 마음이 아팠다. 그리하여 마을이 그렇게 변한 데 따른 황량함과 우울함을 피하고 크로프트 제독 부부가 도착할 때 방해가 되지 않도록 앤이 메리의 집에 갈 때 그녀도 집을 떠나기로 했다. 앤과 레이디 러셀은 동시에 그녀의 집을 떠났고, 레이디 러셀의 여행이 첫 단계에 들어섰을 때 앤도 어퍼크로스 커티지에 도착했다.

어퍼크로스는 중간 크기의 마을로 몇 년 전만 해도 구잉글랜드 특유의 모습을 완벽하게 간직하고 있었다. 자작농들과 노동자들의 집에 비해 외양이 뛰어난 집은 단 두 채뿐이었다. 하나는 높은 벽과 솟을대문에 고목이 있는, 중후하지만 현대화가 안 된 대지주의 저택이었고, 다른 하나는 깔끔한 정원으로 둘러싸인 자그마한 사제관으로 담쟁이덩굴과 배나무가 여닫이창의 창틀 주변으로 기어 올라가고 있는 다소 비좁은 집이었다. 그러나 이 집은 젊은 주인이 결혼한 이후 그의 가족이 살 수 있도록 농장 부속 주택의 수준에서 아담한 저택의 수준으로 개량되었다. 이제 어퍼크로스 커티지는 베란다와 프렌치 스타일의 창문, 그리고 예쁘장한 장식으로 치장되어 적당히 여행자의 눈길을 끄는 모습으로 변해 있었다. 커티지에서 1마일 정도 더 들어가면 보이는, 커티지보다 더 일관되게 중후한 모습을 한 그레이트 하우스 못지않게 매력적이었다.

앤은 이곳에 자주 머물렀다. 그래서 어퍼크로스의 생활 방식도 켈린치의 생활 방식 못지않게 잘 알았다. 그레이트 하우스와 커티지의 두 가족이 워낙 하루 온종일 상대방의 집을 수시로 드나드는 것이 습관임을 잘 알았던 터라 앤은 자신이 도착했을 때 메리가 혼자 있는 것을 보고 다소 놀랐다. 하지만 메리가 혼자 있는 것, 몸이 좋지 않고 기운이 없는 것 또한 당연한 일이긴 했다. 앤보다 가진 것이 많았음에도 메리는 언니의 기분을 이해할 줄 몰랐다. 모든 것이 좋고 행복하며 남들의 보살핌을 받을 때는 기분도 좋고 활기가 넘쳤지만, 조금이라도 언짢은 일이 생기면 완전히 가라앉아 버렸다. 혼자 있는 걸 견디지 못했고, 아버지에게서 엘리엇 가문 출신으로서의 자부심을 상당한 정도로 물려받았기 때문에 조금이라도 못마땅한 일이 있으면 자신이 무시당하고 부당한 취급을 받는다고 상상하는 경향이 있었다. 생김새는 언니들보다 못했고, 한창

꽃다운 나이에도 '참한 처녀'라는 칭찬을 들은 것이 고작이었다. 예쁘고 자그마한 응접실에 있는 색 바랜 소파, 한때는 우아했으나 사계절과 두 아이들의 등쌀에 점차 허름해져 가는 소파 위에 누워 있던 그녀는 앤이 도착하자 이렇게 말했다.

"아이고, 언니, 드디어 왔네! 다시는 언니를 못 만나는 게 아닌가 생각하던 참인데. 너무 몸이 안 좋아서 말도 간신히 하는 거야. 아침 내내 인간이라고는 단 한 명도 못 봤다고!"

"몸이 그렇게 안 좋다니 안됐구나." 앤이 대답했다. "목요일만 해도 아주 잘 지내고 있다고 소식을 보냈었잖니!"

"그래, 좋은 방향으로 생각하려고 했지. 난 항상 그러잖아. 하지만 그날도 실은 몸이 좋지 않았어. 그런데 오늘 아침 내내 얼마나 아팠는지, 이렇게 아픈 적도 없었던 것 같아. 아무 도움도 못 받고 이렇게 혼자 있으면 정말 안 되는 상태야. 내가 갑자기 끔찍한 발작이라도 일으켜서 벨도 못 울린다고 생각해 봐! 그런데 레이디 러셀은 집 밖으로 통 안 나오시나 보지? 올여름 내내 우리 집엔 세 번도 안 오셨을걸."

앤은 적당히 대답을 한 후 제부의 안부를 물었다. "오! 찰스는 사냥을 나갔어. 7시 이후론 얼굴도 못 봤어. 내가 얼마나 몸이 안 좋은지 얘기를 했는데도 꼭 사냥을 가야만 했던 거지. 오래 있진 않겠다고 했어. 하지만 벌써 1시가 다 되어 가는데 그사이에 한 번도 돌아오지 않네. 정말이지 오늘 아침 내내 사람 하나 구경 못했어."

"애들을 데리고 있지 않았어?"

"응, 좀 데리고 있었는데 어찌나 떠드는지 참을 수가 있어야지. 너무 말을 안 들어서 도움이 되기는커녕 해만 된다고. 찰스는 내 말은 귓등으로도 안 듣고, 월터도 점점 제 형을 닮아 가는 것 같아.”

“아무튼 이제 곧 나아질 거야,” 앤이 명랑하게 대답했다. “내가 오면 언제나 몸이 회복되잖아. 그레이트 하우스에 계시는 시댁 식구들은 어떻게 지내시니?”

“그분들이 어떻게 지내시는지는 나도 몰라. 시아버님을 제외하곤 오늘 한 사람도 못 봤으니까. 시아버님은 창문 밖에 말을 멈추시곤 말에서 내리지도 않은 채 몇 마디 인사만 건네셨거든. 내 몸이 얼마나 안 좋은지 말씀드렸는데도 시댁 식구 중 누구 하나 얼씬도 않더라고. 머스그로브 씨네 아가씨들의 계획에는 맞지 않았던 거지. 그 아가씨들은 계획과 어긋나는 일은 하면 안 되는 줄 아는 것 같더라고.”

“오전이 지나기 전에 오지 않을까? 아직 시간이 이르잖아.”

“시누이들이 여기 오는 건 바라지도 않아. 일단 왔다 하면 정말 너무 수다를 떨고 웃어 대서 견딜 수 없거든. 오! 언니, 난 정말 몸이 안 좋아! 언니가 목요일날 안 오다니 어떻게 날 그렇게 내버려 둘 수가 있었어?”

“아이, 메리, 네가 나한테 얼마나 잘 지내고 있다고 써서 보냈는지 생각해 봐! 아주 쾌활한 어조로 네 건강은 완벽하니 서둘러 오지 않아도 된다고 했잖아. 네가 그러니까 나도 레이디 러셀이 떠나실 때까지는 함께 지내고 싶었지. 너도 이해할 수 있잖아. 게다가 정말 바쁘고 할 일이 많았어. 일정을 당겨서 켈린치를 떠나기는 정말 힘들었을 거야.”

"원, 세상에! 언니가 할 일이 도대체 뭐였기에?"

"할 일이야 정말 많았지. 지금은 다 기억하기도 힘들 정도야. 그중 몇 가지만 말하자면, 우선 아버지 소유의 책과 그림목록을 베껴 썼어. 또 매켄지와 함께 여러 차례 정원에 나가서 엘리자베스의 꽃과 나무 중에서 어떤 것들을 레이디 러셀에게 드려야 하는지 알아본 다음 매켄지한테 알려 줘야 했어. 별거 없지만 내 물건도 정리해야 했고. 책과 악보를 분리해서 가방도 다시 싸야 했지. 짐마차에 뭘 실을 수 있는지 미리 알려주지 않았었거든. 그리고 메리, 그보다 힘든 일도 있었어. 교구의 집집마다 직접 찾아다니면서 작별 인사 같은 걸 해야 했어. 교구민들이 작별 인사라도 하고 싶어 한다고 전해 들었거든. 그런 일들이라는 게 다 시간이 많이 걸리는 일이잖니."

"오! 그래." 메리가 잠깐 사이를 두었다가 물었다. "그런데 언니, 내가 풀스 씨 집에 가서 저녁 식사 한 거 어땠는지 왜 안 물어봐?"

"너도 간 거야? 난 네가 몸이 안 좋아서 파티에 못 간 줄 알았지."

"오! 당연히, 갔지. 어젠 몸 상태가 아주 좋았거든. 몸은 오늘 아침에 나빠졌으니까. 내가 안 가는 건 말이 안 되지."

"갈 수 있었다니 정말 다행이구나. 파티는 재미있었니?"

"특별한 점은 하나도 없었어. 저녁 식사에 무슨 음식이 나올지, 손님은 누구누구일지 다 뻔했으니까. 마차가 없으니 정말 불편해. 시부모님이 태워다 주기는 하셨지만 너무 비좁았어! 두 분 다 살이 쪄서 자리를 엄청나게 차지한다니까! 게다가 시아버님은 항상 몸을 앞으로 내밀고 앉으시거든. 그러니 난 헨리에타와 루이자와 함께 뒷좌석에 끼어 앉아야 했어. 내가 오늘 몸이 안 좋은 것도 그 때문일 가능성이 아주 커."

앤이 계속해서 인내심을 발휘하고 힘들어도 쾌활하게 대해 준 덕분에 메리는 거의 회복되었다. 곧 소파 위에 똑바로 앉을 수 있게 되었으며 오찬 때쯤이면 소파에서 일어나는 것도 기대해 볼 수 있겠다고 했다. 스스로 그렇게 말해 놓고 곧 그 사실을 잊었는지 메리는 소파에서 몸을 일으켜 방의 반대편으로 가서 옷에 다는 작은 꽃다발을 손질했다. 그런 뒤 냉육 요리를 먹었고, 그러고는 바로 몸이 아주 좋아졌다며 간단한 산책을 나가자고 제안하기까지 했다.

"어디로 갈까?" 나갈 채비를 마치자 그녀가 물었다. "그레이트 하우스에는 시댁 식구들이 언니를 보러 온 뒤에나 방문해야겠지?"

"그쪽에서 먼저 방문을 안 하셨다고 해서 내가 방문을 못한다고는 생각하지 않아." 앤이 대답했다. "머스그로브 씨 부부처럼 가까운 분들과 그런 식의 격식을 따질 필요가 있을까?"

"오! 하지만 그분들이 되도록 빨리 언니를 방문하는 게 옳아. 내 언니에 걸맞은 대접을 해야 할 의무감을 느끼는 게 당연하지. 하지만 우리가 그분들 댁에 가서 잠깐 앉았다 오는 것도 괜찮겠지. 그런 절차를 마치고 나면 마음 놓고 산책을 즐길 수 있으니까."

과거에는 앤도 그렇게 아무 때나 오가는 것이 신중하지 못한 처사라고 생각했지만, 어느 순간부터 그런 식의 교제를 저지하려는 노력을 그치게 되었다. 그런 교제가 양측의 기분을 다 상하게 할 소지가 있는 것은 사실이었지만, 두 가족 모두 이미 그렇게 오가지 않고는 살 수 없게 되어 버렸다고 판단했기 때문이다. 따라서 자매는 그레이트 하우스로 가서 구식의 정방형 응접실에 꼬박 반 시간을 앉아 있었다. 응접실에는 자그마한 카펫이 깔려 있었고 마루는 윤기가 흘렀으며, 딸들이 그랜드 피아노와 하프, 화분 받침과 자그마한 탁상 등을 여기저기 늘어놓아 상당히 어수선한 느낌이었다. 오! 징두리 벽판 위 초상화의 주인공들, 밤색 벨벳 옷을 입은 신사들과 푸른색 공단 옷을 입은 숙녀들이 요사이 진행되고 있는 일을 보신다면! 질서와 깔끔함을 그렇게 송두리째 내던져 버린 걸 알게 되신다면! 초상화들조차 놀라서 물끄러미 쳐다보는 것 같았다.

머스그로브 씨 가족도 그 집과 마찬가지로 변화, 아니, 어쩌면 개선이라고 부를 수 있는 과정의 와중에 있었다. 부모는 전통적인 잉글랜드 방식이었고 자식들은 신식이었다. 머스그로브 씨 부부는 심성이 매우 선한 분들이었다. 다정하고 극진하지만 교양이 풍부하지는 않았고 우아한 구석은 찾아볼 수 없었다. 자식들은 부모보다 생각과 태도가 현대적이었다. 자식들이 많았는데, 찰스를 제외하면 장성한 자식은 열아홉 살인 헨리에타와 스무 살인 루이자뿐이었다. 두 자매는 엑세터의 학교에서 교육을 받은 뒤 교양을 두루 갖추고 돌아와서 유행을 따르며 행복하고 즐겁게 지내고 있었다. 그들은 남들보다 멋진 드레스를 즐겨 입었고 예쁘장한 얼굴에는 활기가 넘쳤으며 태도도 활달하고 명랑했다. 집에서는 귀여움을 받았고 밖에서도 어딜 가든 환영을 받았다. 자매는 앤이 아는 사람들 중 가장 쾌활한 축에 속했다. 하지만 그들이 누리는 즐거움을 다 준다 해도 그들보다 우아하고 교양 있는 자신의 지성과는 바꾸지 않으리라는 게 앤의 심정이었다. 흔히들 다른 사람과 처지를 바꾸고 싶다고 생각하지 않는 쪽이 더 편하기 때문에 그런 우월감을 느끼니까 앤의 그런 심정도 같은 이유 때문인지 모른다. 하지만 그래도 한 가지 부러운 점이 있긴 했다. 두 자매가 서로 완벽하게 이해하고 공감하는 듯 보이는 모습, 그들 간에 존재하는 듯 보이는 사근사근한 애정만은 부러웠다. 앤으로서는 언니와도 동생과도 그런 관계를 누려 보지 못했기 때문이다.

머스그로브 씨 가족은 앤과 메리를 반갑게 맞아 주었다. 그레이트 하우스에 사는 식구들의 태도에는 흠잡을 데가 없었다. 앤이 이미 잘 알고 있듯이 그들이 잘못하는 일은 거의 없었다. 유쾌하게 인사를 주고받는 가운데 삼십 분이 훌쩍 지나갔다. 그리고 그런 유쾌한 대화 끝에 앤이 짐작했던 것처럼, 메리의 특별 초대로 머스그로브 씨 자매가 그들의 산책에 합류했다.

6

어퍼크로스를 방문하기 전에도 앤은 한 집단에서 다른 집단으로 이동하면, 설령 두 집단 간의 물리적인 거리가 3마일밖에 안 되더라도 대화와 견해와 생각 전체의 변화가 따라오는 것이 보통이라는 것을 잘 알았다. 전에 어퍼크로스에 머물 때도 항상 그런 사실을 의식했었고, 또 다른 식구들도 자신처럼 그런 경험을 하면 도움이 될 거라고 늘 생각했었다. 켈린치 홀의 사람들이 당연히 모든 사람들의 관심사라고 여기는 것들을 어퍼크로스의 사람들은 알지도 못하거나 전혀 고려하지 않는다는 사실을 목격할 수 있을 테니까. 그럼에도, 그러니까 이미 이 모든 사실을 경험으로 알고 있었음에도, 그녀는 이번에 어퍼크로스에 온 뒤로 누구든 일단 가족 밖으로 나가면 별 존재가 아니라는 사실을 더욱 철저히 인식해야 했다. 어퍼크로스에 도착했을 당시, 그녀는 여러 주 동안 켈린치의 두 집안을 완벽히 사로잡았던 문제로 가슴이 벅찬 상태였다. 때문에 당연히 머스그로브 씨와 부인도 그 문제를 매우 궁금해하고 안타까워하리라고 기대했다. 하지만 그 부부가 다음과 같이 어슷비슷한 질문을 던지는 것을 듣고는 자신의 기대가 빗나갔음을 알았다. 그들은 "그래, 앤 양, 월터 경과 언니는 바스로 떠나셨군요. 그러니까 일단 그곳에 도착하면 어느 구역에 정착하실 것 같습니까?"라고 묻고는 대답도 기다리지 않았다. 두 딸도 "우리도 겨울에 바스에 갔으면 좋겠어요. 하지만 아빠, 가게 되면 좋은 구역에서 지내야 해요. 전처럼 퀸 스퀘어로 가면 안 돼요!"라고 했으며, 메리가 덧붙인 말이라곤 고작 "맙소사, 모두들 바스에 가서 신나게 지내고 나만 여기 남아서 아주 잘 지내겠군요!"였다.

앤은 자신만은 장차 그런 자기기만을 피하도록 노력해야겠다고 다짐했다. 그리고 레이디 러셀처럼 자신을 진심으로 걱정해 주는 친구가 한 사람이라도 있다는 사실을 특별한 축복이라 생각하며 더욱 감사의 마음을 다지는 것으로 만족해야 했다.

머스그로브 씨 부자는 당신들의 사냥감들을 지키고 죽여야 했으며 말과 개와 신문 따위에 신경을 써야 했고, 머스그로브가의 여자들은 평범한 가사일과 이웃과 드레스와 춤과 음악 따위에 온통 정신이 팔려 있었다. 앤은 아무리 작은 공화국이라도 고유의 화제를 지정할 권리는 있다는 사실을 인정하면서, 머지않아 자신도 현재 이주해서 머물고 있는 공화국의 구성원으로서 제 몫을 할 수 있기를 바랐다. 앞으로 적어도 두 달 동안은 어퍼크로스에서 보내야 하니 자신의 상상력과 기억과 생각에 어퍼크로스와 관련된 옷을 입히는 것이 현재의 자신에게 주어진 가장 중요한 임무였다.

그 두 달이 두렵지는 않았다. 메리는 엘리자베스만큼 거만하거나 앤의 말을 완전히 무시하지는 않았다. 그리고 그 집을 구성하고 있는 다른 요소들 때문에 불편하지도 않았다. 매제와도 항상 좋은 관계를 유지해 왔고 아이들은 앤을 자기 엄마만큼이나 좋아했고, 또 훨씬 존경했다. 그러니 아이들과 함께 지내는 것은 재미있고 즐거웠으며 아이들을 돌보는 것도 힘들지 않았다.

찰스 머스그로브는 공손하고 상냥했으며, 아내보다 사리분별이 밝고 성격도 차분한 편이었다. 하지만 지적인 능력이나 대화의 기술, 세련미 면에서는 아내보다 나을 게 없어서 과거에 두 사람 사이에 있었던 일 때문에 어색해할까 봐 걱정할 필요도 없었다. 물론 앤도 레이디 러셀과 마찬가지로 그가 좀 더 수준 있는 아내를 만났더라면 훨씬 나은 사람이 되었을 가능성도 없지 않다고 생각했다. 좀 더 생각이 깊은 여자와 결혼했더라면 지금보다 진중하게 행동했을 테고, 지금보다 유용하고 합리적이며 세련된 취미 생활을 즐겼을 수도 있었다. 하지만 그런 결혼을 하지 못한 탓인지 그는 스포츠 외에는 열심히 하는 일이 없었고, 책을 읽거나 교양을 쌓을 만한 일은 전혀 하지 않으며 하릴없이 시간을 보내고 있었다. 또한 항상 활기가 넘쳐서 아내가 가끔씩 기분이 저조하더라도 그닥 영향을 받지 않는 듯했다. 아내가 불합리한 불평이나 요구를 자주 해도 잘 받아 주어서 앤도 감탄할 정도였다. 전체적으로 보아 두 사람 사이에는 사소한 의견 충돌이 잦았고, 그럴 때면 두 사람 모두 앤에게 자기가 옳다고 주장하며 호소하는 바람에 앤이 원하는 것 이상으로 개입해야 하는 경우가 많았지만, 어쨌든 그만하면 행복한 부부라 할 수 있었다. 둘 다 항상 돈이 부족하다고 생각했고, 찰스의 아버지로부터 후한 선물을 받기를 강하게 기대한다는 면에서는 의견이 완벽하게 일치했다. 하지만 대부분의 다른 사항에 대해서와 마찬가지로 이 문제에 있어서도 남편이 아내보다는 생각이 건전한 편이었다. 그렇게 후한 선물을 못 받을 경우 메리는 분하게 생각했지만, 찰스는 아버지가 돈 쓸 곳이 많기도 하고, 당신의 돈이니 당신 마음대로 쓸 권리가 있다고 생각하며 만족했다.

아이들의 양육 문제에 있어서도 찰스의 철학이 아내의 것보다 훨씬 우월했고, 자신의 철학을 실천에 옮기는 방식도 나쁘지 않았다. 그는 "메리가 방해만 하지 않으면 아이들을 더 잘 다룰 수 있는데."라고 자주 말했는데 대개는 그의 말이 맞는 듯했다. 반면 메리가 "찰스가 너무 애들의 응석을 받아 줘서 애들 버릇을 잡을 수가 없어."라며 남편을 비난할 때는 '정말 맞는 말'이라는 생각이 별로 들지 않았다.

어퍼크로스에 머무르는 데 따르는 문제 중에서 가장 난처한 것은 그 집안 식구들이 모두 너무 솔직하게 자신의 속마음을 털어놓는다는 사실, 즉 두 집 식구들이 서로 상대방에 대한 불만을 남몰래 앤에게 털어놓는다는 사실이었다. 앤이 동생인 메리에게 어느 정도 영향력을 발휘한다는 사실을 잘 알고 있었기 때문에 다들 실제로 가능한 것 이상의 영향력을 행사해 달라고 끊임없이 요청해 왔고, 적어도 그렇게 노력이라도 해 달라고 암시했다. 가령 찰스는 "메리가 항상 그렇게 자기 몸이 좋지 않다고 상상하지 않도록 처형이 설득해 주셨으면 좋겠습니다."라고 했다. 그런가 하면 메리는 너무나 불행한 기분에 빠진 어느 날 "찰스는 내가 죽어 가도 나한테 아무 문제가 없다고 생각할 거야. 언니가 마음만 먹으면 찰스가 내가 진짜로 너무나 몸이 안 좋다는 것, 나 자신이 인정하는 것보다도 훨씬 더 안 좋다는 걸 이해하도록 설득할 수 있을 거야."라고 말했다.

메리는 또 "그레이트 하우스에 아이들을 보내기가 정말 싫어. 할머니는 항상 아이들을 보고 싶어 하시지만 말이야. 너무 아이들 비위를 맞추고 응석을 받아 주셔. 애들한테 쓸데없는 것과 단것을 너무 많이 주신다고. 그럼 아이들이 집에 온 다음에 병이 나고, 내내 기분이 뚱하단 말이야."라고 말했다. 그런가 하면 머스그로브 부인은 앤과 단둘이 있게 되자 곧 이렇게 말했다. "오! 앤 양, 아이들 엄마가 아이들을 아가씨처럼만 다루면 얼마나 좋을까요. 그런 생각을 안 할 수가 없네요. 아이들이 아가씨하고 있을 땐 완전히 딴 사람이 된다니까요! 하지만 보통 때는 너무 응석받이로 키우고 있어요! 애들 엄마가 규율을 제대로 못 잡는 게 정말 안타까워요. 내 손주들이라서가 아니라 애들은 어느 집 자식 못지않게 건강하고 참한데, 딱한 것들, 하지만 우리 며느리는 애들을 정말 다룰 줄 몰라요! 맙소사, 어떤 때는 얼마나 말썽들을 피우는지! 정말이지, 앤 양,

안 그러면 애들이 우리 집에 더 자주 놀러 왔으면 싶을 텐데, 그런 마음까지도 줄어든다니까요. 며느리는 내가 애들을 더 자주 데려오지 않는 게 불만이겠죠. 하지만 아시다시피 잠깐도 눈을 떼지 못하고 '그러지 마라, 저건 안 돼.' 하면서 감독을 하거나, 몸에 해로울 만큼 케이크를 많이 줘야만 말썽을 안 부리니 얼마나 힘든지 몰라요!"

메리는 또 앤에게 말했다. "시어머니는 당신이 부리는 하녀들은 다 착실한 줄 알고 내가 뭐라고 말씀드리면 반역죄인이라도 되는 것처럼 취급하셔. 그렇지만 고참 가정부와 세탁부는 맡은 일을 하는 게 아니라 하루 종일 마실만 다닌다고. 정말이야. 지나친 소리가 절대 아니라니까. 가는 곳마다 나랑 마주치거든. 그리고 정말 육아실에 가면 두 번에 한 번은 마주쳐. 제마이마가 그렇게 믿을 만하고 착실한 아이가 아니라면 그 아이도 물들기 딱이겠더라고. 제마이마가 그러는데, 항상 산책을 나가자고 꼬드긴다는 거야." 반면에 머스그로브 부인의 하소연은 이랬다. "난 며느리가 주장하는 일에는 참견을 안 하는 걸 원칙으로 하고 있어요. 참견해 봐야 소용도 없으니까요. 하지만 앤 양, 아가씨한테는 말씀을 드려 놓는 게 좋겠어요. 아가씨라면 사태를 바로잡을지도 모르니까요. 우리 며느리가 데리고 있는 애보개는 별로 좋은 애가 못 되는 것 같습디다. 걔에 대해서 이상한 이야기들이 들려오더라고요. 항상 쏘다닌다고. 그리고 내가 직접 본 것만 해도, 정말이지 그 아이는 제가 귀부인이라도 되는 양 옷을 잘 차려입고 다녀서 주변에 있는 하녀들을 모조리 망쳐 놓기 딱 좋더라고요. 며느리가 그 아이를 단단히 신임하고 있다는 건 나도 잘 알아요. 하지만 이렇게 말씀을 드려 놓으면 앤 양이 주의 깊게 보실 것 같아서 말씀드리는 거예요. 뭔가 이상한 행동이 눈이 띄면 바로 동생한테 말씀하실 수 있을 테니까요."

그 외에도 메리는 자기 부부가 그레이트 하우스에서 다른 가족과 함께 식사를 할 때 시어머니가 자신을 상석에 앉혀야 마땅한데 은근히 안 그러려고 한다고 불평을 했다. 왜 자기를 그냥 가족인 양 취급하면서 신분에 맞는 대접을 안 해 주는지 모르겠다는 것이었다. 그리고 앤이 머스그로브 씨네 자매들과 산책을 하던 어느 날 자매 중 하나가 지체와 지체가 높은 사람과 지체가 높은 사람에 대한 질투 따위에 대해 이야기하다가 말했다. "앤 아가씨에게는 자신의 지체에 대해 터무니없는 태도를 가진 사람들에 대해서 주저하지 않고 얘기할 수 있어요. 앤 아가씨가 지체에 별로 신경을 안 쓰고 관심을 안 기울이는 건 세상 사람들이 다 아니까요. 하지만 누가 메리한테도 지체에 대해 그렇게 집착하지 않는 게 훨씬 보기 나을 거라는 걸 귀띔 좀 해 주었으면 좋겠어요. 특히 항상 그렇게 우리 엄마의 자리를 차지하려고 서둘러 나서지 않는 게 좋을 거고요. 아무도 메리가 엄마보다 상석에 앉아야 한다는 사실을 의심하는 사람은 없어요. 하지만 항상 그렇게 표를 내며 나서지 않는 게 훨씬 더 지체에 걸맞은 처신 아닐까요? 엄마는 전혀 신경을 안 쓰시지만 다른 사람들의 눈에는 띄니까요."

어떻게 앤이 이 모든 사태를 바로잡을 수 있겠는가? 참을성 있게 귀 기울여 주고 불만을 다독거리고, 서로 상대방을 너그럽게 봐주도록 얘기하는 것 외에는 달리 할 일이 없었다. 또한 모두에게 가족이 그렇게 가까이 살 땐 서로 너그럽게 대할 필요가 있다는 사실을 상기시켜 주고, 동생에게는 도움이 될 만한 충고들을 광범위하게 해 주었다.

가족 간의 불평을 들어 주고 의견을 조정해 주는 일만 빼면 앤의 방문은 매우 순탄했고 시간이 지나도 그런 상태는 변하지 않았다. 앤은 장소와 관심사의 전환 덕분에, 즉 켈린치로부터 3마일 떨어진 곳에 있었기 때문에 기분도 전환하고 활력도 되찾을 수 있었다. 말동무가 생긴 덕분에 메리의 상태도 호전되었다. 매일같이 메리의 시댁 식구들과 만나는 것도 방해가 되기보다는 오히려 도움이 되었다. 메리의 집에 그들보다 애정을 기울이거나 속마음을 나눌 존재가 있는 것도 아니었고, 그보다 중요한 일이 있는 것도 아니었으니 말이다. 양가 식구들은 매일 아침 만났고 저녁 시간도 함께 보내지 않는 일이 드물었으니 최대한 많은 시간을 함께 보낸다고 할 수 있었다. 어쨌든 앤은 머스그로브 씨 부부가 점잖게 차려 입고 항상 같은 자리에 앉아 있는 모습과, 그 딸들이 재잘거리고 웃고 노래하는 모습을 볼 수 있어서 자신들이 보내는 시간이 더 즐거운 거라고 믿었다.

앤은 머스그로브 씨네 자매보다 피아노 솜씨가 훨씬 뛰어났다. 하지만 목소리가 평범했고 하프를 연주할 줄 몰랐으며, 음악을 즐기며 사랑해 줄 부모가 곁에 없었기에 그녀의 연주는 크게 환영받지 못했다. 그들이 예의를 차리거나 분위기를 전환시키기 위해서만 가끔 자신의 연주를 청한다는 것을 그녀도 잘 알고 있었다. 자신이 피아노 연주를 할 때 그것을 제대로 즐기는 사람은 자신뿐임을 그녀도 잘 알고 있었던 것이다. 하지만 그건 새로운 느낌이 아니었다. 예외적이었던 아주 짧은 기간을 빼면 어머니가 돌아가신 후에 진정한 감식 능력을 가진 사람이 그녀의 연주에 귀 기울이거나 칭찬해 주는 행복을 누려 본 적은 한 번도 없었다. 음악에 관한 한 항상 세상에 혼자뿐이라는 느낌에 익숙했다. 머스그로브 씨 부부가 딸들의 연주는 즐기면서도 다른 사람의 음악에는 전적으로 무관심한 사실도 그들을 위해 다행한 일이라고 생각했을 뿐 서운한 생각은 들지 않았다.

그레이트 하우스의 파티에는 가끔 다른 사람들도 참석했다. 이웃이 많지는 않았지만, 머스그로브 씨 부부는 인근에서 손님을 가장 많이 맞았다. 파티도 많이 열었고, 초대를 받은 손님들뿐 아니라 어쩌다 들르는 손님도 많았다. 다른 사람들과 남달리 잘 어울리는 사람들이었다.

머스그로브 씨의 딸들은 춤추는 걸 정말 좋아했다. 그 때문에 저녁 모임은 즉흥 무도회로 변하는 경우가 많았다. 어퍼크로스로부터 걸어서 오갈 수 있는 거리에 머스그로브 씨 가족보다 경제적 형편이 못한 사촌의 가족이 살고 있었는데 그들은 머스그로브 씨 가족에게 자신들의 여가 시간을 전적으로 의존하고 있었다. 시도 때도 없이 드나들었고, 무슨 놀이든 함께했으며, 장소를 가리지 않고 춤을 추었다. 앤은 활동적으로 춤을 추는 것보다 연주자 역할을 더 선호했기 때문에 그들을 위해 몇 시간씩 컨트리 춤곡을 연주해 주곤 했다. 다른 무엇보다도 이런 친절 덕분에 딸들은 항상 머스그로브 씨 부부에게 앤의 음악적 기량을 칭송했고, 그러면 그 부부도 이렇게 칭찬하곤 했다. "참 잘하셨어요, 앤 양! 정말 잘하셨어요! 대단도 하지! 그 조그만 손가락들이 어쩜 그렇게 잘 날아다니는지!"

그렇게 첫 삼 주가 지나고 미켈마스가 되었다. 다시 켈린치를 떠올리자 앤은 마음이 아팠다. 정든 집을 다른 사람들한테 넘겨주다니! 소중한 방과 가구와 작은 숲과 전망대가 모두 다른 사람들의 눈과 팔과 다리의 차지가 되다니! 9월 29일엔 다른 생각을 하나도 할 수가 없었다. 메리는 그날 저녁에야 우연히 날짜를 의식하고는 겨우 이런 말로 공감을 표시했다. "어머나! 오늘이 바로 크로프트 부부가 켈린치로 이사를 들어오는 날 아니었어? 여태 그 생각이 안 나길 정말 다행이네. 생각이 나니 얼마나 우울한지 몰라!"

크로프트 씨 부부는 진정한 해군답게 재빨리 자리를 잡고 곧 손님의 방문을 받기 시작했다. 메리는 그들을 방문해야 한다는 사실이 얼마나 속이 상한지 모른다며 불평을 늘어놓았다. "내가 얼마나 괴로운지는 아무도 몰라. 할 수 있는 데까지 방문을 미룰 거야." 하지만 안절부절못하다가 찰스를 졸라 곧 그 집을 방문했다. 그리고 본인은 마음이 안 좋았다고 했지만 비교적 활기차고 편안한 마음으로 돌아왔다. 앤은 진심으로 자신이 함께 가지 못한 게 천만다행이라고 생각했다.[12] 하지

---

12) 뒤에 알게 되지만 찰스의 마차는 이륜 쌍두마차이므로, 두 사람밖에 타지 못한다.

만 크로프트 씨 부부가 어떤 사람들인지 한번 만나 보고는 싶었는데, 마침 다행스럽게도 자신이 집에 있을 때 그들이 답방을 왔다. 찰스는 나가고 메리와 앤이 함께 집에 있을 때였다. 그런데 어쩌다 보니 크로프트 제독이 메리 옆에 앉아서 메리의 아들들을 칭찬하면서 화기애애하게 대화를 나누게 되었기 때문에, 크로프트 부인이 앤의 대화 상대가 되었다. 덕분에 앤은 크로프트 부인이 모습뿐 아니라, 목소리나 감정 혹은 표정에서 동생과 닮은 데가 있는지 찬찬히 관찰할 수 있었다.

크로프트 부인은 키가 크거나 살이 찌지는 않았지만, 몸매와 자세가 바르고 꼿꼿하며 당차서 보통 사람이 아님을 금세 알 수 있었다. 반짝이는 검은 눈에 고른 치아, 그리고 전체적으로 인상이 좋은 얼굴이었다. 남편이 해상 생활을 하는 동안의 거의 대부분을 배에서 함께 생활한 탓에 얼굴이 좀 그을고 풍상에 시달려 실제 나이인 서른여덟보다 좀 더 들어 보이긴 했다. 쾌활하고 활달하며 의사 표현이 분명해서 자신감이 없거나 뭘 해야 좋을지 몰라 쩔쩔매는 사람 같지는 않았다. 그러면서도 상스러운 구석 없이 상냥했다. 실제로 앤은 그녀가 켈린치에 대해 언급할 때 자신의 감정을 매우 자상하게 배려하는 것을 느끼면서 감사와 안도의 마음을 갖게 됐다. 특히 처음 삼십 초 동안, 아니 처음 인사를 하던 순간, 크로프트 부인이 남들에게서 뭔가 얘기를 들어 앤 자신에 대해 의문을 품거나 편견을 갖고 있다는 느낌을 전혀 받지 않았기 때문에 더욱 다행스럽게 생각됐다. 그래서 그 문제 때문에 긴장하는 일 없이 자신감과 용기를 가지고 당당하게 대화를 나눌 수 있었다. 그러던 차에 크로프트 부인이 갑자기 이런 말을 했고, 앤은 순간적으로 감전이라도 된 듯한 기분에 휩싸였다.

"제 동생이 이 고장에 머무를 때 알고 지낸 분이 동생분이 아니고 앤 아가씨였다지요?"

앤은 자신이 얼굴을 붉힐 나이는 지났기를 바랐지만, 감정의 동요로부터 자유로운 나이를 지나지 못한 것은 분명했다.

"동생이 결혼했다는 소식을 아직 못 들으셨을지도 모르겠군요." 크로프트 부인이 덧붙였다.

앤은 침착하게 대답을 할 만큼은 정신을 차렸다. 그리고 이어지는 부인의 말에서 그녀가 언급한 동생이 성직자인 웬트워스 씨임을 깨닫고 자신이 두 형제 모두에게 해당되는 답을 한 것을 다행스럽게 생각했다. 그녀는 즉시 크로프트 부인이 프레더릭이 아닌 에드워드에 대해 언급하는 게 너무나 당연하다는 사실을 깨달았고 그걸 잊었다는 사실이 부끄러웠다. 하지만 이웃이었던 에드워드의 안부를 물으며 적절한 관심을 표할 수는 있었다.

그 이후에는 담담하게 대화가 이어졌는데, 그러다가 두 사람이 막 자리에서 일어나려던 참에 크로프트 제독이 메리에게 다음과 같이 말하는 것을 듣게 되었다.

"제 처남이 곧 저희를 방문할 계획이랍니다. 아마 이름을 알고 계시리라고 짐작합니다만."

그는 더 이상 말을 잇지 못했다. 아이들이 오랜 친구라도 되는 양 그에게 매달리면서 가지 말라고 졸라 댔기 때문이다. 그는 자신의 외투 주머니에 아이들을 담아서 가겠다는 등 농담을 했다. 그리고 그러느라 자신이 시작했던 말을 끝내지 못했다. 실은 그 말을 꺼낸 것조차 기억하지 못했다. 앤은 그가 에드워드를 말하는 것이었으려니 생각하면서 흥분을 가라앉히려고 애썼다. 하지만 확신을 할 수 없었기 때문에 크로프트 씨 부부가 메리의 집을 방문하기 전 그레이트 하우스에 들렀을 때 그 건에 대해 뭐라고 했는지 궁금증을 가졌다.

마침 그레이트 하우스의 식구들은 그날 저녁을 커티지에서 보낼 예정이었다. 계절이 계절이니만큼 그들이 걸어서 오기에는 너무 늦은 시간이었다. 앤이 마차 소리가 들려오지 않는지 귀를 곤두세우던 참에 머스그로브 씨네 막내딸이 걸어 들어왔다. 처음에는 머스그로브 양이 자신의 가족이 집에서 저녁을 보내야 한다며 미안하다는 전언을 가지고 왔을지도 모른다는 생각에 마음이 언짢았다. 메리가 모욕을 당해 불쾌하다고 생각하려는 찰나, 루이자가 마차에 하프를 실어야 해서 자기가 걸어왔다고 말함으로써 상황이 정리되었다.

그녀가 덧붙였다. "제가 그렇게 결정한 이유를 어떻게 해서 그렇게 된 건지 모두 말씀드릴게요. 아빠와 엄마, 특히 엄마가 오늘 저녁 기분이 우울하시다고 말씀드리려고 미리 온 거예요. 가엾은 리처드 생각에 빠져 계시거든요! 그래서 저희가 하프를 준비하는 게 낫겠다고 의견을 모았어요. 엄마가 피아노보다 하프를 더 좋아하시는 것 같아서요. 이제 엄마가 기분이 우울하신 이유를 말씀드릴게요. 크로프트 씨 부부께서 오늘 아침에 찾아오셨을 때(그다음에 이리로 오셨지요? 맞지요?) 그분들이 지나가는 말로 웬트워스 대령이 막 영국으로 돌아오셨다든가, 아니면 보수를 다 지불받으셨다든가, 뭐 하여간 그래서 돌아오시자마자 곧바로 그분들을 방문하러 오신다고 하셨거든요. 그런데 그분들이 돌아가신 뒤에 운이 나쁘려니까 엄마가 언젠가, 정확히 언제 어디서였는지는 모르겠지만, 하여간 리처드가 죽기 훨씬 전에(가엾은 리처드!) 웬트워스라든가, 아니면 그 비슷한 이름을 가지신 분이 가엾은 리처드의 상관이었다는 걸 기억해 내신 거예요. 그래서 리처드가 보낸 편지랑 리처드의 유품들을 꺼내 보시다가 그게 사실인 걸 확인하셨지 뭐예요. 그리고 그 웬트워스 대령이 바로 리처드의 상관이 틀림없다고 하시면서 그다음부터 그 생각과 가엾은 리처드 생각으로 꽉 차신 거예요! 그러니까 우리가 분위기를 즐겁게 만들도록 최선을 다해야 해요. 엄마가 우울한 생각에 잠기시지 않도록.”

이 한심한 가족사에서 이 한 대목의 진상은 이렇다. 머스그로브 씨 부부에게는 운 나쁘게도 아주 장래성 없는 망나니 아들이 하나 있었는데, 다행히 스무 살도 되기 전에 그 아들을 잃게 되었다. 워낙 우둔한 개망나니라서 육지 생활에는 적합지 않다고 판단되어 해군으로 보내진 상태였다. 당연히 그는 가족들의 사랑도 별로 받지 못했다. 그에 대한 소식도 거의 들려오지 않았고, 그렇다고 해서 가족들이 아쉬워하지도 않던 차에 이 년 전 어느 날 해외에서 사망했다는 소식이 어퍼크로스에 도달했던 것이다.

지금 그의 누이들은 비록 ‘가엾은 리처드’라고 부름으로써 그에게 최고의 예우를 해 주고 있지만, 사실상 생전의 그는 우둔하고 냉혹하며 어디에도 쓸모가 없던 딕 머스그로브일 뿐이었고, 살아서든 죽어서든 이름을 줄여 부르는 이상의 대접을 받을 만한 일은 한 가지도 한 게 없었다.

그는 수년 동안 선상 생활을 했고, 그러는 동안 해군 사관후보생들, 특히 대령들이 데리고 있기를 원치 않던 후보생들의 처지가 그랬듯 계속해서 이리저리 보내지던 중 프레더릭 웬트워스 대령이 지휘하던 소형 구축함인 라코니아호에 반년 동안 머물렀다. 집을 떠나 있는 기간 내내 그가 쓴 편지라곤 단 두 통이 전부였는데, 모두 라코니아호에 있는 동안 대령의 지시에 따라 쓴 것이었다. 물론 다른 편지를 쓴 적이 전혀 없는 것은 아니었지만 그것들은 모두 돈을 부쳐 달라는 내용뿐이었고, 그 두 통의 편지처럼 가족의 안부를 묻는 내용이 아니었다.

편지에서 그는 자신의 지휘관인 대령에 대해서 좋게 이야기했다. 하지만 그의 가족은 그런 일에 관심이 없었던 데다, 사람이나 배의 이름에도 관심이 없었기 때문에 편지를 받았을 당시에는 그대로 지나쳤다. 머스그로브 부인이 바로 오늘 갑자기 웬트워스라는 이름이 아들과 상관 있다는 사실을 생각해 낸 것은 가끔 발생하는 예외적인 정신 작용이었다고 할 수 있다.

머스그로브 부인은 편지를 찾아서 읽어 보고는 자신의 짐작이 맞았음을 확인했다. 그리고 워낙 오랜만에, 더욱이 가엾은 아들이 영원히 이승을 뜬 상황에서 다시 찬찬히 편지를 읽어 보았기 때문에 그 편지들에 지극히 강력한 심리적 영향을 받았다. 그리하여 처음 아들의 사망 소식을 들었을 때보다도 훨씬 슬픈 감정에 사로잡혔다. 아내보다는 덜했지만 머스그로브 씨의 심리 상태도 비슷했다. 그리하여 그들 부부가 찰스의 집에 도착했을 때는 우선 그들이 아들의 죽음에 대해 느끼는 감정을 표현하는 말을 새삼스레 들어 줘야 했고, 그런 뒤에는 쾌활한 친구들이 해 줄 수 있는 모든 위로의 말을 해 주어야 했다.

그들이 그렇게 웬트워스 대령에 대해 이야기하는 바람에 앤의 신경은 새로운 시련을 경험해야 했다. 그들은 그의 이름을 수시로 언급하면서 지난 여러 해 동안의 안부를 궁금해했고 급기야는 그가 바로 자신들이 클리프튼에서 돌아온 뒤, 칠 년 전인지 팔 년 전인지, 하여튼 한두 번 만난 적이 있는 바로 그 웬트워스 대령, 아주 훤칠했던 젊은이일지 모른다고, 아니, 그럴 가능성이 많다고 말했다. 하지만 앤은 자신이 앞으로 그 같은 시련에 익숙해져야 한다는 사실을 깨달았다. 그가 그 고장을 실제로 방문할 예정이었기 때문에 그런 이야기들에 무감각해지는 능력을 스스로에게 가르쳐야 할 터였다. 더욱이 사태는 단순히 그가 이 고장에 오는 것으로, 그것도 아마 곧 오는 것으로 그치지 않을 것 같았다. 머스그로브 씨 부부는 그가 가엾은 딕에게 보여 주었던 자상함에 열렬히 감사하는 마음에서, 그리고 그의 휘하에서 반년을 보낸 가엾은 딕이 인정한바 그의 훌륭한 인격을 존경한 나머지 그가 도착하자마자 그와 인사를 나누고 가깝게 지내려고 애쓸 예정이었다. 가엾은 딕은 그를 "아주 훌륭하고 당당한 분으로서, 선생들에 대

해서만 넘 철쩌하게 군다."라며 맞지 않는 철자로 높이 평가
했었다.

　일단 그렇게 결심하고 나자 머스그로브 씨 부부의 기분은
한결 나아졌다.

7

며칠 후 웬트워스 대령이 켈린치에 도착했다는 소식이 들려왔다. 머스그로브 씨가 그를 방문했고 돌아온 뒤엔 입에 침이 마르도록 칭찬했다. 그리고 다음 주말에 크로프트가 사람들과 머스그로브 가 식구들이 어퍼크로스에서 정찬을 함께하기로 했다. 머스그로브 씨는 약속을 더 빨리 잡을 수 없는 게 정말 안타깝다고 했다. 웬트워스 대령을 하루라도 빨리 초대해서 지하 저장소에 보관된 것 중 가장 독한 술과 가장 좋은 음식을 모두 대접함으로써 감사를 표하고 싶다는 것이었다. 하지만 아직도 일주일이나 기다려야 했다. 앤은 '일주일이라는 짧은 기간만 지나면 재회를 할 수밖에 없겠구나.' 하고 생각했다. 하지만 곧 그 일주일 동안만이라도 편하게 지낼 수 있기를 바라게 되었다.

웬트워스 대령은 이내 답방을 오는 것으로 머스그로브 씨의 예우에 답했다. 앤은 그가 방문하기로 되어 있던 바로 그 삼십 분 동안 그레이트 하우스를 방문할 예정이었다. 실제로 메리와 함께 그레이트 하우스를 향해 나섰고, 나중에 알게 된 사실이지만 만일 예정대로 도착했더라면 그곳에서 그와 마주치는 걸 피할 수 없었을 것이다. 하지만 그들이 집을 나서자마자 메리와 찰스 부부의 큰아들인 찰스가 높은 곳에서 떨어져 크게 다친 채 집으로 실려 오는 바람에 도로 집으로 돌아가야 했다. 아이의 상태 때문에 방문을 접을 수밖에 없었지만, 나중에 얼마나 아슬아슬하게 그와의 마주침을 피했는지를 깨닫고는 아이를 염려하는 중에도 심정이 담담할 수만은 없었다.

아이는 쇄골이 탈구되었고, 등에도 큰 상처를 입어서 어른들이 걱정할 만한 상태임이 곧 밝혀졌다. 오후 시간이 걱정으로 채워졌고 앤은 당장 많은 일들을 처리해야 했다. 의사를 부르러 사람을 보내고, 아이의 아버지를 찾아서 소식을 전하며, 아이의 엄마가 흥분하지 않도록 용기를 주고, 하인들을 지휘하고, 환자의 동생들을 방에서 내보낸 뒤 가엾은 아이를 돌보고 달래야 했다. 뿐만 아니라 잠시 숨을 돌린 다음엔 그레이트 하우스에서 소식을 듣고 달려온 사람들까지 상대해야 했다. 그들은 물론 유용한 조수가 아니라 겁에 질려 온 사람들이었다.

제부가 돌아온 뒤에야 마침내 앤은 도움을 받을 수 있었다. 아내를 달래는 데에는 그만한 사람이 없었기 때문이다. 두 번째 행운은 의사인 로빈슨 씨의 당도라 할 수 있었다. 그가 와서 아이를 진찰할 때까지는 아이의 상태를 정확히 알 수 없었기 때문에 걱정이 이만저만이 아니었다. 엄청난 상처를 입은 건 틀림없었지만 상처 부위가 어디인지는 알 수 없었는데, 이제 로빈슨 씨가 쇄골을 도로 맞추었고, 심각한 표정으로 여기저기를 만지고 문지르면서 아이의 아버지와 이모에게 낮은 목소리로 의견을 말해 주었다. 하지만 덕분에 식구들은 모두 잘 해결되기를 기대하면서 환자의 방에서 물러나 웬만큼 마음을 놓고 식사를 할 수 있었다. 그레이트 하우스의 가족들이 돌아가기 직전에는 젊은 고모 둘도 조카의 부상과 무관한 웬트워스 대령의 방문 사실에 대해 말할 정도로 침착을 되찾았다. 고모들은 부모가 먼저 떠난 뒤 오 분 정도 남아서 웬트워스 대령의 방문과 관련한 온갖 소식을 늘어놓았다. 그가 마음에 쏙 들었으며, 주변의 괜찮은 남자들과 비교해도 가장 인물이 훤하고 매너도 좋았으며, 아빠가 그날 정찬에 초대해서 정말 기뻤는데 그가 사양해서 너무나 실망했지만 아빠와 엄마가 계속 붙잡자 다음 날(진짜로 다음 날!) 정찬에 오겠다고 약속을 해서 정말 기뻤다는 것이다. 그리고 자신들의 초대가 진심에서 나온 것임을 가슴 깊이 느꼈는지 — 응당 그래야 했지만 — 흔쾌하게 약속을 했는데, 그러니까 요컨대, 그의 모습이나 말하는 태도가 어느 모로 보아도 단연 기품이 있어서 자신들의 고개가 그의 움직임에 따라 돌아갈 정도였다고 했다. 그런 뒤 두 아가씨는 사랑 정도가 아니라 환희에 차서 뛰어나갔다. 그들의 마음은 어린 찰스보다 웬트워스 대령에 대한 생각으로 가득 차 있는 듯 보였다.

같은 이야기, 같은 환희는 두 처녀가 저녁 어스름에 아버지를 따라 찰스의 안부를 묻기 위해 왔을 때도 되풀이되었다. 그리고 장손의 안부를 처음만큼 걱정하지 않아도 되었던 머스그로브 씨도 같은 사실을 확인해 주고 칭찬을 덧붙이면서 웬트워스 대령과의 정찬을 미룰 이유가 생기지 않기를 바란다고 했다. 다만 커티지의 식구들이 다친 아들 때문에 대령을 만나러 오지 못할 것만을 안타까워했다. "오, 말도 안 돼요! 찰스를 두고 가다니요." 아이의 부모는 아이의 부상으로 너무나 놀란 지 얼마 지나지 않은 터라 말도 안 되는 일이라며 강력히 항의했다. 웬트워스 대령을 만나는 일을 피할 수 있는 좋은 기회라 여긴 앤도 강력한 항의를 보탰다.

하지만 조금 후 찰스 머스그로브는 자기도 가고 싶다는 의향을 조심스레 내비쳤다. "아이도 많이 나았고 웬트워스 대령도 꼭 만나고 싶으니 저녁때 그레이트 하우스에 가도 되지 않을까? 식사를 함께하지는 않더라도 반 시간 정도 들를 수는 있을 것 같은데." 하지만 그의 아내는 그 말에 완강히 반대했다. "오, 안 돼요! 정말이지, 찰스, 당신이 집에 없다니 생각만 해도 끔찍해요. 생각 좀 해 봐요. 만일 무슨 일이라도 생기면 어떡해요!"

아이는 밤새 별일이 없었고 다음 날도 상태가 괜찮았다. 척추에 큰 부상이 없는지 여부는 시간이 지나야 확인할 수 있겠지만, 로빈슨 씨가 더 걱정할 필요는 없을 거라고 했고, 따라서 찰스 머스그로브는 더 이상 자신이 반드시 집에 있어야 한다고 생각하지 않았다. 아이는 침대에 누워 절대 안정을 취하면서 가능한 한 조용한 오락거리로 소일해야 했다. 그러니 아버지인 자신이 무엇을 한단 말인가? 그건 여자들의 일이며,

아무 소용도 없는 자기가 집에 있는 건 웃기는 일이라는 것이었다. 그의 부친도 그가 웬트워스 대령과 인사를 나누기를 간절히 바랐기에, 정당한 사유가 없는 이상 가는 것이 옳다고 했다. 따라서 그는 사냥에서 돌아오자마자 곧바로 옷을 갈아입고 윗 댁에서 식사를 하겠다고 과감히 선언했다.

"내가 있다고 아이가 낫는 것도 아니잖소." 그가 말했다. "그래서 방금 아버님께 가 뵙겠다고 말씀드렸소. 아버님도 그게 좋겠다고 하셨어. 처형이 당신과 함께 계시니, 여보, 나로서는 주저할 이유가 없소. 당신이야 아이를 두고 가고 싶지 않겠지만, 당신도 알다시피 난 있어 봐야 소용이 없잖소. 혹시라도 일이 생기면 사람을 보내 날 부르면 될 테고."

남편과 아내는 보통 어떤 경우엔 아무리 반대를 해도 소용이 없다는 걸 아는 법이다. 메리는 찰스의 말하는 태도를 보고 정찬에 참석하겠다는 그의 결심이 확고하다는 것을, 아무리 떼를 써도 말릴 수 없다는 것을 알아차렸다. 따라서 그가 방을 나갈 때까지 아무 말도 하지 않고 잠자코 있었다. 하지만 방 안에 앤하고 둘이 남게 되자 곧 이렇게 말했다.

"그러니까 언니와 나만 이 가엾은 아픈 아이하고 남아서 서성대야 한단 말이지? 그리고 저녁 내내 우리 곁에는 아무도 안 올 거고! 이럴 줄 알았어. 내 팔자가 언제나 이렇지! 조금이라도 언짢은 일이 있으면 남자들은 언제나 도망가 버린다고. 찰스도 다른 남자들과 하나도 다르지 않아. 인정머리라곤 하나도 없어! 가엾은 자기 자식을 놔두고 도망치다니 정말 인정머리 없는 인간이 아니고 뭐냐고. 애가 아주 잘 낫고 있다고?

잘 낫고 있는지 삼십 분 안에 갑자기 나빠질지 자기가 어떻게 알아? 찰스가 그렇게 인정머리 없게 나올 줄은 정말 몰랐어. 그러니까 자기만 살짝 빠져나가서 재미를 보고, 난 엄마 된 죄로 손발이 묶인 채로 꼼짝 말고 있으라는 거 아냐. 하지만 사실 애를 돌보는 걸로 치면 내가 다른 사람보다 뭘 더 잘하는데? 애 엄마인 내 마음을 상하지 않게 해 주는 게 옳지. 난 아픈 아이를 돌볼 정신이 도저히 아니라고. 언니도 내가 어제 제정신이 아니었던 거 알잖아."

"하지만 그건 갑작스러운 소식에 너무 충격을 받아서 그런 거잖아. 또다시 그렇게 정신을 잃진 않겠지. 장담하는데 아이가 특별히 더 나빠지는 일은 없을 거야. 로빈슨 씨의 지시를 정확하게 따르고 있으니 난 걱정하지 않아. 그리고 메리, 내 생각엔 네 남편의 말이 틀리지 않은 것 같아. 아픈 사람을 돌보는건 남자의 일이 아냐, 남자의 영역이 아니니까. 아픈 아이는 항상 엄마 차지야. 엄마 마음이라는 게 그렇잖아."

"나도 여느 엄마 못지않게 내 아이를 사랑해. 하지만 내가 아픈 아이의 방에 있는 게 찰스가 있는 것보다 도움이 될 것 같진 않아. 아픈 아이를 계속 나무라고 걱정할 수는 없으니 말이야. 그리고 언니도 오늘 아침에 봤잖아. 내가 아이더러 가만히 있으라고 하면 애가 더 몸살을 하잖아. 난 신경이 그렇게 튼튼하지 않단 말이야."

"하지만 가엾은 아이를 떼어 놓고 가서 저녁을 보내면 네마음이 편하겠니?"

"그럼, 언니도 봤잖아, 애 아빠는 그럴 수 있다는 것. 그런데 왜 난 안 돼? 제마이마는 아주 조심성이 많아! 그 아이가 매시간 우리한테 와서 찰스의 상태를 보고해 주면 될 거야. 찰스가 시아버님께 우리가 다 같이 갈 거라고 말씀드렸더라면 좋았을 텐데. 어젠 정말 끔찍하게 놀랐지만 오늘은 상황이 완전히 달라졌어."

"글쎄, 너무 늦은 게 아니라면 지금이라도 말하고 너도 제부하고 함께 가면 어때? 찰스는 내게 맡기고. 머스그로브 씨 부부도 내가 아이와 함께 있다면 괜찮다고 생각하실 거야."

"정말?" 메리가 눈을 반짝이면서 외쳤다. "맞아! 정말 좋은 생각이야, 진짜 좋은 생각이야. 내가 가나 안 가나 마찬가지인 건 분명해. 내가 집에 있어 봐야 아무 소용도 없잖아. 그렇지? 있어 봐야 걱정만 하고 있을 텐데. 모정이 없는 언니가 훨씬 더, 아니, 가장 적격이야. 언니라면 찰스를 잘 다스릴 수 있어. 언니 말은 한마디만 해도 잘 듣잖아. 제마이마한테만 맡겨 놓는 것보다 훨씬 낫지. 오! 꼭 가야겠어. 찰스와 마찬가지로 나도 갈 수만 있다면 가는 게 옳은 것 같아. 시댁 어른들도 내가 웬트워스 대령과 인사 나누기를 간절히 바라실 거야. 그리고 언니는 혼자 있는 것 전혀 개의치 않잖아. 나도 알아. 정말 너무 좋은 생각이야, 언니! 가서 찰스한테 얘기하고 바로 준비할래. 무슨 일이 생기면 곧장 우리한테 사람을 보내, 알지? 그러나 장담하지만 언니가 걱정할 일은 없을 거야. 내가 소중한 내자식한테 별일이 없을 거라고 안심하지 않는 이상, 안 가리라는 거 언니도 잘 알잖아."

다음 순간 그녀는 남편의 경의실 문을 두드렸고, 앤도 그녀를 따라 위층으로 올라갔기에 부부의 대화를 모두 들을 수 있었다. 대화는 메리가 극도로 흥분해서 다음과 같이 말하는 것으로 시작되었다.

"찰스, 나도 당신과 함께 가야겠어요. 집에서 소용이 없기는 당신이나 나나 마찬가지니까요. 내가 찰스와 영원히 함께 갇혀 있다 해도 그 애가 싫어하는 일은 단 한 가지도 못 시킬 거예요. 언니가 남아 있기로 했어요. 언니가 집에 남아서 아이를 봐주겠대요. 언니가 제안한 거예요. 그러니까 난 당신과 함께 갈래요. 그게 훨씬 낫겠어요. 화요일 이후로 한 번도 시댁에서 정찬을 못 했어요."

"앤이 그래 주겠다니 정말 고마운 일이군." 그녀의 남편이 대답했다. "당신이 함께 간다니 나도 반갑고. 하지만 아픈 우리 아이를 돌보려고 앤이 혼자 집에 남는다는 건 좀 심한 일 같은걸."

그때 앤이 두 사람 앞에 나타나서 자신의 의견을 전했다. 그녀의 태도가 워낙 진지해서 찰스도 곧 그녀의 말이 옳다고 믿게 되었다. 그렇게 믿는 것이 자신의 필요에도 잘 맞았기 때문에 식사 시간에 그녀를 혼자 남겨 놓는 걸 더 이상 주저하지 않았다. 하지만 그러면서도 저녁때는 아이를 잠자리에 들여보내 놓고 그레이트 하우스로 오라고, 자기가 데리러 오겠다고 사람 좋게 졸라 댔다. 하지만 앤은 자신의 의사를 조금도 굽히지 않았고, 결국 곧 흥분해서 출발하는 그들 부부를 배웅하는 즐거움을 누리게 되었다. 그들이 떠났고, 그녀는 그들이 즐거운 시간을 보내기를 바랐다. 아주 묘하게 마련된 상황 덕분에 가능해진 즐거움이었지만. 앤 자신으로 말하자면, 그런 상황에서 느낄 수 있는 가장 편안한 기분을 느끼고 있었다. 자신이 아이에게 도움이 된다는 사실을 알고 있었기 때문이다. 프레더릭 웬트워스가 반 마일밖에 떨어지지 않은 곳에서 다른 사람들에게 즐거움을 주고 있다 한들 그것이 자기와 무슨 상관이란 말인가!

그녀는 그가 자기와 만나는 것에 대해 어떻게 생각할지 궁금했다. 아마도 무관심하겠지. 무관심할 수 있다면 말이지만. 무관심하거나, 아니면 별로 달가워하지 않을 게 틀림없었다. 그녀를 다시 만나고 싶었다면 지금까지 기다릴 필요는 없을 것이다. 앤이 그러면 벌써 한참 전에 했을 행동을 일찌감치 했을 테니까. 그가 두 사람의 결혼에서 유일하게 문젯거리였던 재정적 자립을 성취하게 된 그때 말이다.

제부와 동생이 돌아왔을 때 그들은 새로 만난 사람과 자신들의 방문 모두에 대해 기뻐하고 있었다. 연주와 노래와 담소와 웃음 등 모든 것이 즐거웠다고 했다. 웬트워스 대령에 대해서는 지나치게 수줍음을 타지도 말이 없지도 않았으며, 오히려 매력적인 매너를 지닌 사람이라고 평했다. 게다가 오랜 친구라도 만난 듯 찰스와 함께 사냥을 가기 위해 다음 날 아침 들르기로 했다는 것이다. 아침 식사를 함께할 예정인데, 커티지로 오지는 않을 터였다. 처음에는 그러자고 제안했지만 그레이트 하우스의 식구들이 그리로 오라고 졸라 댔고, 또한 웬트워스 대령도 아픈 아이가 있는 머스그로브 부인에게 부담을 주고 싶지 않았을 것이다. 그래서 구체적인 경위는 알 수 없지만, 하여간 찰스가 그의 부친 댁에서 그를 만나 함께 아침 식사를 하기로 결론을 보았다고 했다.

앤은 상황이 이해가 갔다. 그는 그녀와의 만남을 피하고 싶어 하고 있었다. 그녀는 그가 그녀의 안부를 간단히, 전에 간단히 인사를 나눈 적이 있는 사이에 맞는 수준에서 물었다는 사실을 알게 되었다. 그녀와 마찬가지로 그들이 전혀 모르는 사이는 아니라는 것을 인정한 것이다. 그 역시 만남에서 새로 소개받는 어색함을 피하고 싶었을 테니.

커티지의 아침은 시댁에 비해 항상 조금 늦게 시작됐다. 다음 날 아침에는 그 차이가 워낙 커서 메리와 앤이 아침 식사를 막 시작하려는 참에 찰스가 들어와 그와 웬트워스 대령이 출발한다고, 그래서 사냥개를 데리러 왔다고 말했다. 그리고 그의 누이들이 메리와 아이를 찾아보려고 웬트워스 대령과 함께 뒤따라오고 있으며, 또한 웬트워스 대령도 폐가 되지 않는다면 잠깐 메리에게 인사를 드리고 가겠다고 했다고 전했다. 그의 방문이 폐가 될 만큼 아이가 아프지는 않다고 말했음에도 웬트워스 대령은 찰스에게 미리 들어가 메리에게 꼭 물어봐 달라고 말했다는 것이었다.

메리는 그의 자상한 관심에 매우 만족해서, 들러 주신다면 더없이 기쁘겠다고 대답했다. 그러는 동안 앤의 마음속에서는 수천 가지 감정이 물밀듯 밀려들었다. 그 감정들 중 가장 위안이 되는 것은 만남의 순간이 오래 지속되지는 않으리라는 것이었다. 실제로 그들이 만난 시간은 아주 짧았다. 찰스가 미리 전하러 들어온 지 이 분 후에 일행이 나타났다. 그들이 응접실에 나타났고, 그녀와 웬트워스 대령의 눈길이 반쯤 마주쳤고, 그가 목례를 하고, 그녀가 무릎을 굽혀 몸을 낮추는 인사를 했다. 그의 목소리가 들려왔다. 그가 메리에게 뭔가 말을 하고 있었다. 경우에 맞는 인사말을 모두 하고 있었다. 머스그로브 씨 자매에게도 뭔가 말을 하고 있었다. 그녀들과 친한 사이임을 암시하는 표현을 쓰면서. 방이 사람과 목소리로 가득 찬 듯한 느낌이 들었다. 하지만 단 몇 분간의 일이었다. 찰스가 창가에 나타나서 준비가 다 됐다고 하자 손님은 고개를 숙여 인사를 하고 떠났다. 머스그로브 씨 자매도 즉석에서 사냥을 가는 일행과 함께 마을 끝까지 걸어가기로 하고 함께 나갔다. 방에는 아무도 남지 않았다. 그리고 앤은 아침 식사를 끝낼 수 있었다.

"끝났어! 끝났어!" 그녀는 반복해서 중얼거렸다. 안절부절 못하는 가운데 다행이라고 생각하면서. "최악의 순간은 지나갔어!"

메리가 뭐라고 말을 하고 있었다. 하지만 앤의 귀에는 한마디도 들리지 않았다. 그들이 만났다. 다시 한 번 한자리에 있었다!

하지만 그녀는 곧 마음을 가다듬으며 감정에서 자유로워지려고 노력했다. 모든 것을 포기한 지 팔 년, 거의 팔 년이나 되는 세월이 흘렀다. 그렇게 긴 세월이 흐른 뒤에 이미 멀어지고 희미해진 마음의 동요를 다시 되풀이하다니 이 얼마나 말도 안 되는 일인가! 팔 년이면 강산도 변할 시간이었다. 별별 일들, 변화와 소원함과 사라짐…… 모든 것, 모든 일들이 일어날 수 있는 기간이었다. 과거를 잊는 일, 그것은 얼마나 자연스럽고 또 확실한 일인가! 팔 년이라는 세월은 그녀의 삶에서 거의 3분의 1에 해당했다.

딱한 일이었다! 그렇게 생각을 정리했음에도 그녀는 한 가지 감정을 오래 간직하는 사람에게는 팔 년이 단 한순간에 지나지 않을 수도 있다는 사실을 깨달았다.

그러니까 지금 그의 감정을 어떻게 읽는 것이 옳을 것인가? 그녀를 피하고 싶어 하는 것이라고 봐야 할 것인가? 하지만 다음 순간 그녀는 그런 질문을 하는 자신이 한심할 만큼 싫어졌다.

그녀의 마음속에 떠오른 또 다른 질문에 대해서는 바로 답을 얻을 수 있었다. 앤이 온갖 지혜를 발휘했다 해도 아마 피하지 못했을 질문이었다. 머스그로브 씨 자매가 산책에서 돌아와 커티지에 들러 인사를 하고 집으로 돌아간 뒤, 메리는 앤에게 다음과 같은 정보를 자발적으로 제공했다.

"웬트워스 대령은 나한텐 그렇게 관심을 보이면서, 언니한텐 신사답게 굴지 않네. 함께 산책을 하면서 헨리에타가 그분한테 언니에 대한 인상을 물었더니, 글쎄 '언니가 너무 변해서 알아보지 못할 뻔했다.'라고 하더래."

보통 때도 메리는 언니의 감정을 존중할 만한 양식이 있는 사람은 아니었다. 하지만 이번 경우엔 정말 아무런 의심도 없이 언니에게 특별한 상처를 주고 있었다.

'알아보지 못할 정도로 변했다고!' 앤은 지그시 굴욕감을 삭였다. 그건 틀림없는 사실이리라. 그녀로서는 복수도 할 수 없는 말이었다. 그는 변하지 않았으니까. 아니, 적어도 모습이 나빠지진 않았으니까. 그게 그녀가 그를 보자마자 한 생각이었다. 그가 그녀에 대해 어떻게 생각하든 그의 모습을 본 그녀의 생각은 변할 수 없었다. 아니, 그녀의 젊음과 청춘을 망가뜨린 그 세월 동안 그의 모습은 더욱 빛나고 남성답게 활짝 피어 있었다. 그의 잘생긴 모습은 조금도 망가진 데가 없었다. 그녀가 보기에는 과거와 똑같은 바로 그 프레더릭 웬트워스였다.

"너무 변해서 알아보지 못할 뻔했다!" 이것은 그녀가 쉽게 떨쳐 낼 수 없는 말이었다. 하지만 그녀는 곧 그 말을 듣게 되어서 다행이라고 생각했다. 그 말이 냉정을 되찾는 데 도움이 되었던 것이다. 마음의 동요를 가라앉히고, 침착함을 되찾게 하여 궁극적으로는 더욱 행복한 삶을 살게 할 테니.

프레더릭 웬트워스가 비슷한 말을 한 것은 사실이었다. 하지만 그 말이 그녀의 귀에 들어가리라 생각했던 것은 아니었다. 그녀의 모습이 형편없게 되었다고 생각했기 때문에, 질문을 받자마자 별생각 없이 느낌을 말했을 뿐이다. 그는 아직도 앤 엘리엇을 용서하지 못하고 있었다. 그녀는 그를 부당하게 취급했다. 그를 버리고 실망시켰다. 더 나쁜 것은 그런 행동을 통해서 의지가 박약하다는 사실을 드러냈다는 것이다. 성격이 과단성 있고 자신만만한 웬트워스로서는 그런 박약한 의지를 참아 주기가 힘들었다. 그녀는 다른 사람들을 만족시키기 위해 그를 포기한 사람이었다. 그것은 지나친 설득의 결과였고 결점이자 소심함의 표현이었다.

그는 그녀를 열렬히 사랑했고, 그 사건 이후 다시는 그녀에 견줄 만한 여자를 만나지 못했다. 하지만 그녀를 다시 만났을 때 그가 느낀 감정은 자연스러운 호기심이었을 뿐 다른 관심은 없었다. 그녀의 매력이 영원히 사라졌기 때문이다.

이제 그의 목적은 결혼이었다. 그는 부자가 되었고, 육지에 상륙한 이상 적당한 상대를 만나면 곧 정착해야겠다고 마음먹고 있었다. 실제로 주변을 살피면서 자신의 냉철한 이성과 섬세한 취향이 허락하는 범위 내에서 가장 빠른 속도로 사랑에 빠지겠다고 결심하고 있었다. 머스그로브 씨 자매 중 어느 쪽이라도 자신의 마음을 사로잡기만 한다면 사로잡힐 생각이었다. 요컨대 앤 엘리엇만 아니라면 기분에 맞는 어떤 여자와도 사랑에 빠질 작정이었던 것이다. 누이의 질문에 이렇게 대답하면서 그가 마음속에 유일한 예외로 간직한 사람이 바로 앤이었다.

"맞아요, 소피아 누나. 전 얼마든지 어리석은 결혼을 할 각오가 되어 있어요. 열다섯에서 서른 사이 누구든 원하기만 하면 전 그 사람 거예요. 웬만큼 인물 좋고 제게 잘 웃어 주고, 해군에 대해 조금만 칭찬을 해 주면, 전 완전히 넘어갈 거예요. 여자들과 어울릴 기회가 없어 세련된 매너를 배우지 못한 해군이 그 정도면 된 거 아니에요?"

그녀는 그가 자신이 그 말에 이의를 제기할 것이라고 기대하고 있음을 알고 있었다. 총명하고 긍지에 찬 그의 눈은 그가 세련된 사람임을 자부하며 행복해하고 있음을 말해 주고 있었다. 그가 만나고 싶은 여성을 진지하게 묘사하면서 앤 엘리

엇을 전혀 염두에 두지 않았다고 할 수는 없었다. '똑똑하면서
도 다정한 여자'가 그 묘사의 시작과 끝이었으니 말이다.

"그게 제가 원하는 여자예요." 그가 말했다. "조금 부족한
사람은 물론 참아 줄 수 있겠지요. 하지만 그 조건에 아주 미
달해서는 안 돼요. 그렇게 생각하는 제가 바보일까요? 그렇다
면 바보라고 해도 좋아요. 전 그 문제에 대해서만큼은 다른 사
람보다 훨씬 생각을 많이 했으니까요."

8

그 만남 이후 웬트워스 대령과 앤 엘리엇은 자주 어울리게
되었다. 곧 머스그로브 씨 댁에서 식사가 있었다. 아이의 부상
은 더 이상 앤의 불참 구실이 되지 못했다. 그리고 다른 저녁
식사와 만남이 이어졌다.

그들이 전에 느꼈던 감정이 되살아날지 여부가 시험대에
올랐다. 두 사람 모두 이전 시기를 떠올린 것은 분명하다. 말
을 하다 보면 바로 그 시기로 거슬러 올라가지 않을 수 없었
다. 대화 중에 세부 사항을 묘사하거나 얘기하다 보면 그들
이 약혼했던 해가 언급되곤 했다. 직업적으로나 개인적인 성
격으로나 그가 대화에 참여하는 것은 불가피했다. "그 일은
──6년에 있었던 일이지요."라거나 "그 일은 바다로 나가던
──6년에 일어났어요."라고 하는 것들이 두 사람이 다시 만
나 처음으로 함께 저녁 시간을 보낼 때 언급된 말들이었다. 목

소리가 떨리지도 않았고, 그런 말을 할 때 그의 눈이 자신을 향했다고 짐작할 이유도 없었지만, 그녀가 아는 그의 성격으로 미루어 볼 때 그런 말을 할 때의 그 또한 그녀 못지않게 두 사람 사이의 일을 떠올리고 있는 것이 틀림없었다. 그런 말과 동시에 두 사람 사이의 일을 회상한다는 점에서 그도 그녀와 다르지 않았다. 그가 그녀만큼 그 시절을 고통스럽게 회상한 것은 아니었을지 몰라도.

그들은 최소한의 예의에 어긋나지 않을 정도로만 대화를 나누거나 접촉했다. 한때 그리도 서로만을 찾았건만! 이젠 아무것도 남은 게 없었다! 한때는 지금 어퍼크로스의 응접실을 가득 채우고 있는 수많은 사람들 사이에서 자기들끼리만 이야기하는 것을 멈추는 게 너무도 힘들다고 느끼던 시절이 정말 있었다. 짐작건대 크로프트 제독 부부를 제외한다면 — 그 두 사람은 남다른 애정과 행복을 누리고 있는 것처럼 보였다.(다른 예는 생각나지 않았다.) — 웬트워스 대령과 자신만큼 그렇게 상대방을 향해 마음이 열리고, 그렇게 취향이 유사하며, 그렇게 감정이 일치하고, 그렇게 표정이 사랑스러운 짝은 있을 수 없었다. 그런데 이제 그들은 남이나 마찬가지였다. 아니, 남보다도 못했다. 서로 가까워지는 것이 영원히 불가능한 사이였으니까. 영속적으로 소원할 수밖에 없는 관계였으니까.

그가 말을 할 때 그녀는 전과 똑같은 목소리를 들었고, 똑같은 지성을 느꼈다. 모여 있던 사람들 대부분은 해군에 대해 잘 알지 못했다. 그래서 그를 향해 많은 질문이 던져졌으니, 특히 머스그로브 씨 자매는 해상 생활에 대해서, 일과와 음식과 시간 등에 대해서 그에게 많은 질문을 했다. 두 자매의 눈은 그에게 고정되어 있는 것 같았다. 그들은 배 위에서 실질적으로 가능하고 실제로 제공되는 편의와 장치에 대한 설명을 듣고 놀랐고, 그는 그런 그들의 무지를 농담 반 진담 반으로 놀렸다. 앤은 이 장면을 지켜보면서 그들만큼 무지했던 그와의 첫 만남 때를 떠올렸다. 그녀 또한 선상 생활 중의 해군에겐 먹을 것도 없고, 있다 해도 그것을 요리할 요리사도 데리고 있지 않으며, 시중을 들어 줄 하인도 없고, 사용할 칼이나 포크도 없다고 생각하여 그에게서 조롱을 받았다.

이렇게 오고 가는 대화에 귀를 기울이며 생각에 잠겨 있을 때 머스그로브 부인의 귀엣말이 들려와 그녀는 정신이 번쩍 들었다. 머스그로브 부인이 달콤한 슬픔을 이기지 못하고 이렇게 말했기 때문이다.

"아, 앤 양! 하느님께서 내 아들을 데려가지 않으셨더라면, 그 아이도 지금쯤 저분처럼 되어 있었겠지요."

앤은 미소를 짓지 않으려고 애쓰면서 머스그로브 부인이 슬픈 감정을 덜어 내는 동안 친절하게 귀를 기울였고, 그러느라 몇 분 동안 다른 사람들의 대화를 듣지 못했다. 그녀가 다시 자신의 관심이 이끌리는 곳으로 주의를 돌렸을 때는 머스그로브 씨 자매가 막 『해군 목록』(이것은 그들이 소유하고 있던, 어퍼크로스에서 처음 갖게 된 『해군 목록』이었다.)을 가져오고 있었다. 두 사람은 웬트워스 대령이 지휘한 배들을 모두 찾아보겠다면서 자리에 앉아 책을 찬찬히 들여다보았다.

"첫 배가 아스프라고 하셨지요. 아스프를 찾아볼게요."

"아마 거기엔 안 나올 겁니다. 아주 낡고 부서진 배였어요. 제가 그 배의 마지막 지휘관이었답니다. 제가 맡았을 때도 이미 제 기능을 하기엔 너무 낡아 있었어요. 보고서에 따르면 본토에서 일이 년 정도 사용하는 데나 적합하다고 하더군요. 제가 그 배의 지휘관이 되어서 서인도 제도로 파견되었지요."

아가씨들은 놀란 표정을 지었다.

그가 말을 이었다. "해군 본부에서는 가끔씩 전투에 부적합한 배에 몇백 명의 해군을 실어 보냅니다. 먹여 살릴 사람은 너무 많은데 그들 중 바닷속으로 가라앉아도 진짜 아쉽지 않을 사람을 구별하기란 불가능하니까요."

"말도 안 되는 소리!" 크로프트 제독이 외쳤다. "요새 젊은이들은 정말 말도 안 되는 소리를 한단 말이야! 전성기 때의 아스프호만 한 외돛배도 없었다고. 과거에 건조된 외돛배 중에서 그렇게 훌륭한 배는 찾아볼 수 없어. 그 배의 지휘관은 정말 운좋은 사람이었다고! 당시에 자네보다 좋은 자격을 가진 사람이 스물은 되었을 걸 잘 알면서 그런 소리를 하는군. 높은 자리에 후견인도 별로 없는 자네가 그렇게 바로 배의 지휘를 맡은 건 정말 행운이었다고!"

"제독님, 저도 제가 운이 좋았다는 건 잘 압니다." 웬트워스 대령이 진지하게 대답했다. "저도 그때 임명을 받은 일에 대해서 매형께서 바라시는 만큼 만족하게 생각하고 있어요. 당시에 전 배의 지휘를 꼭, 정말 꼭 맡고 싶었거든요. 무슨 일이든 하고 싶었지요."

"당연히 그랬겠지. 자네 같은 젊은이가 육지에서 반년씩이나 뭘 하겠나? 아내가 없는 이상 다시 바다에 나가길 원하는 게 당연하지."

"하지만 웬트워스 대령님, 아스프호를 맡고 나서 그 배가 그렇게 낡았다는 걸 아시고는 얼마나 황당하셨을까요!" 루이자가 외쳤다.

"아스프호의 상태에 대해서는 맡기 전부터 이미 잘 알았습니다." 그가 미소를 지으며 말했다. "당신께서 기억도 하기 전부터 지인들의 반은 빌려 입었던 낡은 망토, 그러다가 어느 비 오는 날 마침내 당신이 빌려 입게 된 망토의 모양과 장점에 대해 더 이상 새롭게 알 게 없으신 것처럼 저도 그 배에 대해서라면 새로 배울 게 하나도 없었습니다. 아! 아스프호는 낡았지만 제가 사랑한 배였습니다. 제가 원하는 걸 모두 해 주었답니다. 그러리라는 걸 저도 알고 있었어요. 우리가 함께 바다 밑바닥으로 침몰하든지, 아니면 그 배 덕분에 제 일이 잘 풀리든지 둘 중의 하나라는 걸. 그 배를 타는 동안은 날씨가 이틀 연속 나빴던 적이 한 번도 없었어요. 사략선[13]을 몇 척 나포해서 재미를 보다가 다음 해 가을 귀항길에 제가 꼭 물리치고 싶었던 프랑스 소형 구축함과 맞닥뜨렸지요. 그 배를 플리머스로 몰고 갔는데, 그 또한 대단한 행운이었지요. 만에 정박한 지 여섯 시간 만에 엄청난 강풍이 불어와서 꼬박 나흘 밤낮을 불어 댔는데, 만약 해상에서 그런 바람을 만났더라면 아스프호는 이틀 만에 끝장났을 겁니다. 프랑스 해군과의 교전으로 그

─────────────

13) 전시에 적선을 나포하는 허가를 가진 민간 무장선.

배의 상태가 더 나아지지는 않았으니까요. 아마 단 스물네 시간 만에 용감한 웬트워스 대령이라고 신문 한 귀퉁이 작은 단락에 기록되는 것으로 제 목숨이 끝났을 겁니다. 외돛배에서 죽었으니 아무도 저라는 사람에 대해서는 생각조차 하지 않았을 거예요."

앤은 가만히 몸서리를 쳤지만, 머스그로브 씨 자매는 자신들이 느끼는 대로 마음 놓고 동정과 공포의 고함을 지를 수 있었다.

머스그로브 부인이 혼잣말을 하듯 작은 목소리로 말했다. "그렇다면 짐작건대, 그런 다음 라코니아호를 지휘하게 되셨고 거기서 가엾은 우리 아들을 만나셨겠지. 찰스, 애야," 부인은 아들에게 가까이 오라고 손짓을 하면서 말했다. "웬트워스 대령께 그분이 네 동생을 만나신 게 어디였는지 여쭤 보렴. 난 자꾸만 잊어버리는구나."

"지브롤터예요, 어머니, 제가 알아요. 딕은 지브롤터에서 병에 걸렸고, 거기서 그의 상관이 웬트워스 대령께 보내셨어요."

"오! 하지만 찰스, 웬트워스 대령께 내 앞에서 가엾은 딕에 대해 얘기하지 않으려고 조심하지 않으셔도 된다고 말씀드리렴. 저렇게 훌륭한 친구분이 딕 얘기를 하시는 걸 듣는 건 오히려 즐거운 일이니까."

동생의 해군 복무 시절에 대해 조금 더 실제적인 짐작을 하고 있던 찰스는 대답 대신 고개만 끄떡거리고 어머니 곁을 떠났다.

두 딸은 이제 라코니아호를 찾느라 호들갑을 떨고 있었다.

그리고 웬트워스 대령은 그들의 수고를 덜어 주기 위해 그 귀
중한 책을 직접 받아 들고 그의 이름과 등급, 그리고 현재 무
임관 상태의 계급 등을 행복하게 읽지 않을 수 없었다. 그러면
서 라코니아호 역시 가장 좋은 친구 중의 하나였다고 말했다.

"아! 정말 좋은 시절이었어요, 라코니아를 지휘하던 때는!
돈도 빨리 모을 수 있었지요. 저는 친구 하나와 헤브리디스 제
도 부근에서 참으로 순조로운 항행을 했습니다. 하빌이 참 안
됐어요, 누님! 얼마나 돈을 모으고 싶어 했는지 누님도 잘 아
시지요. 아내가 있어 저보다 더 간절했는데. 정말 훌륭한 친구
예요! 그가 얼마나 행복해했는지는 결코 잊지 못할 겁니다. 그
는 아내를 위해 정말 간절히 돈을 모으고 싶어 했어요. 제가
지중해에서 행운을 누리던 그다음해 여름에도 그가 함께 있
었더라면 얼마나 좋았을까 하는 생각을 하곤 했지요."

"그리고 분명히," 머스그로브 부인이 말했다. "대령님, 당
신이 그 배의 지휘관이 되신 날은 저희한테도 운이 좋은 날이
었어요. 저희도 대령님의 은혜를 평생 못 잊을 거예요."

그녀는 감정에 복받쳐 낮은 목소리로 말했다. 그녀의 말을
일부만 들은 데다, 필경 딕 머스그로브에 대해서는 전혀 생각
도 하지 않았을 터라, 그는 의아한 표정으로 다음 말을 기다
렸다.

"저희 오빠," 두 딸 중 하나가 속삭였다. "엄마가 가엾은 리
처드를 생각하고 계신 거예요."

"가엾은 내 아들!" 머스그로브 부인이 말을 이었다. "그 아
이는 대령님 휘하에 있는 동안 대령님 덕분에 편지를 꾸준히

써 보냈어요! 아, 그 아이가 대령님의 휘하를 떠나지 않았더라면 얼마나 좋았을까요! 정말이지 대령님, 그 아이가 대령님의 휘하를 떠나야 했던 게 너무나 안타깝답니다."

그녀의 말을 듣는 웬트워스 대령의 얼굴에는 순간적으로 어떤 표정이 스쳤으니, 총명한 시선이 흘깃 딴 곳을 향하면서 잘생긴 입꼬리가 살짝 올라가는 모습을 앤은 놓치지 않았다. 앤은 그가 아들에 관한 머스그로브 부인의 친절한 소망을 공유하기보다는 필시 그를 제거하기 위해 애썼을 것이라고 짐작했다. 하지만 그것은 앤만큼 그를 잘 이해하는 사람이 아니면 알아차리기 어려운 아주 짧은 순간에 노출된 감정이었다. 다음 순간 그는 침착함과 진지함을 완벽하게 되찾고, 즉시 앤과 머스그로브 부인이 함께 앉아 있던 소파로 다가와 머스그로브 부인 곁에 앉아서 그녀의 아들에 대해 낮은 목소리로 대화를 나누었다. 부모라면 느낄 수밖에 없는 감정 중에서 실제적이고 지나치게 부조리하지 않은 모든 감정에 대해 자연스럽고도 우아한 태도로 친절하게 공감을 표시했다.

그들이 진짜로 한 소파에 앉았다. 머스그로브 부인이 그가 앉도록 자리를 내주었기 때문이다. 두 사람 사이를 갈라놓고 있는 건 머스그로브 부인뿐이었다. 사실 미미한 장벽은 아니었다. 머스그로브 부인은 몸에 살이 제법 붙은 사람이라 체질적으로 연약한 감정보다는 기분 좋은 환호가 훨씬 잘 어울리는 사람이었다. 앤의 가냘픈 몸매에 깃든 흥분도 얼굴에 감돌던 애수도 완벽하게 가려진 것이 그의 침착한 태도에 도움이 되었겠지만, 생전에 아무도 좋아하지 않았던 아들의 운명을 두고 뚱뚱한 몸매로 한숨을 내쉬는 어머니를 배려하기 위해 그가 발휘하는 대단한 자제력 또한 높이 평가받을 만했다.

한 인간의 몸의 크기와 정신적 슬픔의 크기 사이에 필연적인 관련이 없는 것은 분명하다. 덩치가 큰 사람도 세상에서 가장 여리고 우아한 몸매를 가진 사람 못지않게 깊은 슬픔에 잠길 권리가 있다. 하지만 공정하든 그렇지 않든 간에, 커다란 덩치와 슬픔의 연결이 너무 어색해서 아무리 합리적으로 생각하려 노력해도 보호해 줄 수 없고 섬세한 취향을 가진 사람으로서는 참아 줄 수 없는 경우, 조롱의 대상이 되기 쉬운 것도 사실이다.

크로프트 제독은 기분을 전환하기 위해 뒷짐을 지고 방을 두세 바퀴 돈 다음 아내의 호출에 따라 웬트워스 대령 쪽으로 다가왔다. 그리고 생각에 빠져 자신이 어떤 대화를 중단시키고 있는지 전혀 의식하지 못한 채 말문을 열었다.

"지난봄, 프레더릭, 자네가 리스본에 일주일 뒤에 머물렀더라면 레이디 메리 그리어슨과 그 따님들을 모시고 와야 했을 걸세."

"그랬습니까? 그렇다면 일주일 뒤에 머물지 않은 게 다행이군요."

제독은 신사답지 못하다며 그를 나무랐다. 그는 그런 것이 아니라고 말하면서, 하지만 몇 시간이면 끝나는 무도회나 면회라면 모를까 그 이상의 시간 동안 숙녀들을 자기가 지휘하는 배에 태우고 싶은 생각은 없다고 말했다.

"하지만 제가 뭔가 착각하고 있는 게 아니라면, 그건 제가 신사답지 못해서가 아닙니다. 그보다는 우리가 아무리 노력하고 희생해도 숙녀분들께 고상한 대접을 해 드리는 것이 불가능하다는 것을 깊이 느끼고 있기 때문이지요. 숙녀분들이 아무런 불편을 느끼지 않도록 해 드리는 것을 중시하는 게 신사답지 못한 일은 아니잖습니까. 제가 생각하는 것이 바로 그겁니다. 선상에서 숙녀분들의 목소리를 듣거나 보는 건 정말 온당한 일이 아닙니다. 그리고 할 수만 있다면 제가 지휘관으로 있는 배로는 숙녀분들로만 구성된 가족을 태워다 드리는 일은 하지 않을 겁니다.”

그의 누이가 즉각 맞받아쳤다.

“오, 프레더릭! 하지만 그건 말도 안 돼. 고상한 대접이라니, 그게 다 무슨 얘기야! 여자들도 선상에서 영국 최고의 집에서만큼 편히 지낼 수 있어. 나 역시 그 어떤 여자보다 오랫동안 선상 생활을 했지만 군함만큼 우월한 설비는 경험하지 못했어. 심지어 켈린치 홀에서도, (앤에게 목례를 보내며) 그동안 내가 생활했던 대부분의 배에서 늘 누리던 것 이상의 편안함이나 호사를 누리는 건 아니라고 감히 말할 수 있어. 도합 다섯 척이나 되는 배에서 생활했지만.”

“경우가 달라요.” 그녀의 동생이 말했다. “누님은 매형과 함께 지내셨고, 또 그 배에 탄 여성으로는 유일하셨잖아요.”

“하지만 너도 하빌 대령의 부인과 여동생과 사촌, 그리고 세 명의 아이들까지 포츠머스에서 플리머스까지 태워다 드렸잖니. 그때는 네가 주장하는 그 대단하고 특별한 신사도가 어디 있었는데?”

"모두 우정과 한 덩어리가 되어 있었지요, 소피아 누님. 동료 장교의 부인한테 도움이 되는 일이면 뭐든지 할 거예요. 그리고 하빌과 관련된 것, 그가 원하는 것은 뭐든 세상 끝에서라도 가져다줄 겁니다. 하지만 그걸 바람직한 일로 여겼다고는 생각하지 마세요."

"그분들이 모두 아주 편안하게 여행을 했다는 건 내가 보증할게."

"그랬을지도 모르지만 그렇다고 해서 제가 그분들을 더 좋아하게 되진 않을 거예요. 그렇게 많은 여성분들과 아이들이 배 위에서 편하게 지낼 권리는 없다고요."

"프레더릭, 참으로 한가한 소리를 하는구나. 만일 모두가 너같이 생각한다면 남편을 따라서 이 항구에서 저 항구로 항해해야 하는 우리 가엾은 해군의 아내들은 대체 어떻게 해야 하는 거니?"

"누님도 아시다시피 제가 제 견해를 이유로 하빌 부인과 그 가족 모두를 플리머스까지 안 모셔다 드린 건 아니잖아요."

"하지만 네가 그렇게, 아주 세련된 신사인 척하면서, 그리고 마치 여자들은 모두 합리적인 동물이라기보다 우아한 숙녀들인 것처럼 말하는 건 마음에 안 든다. 우리 중 누구도 매일같이 순조로운 삶이 이어질 거라고 기대하지는 않는단다."

제독이 말했다. "아! 여보, 프레더릭한테 아내가 생기면 완전히 다른 소리를 할 거요. 결혼을 하고, 운 좋게도 우리 생전에 또 다른 전쟁에 참전하게 되면 당신이나 나, 그리고 수많은 다른 사람들이 한 것과 똑같이 행동할 거요. 그에게 아내를 데려다주는 사람이라면 누구에게나 고맙다고 할 거요."

"물론이지요."

"이제 손들었어요." 웬트워스 대령이 외쳤다. "모두들 결혼만 하고 나면 '자네도 결혼을 하고 나면 완전히 달라질 걸세.'라며 저를 공격하더라고요. 제가 유일하게 할 수 있는 대답은 '아니요, 그렇지 않습니다.'이고, 그러면 그 사람들은 다시 '아니, 그럴 거네.'라고 할 거고, 그러면 그걸로 끝이지요."

그는 자리에서 일어나 방의 다른 쪽으로 걸어갔다.

"여행을 얼마나 많이 하셨을지요, 사모님!" 머스그로브 부인이 크로프트 부인에게 말했다.

"꽤 많이 했답니다. 결혼한 후 십오 년 동안. 그보다 오래한 분들도 많지만요. 대서양을 네 번 횡단했고, 동인도 제도에도 한 번 다녀왔지요. 그렇지만 한 번뿐이었어요. 코르크와 리스본, 지브롤터에 간 것을 제외하면. 하지만 지브롤터 해협 너머까지 가 본 적은 없어요. 그리고 서인도 제도에도 가 본 적이 없답니다. 저희는 서인도 제도를 버뮤다니 바하마니 하고 부르지는 않지요, 아시다시피."

머스그로브 부인은 단 한마디도 토를 달 수 없었다. 평생 동안 그런 이름은 불러 본 적도 없으니 말이다.

"그리고 제가 확언할 수 있는데," 크로프트 부인이 계속했다. "군함보다 나은 설비는 정말 없습니다. 아시다시피 등급이 높은 군함 얘기지만요. 물론 소형 구축함을 타면 훨씬 답답하게 지내야 해요. 합리적인 여자라면 소형 구축함에서도 충분히 행복하게 지낼 수 있지만요. 그리고 자신 있게 말씀드릴 수 있는데, 저로서는 선상에서 보낸 시간이 가장 행복했어요. 남편과 함께 있으면 무서운 게 하나도 없었어요. 하느님께 감사드려요! 저는 운 좋게도 항상 건강했고, 어떤 기후에도 잘 견뎠어요. 바다에 나가면 처음 스물네 시간은 좀 어지럽지만, 그런 뒤엔 배멀미도 해 본 적이 없답니다. 제가 유일하게 심적으로나 물적으로 조금이라도 고통스러웠던 때, 그러니까 몸이 안 좋다고, 불안하다고 느꼈던 때는 크로프트 제독이 대령으로 북해에 파견 나가 있느라, 제가 딜에서 혼자 겨울을 보낼 때였어요. 그때는 항상 공포 속에서 지냈고, 일이 손에 안 잡혔고, 또 언제 소식이 올지 몰라 이제나저제나 애태우면서 온갖 질병에 대한 상상에 시달렸어요. 하지만 그이와 제가 함께 있는 한은 어떤 조건에서도 아픈 적이 없었고 조금도 불편한 적이 없었어요."

"예, 그랬군요, 정말 그렇겠네요. 저도 완전히 동감합니다, 크로프트 부인." 머스그로브 부인이 진심을 담아 대답했다. "부부가 떨어져 있는 것만큼 힘든 일은 없지요. 저도 완전히 동감해요. 머스그로브 씨가 항상 순회 재판에 참여하기 때문에 헤어져 있는 게 어떤 건지 저도 잘 알아요. 순회 재판 기간이 끝나고 저 귀족이 안전하게 돌아오면 말할 수 없이 기쁘지요."

저녁은 춤으로 마무리되었다. 춤을 추자는 제안이 나오자 앤이 평소와 마찬가지로 피아노 반주를 자청했고, 피아노 앞에 앉아 있는 동안 자주 눈물이 고이긴 했지만, 그래도 할 일이 있다는 것이 다행스럽게 생각되었다. 그리고 그 덕분에 자신이 아무의 눈에도 안 띄기를 바라게 되었다.

모인 사람들은 흥겹고 기쁨이 넘치는 시간을 보냈고 웬트워스 대령만큼 그 시간을 즐기는 사람도 없는 듯 보였다. 그가 한껏 고양되어 보이는 것도 무리는 아니었다. 모든 사람의 관심과 존경을 한 몸에 받고 있는 데다 특히 모든 젊은 여성들의 주목을 받고 있었으니 말이다. 사촌의 집안에서 온 헤이터 씨 자매들은 그에게 반해도 좋다는 특권을 부여받은 듯이 행동했다. 그리고 헨리에타와 루이자로 말하자면 두 사람이 함께 완전히 그에게 빠져 있어서 그들이 자신들의 좋은 사이를 그렇게 지속적으로 표현하지 않았더라면 그들이 결정적인 연적이 아님을 믿기 어려울 정도였다. 그렇게 보편적이고 열렬한 찬양을 받으면서 좀 의기양양하게 굴었기로 누가 그를 이상하다고 하겠는가?

이런 것들이 조금도 실수하지 않고 자신의 연주를 의식도 하지 않으면서 기계적으로 손가락을 놀리던 반 시간 동안 앤의 머릿속을 오간 생각들이었다. 그가 자신을 바라보고 있는 느낌을 받은 적도 한 번 있었다. 아마도 그녀의 얼굴이 어떻게 변했는지 차근차근 뜯어보고 있었으리라. 한때 자신을 매혹했던 얼굴의 잔해를 찾아보려고 말이다. 그리고 그가 자신에 대해서 말하고 있다는 사실도 한 번 알아챘다. 대답이 들려올 때까지는 거의 의식도 하지 못했지만. 하지만 대답을 듣고 나서 그가 파트너에게 엘리엇 양은 춤을 안 추느냐고 물어보았다는 것을 알 수 있었다. 대답은 "오! 아니요. 전혀 추지 않으셔요. 춤은 아주 포기하셨어요. 춤을 추는 것보다 피아노 연주를 즐기셔요. 지치지도 않고 피아노 연주를 하시지요."였다.

한번은 그가 그녀에게 말을 걸기도 했다. 춤이 끝나고 그녀가 피아노 앞을 잠시 비웠을 때 그가 머스그로브 씨 자매에게 곡조를 알려 주기 위해 피아노 앞에 앉아 있었던 것이다. 그녀는 전혀 의식하지 않고 그쪽으로 돌아왔는데, 그가 그녀를 보고 바로 자리에서 일어서면서 짐짓 공손한 태도로 말했다.

"죄송합니다, 부인. 댁의 자리죠." 그녀가 아니라고 단호하게 말하며 곧 비켰지만, 그 말도 그를 자리에 다시 앉히지는 못했다.

앤은 다시는 그 같은 눈길과 언사를 마주하고 싶지 않았다. 그의 냉정한 공손함과 의례적인 예절보다 아픈 것은 없었기 때문이다.

9

켈린치는 웬트워스 대령에게 자기 집이나 마찬가지였다. 누님뿐 아니라 매형인 크로프트 제독도 마치 친동생처럼 반가워하며 원하는 만큼 머무르라고 했기 때문이다. 처음 도착했을 때는 곧 슈롭셔에 가서 그곳에 정착한 형을 방문할 생각이었지만, 어퍼크로스의 매력에 빠져 미루는 중이었다. 어퍼크로스의 가족들은 다들 너무도 다정했고, 그를 우쭐하게 했으며, 그를 매혹시키는 것을 모두 제공했다. 부모들은 그를 환대했고 자식들은 상냥해서 그는 켈린치에 그대로 머물면서, 에드워드 형과 결혼한 형수의 모든 매력과 교양을 즐기는 걸잠시 뒤로 미루기로 결정했다.

그는 거의 매일을 어퍼크로스에서 살다시피 했다. 그를 초대하는 머스그로브 씨 가족이나 그것을 받아들이는 그나 즐거운 마음이기는 마찬가지였다. 특히 아침에는 보통 크로프트 제독 부부가 함께 외출해서 그들의 새 소유물인 잔디와 양떼를 살펴보는 등 제삼자가 끼기에는 너무 한가한 시간을 보내거나, 아니면 새로 산 이륜마차로 드라이브를 즐겼기 때문에 함께 어울릴 사람이 없어서 더욱 그랬다.

그때까지 머스그로브 씨 가족과 주변 사람들은 웬트워스 대령에 대해 이견이 없었다. 모두들 열광적으로 그에게 호감을 느꼈다. 그러나 이렇게 친밀한 관계가 성립되자마자 찰스 헤이터라는 인물이 돌아와 그 관계를 마음에 들어 하지 않으며 웬트워스 대령을 훼방꾼으로 여기기 시작했다.

머스그로브 씨 가족의 사촌 중에서 가장 나이가 많은 찰스 헤이터는 매우 훌륭하고 상냥한 젊은이였는데, 웬트워스 대령이 나타나기 전까지는 헨리에타와 서로 좋아하는 사이처럼 보였다. 성직자가 직업인 그는 인근 교구에서 부목사로 재직하고 있었는데, 교구에 살지 않아도 되었기 때문에 어퍼크로스에서 2마일밖에 떨어지지 않은 아버지의 집에 기거했다. 이 결정적인 기간 동안 잠시 집을 떠나 있느라 아름다운 자신의 여인에게 관심을 쏟지 못한 탓에 그녀를 지키지 못한 것이다. 집에 돌아온 그는 헨리에타의 태도가 돌변했다는 사실을 알아챈 채로, 웬트워스 대령과 대면하는 고통을 맛보아야 했다.

머스그로브 부인과 헤이터 부인은 자매간이었다. 둘 다 자기 소유의 수입이 있었지만, 결혼과 함께 사회적 지위가 크게 달라졌다. 헤이터 씨도 재산이 조금 있기는 했지만, 머스그로브 씨의 재산에 비하면 보잘것없는 수준이었다. 머스그로브 씨 가족이 지역의 최상류층에 속했던 반면, 헤이터 가의 경우

부모들의 생활 방식이 열등하고 궁색하며 세련되지 못한 데다 자식들도 교육을 제대로 받지 못해서 어퍼크로스와의 관계를 제외한다면 신사 계층에 속한다고 말하기 어려울 정도였다. 학자이자 신사가 되기를 선택했고, 동생들에 비해 교양과 매너가 훨씬 뛰어났던 큰아들은 물론 예외였다.

두 가족은 한쪽이 거만하지도, 다른 한쪽이 질투를 하지도 않았기 때문에 항상 다정하게 지냈다. 머스그로브 씨 자매는 자신들이 공부를 더 많이 한 것을 의식하고 사촌들에게 도움이 되려고 노력했으며, 헨리에타의 부모는 찰스가 헨리에타에게 관심을 보이는 것에 부정적이지 않았다. "아주 만족스러운 상대는 아니지만 헨리에타만 좋다면……. 진짜로 두 사람이 서로 좋아하는 것처럼 보이니."

헨리에타도 웬트워스 대령이 나타날 때까지는 그렇게 생각했다. 하지만 그가 나타난 후로 그녀는 사촌인 찰스를 까마득히 잊었다.

앤이 관찰할 수 있는 범위 내에서 본 바로는 웬트워스 대령이 자매 중 누구를 더 좋아하는지 알 수 없었다. 둘 중 인물은 헨리에타가 나았지만 성격은 루이자가 더 발랄했다. 그리고 현시점에서 그가 온순한 성격과 발랄한 성격 중 어느 쪽에 더 매력을 느낄지는 미지수였다.

머스그로브 씨 부부는 관찰력이 별로 좋지 않았기 때문인지, 아니면 딸들의 분별력과 주변의 젊은 남성들을 모두 충분히 신뢰했기 때문인지 그들의 처신에 전혀 개입하지 않는 것처럼 보였다. 그레이트 하우스에서 그녀들에 대해 걱정하거나 의논하는 듯한 기미는 전혀 없었다. 하지만 커티지의 젊은 부부는 나름대로 짐작해 보고 궁금해하기를 서슴지 않는 듯했다. 웬트워스 대령이 머스그로브 씨 자매와 고작 네댓 번 정도 어울리고 찰스 헤이터가 돌아온 직후의 어느 날 앤은 웬트워스 대령이 두 자매 중 누구를 더 좋아하는지에 대한 동생 부부의 의견을 듣게 되었다. 찰스는 루이자라고 생각했고 메리는 헨리에타라고 생각했는데, 그러면서도 웬트워스 대령이 둘 중 누구와 결혼하더라도 참으로 기쁜 일이라고 의견을 모았다.

찰스는 "웬트워스 대령만큼 어울리기 좋은 사람은 만난 적이 없다. 웬트워스 대령에게서 직접 들은 바로, 그는 전쟁 동안 2000파운드 이상을 번 게 틀림없다. 지금도 재산이 많지만 앞으로 전쟁이 또 일어난다면 재산을 더 모을 수도 있다. 그리고 틀림없이 다른 장교 못지않게 승진의 가능성도 높다. 오! 두 누이 중 누구와 결혼을 하더라도 정말 훌륭한 결합이 될 것이다."라고 했다.

"맞는 말이에요." 메리가 대답했다. "아이 참! 만일 그분이 높은 지위에 오르는 영예를 누린다면! 만일 준남작의 작위라도 받는다면! '레이디 웬트워스'라는 이름 참 듣기 좋잖아요. 헨리에타에게 얼마나 영예로운 일이겠어요! 그 경우 헨리에타가 저보다 상석에 앉아야 할 텐데 헨리에타도 싫지 않겠지요. 프레더릭 경과 레이디 웬트워스! 하지만 그러려면 작위를 새로 만들어서 수여해야 할 거예요. 새로 수여된 작위는 별게 아니긴 하지만요."

메리가 웬트워스 대령이 헨리에타를 더 좋아한다고 생각하는 이유는 바로 찰스 헤이터 때문이었다. 메리는 찰스와 헨리에타의 관계가 끝나기를 바라고 있었다. 그녀는 헤이터 가족을 단호한 태도로 경멸했으니, 두 가족 사이에 존재하는 관계가 다음 세대까지 이어지는 것은 바람직하지 않은 일이라고, 자신이나 자식들을 위해서 안타까운 일이라고 생각했다.

"당신도 알잖아요." 그녀가 말했다. "나로선 찰스가 헨리에타의 짝으로 적합하다고 생각할 수 없다는 걸. 머스그로브 가가 그동안 맺어 온 인척 관계를 염두에 둔다면 헨리에타가 그렇게 자신을 내던져 버릴 권리는 없다고요. 어떤 처녀도 가족의 주요 구성원을 언짢게 하고 불편하게 할 선택을 할 권리는 없다고, 그리고 나쁜 인척 관계에 익숙하지 않은 가족 구성원들에게 그런 관계를 떠맡길 권리는 없다고 생각해요. 그리고 말이야 바른 말이지, 찰스 헤이터가 도대체 뭐예요? 겨우 시골 부목사잖아요. 어퍼크로스 출신 머스그로브 양에게는 너무나 안 맞는 신랑감이에요."

하지만 그녀의 남편은 의견이 달랐다. 사촌에 대한 존경심도 있고, 찰스 헤이터와 같은 맏아들의 관점에서 사물을 바라보았기 때문이었다.

따라서 그는 이렇게 맞받아쳤다. "그건 말도 안 되는 소리요, 메리. 헨리에타에게 완전히 흡족한 결혼은 아닐지 모르지만, 주교님께서는 스파이서 가족 쪽의 연줄을 통해서 일이 년 사이에 찰스를 승진시켜 줄 가능성이 꽤 높아요. 그리고 그가 장남이라는 걸 기억해야지. 이모부께서 돌아가시면 아주 좋은 집을 차지하게 된다고. 윈스럽의 영지는 250에이커에 달하고, 거기에 톤턴의 농장도 딸려 있는데, 이 고장에서 가장 좋은 농장 중 하나야. 물론 찰스 본인을 제외한다면 그 모든 것이 헨리에타한테 다 무슨 소용이 있겠소. 그래, 있을 수 없는 결합이지. 하지만 무엇보다도 그의 사람됨이 헨리에타한테 제격이야. 성격도 좋고 참 좋은 친구요. 그러니 윈스럽을 물려받으면 그곳을 개조해서 완전히 다른 방식으로 살게 될 거요. 그리고 그 정도 재산이면 경멸받을 만한 생활은 하지 않을 거요. 자유 보유권을 소유한 좋은 재산이 있으니까. 아니요, 아냐. 헨리에타가 찰스 헤이터보다 못한 사람한테 갈 수도 있어요. 그러니 만일 헨리에타가 그를 차지하고, 루이자가 웬트워스 대령을 차지한다면 나로서는 더 바랄 게 없겠어."

그가 방을 나가자마자 메리가 앤을 향해 외쳤다. "찰스야 뭐라고 하든, 헨리에타와 찰스 헤이터가 결혼한다면 그건 정말 충격적인 일이 될 거야. 당사자한테도 안된 일이지만, 나한테는 더 나빠. 그러니까 웬트워스 대령이 헨리에타의 마음속에서 빨리 그를 완전히 몰아내 주었으면 좋겠어. 이미 그렇게 됐다고 장담해도 될 것 같아. 어제 보니 헨리에타가 찰스 헤이터한테 거의 신경도 안 쓰더라고. 언니도 함께 있어서 헨리에타의 태도를 봤어야 하는데. 그리고 웬트워스 대령이 헨리에타와 루이자를 똑같이 좋아한다는 건 말이 안 돼. 헨리에타를 훨씬 더, 제일 좋아하는 게 틀림없어. 하지만 찰스가 저렇게 강력하게 주장하니! 언니가 어제 우리와 함께 있었어야 하는 건데. 그랬으면 언니가 누가 옳은지 결정해 주었을 텐데. 언니가 내 말에 무조건 반대하려고 작정한 게 아니라면 틀림없이 나하고 같은 생각을 했을 거야.”

메리가 앤도 참석해서 그 모든 것을 보았어야 한다고 언급한 행사는 머스그로브 씨 댁에서의 정찬이었다. 하지만 그녀는 두통이 있는 데다 어린 찰스도 몸이 안 좋다는 핑계로 집에 남아 있었다. 웬트워스 대령을 피하고 싶다는 생각뿐이었다. 하지만 이제 심판 노릇을 해 달라는 요청을 피한다는 장점이 저녁을 조용히 지낸다는 장점에 더해졌다.

앤이 보기엔 웬트워스 대령이 누구를 더 좋아하느냐 하는 문제보다 중요한 것은 그가 자신의 마음을 빨리 알아차리는 것이었다. 자매 중 누구 한 사람의 행복을 위협하지 않고 자신의 명예도 손상되지 않으려면 말이다. 둘 중 누구라도 다정하고 명랑한 아내가 될 것 같았다. 찰스 헤이터에 대해서는, 앤은 처녀가 악의에서는 아니더라도 경솔하게 행동하는 것을 알아볼 수 있을 만큼 민감하고, 그런 행동이 다른 사람에게 야기하는 고통에 대해 동정을 느낄 만큼 다정다감한 사람이었다. 하지만 헨리에타가 자신의 감정을 잘못 안 것이라면 한시라도 빨리 교정할 필요가 있는 것은 사실이었다.

찰스 헤이터는 헨리에타의 태도로 인해 마음의 평정을 잃고 굴욕감을 느껴야 했다. 그녀가 오랫동안 그를 존경하고 따라 왔기 때문에 그녀의 행동이 단 두 번의 만남 동안 전과 달라졌다고 해서 모든 희망의 불씨가 꺼지거나 그를 어퍼크로스에서 멀어지게 하지는 않았다. 하지만 웬트워스 대령이라는 인물이 그녀의 태도를 변화시킨 원인이라면 심상치 않은 일이긴 했다. 그가 집을 떠나 있었던 시간은 두 주였다. 그리고 떠나기 전의 그녀는 그가 곧 현재의 부목사직을 떠나 어퍼크로스의 부목사직을 맡게 될 거라는 전망에 매우 기뻐하고 있었다. 그때만 해도 이제 쇠약해진 교구 목사 셜리 박사가 지난 사십 년 이상 최선을 다해 담당해 왔던 직분을 혼자 감당할 수 없게 되어 곧 부목사의 고용을 결정할 거라는 소식에 매우 기뻐하는 것처럼 보였던 것이다. 셜리 박사는 재정 형편이 허락하는 선에서 최선의 대우를 조건으로 찰스 헤이터에게 부목사 자리를 보장해 줄 것처럼 보였다. 찰스 헤이터가 다른 방향으로 6마일을 가는 대신 어퍼크로스로 출퇴근을 하고 모든 면에서 조건이 나은 부목사직을 맡아 그들의 소중한 셜리 박사 밑에서 일하게 된다는 전망, 그리고 그가 훌륭하고 소중한 셜리 박사가 너무 힘들어서 더 이상 몸을 상하지 않고는 행할 수 없는 의무를 덜어 드리게 된다는 전망, 그런 전망들은 루이자에게도 반가운 소식이었고, 헨리에타에게는 가장 기쁜 소식이었다. 하지만 그가 돌아왔을 때는 안타깝게도 그들이 전처럼 그 문제에 대해 열렬한 반응을 보이지 않았다. 루이자는 창가에 서서 웬트워스 대령이 어디쯤 오는지 바라보면서, 조금 전 셜리 박사와 나누었던 대화의 내용을 전하는 찰스 헤이터의 말을 건성으로 듣고 있었다. 심지어 헨리에타조차 그와 셜리 박사 사이의 의논에 대해 자신이 염려하고 걱정했던 사실을 완전히 잊은 듯, 그의 말에 반쯤만 귀를 기울이고 있었다.

"정말 반가운 소식이에요. 하지만 전 항상 그렇게 될 거라고 생각하고 있었어요. 당연히 그렇게 될 거라고. 그렇지 않으리라고는, 그러니까 셜리 박사님한테는 부목사가 꼭 필요하고, 이미 오빠께 그 자리를 약속도 하셨으니까요. 그분 오시니, 루이자?"

앤이 참석하지 않았던 머스그로브 씨 댁에서의 저녁 식사가 있은 지 얼마 지나지 않은 어느 날 아침, 웬트워스 대령이 앤과 소파에 누워 있던 어린 환자 찰스밖에 없는 커티지의 응접실로 들어왔다.

앤 엘리엇과 단둘이 마주하게 되었다는 사실에 놀란 그는 평소처럼 침착한 태도를 유지하지 못했다. 그는 움찔하더니 "머스그로브 씨 자매가 여기 계신 줄 알았습니다. 머스그로브 부인께서 그 아가씨들이 여기 계실 거라고 하셔서요."라는 말만을 간신히 마치고 창가로 걸어가서 정신을 가다듬고 어떻게 처신해야 할지를 생각했다.

"아가씨들은 제 동생과 함께 위층에 있습니다. 몇 분이면 내려올 거예요."가 당연히 당황한 앤의 대답이었다. 만일 어린 찰스가 뭔가 해 달라고 그녀를 부르지 않았더라면, 그녀는 다음 순간 방을 빠져나갔을 것이고, 그럼으로써 그 어색한 순간에서 자신뿐 아니라 웬트워스 대령까지 구원했을 것이다.

그는 계속 창가에 서 있었다. 그리고 "어린 찰스의 상태가 나아졌으면 좋겠군요."라고 예의 바르게 말한 뒤 침묵에 잠겼다.

그녀는 어린 환자를 돌보기 위해 소파 곁에 무릎을 꿇고 앉아 그 자세를 유지했다. 그렇게 몇 분이 흐르고, 다행히도 응접실에 딸린 자그마한 대기실을 누군가 가로지르는 소리가 들렸다. 그녀는 그것이 그 집의 주인인 찰스이기를 바라면서 고개를 돌렸다. 하지만 그것은 사태를 호전시킬 가능성이 훨씬 적은 사람, 다시 말해 찰스 헤이터였다. 웬트워스 대령을 마주쳤을 때 그는 아마 웬트워스 대령이 앤을 마주쳤을 때만큼이나 반갑지 않았을 것이다.

그녀는 가까스로 "안녕하세요? 앉아 계시겠어요? 다른 식구들이 곧 올 거예요."라고 말할 수 있었다.

웬트워스 대령은 대화를 할 의사가 없지 않은 듯 창가로부터 방 안쪽으로 들어왔다. 하지만 찰스 헤이터는 탁자 부근에 앉아 신문을 집어 듦으로써 웬트워스 대령의 시도를 차단했고, 웬트워스 대령은 다시 창가로 돌아갔다.

다음 순간 또 다른 인물이 나타났다. 어린 찰스의 두 살배기 동생, 유난히 통통하고 나서기를 좋아하는 사내아이가 누군가가 열어 준 문을 통해 결연히 등장해서는 소파 쪽으로 곧장 다가와 다들 뭘 하고 있는지 살펴보고 혹시 간식거리라도 있으면 자신이 좋은 걸 차지겠다는 듯이 덤벼들었다.

먹을 것이 없었기 때문에 아이는 그냥 조금 놀기라도 하려고 했다. 하지만 이모가 아픈 형을 괴롭히지 못하게 갈라놓자 무릎을 꿇고 앉아 찰스를 돌보느라 바쁜 그녀의 등에 딱 달라붙어서 떨어지지 않았다. 그녀가 그러지 말라고 명령하고 간청하고 여러 차례 단호하게 말했지만 허사였다. 한 번은 간신히 떨궈 냈지만, 아이는 바로 다시 그녀의 등에 의기양양하게 매달렸다.

"월터, 어서 당장 내려와라. 말썽이 지나치구나. 이모 정말 화났어." 그녀가 말했다.

"월터, 어째서 이모가 하라는 대로 하지 않는 거냐? 이모가 하시는 말씀 안 들리느냐? 이리 오너라, 월터. 찰스 형에게 오너라." 찰스 헤이터가 외쳤다.

그래도 월터는 꿈쩍도 하지 않았다.

하지만 다음 순간 월터가 등에서 떨어져 나가는 느낌이 들었다. 그녀의 머리를 내리누르던 녀석을 누군가가 그녀의 몸에서 떼어 낸 것이다. 작지만 튼튼한 손이 그녀의 목 주위에서 떨어져 나갔고, 결연한 손길에 의해 아이의 몸이 번쩍 들렸다. 다음 순간 그녀는 그것이 웬트워스 대령이라는 것을 깨달았다.

그 사실을 깨달은 순간 그녀는 뭐라고 형언할 수 없는 느낌에 휩싸였다. 감사하다는 인사말도 나오지 않았다. 너무도 당황스러운 심정으로 어린 찰스를 내려다보았을 뿐이다. 그녀를 도우려고 나선 그의 친절한 마음씨, 그 태도, 그러면서도 아무런 티도 안 낸 것, 이런 자잘한 점들. 하지만 그는 바로 아이를 야단침으로써 자신은 감사 인사를 받을 생각이 없음을, 앤과 대화를 하고 싶은 생각이 추호도 없음을 암시하는 듯했다. 이런 생각들로 인해 혼란스러운 상태로 그녀가 크고 작은 심적 고통을 느끼고 있을 때 메리와 머스그로브 씨 자매가 방으로 들어와서 그녀는 돌보던 어린 환자를 그들에게 넘겨주고 여전히 마음이 어지러운 채로 방을 떠났다. 도저히 더 이상 응접실에 머물러 있을 수 없었다. 이제 그들 네 사람이 모두 한 방에 모여 있으니, 그들 사이의 사랑과 질투를 관찰할 수 있는 좋은 기회였으리라. 하지만 그 어떤 사태도 그녀를 그 방에 붙잡아 두지는 못했다. 찰스 헤이터가 웬트워스 대령에게 호감을 품고 있지 않은 것은 분명했다. 웬트워스 대령이 앤을 구해 준 뒤 그가 불쾌한 목소리로 "내가 말할 때 들었어야지, 월터. 이모를 귀찮게 하지 말라고 했잖느냐."라고 말했던 것이 어렴풋이 기억났다. 자신이 했어야 할 일을 웬트워스 대령이 하게 한 것을 후회하는 게 분명했다. 하지만 찰스 헤이터의 감정이든 그 누구의 감정이든 자신의 감정을 추스를 때까지는 앤의 관심사가 될 수 없었다. 그녀는 좀 창피한 생각이 들었다. 아무것도 아닌 일에 그렇게까지 당황하다니, 그렇게까지 어쩔 줄 몰라 하다니 너무나 창피했다. 하지만 이미 엎질러진 물이니 어쩔 것인가. 그녀는 혼자 오래도록 명상에 잠긴 뒤에야 그 같은 기분에서 벗어날 수 있었다.

10

앤이 그들을 관찰할 기회는 곧 찾아왔다. 그 네 사람과 함께 시간을 보낼 기회가 자주 만들어졌기 때문에 나름의 견해가 생기기도 했지만, 현명한 사람답게 가족들한테는 전하지 않았다. 남편과 아내 둘 다 자신의 견해에 만족하지 않을 것이 분명했기 때문이다. 딱히 꼬집어 말하자면 두 자매 중 루이자를 더 좋아하는 것 같아 보이기는 했지만, 자신의 기억과 경험에 비추어 감히 판단한다면 그는 두 자매 중 어느 쪽과도 사랑에 빠져 있지 않았다. 굳이 말하자면 사랑에 빠진 것은 두 자매 쪽이었다. 하지만 그것도 진정한 사랑이라고 할 수는 없었다. 그것은 일종의 경탄이라는 열병이었다. 하지만 언젠가 사랑이 될 수도 있으리라. 아니, 그렇게 될 것이 틀림없었다. 찰스 헤이터는 자신이 등한시되고 있다는 사실을 의식하는 것 같았다. 헨리에타는 종종 두 남자 중 누구를 더 좋아하는 게 나을지 모르는 사람처럼 망설이는 태도를 보였다. 앤은 지금 그들이 무슨 일을 하고 있는지 모조리 알려 주고 그들이 의도하지 않은 채 끼칠 수 있는 해악에 대해서도 지적해 줄 능력이 자신에게 있었으면 하는 생각이 간절했다. 그들 중 어느 누구도 교활한 계산 따위를 하고 있지 않은 것은 분명했다. 웬트워스 대령이 자신이 찰스 헤이터에게 끼치고 있는 고통을 전혀 의식하지 못하고 있는 것으로 보이는 것이 그나마 다행이었다. 그가 기세등등하거나 상대방을 깔보는 기색은 전혀 없었다. 찰스 헤이터와 헨리에타의 관계에 대해 들은 적도 없고 생각해 본 적도 없는 것이 분명했다. 두 젊은 여성의 주목을 한꺼번에 받아들이는 것(받아들인다는 말이 가장 적절한 표현일 테니)만이 그의 잘못이었다.

하지만 찰스 헤이터는 조금 싸워 본 다음 조용히 싸움터를 떠나기로 결심한 것 같았다. 그가 어퍼크로스를 전혀 방문하지 않은 채 사흘이 지났다. 매우 결정적인 변화였다. 심지어 한번은 항상 있어 왔던 정찬 초대마저 거절했다. 그가 커다란 책들을 앞에 쌓아 놓고 앉아 있는 것을 어쩌다 목격한 후로 머스그로브 씨 부부는 뭔가 심상치 않다며 저렇게 열심히 책에 몰두하다가 병이라도 나는 게 아닐까 심각한 표정으로 걱정을 하기까지 했다. 메리는 그가 헨리에타한테 청혼을 했다가 단호하게 거절당했기를 바랐고, 또 그랬다고 믿었으며, 찰스는 다음 날이면 그가 나타날 것을 끈질기게 믿었다. 앤으로서는 찰스 헤이터가 현명하다고 생각할 수밖에 없었다.

그즈음의 어느 날 아침 찰스 머스그로브와 웬트워스 대령이 함께 사냥을 나가고 커티지의 두 자매는 조용히 앉아 각자 일을 하고 있는데 그레이트 하우스의 두 자매가 창가에 나타났다.

날씨가 매우 화창한 11월의 한 날이었는데 머스그로브 씨 자매는 작은 정원을 가로질러 와서 자신들은 장거리 산책을 할 작정인데, 아마 메리는 함께 가고 싶지 않을 거라고, 그 말을 하기 위해 왔다고 말했다. 메리는 자신이 산책을 잘 못하는 사람으로 여겨졌다는 사실에 분개해서는 곧바로 "오, 아냐. 나도 꼭 함께 가고 싶어. 내가 얼마나 장거리 산책을 좋아하는데." 라고 대답했다. 하지만 앤은 두 자매의 표정을 보고 두 사람이 메리와의 산책을 전혀 원하지 않는 것을 알아차렸다. 그리고 그 가족이 습관적으로 그러듯 서로 원하지 않거나 불편할 때조차 모든 걸 상대방에게 얘기하고 함께할 필요가 있는지 다시 한 번 의문을 느꼈다. 앤은 메리의 산책을 말리고 싶었지만 소용이 없었다. 그리고 사태가 이렇게 전개된 바에야 머스그로브 씨 자매의 청을 받아들여 자기도 함께 가는 게 낫겠다고 생각했다. 두 자매는 메리한테보다 앤에게 훨씬 다정하게 동행을 청했는데, 자신이 그 제안을 받아들여 함께 가면 중간에 메리를 데리고 돌아올 수도 있고 머스그로브 씨 자매의 계획에 덜 방해가 될 수도 있겠거니 생각했던 것이다.

"아가씨들이 왜 내가 장거리 산책을 좋아하지 않을 거라고 생각했는지 모르겠어!" 2층으로 올라가면서 메리가 말했다. "모두들 내가 산책을 잘 못한다고 생각해! 하지만 우리가 거절했다면 또 기분 나빠했을 거야. 이렇게 일부러 와서 청하는

데 어떻게 거절하겠어?"

그들 일행이 막 산책을 나서려는데 신사들이 돌아왔다. 어린 사냥개를 데리고 갔다가 사냥을 제대로 할 수가 없어서 일찍 돌아온 것이었다. 따라서 시간으로 보나 기운과 기분으로 보나 장거리 산책에 딱 적당해서 그들도 함께 산책에 나섰다. 사태가 이렇게 전개될 줄 알았더라면 앤은 그냥 집에 남았을 것이다. 하지만 관심과 호기심도 좀 있어서, 그리고 안 가겠다고 하기엔 너무 늦은 것 같아서 따라 나섰다. 모두 여섯 명의 일행은 길 안내를 자처하는 것이 명백한 머스그로브 씨 자매가 선택한 방향으로 길을 나섰다.

앤은 누구의 방해도 되지 않으려고 애썼다. 들판을 가로지른 오솔길을 걸어가는 동안 모두가 나란히 걸을 수 없을 때는 동생 부부와 함께 걷는 쪽을 택했다. 그녀가 산책을 통해서 즐길 수 있는 것은 운동과 날씨, 황갈색 이파리들과 시들어 가는 생울타리, 가을에 관한 수천의 시적 묘사들 중 몇 편을 스스로 되뇌는 것뿐이었다. 가을은 훌륭한 취향과 민감한 감성을 가진 사람들에게 특별한 영향을 한없이 끼치는 계절이라 읽을 만한 가치를 지닌 시인이라면 누구든 이 계절에 대한 묘사와 감회의 글줄을 어떤 식으로라도 남기려고 시도했으니 말이다. 그녀는 그 같은 가을에 관한 묵상과 인용에 최대한 몰두하려고 애썼다. 하지만 웬트워스 대령이 머스그로브 씨 자매와 나누는 대화를 아예 안 들을 수는 없었다. 그들의 대화에 특별히 주목할 만한 내용이 있는 것은 아니었다. 그저 생기 넘치는 담소일 뿐이었다. 가까운 젊은이들끼리 흔히 나누는 그런 담소 말이다. 그는 헨리에타보다는 루이자와 대화를 많이 나누고 있었다. 헨리에타보다 루이자가 그의 관심을 더 끄는 것은 사실이었다. 그런 차이는 점점 더 분명해졌다. 그러던 중 루이자가 앤에게 특별한 인상을 남기는 말을 했다. 화창한 날씨에 대해 감탄사를 연발하던 끝에 웬트워스 대령이 덧붙였다.

"날씨가 이렇게 눈부시게 화창하니 제독님과 제 누님이 정말 좋아하실 것 같습니다! 오늘 아침 마차 드라이브를 오래 하실 계획이셨거든요. 우리가 가는 길에 있는 언덕 어디에서 그분들을 마주치면 무척 반가울 것 같군요. 이쪽 방향으로 지나가실 거라고 했거든요. 오늘은 어디쯤에서 마차가 구를지 궁금하네요. 오! 그런 일이 자주 있는 게 틀림없어요. 하지만 누님에겐 그런 것쯤 아무 일도 아니랍니다. 마차에서 떨어지거나 말거나 상관도 안 하거든요."

"아! 농담이시지요." 루이자가 외쳤다. "하지만 그게 사실이라면 저도 그럴 것 같아요. 만일 누님이 제독님을 사랑하시는 것처럼 제가 어떤 분을 사랑하게 된다면 언제나 그분과 함께 있을 거예요. 그 무엇도 우리 두 사람을 갈라놓지 못할 거예요. 그리고 다른 사람이 모는 안전한 마차를 타기보다 그분이 모는 마차에서 구르고 떨어지는 쪽을 택하겠어요."

그녀가 열렬하게 말했다.

"그렇습니까?" 그 역시 열렬한 태도로 외쳤다. "진심으로 존경을 표합니다!" 그러고 나서 잠시 침묵이 흘렀다.

앤이 다시 시구를 음미하는 것은 불가능했다. 가을의 어여쁜 광경도 잠시 미뤄 둘 수밖에 없었다. 저무는 해에 대한 적절한 비유나 기우는 행복, 그리고 젊음과 희망과 봄이 모두 사라지고 없는 이미지로 가득 찬 서글픈 소네트가 떠오른다면 모를까. 가던 길을 따라가다 다른 오솔길로 접어들었을 때 간신히 정신을 차려 "이리로 가면 윈스럽이 나오지 않던가요?"라고 말한 게 고작이었다. 하지만 아무도 그녀의 말을 못 들은 것 같았다. 아니, 적어도 아무도 그녀의 질문에 대답하지 않았다.

하지만 윈스럽 혹은 윈스럽 주변은 사실 그들의 목적지였다. 젊은 남녀들이 집 주변을 한가로이 걷다가 서로를 마주치는 게 당연하니 말이다. 그들은 쟁기로 갈아 새로 만든 농로가 농부의 존재를 알려 줘서 달콤한 시적 우울의 효과를 중화하고 봄이 다시 올 것을 예고하는 넓다란 농토를 통해 비탈길을 반 마일 정도 올라갔다. 그리하여 어퍼크로스와 윈스럽의 경계에 자리 잡은, 인근에서 가장 높은 언덕의 꼭대기에 다다랐다. 그곳에선 언덕 아래 반대편에 자리 잡은 윈스럽의 전경이 한눈에 들어왔다.

그들의 눈앞에 펼쳐진 윈스럽은 아름답지도 장엄하지도 않았다. 평범한 집 한 채가 여러 채의 헛간과 농장 구내 건물들에 둘러싸인 채 낮게 서 있었다.

메리가 외쳤다. "어머나! 여기가 바로 윈스럽이네. 난 정말 까맣게 몰랐어요! 이제 돌아가는 게 좋겠네요. 정말 너무 피곤해요."

자의식에 차 있던 헨리에타는 창피하기도 하고, 또 사촌 찰스가 근처 오솔길을 걷고 있는 모습이나 문에 기대 서 있는 모습이 보이지도 않아서 기꺼이 메리의 제안을 따르려고 했다.

하지만 "그러면 안 되지." 하고 찰스 머스그로브가 말했다. "안 돼요, 안 돼." 하고 루이자가 더욱 강력하게 외치면서 동생을 따로 곁으로 불러 강력하게 설득하는 모습이 보였다.

그러는 동안 찰스는 이렇게 이모댁 가까이까지 왔으니 들러서 인사를 하는 게 당연하다고 단호하게 말했고, 아내도 함께 가자고 조심스럽게 설득하는 모습이 똑똑하게 보였다. 하지만 그의 아내는 아내대로 이 사안에 대해 다른 의견을 고집했다. 찰스가 그녀가 그렇게 지쳐 있으니 윈스럽에서 십오 분간 쉬어 가는 게 좋겠다고 제안하자 그녀가 단호한 태도로 대답했다. "오! 그렇지 않아요, 정말! 거기 앉아 쉬는 것이 도움이 되기는커녕 거기까지 가기 위해 다시 저 언덕을 올라가는 것이 해가 될걸요." 요컨대 표정이나 태도를 통해 절대로 가지 않겠다는 단호한 의지를 표출한 것이다.

이런 종류의 설왕설래가 좀 더 오고 간 뒤 찰스와 두 누이동생은 그와 헨리에타가 빨리 이모댁으로 가서 몇 분 동안 간단히 이모와 사촌들에게 인사를 하고 나머지 사람들은 언덕 꼭대기에 남아서 그들을 기다리기로 결정했다. 루이자가 주도적인 역할을 하는 것처럼 보였다. 루이자가 그들과 함께 언덕을 걸어 내려가면서 헨리에타에게 뭔가 말하는 사이를 틈타 메리는 거만한 태도로 주변을 둘러보더니 웬트워스 대령에게 이렇게 말했다.

"저런 친척이 있다는 게 정말 불쾌해요! 단언하지만, 저는 언덕 위의 저 집에 한두 번 이상 들어가 본 적이 없어요."

그녀가 받은 대답은 억지로 지은 긍정의 미소뿐이었다. 그가 이내 몸을 돌렸는데, 그의 얼굴에서 비웃는 듯한 눈길이 엿보였다. 앤은 그 눈길의 의미를 너무도 잘 알았다.

그들이 남아 기다리던 언덕 꼭대기는 유쾌한 장소였다. 루이자가 돌아왔고 메리는 사람이 넘어가도록 만들어 놓은 울타리 계단 중 하나에 편안히 앉아서 주변에 다른 사람들이 서 있는 한 아주 만족스러운 기분을 즐기고 있었다. 하지만 루이자가 웬트워스 대령에게 가까운 생울타리에 있는 견과를 줍자며 함께 멀어져 더 이상 보이지도 들리지도 않게 되자 메리는 기분이 나빠졌다. 앉은 자리가 편치 않다고 불평하더니 루이자가 어딘가에 훨씬 더 좋은 자리를 찾은 게 틀림없다고 고집을 부렸다. 세상 그 무엇으로도 더 나은 자리를 찾기 위해 나서는 그녀를 막을 수는 없었다. 그녀는 두 사람이 통과해 들어간 입구로 돌아 들어갔지만 그들은 보이지 않았다. 앤은 그들이 부근 어딘가에 있음 직한 생울타리로 가서 그 아래 마르고 햇볕이 잘 드는 둔덕에 동생을 위해 좋은 자리를 찾아냈다. 메리는 잠시 동안 거기 앉아 있었지만 곧 그 자리도 마땅치 않아 했다. 그녀는 루이자가 어딘가 다른 데에 더 나은 자리를 찾은 게 틀림없다며 루이자를 따라잡을 때까지 계속 가겠다고 고집을 부렸다.

앤은 지쳐서 계속 그 자리에 앉아 있었는데, 이내 등 뒤 생울타리 쪽에서 웬트워스 대령과 루이자의 목소리가 들려왔다. 아마도 생울타리 중앙의 거칠고 험한 통로를 따라 돌아오고 있는 듯했다. 목소리가 가까워지더니 먼저 루이자의 목소리가 들렸다. 그녀가 뭔가 열심히 이야기를 하는 중인 것 같았다. 앤이 처음 들은 말은 이랬다.

"그래서 제가 가라고 설득한 거예요. 그런 말도 안 되는 이유 때문에 겁을 먹고 안 가는 건 정말 참을 수 없었거든요. 맙소사! 제가 하기로 작정한 일, 옳은 일임을 아는 일에 다른 사람의 거만한 태도와 방해 혹은 다른 어떤 사람 때문에 등을 돌린다고요? 아니요. 전 그렇게 쉽게 설득당할 생각은 조금도 없어요. 결심을 하는 순간 이미 결정을 내린 거예요. 헨리에타는 오늘 윈스럽을 방문하기로 완전히 결심한 것 같았어요. 그런데도 다른 사람의 말을 들어주기 위해 자신이 결심한 것을 거의 포기할 뻔했잖아요!"

"당신이 아니었더라면 가던 길을 돌아섰을까요?"

"정말 그럴 뻔했어요. 이렇게 말하는 제가 다 창피할 지경이에요."

"당신처럼 의지가 강한 분이 가까이 계시다니 헨리에타 양은 참 행복한 사람이군요! 방금 귀띔하신 것은 제 관찰과도 그대로 일치하니 무슨 말씀을 하시는지 모른 척할 필요는 없겠지요. 이모님께 정중히 아침 인사를 드리기 위해 들르느냐 마느냐 이상의 문제인 것 같군요. 중요한 일을 다루려면 강한 의지의 힘이 필요한데, 그런 상황에서 그처럼 사소하고 한가한 방해에 저항할 의지력이 없는 사람은 남자든 여자든 정말 딱한 사람입니다. 동생분은 성격이 다정한 것 같더군요. 하지만 당신은 결단력과 강한 의지력이 있습니다. 만일 동생분의 처신이나 행복이 당신에게 중요하다면 가능한 한 당신의 그 의지력을 그분께 많이 불어넣어 드리세요. 물론 언제나 그렇게 해 오셨겠지만요. 다른 사람의 영향을 너무 쉽게 받는 우유부단한 성격을 가진 사람의 가장 큰 단점은 누구의 말도 지속적인 영향을 끼칠 수 없다는 것입니다. 일단 좋은 인상을 주었다고 해도 그것이 지속되리라는 보장은 없으니까요. 누구든지 그 사람의 결정을 좌지우지할 수 있습니다. 행복하고자 하는 사람은 단호해야 합니다. 예를 들어, 여기 개암이 하나 있습니다." 그가 머리 위 가지에서 개암을 하나 따며 말했다. "반짝반짝 윤기가 흐르는 아름다운 개암으로 원래부터 튼튼하게 생겨나서 모든 가을의 폭풍우를 이겨 냈어요. 구멍이 난 곳도 찌그러진 곳도 없습니다." 그가 장난스럽게 엄숙한 표정을 지으며 계속했다. "그 개암의 많은 형제들이 떨어져 짓밟혔지만 이 개암은 아직도 개암이 누릴 수 있는 행복을 모두 누리고 있지요." 그런 뒤 다시 이전의 진지한 자세로 돌아가 이렇게 말했다. "저는 무엇보다 제가 관심을 갖는 모든 분들이 강한 의지력을 지녔으면 좋겠습니다. 루이자 머스그로브 양이 현재의 의지력을 소중히 간직하신다면 먼 훗날 생의 저물녘을 아름답고 행복하게 보내실 것입니다."

그의 말이 끝났고 대답은 이어지지 않았다. 루이자가 그런 말, 그만큼 강한 관심을 그렇게 진지하고 열렬하게 표현한 말에 바로 대답을 했다면 그게 오히려 놀라운 일이었을 것이다. 앤은 그 순간 루이자가 느낀 기분을 상상할 수 있었다. 그녀 자신이야 그들의 눈에 띄지 않으려고 꼼짝도 하지 못하고 있었지만 말이다. 낮게 뻗어 나간 호랑가시나무 덤불이 그녀를 가려 주었다. 제자리에 남아 있는 그녀를 뒤로하고 그들이 계속 걸어갔다. 하지만 아직도 가청 거리에 있을 때 루이자가 다시 말했다.

"메리는 여러모로 성격이 좋은 사람이에요." 그녀가 말했다. "하지만 터무니없이 오만해서 가끔 정말 화가 나요. 엘리엇 집안 특유의 도도함이지요. 그런데 그 도도함이 좀 지나쳐요. 우린 모두 찰스가 메리 대신 앤과 결혼했더라면 얼마나 좋았을까 하고 생각한답니다. 찰스가 앤과 결혼하고 싶어 했던 것 아시지요?"

잠시 사이를 두었다가 웬트워스 대령이 말했다.

"그분이 청혼을 받고 거절했단 말씀인가요?"

"오! 예, 그랬어요."

"언제 그런 일이 있었지요?"

"저도 정확히는 몰라요. 헨리에타와 제가 기숙 학교에 다닐 때의 일이거든요. 하지만 메리와 결혼하기 일 년 전쯤이었던 것 같아요. 가끔 앤이 승낙을 했더라면 얼마나 좋았을까 하는 생각을 한답니다. 앤하고라면 훨씬 잘 지냈을 거예요. 아빠와 엄마는 항상 앤과 가까이 지내는 레이디 러셀의 영향 때문이라고 생각하세요. 찰스가 레이디 러셀의 눈에 찰 만큼 똑똑하고 학구적이지 못했기 때문이 아닌가, 그래서 앤이 오빠의 청혼을 거절하도록 설득하신 게 아닌가 하는 거지요."

말소리는 점점 멀어졌고, 더 이상은 그들의 말을 알아들을 수 없었다. 마음이 흔들려서 꼼짝도 할 수가 없었다. 자리에서 일어설 수 있을 만큼 평정심을 회복하기까지는 한참의 시간이 필요했다. 속담에서 말하는, 남의 말을 엿듣는 자의 운명은 결코 그녀의 것이 아니었다. 자신을 헐뜯는 말을 들은 것은 아니었으니까. 하지만 들은 내용이 그녀를 고통스럽게 한 것은 사실이었다. 이제 그녀는 웬트워스 대령이 자신의 사람됨에 대해 가진 견해를 알 수 있었다. 또한 그의 태도에서 엿보이는 그녀에 대한 감정과 호기심 때문에도 극도의 흥분을 느끼지 않을 수 없었다.

마음의 평정을 어느 정도 되찾자 그녀는 메리를 찾아 나섰다. 메리를 찾은 뒤에는 그녀와 함께 좀 전에 자신들이 있던 생울타리 곁 사람이 넘어가도록 만들어 놓은 계단 쪽으로 돌아갔다. 그리고 다행히도 바로 일행이 모두 모이게 되어 다들 함께 움직이기 시작했다. 그녀의 기분에는 오로지 여러 사람이 모여 있을 때만 가능한 고독과 침묵이 필요했으니 잘된 일이었다.

찰스와 헨리에타는 짐작대로 찰스 헤이터와 함께 돌아왔다. 앤은 사태가 구체적으로 어떻게 전개되고 있는지를 이해하려고 시도할 수도 없었다. 웬트워스 대령한테도 자세한 사정을 이야기한 것 같지는 않았다. 아무튼 찰스 헤이터가 거리를 두려고 했고, 헨리에타가 마음을 누그러뜨렸으며, 이제 그들이 함께 있으면서 무척 기뻐하는 것만은 틀림없어 보였다. 헨리에타는 조금 창피한 가운데서도 행복한 듯 보였고 찰스 헤이터는 더할 수 없을 정도로 기분이 좋아 보였다. 어퍼크로스를 향해 돌아가기 시작한 순간부터 찰스 헤이터와 헨리에타는 꼭 붙어 걸었다.

모든 정황으로 미루어 이제 웬트워스 대령은 루이자의 차지가 된 듯했다. 너무나 자명한 사실이었다. 그리고 길이 좁아 모두가 함께 걸을 수 없을 때나, 혹은 그렇지 않을 때조차 그들은 나란히 걸었다. 헨리에타와 찰스 헤이터가 꼭 붙어 걷는 것에 필적할 정도였다. 길의 폭이 모두가 함께 걸어갈 수 있을 만큼 넓었던 목초지에서도 그들은 세 무리로 분명하게 구별되었다. 그리고 가장 활기가 적고 정중하지 않은 세 사람으로 구성된 무리가 당연히 앤의 차지였다. 앤은 찰스와 메리 부부와 함께 걸었으며, 찰스의 다른 팔에 의지하는 것이 반가울 만큼 피곤했다. 하지만 찰스는 앤에게는 친절했지만 아내에게는 화가 난 사람처럼 행동했다. 메리의 행동 때문에 화가 났으므로 이제 그녀가 대가를 치를 차례였다. 그는 생울타리 가운데 불쑥불쑥 나와 있던 쐐기풀을 자신이 들고 있던 지팡이로 쳐냈는데, 그때마다 거의 매번 메리의 팔이 풀어지곤 했다. 메리가 불평을 하고, 또 자신이 관례대로 생울타리 쪽으로 걷는 걸 가지고 그가 자신을 홀대한다며 투정을 부리기 시작하자 그는 두 사람의 팔을 다 놓고 얼핏 눈에 띈 족제비를 잡겠다며 달려갔다. 메리의 반대편에 있던 앤은 그를 불편하게 한 일이 없는데도 말이다. 그런 뒤로 앤과 메리는 거의 둘이서만 걷다시피 했다.

이 긴 목초지를 따라 마찻길이 나 있었고, 그 마찻길은 그들이 걷던 오솔길의 끝에서 만났다. 일행이 걷는 동안 계속해서 같은 방향으로 가는 마차 소리가 들렸다. 그리고 그들이 하나둘 그 교차로에 다다랐을 때 마침 그 마차도 그곳에 도착했다. 그것은 크로프트 제독의 이륜마차였다. 제독 부부가 예정대로 마차를 타고 나갔다가 귀가하는 길이었다. 젊은이들이 얼마나 장거리 산책을 하는 중인지를 알게 된 그들은 친절하게도 가장 피곤한 여성분 한 사람을 마차에 태우고 싶다고 제안했다. 그들도 어차피 어퍼크로스를 거쳐서 갈 것이니, 그렇게 하면 한 사람이라도 1마일 정도를 덜 걸을 거라면서. 제안은 모든 사람을 향했는데, 모두들 괜찮다며 거절했다. 머스그로브 씨 자매는 전혀 피곤하지 않다고 했고, 메리는 자기에게 먼저 물어보지 않은 것이 불쾌했거나, 아니면 루이자가 엘리엇 집안 특유의 것이라 부른 그 자존심 때문에 말 한 마리가 끄는 이륜마차의 세 번째 승객이 되는 것을 참을 수 없었던 듯했다.

산책하던 일행이 마찻길을 건너 그쪽 울타리에 난 계단을 오르고, 제독이 다시 말을 몰려고 하던 참에 웬트워스 대령이 생울타리를 벗어나 누님에게 다가가 잠시 귀엣말을 했다. 그가 말한 내용은 결과로 미루어 짐작할 수 있었다.

"엘리엇 양, 정말 피곤해 보이세요." 크로프트 부인이 외쳤다. "저희가 모셔다 드리게 해 주신다면 정말 기쁘겠어요. 자리가 세 사람 앉기에 충분해요. 모두들 엘리엇 양처럼 날씬하다면 네 사람이라도 앉을 수 있을 거예요. 어서 타세요. 정말 꼭 타셔야 해요."

앤은 여전히 마찻길에 서서 거절하려고 본능적으로 입을 열었으나 더 이상 고집을 부릴 수 없었다. 제독도 아내를 거들어 간곡하게 권했다. 그녀를 태울 때까지 안 가겠다면서. 자리를 최대로 좁혀 그녀가 앉을 수 있도록 구석 자리를 내주었으며, 웬트워스 대령은 입을 다문 채 그녀 쪽으로 몸을 돌려 거절할 수 없는 몸짓으로 그녀가 마차에 타도록 도와주었다.

그랬다. 그가 한 일이었다. 그녀는 마차에 앉아서, 그가 자기를 그리로 데려다주었으며, 그의 의지와 손이 그렇게 했고, 그가 자신의 피로를 알아채고 휴식을 주려고 결심한 덕분에 거기 있게 되었다는 사실을 느끼고 있었다. 이 모든 행동이 그녀에 대한 그의 마음을 분명히 알려 주었다. 가슴 깊이 느낄 수 있었다. 이 작은 사건은 앞서 있었던 모든 일의 완성인 것만 같았다. 그녀는 그를 이해할 수 있었다. 그녀를 용서할 순 없었지만 그는 그녀에게 냉정하지 못했다. 과거의 일로 그녀에 대한 원망과 분하고 억울한 감정을 간직했으면서도, 또 앤을 전혀 개의치 않고 다른 여자와 가까워지고 있었으면서도, 그녀가 힘들어하는 모습을 보자 도와주고 싶은 마음을 억제하지 못했던 것이다. 그것은 과거 감정의 잔재였다. 본인은 인정하지 않았지만 순수한 우정에서 나온 충동적 행위였다. 그의 따뜻하고 다정한 마음씨를 보여 주는 증거였다. 이런 생각을 하면서 그녀는 기쁨과 고통을 함께 느꼈다. 둘 중 어느 쪽이 우세한지 알 수 없었다.

제독 부부가 친절한 배려의 말을 건넸지만 처음에 그녀가 할 수 있는 건 무의식적인 응답뿐이었다. 거친 마찻길을 따라 목적지까지 반 정도를 간 뒤에야 정신을 차리고 그들의 말을 알아들을 수 있었다. 그들이 '프레더릭'에 대해 말하고 있다는 사실을 깨달았다.

"두 아가씨 중 하나와 결혼하려고 하는 게 틀림없소, 소피." 하고 제독이 말했다. "하지만 어느 쪽인지 알 수가 없군. 그만큼 쫓아다녔으면 결심을 할 때도 됐는데. 그래, 평화 시니까 이런 일도 있는 거지. 만약 전시였다면 벌써 결정해 버렸겠지. 엘리엇 양, 우리 해군들은 전시엔 오랫동안 구애를 할 여유가 없답니다. 우리가 노스 야머스에 있는 하숙집에 함께 앉은 게 처음 만난 뒤 얼마 만이었지, 여보?"

"그 얘긴 안 하는 게 좋겠어요, 여보." 크로프트 부인이 상냥하게 대답했다. "엘리엇 양이 우리가 얼마나 빨리 결정을 내렸는지 알면 우리가 행복하게 산다고 생각할 수 없을 거예요. 하지만 당신에 대해서는 만나기 훨씬 전부터 들어서 잘 알고 있었지요."

"흠, 나도 당신이 아주 예쁜 처녀라는 걸 들어서 알고 있었지. 게다가 더 기다릴 이유도 없었고. 난 그런 일을 길게 끄는 걸 좋아하지 않아요. 프레더릭이 더 큰 돛을 달아서 아가씨 중하나를 빨리 신부로 삼아 켈린치로 데려왔으면 좋겠어. 그러면 두 사람이 항상 시간을 함께 보낼 수 있잖소. 모두 정말 좋은 아가씨들이오. 누가 누군지 구별이 안 갈 정도야."

"정말 성격이 좋고 진실한 아가씨들이에요." 크로프트 부인이 남편보다 차분한 목소리로 칭찬을 했다. 남편보다 날카로운 감식안을 가진 그녀는 두 아가씨가 다 동생의 배필로는 좀 부족하다고 생각하는 듯했다. "그리고 집안도 좋고요. 그런 집안과 맺어진다면 더 바랄 게 없겠지요. 아이, 여보, 저 역마차! 저 역마차에 부딪히겠어요."

하지만 그녀가 나서서 침착하게 고삐를 움직였기 때문에 그들은 무사히 위험을 피할 수 있었다. 그 뒤에도 그녀는 한 번 더 현명하게 손을 내밀었고, 그들은 덕분에 움푹 파인 고랑에 빠지지도 분뇨차와 충돌하지도 않았다. 앤은 그들이 함께 마차를 모는 모습을 보면서, 그것이 아마도 이 두 부부가 매사를 처리하는 방식이려니 생각하며 미소를 지었다. 그렇게 그녀는 그들의 도움을 받아 안전하게 커티지에 내릴 수 있었다.

11

레이디 러셀이 돌아올 날이 다가오고 있었다. 날짜도 이미 잡힌 터였다. 앤은 레이디 러셀이 돌아와 안정을 찾는 대로 함께 지내기로 했기 때문에 그날을 고대하면서도 그렇게 켈린 치로 돌아갔을 때 자신에게 닥칠 일들을 생각해 보았다.

그것은 웬트워스 대령과 같은 마을에서, 그것도 반 마일밖에 떨어지지 않은 집에서 살게 된다는 의미였다. 같은 교회에 다니고, 두 집안이 서로 오가는 일도 있을 것이다. 그녀에겐 반갑지 않은 상황이었다. 하지만 그가 어퍼크로스에서 워낙 많은 시간을 보냈기 때문에 거처를 옮기는 것은 그에게 다가간다기보다 그를 뒤로하고 떠나는 셈이라고도 할 수 있었다. 모든 사실을 종합해 볼 때 이 흥미로운 사정에 관한 한 자신이 손해를 보기보다는 이득을 볼 가능성이 더 큰 듯했다. 그것은 식구를 바꿈으로써, 즉 가엾은 메리를 뒤로하고 레이디 러셀과 함께 지냄으로써 이득을 보게 되는 것만큼이나 확실했다.

앤은 웬트워스 대령을 켈린치 홀에서 다시 만나는 일이 아예 없기를 바랐다. 켈린치의 방들에 너무도 고통스러운 기억이 새겨져 있었기 때문이다. 하지만 그보다 더욱 간절하게 바란 것은 레이디 러셀과 웬트워스 대령이 서로 부딪히는 일이 없었으면 하는 것이었다. 그들은 서로를 좋아하지 않았고, 따라서 다시 가깝게 교류를 해도 좋을 일이 없었다. 게다가 레이디 러셀은 앤과 웬트워스 대령이 한자리에 있는 모습을 보면, 웬트워스 대령은 지나치게 침착하고 앤은 지나치게 안절부절못한다고 생각할 가능성이 컸다.

이런 것들이 어퍼크로스를 떠나기 전 그녀의 마음을 채운 주요 걱정거리였다. 어퍼크로스에는 충분히 오래 있었다고 느꼈다. 어린 찰스에게 도움이 된 일은 그녀가 거기 머문 두 달을 기억할 때 가장 소중한 추억이 될 터였다. 하지만 찰스의 상태는 하루가 다르게 좋아지고 있었고, 찰스를 돌볼 필요가 없는 만큼 더 이상 그곳에 머물 이유도 없었다.

하지만 이 방문은 그녀가 전혀 상상도 하지 못한 색다른 형태로 마무리되었다. 웬트워스 대령은 어퍼크로스에 이틀 동안이나 전혀 모습을 나타내지도 소식을 전하지도 않다가 이틀 만에 다시 나타나 자신의 부재에 대해 해명했다. 방문할 수 없었던 사정을 상세히 설명하면서.

친구인 하빌 대령의 편지를 고대하고 있던 그는 마침내 그에게서 편지를 받고 그가 가족과 함께 라임에서 겨울을 보내기로 했다는 사실을 알게 되었다. 그러니까 자신도 모르게 친구가 자기로부터 20마일도 떨어지지 않은 곳에 살고 있다는 사실을 알게 된 것이다. 하빌 대령은 이 년 전 심한 부상을 입은 이래 항상 건강이 좋지 않았기 때문에, 웬트워스 대령은 한시라도 빨리 그를 만나고 싶었고, 그래서 편지를 받자마자 라임으로 가, 그곳에서 스물네 시간을 보냈다고 한다. 모두들 그의 부재를 용서해 주었고, 그의 우정에 감탄했으며, 친구의 안부를 성심껏 물어봐 주었다. 그리고 모두들 라임 주변 전원의 아름다운 풍광을 묘사하는 그의 말에 열렬히 귀를 기울인 후 자신들도 라임에 가 보고 싶다는 소망을 갖게 되었다. 그리고 급기야는 함께 라임에 가기로 계획까지 세웠다.

젊은 축들은 모두 당장이라도 라임으로 달려가고 싶어 했다. 게다가 웬트워스 대령 자신이 다시 라임에 가고 싶어 했다. 어퍼크로스에서 17마일밖에 떨어지지 않은 데다, 11월이긴 해도 날씨가 나쁜 편이 아니었다. 그리하여 결국 가장 그곳에 가고 싶어 했던 루이자가 반드시 가겠다고 마음을 먹었고, 여기에 제멋대로 하는 데서 오는 쾌감과 함께 한번 마음을 먹으면 뜻을 굽히지 않는 것이 훌륭한 태도라는 견해가 더해져 내년 여름으로 여행을 미루자는 부모의 권유를 물리치는 데 성공했다. 따라서 그들 일행(찰스, 메리, 앤, 헨리에타, 루이자, 그리고 웬트워스 대령)은 그 자리에서 당장 라임행을 결정했다.

처음에는 아침에 떠나 밤에 돌아오는 무모한 일정을 잡았다. 하지만 머스그로브 씨가 당신의 말들을 생각하여 이 계획에 완강히 반대했고, 덕분에 모두들 합리적으로 차근차근 따져 보게 되었다. 11월 중순에 당일치기로 그곳을 다녀온다면 시골길로 여행하기 때문에 오가는 데만도 일곱 시간이 소요될 테고, 그 시간 외의 다른 시간 동안 처음 가 보는 장소를 두루 둘러볼 수 없다는 것은 너무도 분명한 사실이었다. 따라서 라임에서 하룻밤을 묵고 다음 날 정찬 때에 맞춰 돌아온다는 중대한 수정안이 마련되었다. 일행은 다음 날 아침 일찍 아침 식사 시간에 그레이트 하우스에서 만나 바로 출발했다. 그렇게 서둘렀음에도 네 명의 귀부인을 태운 머스그로브 씨의 사륜마차와 웬트워스 대령을 태운 찰스의 이륜 쌍두마차가 라임의 진입로인 긴 언덕길을 내려가다가 그보다 더 가파른 읍 내의 거리에 이른 것은 정오가 훨씬 넘어서였다. 그들 일행에게 그날 주어진 시간이라곤 따스하고 밝은 햇볕 아래 가까운 주변을 둘러볼 시간이 전부였다.

여관을 숙소로 잡고 저녁 식사를 주문한 다음 곧장 바다를 향해 산보를 나가야 한다는 사실에는 누구도 이견이 없었다. 그들이 라임에 온 시기는 공적인 오락이나 유흥거리가 제공되는 기간이 끝난 비수기였다. 사교장이나 공연장은 문을 닫았고, 숙박객들도 별로 없었으며, 주민들 외에 다른 사람들은 거의 남아 있지 않았다. 그리고 건축 양식엔 특이한 점이 없었으므로, 외지인들의 눈길을 끈 것은 읍이 자리한 지형의 탁월함과 간선 도로가 바닷물을 향해 서둘러 가는 듯한 모습, 제철엔 이동 탈의실 따위로 활기 넘칠 귀여운 작은 만을 에두른 코브 방파제를 향한 산책로, 방파제의 오래된 경관과 새롭게 개수된 아름다운 모습, 읍의 동쪽으로 뻗어 나간 눈부시게 아름다운 벼랑의 선 등이었다. 라임을 둘러싼 자연 경관은 외지인이라면 누구나 주변을 자세히 살펴보고 싶은 생각이 들 만큼 매력적이었다. 인근 차머스는 고원 지대와 넓은 평야가 빼어났고, 검은 벼랑을 뒤로하고 깊숙이 들어온 어여쁜 만은 낮은 바위 파편이 드문드문 놓여 있는 모래사장에 앉아 파도가 들고 나는 모습을 명상에 잠겨 한없이 바라보더라도 싫증이 나지 않을 더없이 행복하고 멋진 장소였다. 숲이 우거져 분위기가 명랑한 업 라임의 마을, 그리고 무엇보다도 낭만적인 바위들 틈새로 초록빛이 군데군데 보이는 피니, 이 모든 곳들은 라임의 아름다움을 제대로 감상하기 위해 찾고 또 찾아도 좋을 만한 곳들이었다. 피니는 부분적으로 벼랑의 바위가 떨어져 나가기 시작한 뒤 수많은 세대를 지나는 동안 형성된 것이 분명한, 곳곳에 흩어져 있는 숲의 나무들과 무성한 과수원들 덕분에 그곳보다 훨씬 유명한 아일 오브 와이트의 비슷한 풍경보다 더 경이롭고 아름다운 풍경을 연출하고 있었다.

어퍼크로스에서 온 일행은 지금은 비어 우울해 보이는 가옥들을 지나 곧장 내려가다가 금세 바닷가에 다다랐다. 바다를 바라볼 자격이 있는 사람은 누구나 바닷가에 처음 갔을 때 계속 그곳에 머물며 찬찬히 음미하며 바라봐야 한다. 그들 역시 계속해서 바닷가에 머물며 웬트워스 대령이 원하는 곳이자 자신들의 목적지이기도 한 방파제 쪽으로 향했다. 언제 지어졌는지는 알 수 없지만 오래된 방파제 끝머리 근처 작은 집에 하빌가 식구들이 살고 있었기 때문이다. 웬트워스 대령은 친구인 하빌 대령을 만나기 위해 그의 집으로 들어갔고, 나머지 일행은 방파제를 향해 계속 걸었다. 웬트워스 대령은 나중에 방파제에서 합류하기로 했다.

그들의 감탄과 놀라움은 끊이지 않았다. 웬트워스 대령이 세 명의 친구들을 데리고 나타났을 땐 루이자조차도 웬트워스 대령과 떨어져 있었던 시간이 너무 길었다고 느끼는 것 같지 않았다. 웬트워스 대령이 미리 말해 준 덕분에 일행은 그와 함께 온 친구들이 하빌 대령 부부와 그 집에 손님으로 머무는 벤윅 대령이라는 것을 쉽게 알아차릴 수 있었다.

벤윅 대령은 전에 라코니아호에서 대위로 복무했었다. 전날 라임에서 돌아온 웬트워스 대령은 머스그로브 식구들에게 미리 그에 대해 이야기해 둔 터였다. 자신이 늘 높이 평가해 온 훌륭한 젊은이자 장교라고 열렬히 칭찬을 했기 때문에 듣는 이들 모두가 그에 대해 좋은 인상을 갖고 있었다. 그리고 그의 개인사에 대해서도 약간 이야기해 주었는데, 그 일로 그는 모든 숙녀들의 눈에 더할 나위 없이 흥미로운 존재가 되어 있었다. 사연인즉슨 그는 하빌 대령의 여동생과 약혼한 사이였는데, 현재 그녀를 잃고 상중에 있었다. 두 연인은 그가 재산을 모으고 승진할 때까지 일이 년 정도 결혼을 미루고 기다리기로 했다고 한다. 그러던 중 벤윅 대령이 상당액의 배당금을 받아 재산도 모으고, 마침내 승진까지 했지만 파니 하빌은 그날을 보지 못했다. 그가 하선하기 전인 지난여름에 사망했기 때문이다. 웬트워스 대령은 그 어떤 사람도 파니 하빌에 대한 가엾은 벤윅의 사랑만큼 클 수 없고, 그 어떤 슬픔도 연인의 죽음이라는 안타까운 상황을 맞은 그의 슬픔보다 지극할 수는 없을 거라고 말했다. 친구가 격렬한 감정을 조용하고 진지하며 내향적인 방법으로 다스리는 사람, 즉 독서에 몰두하거나 가만히 앉아서 하는 일을 좋아하는 성격이라서 그 고통은 더 클 수밖에 없다고도 했다. 웬트워스 대령은 그렇지 않아도 돈독한 우정으로 뭉쳐 있던 하빌과 벤윅의 관계가 그들이 친척이 될 가능성이 완전히 끝난 사건으로 인해 오히려 더 두터워진 것 같다고 했다. 그리하여 벤윅 대령은 이제 하빌 부부와 함께 완전히 한 식구처럼 지낸다는 신기한 결론으로 그 흥미진진한 이야기를 마쳤다. 이와 같은 결론에 덧붙여 하빌 대령은 취향과 건강, 경제적 형편 등을 고려해 해변에 비싸지 않은 거처를 구하다가 반년 계약으로 현재의 집을 빌려 살고 있는데, 라임이라는 장소의 장엄한 아름다움과 또 그곳이 겨울에 한적하다는 점이 벤윅 대령의 심적 상태와도 잘 맞는 것처럼 보인다고 했다. 일행은 벤윅 대령을 향해 한없는 동정심과 선의를 느꼈다.

그들 일행이 하빌 대령 일행을 만나기 위해 걸어가는 동안 앤이 혼잣말을 했다. "하지만 그분도 나만큼 슬프지는 않을 거야. 나보다 젊으니 미래에 대한 전망이 아주 없다고는 할 수 없잖아. 설령 실제 나이가 나보다 적지 않다고 해도 감정만큼은 더 젊을 거야. 남자니까. 다시 기운을 차려서 새 사람을 만나 행복하게 살겠지."

마침내 모든 사람이 얼굴을 마주하고 인사를 나눴다. 하빌 대령은 키가 크고 피부가 그을린 남성으로 사리에 밝고 성품이 너그러운 사람 같았다. 다리를 조금 절었고, 이목구비가 큼직한 데다 건강이 그리 좋지 않아 웬트워스 대령보다 훨씬 나이가 많아 보였다. 벤윅 대령은 세 사람 중 가장 젊어 보였는데, 실제 나이도 가장 젊었고 다른 두 사람에 비해 체구가 작았다. 인상 좋은 얼굴에는 우수가 서려 있었으며 말이 별로 없었다.

하빌 대령은 웬트워스 대령만큼은 못해도 완벽한 신사의 몸가짐을 하고 있었다. 가식적인 데 없이 다정하고 정중한 사람이었다. 그의 부인은 남편에 비해 매너는 세련되지 않았지만, 다정하기는 남편 못지않았다. 그 부부는 웬트워스 대령의 친구라면 당연히 자기들의 친구이기도 하다며 모두들 자기 집에서 식사를 해야 한다고 청했다. 그 태도가 더할 나위 없이 친절하고 극진했으며, 한참이 지나서야 그들 일행이 이미 여관에 정찬을 주문해 놓았다는 사실을 마지못해 받아들였다. 받아들인 뒤에도 웬트워스 대령이 라임에 친구들을 데려오면서 자기 집에서 식사하는 걸 당연하게 여기지 않았다는 사실에 흡사 상처라도 받은 것처럼 보였다.

그들 부부의 이런 태도는 그들이 웬트워스 대령을 매우 아끼고 있음을 보여 주는 증거였다. 또한 그들의 유난히 극진한 태도는 흔히 그러듯 서로 공평하게 주고받는 식의 초대, 격식을 차린 정찬에의 과시적 초대와는 근본적으로 차원이 달랐다. 이 모든 점으로 인해 앤은 웬트워스 대령의 동료 장교들을 사귀는 것이 자신의 기분을 호전시키지는 못하겠다고 생각했다. '이 사람들이 모두 내 친구들이 될 뻔했는데.' 하는 생각이 들어 우울한 기분에 빠져들지 않도록 무진 애를 써야 했다.

방파제를 뒤로한 그들은 방금 인사를 나눈 새 친구들의 집으로 들어갔다. 실내는 매우 비좁았다. 그렇게 협소한 장소에 그렇게 많은 사람을 들여놓을 수 있다고 생각했다는 사실이야말로 그들의 초대가 마음으로부터 우러나온 것임을 증명하는 듯했다. 앤조차 너무 놀라 잠시 기분이 멍할 정도였다. 하지만 그녀는 곧 하빌 대령이 겨울의 폭설에 대비해 하숙집 가구를 창문과 문에 바짝 대어 놓음으로써 그 가구들의 결점은 감추고 공간은 최대한 활용했다는 사실을 알아차렸다. 그리고 그 착상의 기발함과 공간 배치의 훌륭함에 탄복한 나머지 놀라움은 곧 유쾌함으로 바뀌었다. 하숙집 주인이 무성의하게 채워 넣은 기본적인 가구는 하빌 대령이 먼 나라에서 가져온 진귀한 물품이나 희귀종 나무로 만들어진 훌륭한 가구와 좋은 대조를 이루었으며, 앤이 보기에 그 물건들에는 단순히 보기 좋은 외양 이상의 의미가 있었다. 그것들은 모두 그의 일, 그가 열심히 일한 성과물, 그 성과물이 성격에 미친 영향, 그리고 그것이 반영하는 안정감과 행복한 가정의 모습을 나타냈다. 앤의 눈엔 참으로 좋아 보였고, 그래서 더욱 마음이 아팠다.

하빌 대령은 독서가는 아니었다. 하지만 아주 훌륭한 서가를 꾸며 놓고 있었다. 벤윅 대령이 수집한 화려한 장정의 책들, 조출하고 아담한 책들을 꽂아 놓기 위해 단아한 책장을 만들어 놓았던 것이다. 하빌 대령은 다리를 절었기 때문에 몸을 격하게 놀릴 수는 없었지만, 워낙 부지런한 데다 손재주도 뛰어나 늘 쉬지 않고 자잘한 집안일을 찾아서 하는 듯했다. 설계도를 그렸고, 표면을 다듬었으며, 목공일도 했고, 아교로 붙이기도 했다. 그렇게 해서 아이들을 위한 장난감도 만들고, 뜨개바늘과 핀을 신식으로 개조했으며, 그런 일거리가 떨어질 경우엔 방 한구석에 앉아 커다란 그물을 손보았다.

그 집을 나서면서 앤은 참으로 행복한 가정을 보았다는 생각을 했다. 앤의 곁에서 걷고 있던 루이자는 해군에 대해, 그들의 다정함과 우애와 관대함과 고결함에 대해 열렬한 감탄과 기쁨의 찬사를 터뜨렸다. 그러면서 자신은 영국에 현존하는 어떤 직업군 남자들과 비교해도 해군이 단연 가장 훌륭하고 다정하리라 확신한다고 말했다. 그리고 그들만이 사람답게 사는 방법을 알며, 존경과 사랑을 받을 만한 가치가 있다고 주장했다.

일행은 여관으로 돌아가 옷을 갈아입고 정찬을 들었다. 일정은 계획에서 어긋남 없이 순조롭게 진행되었다. 여관 주인은 "요즘은 제철이 아니라서", "라임에 워낙 사람이 안 오는데다", "손님이 있으리라고 기대하지 않아서" 준비가 부족했다고 여러 차례 사과를 했지만.

앤은 이제 처음에는 상상도 하지 못했을 만큼 웬트워스 대령과 한자리에 있는 상황에 무뎌졌다. 그와 한 식탁에 앉아 예의 바른 일상적 대화를 나누는 것(그 이상의 대화는 전혀 하지 않았다.) 이 이제 아무렇지도 않았으니 말이다.

날이 워낙 저물어 하빌 대령의 부인과는 다음 날 다시 만나기로 했지만, 하빌 대령은 저녁 무렵 그들을 찾아오기로 약속했다. 약속대로 그가 나타났고, 기대하지 않았던 벤윅 대령도 함께 왔다. 사실 그는 낯선 사람들 사이에 있는 걸 힘들어하는 것처럼 보였었다. 다른 사람들의 명랑한 기분과는 잘 어울리지 않는 상태임이 분명했지만, 그러나 용기를 내어 다시 나타났던 것이다.

방의 한편에서는 웬트워스 대령과 하빌 대령이 자신들의 과거 경험을 풍부하게 예로 들며 관심을 모으고 대화를 주도하면서 듣는 이들을 즐겁게 했다. 그러는 동안 앤은 벤윅 대령과 함께 방의 다른 쪽 구석에 따로 앉게 되었다. 워낙 원만한 성격의 소유자인 그녀는 벤윅 대령과의 대화를 주도해 나갔고, 대화 도중 그에 대해 조금 더 알게 되었다. 그는 수줍음을 타는 성격으로 추상적인 주제에 관심이 많았다. 하지만 앤의 온화한 표정과 상냥한 태도는 평소와 마찬가지로 상대방의 마음을 끌었다. 그녀는 이내 그가 주로 시에 국한되긴 했어도 독서에 상당한 취미가 있음을 알게 되었다. 그리고 대화를 이어 가는 동안 자연스럽게, 자신이 평소 그의 친구들은 아마 별로 관심도 안 가졌을 주제에 대해 저녁 내내 실컷 얘기를 나눌 수 있는 대화 상대자임을 깨달았다. 또한 심적 고통에 맞서 싸우는 것이 우리 인간 된 자의 의무이며, 궁극적으로는 그런 싸움이 자신에게 도움이 될 수도 있다는 사실을 일깨워 줌으로써 그에게 중요한 도움을 줄 수 있겠다는 사실도 깨달았다. 그는 수줍음을 탔지만 그렇다고 말수가 적은 편은 아니었다. 오히려 평소에 억제하고 있던 감정을 마음껏 분출할 수 있어 매우 기뻐하는 듯 보였다. 처음에는 시에 대해, 그리고 동시대의 시가 얼마나 풍부한지에 대해 이야기를 나누었고, 이어서 가장 탁월한 시인들을 간단히 비교 고찰하면서 「마미온」

과 「호수의 여인」 중 어느 쪽이 나은지, 그리고 「자우어」와 「아비도스의 신부」는 어떻게 평가하는 게 좋을지, 그리고 나아가 「자우어」를 어떻게 발음해야 하는지 등을 논했다.[14) 이런 대화를 통해 그가 여린 감성을 다루고 있는 스콧의 모든 시들과 절망적인 고통을 다루고 있는 바이런의 열정적인 묘사들을 모두 줄줄 꿰고 있음을 알 수 있었다. 그는 상처받은 마음이나 괴로운 경험에 의해 파괴된 이성을 그린 시행들을 떨리는 목소리로 풍부한 감정을 실어 읊조렸는데, 그 시행들을 통해 자신의 감정을 이해받기 원하는 것처럼 보였다. 그래서 앤은 과감히 그가 항상 시만 읽는 것은 아니기를 바란다고 말했다. 그러면서 시를 즐기는 일이 시를 완벽하게 즐길 줄 아는 사람들에게 항상 안전하지만은 않은 일이라는 점, 시를 감상할 때 그것을 진정으로 즐기는 데 필요한 강렬한 감정을 다소 아낄 필요가 있다는 점 등이 시에게는 불운이라고 덧붙였다.

그의 얼굴을 바라보니 앤이 그의 고통스러운 정황에 대해 이렇게 암시할 때 고통을 받기보다 오히려 안도감을 느끼는 듯해서 그녀는 과감히 한 발짝 더 나아가기로 했다. 그리고 비슷한 생각을 더 오래 해 온 선배 특유의 권한을 발휘해 그에게 평소에 산문을 더 읽도록 노력하라고 권했다. 그러자 그가 구체적으로 어떤 글들을 추천하는지 물었고, 그녀는 그 순간 자신이 생각할 수 있는 가장 고귀한 교훈과 도덕적, 종교적 인내

14) 앞의 두 시는 월터 스콧 경(Sir Walter Scott, 1771~1832)의 시이고, 뒤의 두 시는 조지 고든 바이런(George Gorden Byron, 1788~1824)의 시이다.

심의 최선의 예를 들어서 지성을 북돋워 주고 강화해 주는 글들, 최고의 사상가들의 글과 최고의 문장가들의 문집을 추천해 주었다.

벤윅 대령은 앤의 말에 귀를 기울였고 그녀의 관심을 고맙게 여기는 듯했다. 그리고 비록 자신이 현재 겪고 있는 슬픔에 어떤 책인들 도움이 되겠느냐는 듯 회의적으로 고개를 흔들고 한숨을 내쉬면서도 그녀가 추천한 글들의 제목을 받아 적고는 꼭 구해 읽어 보겠다고 약속했다.

저녁 모임이 끝났을 때 앤은 자신이 라임까지 와서 생전 처음 만난 젊은 남성에게 인내심과 체념에 대해 설교했다는 사실을 깨닫고 조용히 미소 짓지 않을 수 없었다. 그리고 조금 더 깊이 생각해 본 결과 자신도, 열변을 토하여 타인에게 가르친 교훈에 대해 스스로는 모범을 보이지 못한다는 점에서 많은 위대한 도덕가와 설교자 들과 다를 바 없는 게 아닐까 하는 우려를 떨칠 수 없었다.

12

앤과 헨리에타는 다음 날 아침, 일행 중 가장 먼저 일어나서 바닷가로 식전 산책을 나갔다. 두 사람은 모래사장에 서서 부드러운 남동풍에 밀려 들어오던 장엄한 밀물을 바라보았는데, 그것은 그렇게 광활한 해변에서나 가능한 장관이었다. 두 사람은 아침을 찬양하고 기쁜 마음으로 바다를 바라보면서 시원하게 불어오는 산들바람을 함께 즐겼다. 그러고 나서 잠시 침묵에 잠겼는데, 갑자기 헨리에타가 이런 말을 했다.

"오! 맞아요. 예외가 전혀 없는 건 아니지만 바닷바람은 대체로 우리 몸에 좋다고 생각해요. 일 년 전 봄에 셜리 박사가 편찮으셨을 때도 바닷바람이 큰 도움이 됐던 게 틀림없어요. 라임에 와서 한 달 동안 지낸 것이 드신 약을 전부 합한 것보다 더 도움이 되었노라고 직접 밝히셨지요. 해변에 계실 때면 언제나 다시 젊어지는 기분이었다고도 하셨고요. 그런 면에

전 박사님이 바닷가에서 지내지 못하시는 게 늘 안타까워요. 어퍼크로스를 떠나서 라임에 정착하는 게 박사님을 위해서도 좋으실 텐데. 안 그래요, 앤? 그렇게 하는 게 당신을 위해서도 사모님을 위해서도 최선이라고 생각하지 않으세요? 알다시 피 셜리 부인께는 이곳에 사촌들도 있고 또 아는 분들도 많잖 아요. 그러니까 여기서도 즐겁게 지내실 거예요. 또 셜리 박사 가 다시 뇌졸중 발작을 일으킬 경우에 대비해서 의원 가까이 에 살기를 원하실 것 같아요. 정말이지 셜리 박사 부부처럼 평 생 동안 좋은 일만 하신 훌륭한 분들이 어퍼크로스 같은 곳에 서 여생을 보내시는 건 서글픈 일이라고 생각해요. 어퍼크로 스에선 저희 가족 외엔 가깝게 지낼 수 있는 이웃이 없잖아요. 가까운 분들이 그런 제안을 해 드리면 좋을 텐데. 정말이지 꼭 그렇게 하시는 게 좋을 것 같아요. 특별 허가야 그분의 연세 나 인격으로 봐서 문제가 되지 않을 거고요.[15] 그분이 무슨 일 이 있어도 당신이 맡고 계신 교구를 떠나서는 안 된다고 생각 하실지도 모른다는 게 유일한 걱정이지요. 워낙 원칙주의자 이신 데다 양심적인 분이니까요. 좀 지나칠 정도로 양심적인 분이라고 하는 게 맞을 것 같아요. 너무 지나치게 양심적으로 행동한다고 생각하지 않으세요, 앤? 다른 사람이 해도 무방한 직무를 수행하기 위해서 당신의 건강을 희생시키는 건 양심 을 좀 잘못 적용하시는 것 아닐까요? 더구나 어퍼크로스와 라

---

15) 부목사인 찰스 헤이터가 실제 업무를 담당하는 동안 셜리 박사가 계속해 서 이전과 같은 보수를 받으려면 교회로부터 특별 허가를 받아야 한다.

임은 겨우 17마일밖에 안 떨어져 있으니 설령 사람들한테 불평거리가 생긴다 해도 얼마든지 직접 들을 수 있을 텐데요."

헨리에타가 이렇게 말하는 동안 앤은 여러 번 조용히 미소를 지었다. 그리고 젊은 여성에게도 얼마든지 젊은 남성에게와 마찬가지로 도움을 줄 용의가 있었으므로 기꺼이 헨리에타의 의논 상대가 되어 주었다. 그러나 젊은 여성의 의논 상대가 되어 줄 때는 젊은 남성을 대할 때보다 기준을 낮춰야 했다. 그저 상대방의 말에 맞장구를 쳐 주는 것 외에 다른 말이 필요하지 않았던 것이다. 앤은 문제의 사안에 관해 합리적이고 적절한 의견을 모두 표시했다. 자신도 물론 셜리 박사가 쉬실 필요가 있다고 느낀다고, 활동적이고 훌륭한 젊은이가 상주하면서 부목사로 일한다면 정말 바람직할 것 같다고 지적했다. 그리고 그런 상주 부목사가 결혼도 한 사람이면 금상첨화일 것 같다고도 넌지시 암시했다.

앤의 말에 기분이 좋아진 헨리에타가 말했다. "레이디 러셀께서 어퍼크로스에 살면서 셜리 박사와 가까이 지내시면 정말 좋을 텐데요. 모두들 레이디 러셀만큼 다른 사람을 잘 설득하는 분도 없다고 하거든요! 그분이 설득하시면 누구든 무슨 일이라도 할 거예요! 전에도 얘기한 적이 있지만 전 그분이 무서워요. 아주 무서운 분이에요. 정말 똑똑하시니까요. 하지만 대단히 존경스럽기도 해요. 어퍼크로스에도 그런 이웃이 계시면 정말 좋을 텐데요!"

앤은 헨리에타가 다른 사람을 칭찬하는 방식이 재미있다고 생각했다. 그리고 새로운 상황이 전개되고 새로운 이해관계가 발생함에 따라 머스그로브 씨 가족의 일원인 헨리에타가 앤의 친구인 레이디 러셀에게 호감을 갖게 되었다는 사실도 다소 흥미로웠다. 아무튼 어퍼크로스에도 그런 친구가 있으면 참 좋을 거라고 막연하게 대답을 하는 참인데, 루이자와 웬트워스 대령이 다가와서 두 사람의 대화가 중단되었다. 그들 또한 아침 식사가 준비될 때까지 산책을 나온 참이었다. 하지만 루이자가 곧 가게에서 살 게 있다는 것을 기억해 내고 함께 시내로 가자고 제안했고, 모두들 그 제안을 따랐다.

그들이 해변에서 내륙으로 이어지는 계단에 이르렀을 때 한 신사가 계단을 내려오려다가 정중하게 한쪽으로 비켜서서 길을 양보했다. 그런데 일행이 계단을 올라 그 곁을 지나가는 동안 그의 눈길이 앤의 얼굴에 사로잡혔으니, 그녀도 진지한 감탄을 담은 그 시선을 의식하지 않을 도리가 없었다. 사실 그녀는 사람들의 눈에 확 띌 만큼 건강미가 넘치는 모습을 하고 있었다. 반듯하고 어여쁜 이목구비가 미풍을 받은 덕분에 젊음을 되찾고 청순하게 활짝 피어났으며, 눈도 그 미풍 덕인 듯 생기가 넘치면서 총기를 빛냈다. 모든 사람이 그 신사(태도로 보아 완벽하게 훌륭한 신사임에 틀림없었다.)가 그녀를 홀린 듯 바라보고 있다는 사실을 알아차렸다. 웬트워스 대령도 곧 몸을 돌려 그녀를 바라보았는데, 그도 그 낯선 신사가 그녀에게 보내는 경탄의 눈길을 알아본 것이 분명했다. 일시적으로나마 밝은 표정으로 그녀를 바라보는 그의 눈길은 '저 남자가 당신에게 반했군. 그리고 이 순간만큼은 나 역시 당신에게서 과거의 앤 엘리엇과 비슷한 모습을 다시 발견하고 있소.'라고 말하는 듯했다.

그들 일행은 루이자가 일을 보는 동안 그녀와 함께 있다가 조금 더 거리를 산책한 뒤 여관으로 돌아갔다. 앤은 자신이 묵고 있던 방을 나와 식당으로 가려고 재빨리 몸을 돌리다가 동시에 옆방에서 나오던 신사와 부딪힐 뻔했는데, 바로 조금 전 바닷가에서 보았던 그 사람이었다. 그녀는 그도 자기 일행처럼 여행객인 듯한 느낌을 받았고 마침 여관으로 돌아오던 길에 보았던, 여관 주변을 서성대던 잘생긴 시종이 그의 하인일 거라고 생각했다. 주인과 하인이 모두 현재 상중임을 알리는 차림새를 하고 있었던 것이다. 이제 그가 자신의 일행과 한 여관에 머물고 있다는 사실이 분명해졌다. 그리고 이 두 번째 조우는 아주 짧은 순간에 스쳐 갔지만 그의 눈길은 그가 그녀의 아름다움에 반했다는 사실을 재차 확인시켜 주었다. 또한 바로 죄송하다고 인사하는 정중한 태도로 보아 그가 극히 예절 바른 사람임도 알 수 있었다. 나이가 서른쯤 되어 보이는, 미남은 아니지만 인상이 좋은 남자였다. 앤은 그가 과연 누구인지 궁금해졌다.

그들이 아침 식사를 거의 끝낼 무렵 마차 소리가 들려와서 일행의 절반 정도가 우르르 창가로 몰려갔다. 라임에 도착한 이후 아마 처음 듣는 마차 소리였을 것이다. "신사의 마차, 이륜 쌍두마차예요. 하지만 뒷마당에서 여관의 정문으로 돌아나가는 거네요. 누가 이 여관을 떠나는 모양이에요. 상복을 입은 하인이 마차를 모는데요."

이륜 쌍두마차라는 말에 찰스 머스그로브가 자신의 마차와 비교해 보려고 자리에서 벌떡 일어섰고, 하인이 상복을 입고 있다는 말에 앤의 호기심이 발동했다. 그 자리에 있던 여섯 명 모두가 창가로 모여들었을 때는 쌍두마차의 주인이 여관 식구들의 공손한 인사를 받으며 건물을 나와 마차에 올라타 떠나는 모습이 보였다.

"아!" 웬트워스 대령이 곧장, 그리고 앤을 곁눈으로 흘깃 보면서 말했다. "아까 우리 곁을 지나쳤던 분이군요."

머스그로브 씨 자매가 맞장구를 쳤다. 그들은 그의 마차가 언덕 꼭대기를 넘어갈 때까지 관심 있게 지켜보다가 식탁으로 돌아와 아침 식사를 계속했다. 잠시 후 웨이터가 식당으로 들어왔다.

"그런데 방금 떠나신 신사분의 성함이 어떻게 되시지?" 웬트워스 대령이 즉시 물었다.

"예, 어르신, 엘리엇 씨라고 재산가인 신사분입니다. 시드머스에서 어젯밤 도착하셨습지요. 식사 중에 마차 소리를 들으셨겠지만, 방금 바스를 거쳐 런던으로 가기 위해 크류케른 쪽으로 떠나셨습니다."

"엘리엇!" 웨이터가 재빨리 분명하게 말했음에도 그의 말이 다 끝나기도 전에 모두들 서로의 얼굴을 쳐다보며 그 이름을 되뇌었다.

"세상에!" 메리가 외쳤다. "우리 사촌이 틀림없어요. 우리 엘리엇이 틀림없다고요. 정말 틀림없어요! 찰스, 언니, 그렇지 않겠어요? 상중이라잖아요. 우리 엘리엇 씨도 상중인데. 참 신기한 일이네요! 우리와 한 여관에 머물다니! 앤, 우리 엘리엇 씨가 틀림없겠지, 아버지의 상속자인? 그러니까 자네," 웨이터를 향해 몸을 돌리면서 메리가 말했다. "그분의 하인이 그분이 켈린치가에 속한다는 말은 하지 않던가?"

"아니요, 마나님, 특별히 가족을 언급하지는 않았습니다. 하지만 주인님이 아주 재산이 많으시고 언젠가는 준남작 기사가 되실 분이라고 말했습니다."

"거봐! 맞지!" 메리가 기뻐서 어쩔 줄 모르며 외쳤다. "내 말이 맞았어! 월터 엘리엇 경의 상속자야! 그게 맞다면 틀림없이 어떤 식으로든 그 사실을 언급했을 거라고 생각했어. 틀림없다고. 하인들은 어딜 가든 그런 사실을 광고하지 않고는 못 배기거든. 하지만 언니, 얼마나 신기한 우연인지 생각 좀 해 봐! 좀 더 자세히 볼걸. 떠나기 전에 알았더라면 인사라도 나눴을 텐데. 인사도 못 나누다니 얼마나 안타까운 일이야! 생김새가 우리 집안사람 같아 보였어? 난 그분의 모습은 거의 못 봤어. 말을 보느라 정신이 없었거든. 하지만 생김새가 엘리엇 집안사람다웠던 것 같기도 해. 마차 옆면에 문장이 새겨져 있었을 텐데 못 알아보다니 참 이상하네! 맞아! 커다란 외투 때문에 마차 옆면이 가려져 있었어. 그래서 문장도 가려진 거야. 틀림없어. 그게 아니면 내 눈에 안 띄었을 리가 없어. 그리고 하인의 제복도…… 하인이 상복을 안 입었더라면, 제복만 보고도 알아봤을 텐데."

"이 지극히 예외적인 상황을 종합해 보건대," 웬트워스 대령이 말했다. "부인께서 사촌분과 인사를 못 나누신 건 하느님의 섭리라고 볼 수밖에 없겠군요."

메리의 흥분이 조금 가라앉은 뒤 앤은 지난 몇 년간 아버지와 엘리엇 씨의 관계로 미뤄 볼 때 서로 인사를 나누지 않은 게 오히려 더 잘된 일이라고 조용히 그녀를 설득했다.

하지만 그러면서도 우연히 만난 자신의 사촌, 즉 장차 켈린 치 홀의 주인이 될 사람이 틀림없는 신사로서 양식도 있어 보이는 게 은근히 기뻤다. 자신이 여관에서 한 번 더 그와 마주친 것은 절대 이야기하지 않을 작정이었다. 메리는 앤의 일행이 아침 산책 도중에 그를 지나쳤다는 사실에는 그다지 신경을 쓰지 않았다. 하지만 자신은 그의 근처에도 간 적이 없는데, 앤이 복도에서 그와 정면으로 마주쳤고, 그가 그녀에게 정중하게 사과까지 했다는 사실을 알면 틀림없이 자기가 부당한 취급을 당했다고 생각할 터였다. 그랬다. 사촌간의 그 사소한 만남은 완벽한 비밀로 남겨 두어야 했다.

"물론, 언니가 다음에 바스에 편지를 쓸 때는 우리가 엘리엇 씨를 본 걸 알려 드려야 해요. 아버지가 알고 계셔야 하니까. 그분에 대해서 모조리 말씀드려요." 메리가 말했다.

앤은 직접적인 대답을 피했다. 하지만 그 소식을 전달하는 건 불필요한 정도가 아니라 일부러라도 막아야 한다고 생각했다. 앤은 그가 몇 해 전에 아버지한테 무례하게 굴었다는 사실을 알고 있었다. 그리고 특히 그 일에 엘리자베스가 관련되어 있다는 사실도 짐작하고 있었다. 아버지와 엘리자베스가 엘리엇 씨를 생각할 때마다 부아를 참지 못하는 건 틀림없는 사실이었다. 메리는 한 번도 바스에 편지를 보낸 적이 없었다. 엘리자베스와 느리고 불만족스러운 서신 왕래를 지속하는 노역은 모두 앤의 차지였다.

아침 식사를 마친 후 곧 하빌 대령 부부와 벤윅 대령이 찾아왔다. 일행이 라임을 떠나기 전에 함께 마지막 산책을 하기로 했기 때문이다. 그날 안으로 어퍼크로스에 도착하자면 늦어도 1시경에는 출발해야 했다. 따라서 그 전에 가능한 한 모두함께 야외 나들이를 즐기며 시간을 보내기로 했던 것이다.

앤은 일행이 거리로 들어서자마자 벤윅 대령이 자신을 향해 다가오고 있음을 알 수 있었다. 전날 저녁의 대화로 인해그가 그녀를 피하고 싶어 하지는 않았던 것이다. 그들은 전날처럼 스콧 씨와 바이런 경에 대해 이야기하면서 한참을 함께걸었다. 그리고 전날처럼 두 시인의 우수성에 대해 완전한 의견의 일치를 보지는 못했다. 같은 작품을 읽은 두 사람 사이에서 당연히 있을 수 있는 일이었다. 그러다가 대오가 전체적으로 변화하면서 벤윅 대령 대신 하빌 대령이 그녀의 곁에 서게되었다.

"엘리엇 양," 그가 다소 낮은 목소리로 말했다. "정말 고맙습니다. 저 가엾은 친구에게 말할 수 있는 기회를 많이 주셔서요. 저 친구가 다른 사람과 대화를 나눌 기회가 더 많았으면좋겠거든요. 한적한 곳에서 지금처럼 외톨이로 집 안에만 박혀 지내는 게 좋지 않다는 건 저도 잘 압니다. 하지만 어쩌겠습니까? 서로 헤어질 수 없는 사이이니."

"그럼요. 저도 얼마든지 이해해요. 하지만 시간이 좀 지나면 아무래도…… 잘 아시다시피 어떤 고통도 시간이 해결해주니까요. 그리고 하빌 대령님, 친구분께서 상을 당하신 지 얼마 되지 않았다는 사실을 기억하셔야 해요. 바로 지난여름이라고 들었습니다."

"맞아요. 그건 맞는 말씀입니다." 그는 깊은 한숨을 쉬었다. "바로 6월이었지요."

"더욱이 그분이 그 사실을 곧바로 알게 된 것도 아닌 것 같더군요."

"8월 첫째 주에야, 그러니까 그래플러호의 지휘관으로 승진해서 희망봉에 다녀온 후에야 알게 되었지요. 난 그때 플리머스에 있으면서 저 친구가 도착하면 도대체 어떻게 해야 하나 걱정하고 있었어요. 온다는 편지는 받았지만, 그래플러호에 포츠머스로 이동하라는 명령이 내려진 상태였지요. 그러니까 어차피 소식을 보내더라도 포츠머스로 보내야 했습니다. 하지만 누가 그런 소식을 전할 수 있겠습니까? 전 도저히 못하겠더군요. 차라리 활대 끝에 올라가는 게 나을 것 같은 심정이었습니다.[16] 저 훌륭한 친구(그는 웬트워스 대령을 가리켰다.)를 제외하면 그런 일을 해낼 수 있는 사람이 아무도 없었어요. 그래플러호가 포츠머스에 입항하기 일주일 전에 라코니아호가 플리머스에 입항했지요. 다시 바다로 파견될 위험도 없었고요. 저 친구가 우리 모두를 대표해서 총대를 맸지요. 휴가원을 내고 접수 결과도 기다리지 않은 채 곧바로 길을 떠나 밤낮을 가리지 않고 포츠머스까지 갔더랬습니다. 도착한 다음 바로 보트를 저어 그래플러호로 가서 일주일 동안 저 가

---

16) 활대의 끝에 올라간다는 것은 교수형을 당해 죽는다는 뜻.

없은 친구의 곁을 한시도 떠나지 않고 있어 주었더랍니다. 저 친구가 그런 일을 해 준 사람입니다. 가엾은 제임스에게 그만 한 도움을 줄 수 있는 사람은 아무도 없었을 겁니다. 엘리엇 양, 우리에게 저 친구가 얼마나 소중한 친구인지 짐작하시겠 지요!"

앤은 그 질문에 대해 분명한 대답을 할 수 있었다. 그리고 그런 자신의 견해를 감정이 허락하는 선에서, 혹은 하빌 대령 의 감정이 감당할 수 있는 선에서 그에게 피력했다. 그 기억을 되살리는 것만으로도 하빌 대령은 감정이 북받치는 듯 보였 기 때문이다. 그들은 화제를 완전히 다른 쪽으로 돌리며 대화 를 이어 갔다.

하빌 대령의 부인이, 일행이 대령 부부의 집에 도착하면 남 편은 더 이상 걷지 않는 게 좋을 것 같다는 의견을 표명해서, 그들은 그 의견에 따라 마지막 산책 코스를 정했다. 모두 함께 하빌 대령 부부를 집까지 바래다준 다음 여관으로 돌아가 귀 갓길에 오르기로 했다. 아무리 따져 보아도 남은 시간 동안 그 들이 할 수 있는 건 그것이 전부였다. 하지만 코브 방파제 근처 에 다다랐을 때 모두들 한 번만 더 방파제를 따라 산책하고 싶 은 욕심이 났다. 더욱이 루이자가 꼭 그 산책을 하고야 말겠다 고 고집을 부렸기 때문에, 다들 십오 분 정도 시간이 더 걸리는 것쯤이야 어떠랴 하는 쪽으로 생각이 기울었다. 따라서 하빌 대령 부부의 집 문 앞에서 모두들 온갖 다정한 작별의 인사말 과 초대와 약속을 주고받은 뒤, 부부를 뒤로하고 코브 방파제 를 향해 그 아름다움에 걸맞은 작별 인사를 고하기 위해 나섰다. 벤윅 대령도 끝까지 함께 있고 싶은 듯 그들을 따라왔다.

벤윅 대령은 다시 앤의 곁으로 다가왔다. 그는 바로 앞에 펼쳐진 경치를 보며 바이런 경의 '감색 바다'[17]를 언급했으며, 앤은 그 말에 정성껏 귀를 기울여 주었다. 하지만 곧 그녀의 주의를 빼앗는 상황이 발생했다.

새로 쌓은 코브 방파제의 꼭대기는 바람이 너무 세차서 숙녀들이 경치를 즐기기 어려웠다. 그래서 계단을 거쳐 아래로 내려가기로 의견을 모았다. 계단의 경사가 많이 가팔랐지만 모두들 불평하지 않고 조심조심 내려갔는데, 루이자만은 예외였다. 웬트워스 대령의 손을 잡고 뛰어내리고 싶다고 고집했던 것이다. 산책 내내 계단이 나오면 항상 그렇게 했고, 그때마다 항상 기분이 기막히게 좋았던 것이다. 이번엔 아래쪽 도로가 포장도로라 바닥이 딱딱했기 때문에 웬트워스 대령은 발을 다칠지도 모른다며 주저하는 기색을 보였다. 하지만 아무 말 없이 그녀가 뛰어내리도록 도와주었고 그녀는 무사히 착지했다. 그녀는 의기양양해서 한 번 더 뛰어내리겠다며 곧바로 계단을 달려 올라갔다. 웬트워스 대령은 내릴 때 충격이 너무 크니 그러지 말라고 말렸다. 하지만 합리적인 말로 그녀를 설득하려는 그의 노력은 성공하지 못했다. 그녀가 미소를 지으며 이렇게 말했던 것이다. "꼭 하고 말 거예요." 그가 손을 내밀었지만 그녀가 반 초 정도 앞서서 뛰어내렸다. 그리고

---

17) 조지 고든 바이런의 작품인 「차일드 해럴드의 순례」에 나오는 구절을 가리킨다.

눈 깜짝할 사이에 코브 방파제 아래 포장도로 위에 정신을 잃고 널브러졌다!

상처나 피, 멍 따위는 눈에 띄지 않았다. 하지만 그녀는 눈을 꼭 감은 채 숨을 쉬지 않았으며, 얼굴빛이 시체처럼 창백했다. 그 순간 주변에 있던 모든 사람들이 느꼈던 공포감이라니!

한 발 늦게 곁에 다다른 웬트워스 대령은 무릎을 꿇고 앉아 루이자를 팔에 올려 안고 그녀만큼이나 창백한 얼굴로 고통스러운 침묵 속에서 그녀를 내려다보았다. "루이자가 죽었어요! 죽었어!" 메리가 남편을 꽉 잡으며 비명을 질렀고, 그 바람에 그렇지 않아도 공포에 질려 있던 찰스는 꼼짝도 하지 못했다. 다음 순간 루이자가 죽었다고 생각한 헨리에타마저 정신을 잃었다. 벤윅 대령과 앤이 양쪽에서 황급히 부축하지 않았더라면 그녀도 계단 위로 쓰러질 뻔했다.

"누가 저 좀 도와주지 않겠어요?"가 웬트워스 대령의 입에서 나온 첫 마디였다. 절망에 찬 목소리, 마치 기운이 모두 빠져나간 것 같은 목소리였다.

"어서 가 보세요, 어서요." 앤이 외쳤다. "제발 어서 빨리요. 헨리에타는 저 혼자서도 부축할 수 있으니 저한테 맡기고 웬트워스 대령께 가세요. 루이자의 손과 관자놀이를 문지르세요. 여기 소금이 있어요.[18] 어서 가지고 가세요. 어서요."

벤윅 대령은 그녀의 말에 따라, 그 순간 아내의 손아귀에서 벗어난 찰스와 함께 웬트워스 대령 곁으로 달려갔다. 그들은

18) 여기서 소금이란 냄새를 맡고 정신을 차리게 하는 약을 말한다.

루이자를 더 들어 올려서 단단한 손길로 받친 다음 앤이 말한 모든 방법을 시도해 보았지만 아무런 효과도 없었다. 그러는 동안 웬트워스 대령은 벽에 기댄 채 비틀거리면서 극심한 고통에 잠겨 외쳤다.

"오, 하느님! 루이자의 아버지와 어머니껜!"

"외과 의사를 부르세요!" 앤이 말했다.

그 말을 들은 찰스가 곧 정신이 드는 듯 "맞아요, 맞아. 당장 외과 의사한테 가야 해요."라고 말하면서 쏜살같이 뛰어나가려고 했다. 그때 앤이 황급한 목소리로 제안했다.

"벤윅 대령님, 대령님이 가시는 게 낫지 않을까요? 외과 의사가 어디 있는지 아실 테니까."

생각을 할 정신이 있는 사람은 누구나 그렇게 하는 것이 맞다는 사실을 알 수 있었고, 그 즉시 벤윅 대령이 루이자의 시체 같은 몸을 그녀의 오빠에게 완전히 맡기고 서둘러 읍내로 향했다. 모두 순식간에 일어난 일이었다.

뒤에 남겨진 일행은 너무나 고통스러운 상태에 있었으니, 정신이 온전한 세 사람, 즉 웬트워스 대령과 앤과 찰스 중 누구의 고통이 더 컸는지는 따지기 불가능했다. 평소에도 더할 나위 없이 다정한 오빠인 찰스는 루이자를 내려다보고 비탄의 눈물을 흘리면서 간간이 루이자만큼 정신을 잃은 헨리에타를 바라보거나, 자신이 줄 수 없는 도움을 청하며 그를 불러 대는 아내의 병적으로 흥분한 외침 소리를 따라 눈길을 돌렸다.

앤은 기운을 차리고 열과 성을 다해 직관이 지시하는 대로 헨리에타를 돌보는 동시에, 틈틈이 다른 사람들에게도 주의를 기울였다. 메리를 진정시켰고, 찰스의 기운을 북돋웠으며, 웬트워스 대령을 위로했다.

"앤, 앤." 찰스가 외쳤다. "이제 어떻게 해야 되지요? 대관절 어떻게 하면 좋지요?"

웬트워스 대령의 눈길이 그녀를 향했다.

"여관으로 루이자를 데려가는 게 낫지 않을까요? 맞아요, 조심해서 여관으로 데려가도록 하는 게 좋겠어요."

"맞습니다, 맞아요. 여관으로 갑시다." 웬트워스 대령이 비교적 침착한 목소리로, 뭔가 자신이 할 일이 있는 걸 다행으로 여기며 그녀의 말을 반복했다. "내가 데리고 가겠소. 머스그로브, 자네는 다른 분들을 돌보게."

이때는 이미 사고 소식이 코브 방파제 부근의 노동자들과 어부들에게 전해져서 많은 사람들이 주변에 모여 있었다. 필요하다면 일행을 돕고, 죽은 아가씨 하나도, 아니, 둘도 구경할 겸 모였던 것이다. 그건 두 배로 흥미진진한 광경이었으리라. 이 선한 사람들 중 가장 점잖게 생긴 사람들에게 헨리에타가 맡겨졌다. 그녀는 정신은 반쯤 차렸지만 아직 기운은 전혀 차리지 못하고 있었다. 따라서 앤이 헨리에타 곁에서 걷고 찰스는 아내를 부축하며 이루 말할 수 없는 심정이 되어서 자신들이 바로 좀 전, 그렇게 조금 전까지 가벼운 마음으로 걸었던 길을 터덜터덜 되짚어 갔다.

그들이 방파제를 다 벗어나기도 전에 하빌 대령 부부가 그들을 향해 다가왔다. 벤윅 대령이 심상치 않은 것이 분명한 표정으로 집 앞을 내달리는 것을 보고 바로 집을 나서서 주변 사람들에게 물어 가며 그들이 있는 곳으로 오던 참이었다. 하빌 대령도 크게 놀라기는 했지만, 그의 상식과 용기는 그들에게 곧 도움이 되었다. 그와 아내는 눈길을 한 번 교환하는가 싶더니 곧 자기들이 할 일을 결정했다. 그들은 모두 함께 루이자를 데리고 자기 집으로 가서 거기서 외과 의사가 도착할 때까지 기다려야 한다고 주장했다. 다른 사람들이 주저하자 그 말에 귀를 기울일 수 없다는 표시를 단호히 했다. 이 제안이 받아들여져 모두들 그의 집으로 갔다. 하빌 부인은 루이자를 위층으로 데려가 자신의 침대에 눕히도록 지휘했고 그녀의 남편은 다른 사람들을 돌보고 강장제와 의식 회복제 등을 찾아왔다.

루이자는 눈을 한 번 떴다가 이내 다시 감았다. 의식을 회복한 것 같지는 않았다. 하지만 눈을 뜬 것으로 보아 죽지 않은 것은 분명했다. 이 사실이 헨리에타의 회복을 도왔다. 헨리에타는 희망과 공포로 인한 흥분 때문에 루이자와 같은 방에 둘 상태가 아니었지만 다시 의식을 잃지는 않았다. 메리도 점차 안정을 되찾고 있었다.

외과 의사가 믿기 어려울 정도로 빨리 그들 앞에 나타났다. 그가 진찰을 하는 동안 일행의 얼굴은 하나같이 창백했다. 모두들 걱정에 압도된 상태였다. 하지만 의사는 절망적인 상황은 아니라고 말했다. 머리에 심한 타박상을 입었지만, 그보다 더 큰 상처를 입고도 회복된 경우를 많이 보았다는 것이다. 결코 절망적이지 않다고, 그는 낙관적으로 말했다.

그가 절망적이라고, 루이자에겐 몇 시간밖에 남아 있지 않

다고 할까 봐 걱정하던 터라 진단을 들은 순간 모두들 감격에
겨워 아무 말도 하지 못했다. 이어 하늘을 향해 열렬한 감사의
인사가 올려졌다. 그들이 그 같은 집행 유예의 소식에서 어떤
황홀감, 얼마나 깊고도 고요한 기쁨을 느꼈을지는 충분히 짐
작 가능한 일이었다.

앤은 웬트워스 대령이 "하느님 덕분입니다!"라고 말할 때
의 어조와 표정을 잊을 수 없을 것 같았다. 그런 다음 그는 팔
짱을 끼고 영혼 깊은 곳에서 우러나는 온갖 감정에 북받친 듯
얼굴을 감춘 채 앉아 탁자를 내려다보았다. 기도와 명상을 통
해 자신의 감정을 달래려고 애쓰는 모습이었다. 이때 목격한
그의 표정도 앤은 결코 잊을 수 없었다.

루이자의 사지는 괜찮았다. 머리 외에는 상처가 없었다.

그제야 일행은 자신들의 거취에 주의를 돌렸다. 비로소 서
로 대화를 나누고 의논을 할 만큼 정신이 돌아왔던 것이다. 아
무리 친구라고 해도 하빌 대령의 가족에게 그렇게나 폐를 끼
치는 것은 정말 미안한 일이었다. 하지만 그럼에도 루이자가
지금 상태 그대로 남아 있어야 한다는 것은 분명한 사실이었
다. 루이자를 옮기는 것은 불가능했다. 하빌 부부는 주저하는
사람들의 말을 막았고, 고맙다는 인사도 들으려 하지 않았다.
다른 사람들이 생각하기도 전에 미리 다 짐작을 하고 모든 것
을 다 살펴서 처리해 두고 있었다. 벤윅 대령은 자기 방을 내
주고 다른 데로 거처를 옮기기로 이미 정한 상태였다. 모든 결
정이 순조롭게 이루어졌다. 하빌 대령 부부는 자기 집에 더 많
은 사람들이 머물지 못하는 것만을 안타까워했다. 그러면서

아마도 "아이들을 하녀들의 방에서 재우거나, 간이침대를 한 구석에 매달면" 두세 명 정도 더 지낼 수 있는 공간을 마련할 수 있다고, 그럴 수 없다면 정말 속상할 거라고 말했다. 하지만 머스그로브 양의 간호만은 전적으로 하빌 부인에게 맡기라고 덧붙였다. 하빌 부인은 간호 경험이 매우 많으며, 그녀의 애보개도 그녀와 오래 살면서 어디든 따라다녔기 때문에 똑같이 경험이 많다면서. 두 사람이 교대를 한다면 낮이든 밤이든 다른 사람의 도움은 필요치 않을 거라고 했다. 하빌 부부의 말이 워낙 간곡해서 그들의 말에 항의하기는 거의 불가능했다.

찰스와 헨리에타, 웬트워스 대령, 세 사람이 의논을 했는데 잠깐 동안은 당황과 공포의 감정을 교환하는 것 외엔 아무것도 하지 못했다. "어퍼크로스, 누가 어퍼크로스에 가서 소식을 전해야 하는데, 머스그로브 씨 부부께 어떻게 소식을 전해야 할지, 아침이 벌써 지났고, 출발 예정 시간에서 벌써 한 시간이나 지났으니, 방문하기 적당한 시간에 도착하기는 불가능해." 처음에는 그 같은 외마디 소리 외엔 더 이상의 요령 있는 말이 나오지 않았다. 하지만 곧 웬트워스 대령이 정신을 가다듬고 말했다.

"결정을 내려야 해. 일 분 일 초도 지체하지 말고. 한시가 급해. 누가 바로 어퍼크로스로 떠날지를 당장 결정해야 하네. 머스그로브, 우리 둘 중 한 사람이 가야 해."

찰스도 동의했다. 하지만 자기가 갈 수는 없다고 단호하게 말했다. 하빌 대령 부부에게 폐를 끼치지 않을 도리는 없지만, 동생을 저런 상태로 두고는 절대 갈 수 없다는 것이었다.

다른 사람들도 그의 결의를 이해하고 받아들였다. 헨리에타도 처음에는 언니를 두고 갈 수 없다고 주장했다. 하지만 모두들 그녀의 마음을 돌리기 위한 설득에 나섰다. 그녀가 머물러서 도대체 무슨 도움이 될 것인가! 루이자의 방에도 있지 못했고, 그녀를 보기만 해도 겁에 질려 아무것도 하지 못하는 그녀가! 그녀는 자기가 아무런 도움도 되지 않는다는 사실을 인정하지 않을 수 없었다. 하지만 여전히 주저하고 있는데, 모두들 아버지와 어머니를 생각해 보라고 설득하는 것을 듣고 남아 있기를 포기했다. 그럼 집으로 가겠다고 동의했고, 그런 뒤엔 한시라도 빨리 집에 가고 싶어 조바심을 냈다.

그들의 논의가 이 지점에 이르렀을 때 앤이 가만히 루이자의 방에서 나와 아래층으로 내려갔다가 열려 있던 응접실 문 너머로 다음과 같은 말이 새어 나오는 것을 듣게 되었다.

"그렇다면 됐네, 머스그로브." 웬트워스 대령이 외쳤다. "자네가 여기 남고 내가 자네의 동생을 부모님 댁으로 모셔다 드리면 되겠군. 하지만 나머지는, 다른 분들은, 만일 한 분이 남아 하빌 대령 부인을 돕는다면, 한 분 이상 남는 것은 무리니까, 머스그로브 부인은 물론 아이들 때문에 돌아가고 싶어 하시겠지. 하지만 만일 앤 양이 머문다면, 앤 양만큼 유능하게 일을 잘 처리할 사람도 없을 것 같아!"

그녀는 자신에 대한 그의 평을 듣고 감정을 추스르느라 잠시 발길을 멈췄다. 그녀가 응접실로 들어섰을 때는 나머지 두 사람이 그의 말에 열렬한 동의를 표하고 있었다.

"여기 남아 주시겠지요. 여기 남아 루이자를 간호해 주시겠지요." 그가 그녀를 향해 돌아서면서 간절한 목소리로 말했다. 그의 태도에서는 과거에 그녀에게 보여 주던 것만큼의 다정함이 느껴졌다. 그녀의 얼굴이 발그레 물들었다. 그는 곧 침착함을 되찾고 그녀의 곁을 떠났다. 그녀는 기꺼이 남겠다고, 이미 그럴 작정이었으며 다른 분들도 동의해 주었으면 하던 일이라고 말했다. 그리고 하빌 부인이 동의하신다면 루이자의 발치에 침대 하나만 더 놓는 것으로도 충분하다고 말했다.

한 가지 결정이 더 이루어졌고, 그것으로 모든 결정이 끝난 듯 보였다. 머스그로브 씨 부부에게 일단 사고 소식을 전해야 하지만, 그런 다음엔 루이자의 상태 경과를 보고하는 것이 바람직하다는 데 생각이 미쳤다. 하지만 어퍼크로스의 말들이 다시 왕복할 때까지 기다려야 한다면 그분들이 초조하게 소식을 기다리는 시간이 너무 길어질 터였다. 따라서 웬트워스 대령은 자신이 그 순간 역마차로 여관을 떠나고, 머스그로브 씨의 마차와 말들은 다음 날 아침 일찍 집으로 보내는 것이 어떻겠느냐고 제안했고, 찰스 머스그로브도 동의했다. 다음 날 아침에는 그날 밤 루이자의 상태에 대한 소식을 전할 수 있다는 이점이 있었기 때문이다.

웬트워스 대령은 당장 떠날 채비를 하려고 급히 여관으로 떠났고, 메리와 헨리에타가 곧 그 뒤를 따라가기로 결정되었다. 하지만 이 계획을 메리에게 알리자 소란이 일어났다. 자신이 가고 앤이 남는 건 정말 말이 안 되는 일이라며 흥분해서 마구 불평을 쏟아 냈다. 헨리에타가 남지 않으면 루이자의 올케인 자기가 남아야지 왜 루이자와 아무런 상관도 없는 앤이 남는단 말인가? 어째서 앤이 자신보다 더 도움이 된단 말인가? 더구나 자신의 남편인 찰스를 놔두고 집으로 가라니 말도 안 된다, 너무나 배려가 없다! 요컨대, 그녀는 남편이 더 이상 견디지 못하고 항복을 할 때까지 불평을 쏟아 냈다. 남편이 항복을 한 이상 다른 사람들도 반대를 계속할 수는 없었다. 그래서 어쩔 수 없이 앤 대신 메리가 남는 것으로 결정되었다.

질투심과 부족한 판단력에서 나온 메리의 고집 탓에 앤이 양보를 해야 했던 일이 전에도 여러 차례 있었지만 이번만큼은 정말 내키지 않았다. 하지만 다른 방도가 없었다. 그들은 읍내를 향해 걷기 시작했다. 찰스가 헨리에타를 부축하고, 벤윅 대령이 앤을 인도했다. 그들이 갈 길을 서두르고 있을 때 앤은 그날 아침 있었던 사소한 정황들을 잠시 기억에 떠올렸다. 바로 거기서 헨리에타가 셜리 박사가 어퍼크로스를 떠나시게 할 계획을 세우는 것에 귀를 기울였고, 조금 떨어진 곳에서 엘리엇 씨를 처음으로 보았었다. 그 장소가 루이자나 그녀의 안녕에 열중하고 있는 사람들을 제외한 다른 사람들에게 줄 수 있는 것은 이제 한순간의 회상뿐인 듯했다.

벤윅 대령은 그녀를 매우 사려 깊게 배려하고 있었다. 그리고 방금 있었던 사고로 고통을 받으면서 모두들 한마음이 되었던 터라 그녀도 그에 대해 더욱 호감을 느꼈다. 이 사건으로 인해 그들이 앞으로도 계속 연락하며 지내게 될지도 모른다는 생각에 즐겁기도 했다.

웬트워스 대령은 준비를 마치고 기다리고 있었다. 사륜마차가 그들의 편의를 위해서 길의 낮은 곳에서 대기했다. 하지만 메리 대신 앤이 온 것을 본 웬트워스 대령의 얼굴엔 놀라고 황당해하는 기색이 역력했다. 찰스의 말을 들을 때 변하던 얼굴 표정, 처음에 띠었던 경악의 표정을 순간적으로 억누르는 그의 모습은 앤에게 굴욕감을 안겼다. 아니, 적어도 앤은 웬트워스 대령이 자신을 루이자에게 도움이 되느냐, 안 되느냐를 기준으로 평가한다는 사실을 확인할 수밖에 없었다.

그녀는 침착하려고, 그리고 공정하려고 애썼다. 그녀는 연인 헨리를 향한 엠마의 감정에 필적할 정도는 아니더라도 오로지 웬트워스 대령을 위해서 남다른 정성으로 루이자를 간호했을 터였다.[19] 그가 그녀가 친구로서 마땅히 해 줘야 할 일을 부당하게 기피했다고 오해하는 일이 오래 지속되지 않기만을 바랐다.

앤은 그런 생각에 잠겨 마차에 탔다. 웬트워스 대령은 그녀와 헨리에타를 도와 마차에 태운 다음 그들 사이에 앉았다. 앤은 이토록 크게 놀라고 흥분된 상태에서 라임을 떠났다. 역마차 여행이 얼마나 길지, 그 여행이 그들의 태도에 어떤 영향을 미칠지, 그들이 어떤 대화를 주고받게 될지 그녀로서는 예상도 할 수 없었다. 하지만 모든 것은 아주 자연스러웠다. 그는 헨리에타에게만 관심을 쏟았다. 항상 그녀 쪽을 돌아보았고, 간혹 말을 하는 경우에도 항상 그녀가 희망을 갖도록 도와주고 기운을 북돋우려 애썼다. 목소리와 태도로 보아 대체적으

---

19) 매튜 프라이어(Matthew Prior, 1644~1721)의 시로 헌신적인 사랑을 길게 노래한 「헨리와 엠마, 넛브라운 메이드를 모델로 한 시」를 언급한 것이다. 「넛브라운 메이드」는 영국의 구전 발라드이다.

로 그도 침착하려 애쓰고 있음을 알 수 있었다. 헨리에타의 걱정을 덜어 주는 것만이 그의 태도를 결정하는 가장 중요한 원칙인 것처럼 보였다. 딱 한 번 그녀가 불운한 코브 방파제에서의 마지막 산책을 회상하며, 루이자가 어떻게 그런 잘못된 판단을 했을까 한탄하며 안타까워하자, 그는 감정을 이기지 못하고 쏟아 냈다.

"제발 아무 말씀도 하지 마십시오, 제발." 그가 외쳤다. "오, 하느님! 그 결정적인 순간에 그녀를 놓치다니! 내가 잡아 주기만 했어도! 하지만 그렇게 열렬하고 그렇게 단호했으니! 귀여운 고집쟁이 루이자!"

앤은 그가 전에 가졌던 생각, 즉 단호한 성격이 항상 좋은 결과만을 낳는다고 생각했던 자신의 견해가 과연 옳은 것이었는지 이제 의문을 갖게 되었을까, 그리고 우리 정신의 모든 다른 면들이 그렇듯이 단호함에도 정도와 한계가 있다는 사실을 이젠 깨달았을까 생각해 보았다. 그리고 때로는 남의 설득을 받아들일 줄 아는 성격이 단호한 성격만큼이나 우리의 행복에 도움이 된다는 사실을 그가 느끼지 않을 수 없으리라고 생각했다.

그들의 여정은 빠르게 진행되었다. 앤은 낯익은 언덕, 낯익은 사물들이 생각보다 빨리 나타나는 것을 보며 놀랐다. 종착지에 도착하는 것이 두려웠기 때문인지 여정이 전날의 반밖에 되지 않는 느낌이었다. 하지만 어퍼크로스 근처에 도착한 것은 해가 뉘엿뉘엿 저물고, 그들 사이에 얼마간의 침묵이 흐른 뒤였다. 헨리에타는 얼굴을 숄로 덮고 구석에 기대앉아 있었는데 울다가 잠이 든 것 같았다. 그들이 마지막 언덕을 오를 때 갑자기 웬트워스 대령의 목소리가 들려왔다. 앤은 그가 자신에게 말을 걸고 있다는 사실을 깨달았다. 그가 낮고 조심스러운 목소리로 말했다.

"어떻게 하는 게 가장 좋을지 생각해 보았는데요, 헨리에타가 먼저 두 분 앞에 나타나면 안 될 것 같습니다. 못 견디실 거예요. 제가 먼저 들어가 머스그로브 씨 부부께 소식을 전하고, 그동안 당신이 헨리에타와 함께 마차에 남아 계시는 게 낫지 않을까요? 어떻게 생각하십니까?"

그녀도 같은 생각이었다. 그는 만족했고 더 이상 아무 말도 하지 않았다. 하지만 그가 자신과 상의해 준 것은 기쁜 일이었다. 그가 자신을 친구로 생각하고 있으며 자신의 판단력을 신뢰하고 있다는 증거였으므로 그녀에겐 아주 행복한 기억이되었다. 그리고 두 사람이 헤어지기 직전에 주어졌기에 그 증거는 더 가치가 있었다.

웬트워스 대령이 어퍼크로스에 그 비통한 소식을 전하는 임무를 마쳤다. 루이자의 부모는 그런 상황에서 기대할 수 있는 가장 침착한 모습을 보여 주었다. 부모의 품으로 돌아간 헨리에타의 상태가 호전된 사실을 확인한 다음 그는 같은 마차로 라임으로 돌아가겠다고 말하고 말을 먹인 뒤 떠났다.

13

앤은 어퍼크로스의 그레이트 하우스에서 이틀을 더 머물렀다. 당장 곁에 있으면서 친구로서 도움을 줄 수 있고, 또 그들이 장차 할 일을 준비하는 데에도 크게 도움이 되는 것 같아 보람을 느꼈다. 머스그로브 씨 부부는 상심이 워낙 큰 탓에 직접 그런 일을 챙길 수가 없었다.

다음 날 아침 라임에서 첫 소식이 왔다. 루이자의 상태에는 변화가 없지만 더 악화되지는 않았다는 내용이었다. 몇 시간 후에는 찰스가 더 자세한 소식을 가지고 왔다. 그는 비교적 명랑했다. 빨리 낫기를 기대할 수는 없지만, 부상의 성격으로 보아 루이자의 상태가 순조롭게 호전되고 있다고 했다. 하빌 대령 부부에 대해서는 그들의 친절에 대해, 특히 하빌 부인의 열성적인 간호에 대해 얼마나 감사한지 이루 다 말할 수 없을 정도라고 했다. "하빌 부인이 어찌나 주도면밀하게 모든 것을 보살피시는지 메리가 할 일은 정말 하나도 없었어요. 어제 저녁에도 저와 메리에게 일찌감치 여관으로 돌아가라고 설득하시더라고요. 메리는 오늘 아침에 또 지나치게 걱정을 하다가 병이 날 뻔했어요. 제가 떠나면서 메리에게 벤윅 대령과 함께 산책을 나가라고 얘기했지요. 그게 도움이 될 것 같아서요. 어제 다른 사람들의 말대로 메리가 집으로 돌아왔어야 했다는 생각이 들어요. 하빌 부인께서는 정말로 다른 사람이 할 일을 하나도 안 남겨 놓으시거든요."

찰스는 그날 오후 라임으로 돌아갈 예정이었는데, 그의 부친도 처음에는 그와 함께 갈 마음이 반쯤 있었지만, 여성들이 강하게 반대했다. 아버지가 가시면 다른 사람들에게 폐만 가중되고 당신 자신도 힘드실 거라는 이유였다. 따라서 이보다 나은 계획이 잡혀 실행에 옮겨졌다. 크류케른에서 이륜마차가 불려 왔고, 찰스가 자기 아버지보다 훨씬 유용한 사람, 즉 과거에 머스그로브 집안에서 애보개를 하던 세라를 데리고 왔다. 그녀는 집안의 아이들을 다 키우고 오랜 귀염둥이였던 막내 해리까지 형들을 따라 학교로 떠난 후 아무도 남지 않은 아기 방에서 양말을 깁고 주변에서 동상이 들거나 멍이 들면 돌봐주면서 지내고 있었다. 그러던 차에 루이자의 간호를 돕도록 허락받자 그 사실만으로도 너무나 행복해했다. 세라를 보내면 어떨까 하는 막연한 희망을 머스그로브 부인과 헨리에타가 품었던 것은 사실이지만 앤이 아니었다면 그렇게 빨리 결정을 내리고 실행에 옮길 수 없었을 것이다.

다음 날은 찰스 헤이터가 찾아와서 루이자의 소식을 자세히 전해 주었다. 루이자의 식구들이 스물네 시간마다 소식을 듣지 않고는 견딜 수 없어 했기 때문에 찰스 헤이터가 일부러 라임까지 다녀온 것이다. 그가 전한 소식은 더욱 고무적이었으니, 루이자가 감각과 의식을 되찾는 간격이 점점 더 짧아지는 것으로 보인다는 것이었다. 모두들 웬트워스 대령이 계속 라임에 있을 거라고 짐작했다.

앤은 다음 날 그곳을 떠날 예정이었는데, 식구들 모두가 그 점을 염려했다. "앤이 없으면 어쩐다지? 우리끼리는 아무것도 못할 텐데!" 모두들 이렇게 말했기 때문에 앤은 그들이 자신에게 토로한 소망을 서로에게 전달해서 그들이 모두 함께 라임으로 가도록 설득해야겠다고 판단했다. 설득은 별로 힘들지 않았다. 곧 당장 다음 날 떠나기로, 가서 여관에 자리를 잡든지, 아니면 하숙집에 들든지, 상황을 봐서 정하고 루이자가 거동할 수 있을 때까지 거기서 기다리기로 했다. 그렇게 하면 루이자를 돌보는 친절한 분들의 고생도 좀 덜 수 있을 거라고, 적어도 하빌 부인의 아이들이라도 돌봐서 부인의 고생을 좀 줄여 줄 수 있을 거라고 생각했다. 루이자의 가족이 그 결정에 워낙 만족해서 앤은 설득하기를 잘했다고 생각했다. 그리고 결과적으로 자기 혼자 널따란 집에 남게 될지언정 그들이 다음 날 새벽에 떠날 수 있도록 준비를 도와주는 것이 어퍼크로스에서의 마지막 아침을 가장 보람 있게 보내는 방법이라고 생각했다.

앤은 커티지에 있는 어린 조카들을 제외하면 어퍼크로스에 남은 마지막 사람, 그곳에 활기를 불어넣었던 모든 존재, 두 집을 채우면서 그곳에 생기를 불어넣어 준 사람들 중 제일 마지막까지 남은 사람이었다. 참으로 단 며칠 만에 상황이 완전히 달라진 것이다!

만일 루이자가 회복된다면 모든 것은 정상을 회복할 터였다. 이전 이상으로 행복을 되찾을 터였다. 그녀가 보기에 루이자의 회복 이후에 일어날 일은 너무도 명확했다. 지금부터 몇 달 후면 이렇게 쓸쓸한, 오로지 말 없는 애수에 젖은 그녀만 남은 이 방은 다시 행복하고 즐거운 것들로만, 성공적인 사랑 속에 밝게 빛나는 모든 것들로만, 그러니까 앤 엘리엇과 전혀 닮지 않은 모든 것들로만 채워질 터였다!

굵고 부드러운 빗줄기가 창밖으로 보이는 몇 안 되는 사물조차 완전히 가린 어스레한 11월의 어느 날, 할 일 없이 그 같은 생각에 잠겨 시간을 보내던 앤에게 마차 소리와 함께 찾아온 레이디 러셀은 더할 나위 없이 반가운 손님이었다. 하지만 떠나고 싶은 마음이 간절했으면서도 막상 저택을 떠나려니, 오두막의 검은색 빗물이 뚝뚝 떨어지는 적막한 베란다를 향해 작별의 시선을 보내려니, 또는 희뿌연 창문 너머 마을의 차지농들이 살고 있는 소박한 집들을 바라보려니 서글픈 감정이 밀려드는 것은 어쩔 수 없었다. 어퍼크로스에 있는 동안 기억 속에 소중히 간직할 만한 일들이 많이 일어났었다. 그 장소는 한때 극심했지만 지금은 완화된 고통의 느낌을 기록하고 있었다. 누그러진 감정의 표현과 우정과 화해의 표정들도. 되찾을 수는 없어도 언제까지나 소중한 것들이었다. 그녀는 그것들을 모두 뒤로하고 떠났다. 자신의 기억을 제외한 모든 것들을.

9월에 레이디 러셀의 저택을 떠난 뒤로 앤은 켈린치 마을에 발을 들여놓은 일이 없었다. 그럴 일도 없었고 몇 번 그쪽에 갈 일이 생겨도 피할 방도를 찾아내곤 했다. 이제 처음으로 그녀는 켈린치에 돌아와 로지의 현대적이고 우아한 방에 있는 자신의 자리로 돌아가 집주인의 눈을 즐겁게 해 주게 되었다.

앤을 만나는 레이디 러셀의 기쁨에는 약간의 불안감도 섞여 있었다. 그녀도 어퍼크로스에 누가 자주 오갔는지를 알고 있었다. 하지만 다행히도 앤은 살도 찌고 혈색도 밝아 보였다. 적어도 레이디 러셀의 눈에는 그랬다. 레이디 러셀의 찬사를 들은 앤은 자신의 사촌이 보낸 말 없는 흠모의 눈길을 회상하고 자신이 제2의 청춘과 미모를 꽃피울지도 모른다는 즐거운 희망에 젖어 들었다.

그들이 대화를 나누는 동안 앤은 곧 자신의 마음 상태에 변화가 일어났음을 깨달았다. 켈린치를 떠나던 당시 머릿속을 꽉 채웠던 생각, 그 생각을 무시당하면서 차오른 감정, 그리고 머스그로브 씨 가족과 함께 지내며 억눌러야만 했던 느낌들이 이제는 그렇게 중요하게 생각되지 않았다. 요새 와서는 아버지와 언니, 그리고 바스에 대해서도 별로 신경이 쓰이지 않았다. 그들에 대한 염려는 어퍼크로스에 대한 염려 밑으로 가라앉아 있었다. 레이디 러셀은 그들이 이전에 느꼈던 희망과 두려움으로 말머리를 돌렸다. 앤의 식구들이 이사한 캠던 플레이스의 집이 그만하면 괜찮다면서 클레이 부인이 아직도 앤의 식구들과 함께 지내고 있는 게 유감이라고 말했다. 앤은 자신이 가족보다 다른 생각을 훨씬 많이 하고 있었다는 사실이 부끄러워서 차마 그 사실을 말할 수 없었다. 라임과 루이자 머스그로브와 그곳의 친구들에 대해 훨씬 많이 생각하고 있었다고, 그리고 하빌 부부의 집과 그들과 벤윅 대령과의 우정이 캠던 플레이스에 있는 아버지의 집이나 언니가 클레이 부인과 나누는 친교보다 훨씬 흥미로웠다고. 당연히 자신의 가장 중요한 관심사여야 할 것들에 대해서 레이디 러셀만큼의 염려라도 하는 것처럼 보이려고 상당히 애를 써야 했다.

이야기가 다른 화제로 넘어가자 처음엔 두 사람 사이에 약간 어색한 분위기가 흘렀다. 라임에서의 사고에 대해 이야기를 하지 않을 수 없었기 때문이다. 레이디 러셀은 전날 도착한 지 오 분도 안 되어 사건의 전모를 들었다. 그래도 이야기를 피할 수 없어서 앤에게 다시 물었고 루이자의 경솔한 행동에 유감을 표하고 그로 인해 일어난 일을 안타까워했다. 그리고 두 사람 모두 웬트워스 대령의 이름을 언급할 수밖에 없었는데, 앤은 레이디 러셀에 비해 자신이 침착하지 않다는 사실을 의식하지 않을 수 없었다. 그와 루이자의 애정에 대한 자신의 추측을 간단히 말하기 전까지는 그 이름을 말할 때 레이디 러셀의 눈을 똑바로 쳐다보지 못했다. 그러나 일단 그 사실을 말하고 난 뒤에는 이름 때문에 더 이상 어색함을 느끼지 않았다.

레이디 러셀은 침착하게 듣기만 하다가 그들이 행복하기를 바란다고 말했지만, 속으로는 스물세 살 때 앤 엘리엇의 가치를 조금이라도 알아본 듯 행동했던 사람이 팔 년 뒤에 루이자 머스그로브 따위에게 마음을 빼앗겼다는 사실에 화가 났으며, 동시에 만족감도 느꼈다. 하지만 만족감과 동시에 진한 경멸감이 차오르는 것도 어쩔 수 없었다.

처음 사나흘은 아주 조용히, 라임에서 간단한 편지가 도착한 것 외에는 특별한 사건 없이 지나갔다. 그 편지가 어떻게 앤에게까지 왔는지는 알 수 없었지만 아무튼 루이자의 상태가 다소 호전되었다는 소식이 담겨 있었다. 그렇게 며칠을 보낸 끝에 워낙 예의 바른 성격의 소유자인 레이디 러셀이 더 이상 견디지 못하고 다음과 같이 단호한 제안을 했다. "크로프트 부인을 방문해야겠어. 더 이상 미룰 수 없어. 앤, 용기를 내서 나와 함께 그 집에 갈 수 있겠지? 우리 둘에게 모두 힘든 일이겠지만." 앤이 희미하게 두려워하던 일이 현실이 된 것이다.

앤은 움츠러들지 않았다. 반대로 진심을 담아 이렇게 말했다.

"저보다 레이디 러셀께서 더 힘드실 것 같아요. 저는 변화를 좀 더 마음으로부터 받아들일 수 있게 되었어요. 이 근방에서 지내면서 좀 무뎌진 것 같아요."

레이디 러셀에게는 말하지 않았지만 그 문제와 관련해서는 의견이 더 있었다. 크로프트 부부에 대해 아주 좋은 인상을 받았고, 그런 세입자를 들인 것이 대단한 행운이며, 그들이 교구에서 훌륭한 모범이 되고 가난한 사람들을 잘 돌보아 줄 것이라고 생각했다. 자신의 식구가 이사를 해야 했던 것은 안타깝고 창피한 일이지만 그래도 켈린치 홀에 머물 자격이 없는 사람들을 대신하여 주인보다 나은 사람들이 들어왔다는 것이 그녀의 의견이었다. 이런 믿음을 갖기까지는 물론 극심한 고통의 시간이 있었지만 레이디 러셀이 다시 그 저택에 들어갈 때, 그리고 친숙한 방들을 통과할 때 느낄 고통과는 성질이 달랐다.

앤은 그 저택에서 "이 방들은 우리 외의 누구에게도 속해선 안 돼. 오, 이 방들이 이렇게나 타락하다니! 이렇게나 자격 없는 사람들이 이 방들을 차지하고 있다니! 유서 깊은 집안이 이렇게 밀려나다니! 이방인들이 우리 자리를 차지하다니!" 하는 혼잣말을 할 수 없었다. 아니, 어머니를 기억할 때, 어머니가 차고 앉아 살림을 주관하시던 모습을 회상할 때를 제외하면 그런 생각을 하며 한숨을 쉴 수는 없는 일이었다.

크로프트 부인은 평소에도 앤을 보면 항상 반가워해서 환영받고 있다는 즐거운 느낌을 주었다. 더욱이 앤의 이번 방문은 더 특별한 관심과 함께 맞아 주었다.

라임에서의 안타까운 사고가 곧 화제에 올랐다. 환자에 대해 자신들이 아는 최신 소식을 서로 맞춰 본 결과 둘 다 전날 아침에 소식을 들은 것으로 판명되었다. 그리고 웬트워스 대령이 어제(사고 후 처음으로) 켈린치에 와서 정확한 경로는 알 수 없지만 앤에게 전달된 최근 소식을 전해 주었고, 몇 시간 있다가 다시 라임으로 돌아갔다는 사실도 알 수 있었다. 그리고 당분간 거기 머물 계획이라는 것도. 앤은 또한 그가 특별히 자신의 안부를 물었고, 그녀가 너무 애를 써서 몸을 상하지 않았기를 바란다는 희망도 표시했다는 것을 알게 되었다. 그것은 참으로 대단한 소식, 앤에겐 그 어떤 소식보다 즐거움을 주는 소식이었다.

안타까운 사고 자체로 말하자면 두 여성은 침착하고 사려 깊은 여성들이 내림 직한 판단에 따라 명백하게 사건의 성격을 규명했다. 매우 경솔하고 부주의한 행동으로 인해 발생한 참으로 걱정스러운 결과이며, 머스그로브 양이 얼마나 빨리 회복될지, 그리고 뇌진탕의 후유증이 앞으로 얼마나 지속될지 아직은 알 수 없어 매우 염려스럽다는 데 동의했다. 크로프트 제독은 다음과 같은 외침으로 논의를 마감했다.

"참 고약한 일이에요. 이건 새로운 연애 방식인가? 젊은이가 애인의 머리를 깨뜨린 다음에 구애를 하다니, 안 그렇소, 엘리엇 양? 정말 병 주고 약 주는 격입니다!"

크로프트 제독의 매너는 레이디 러셀의 취향에는 맞지 않았지만 앤은 그런 태도가 재미있었다. 좋은 마음씨와 단순한 성격을 지닌 그에게 호감을 갖지 않을 수 없었다.

"그런데 좀 언짢으시겠어요." 갑자기 생각난 듯 그가 말했다. "여기 오셔서 우리가 사는 모습을 보시는 것이. 미처 생각하지 못했군요. 하지만 정말 언짢으실 수도 있겠습니다. 그런데 봅시다. 공연히 예의 차리지 마시고 궁금하면 방마다 한 번씩 가 보세요."

"다음에요, 제독님. 감사합니다만 이번에는 생략할게요."

"아, 언제든 내키실 때 오십시오. 정원을 거닐다가 그냥 들어오셔도 됩니다. 그리고 저기 문 곁에 우산을 걸어 놨어요. 아주 좋은 아이디어지요, 그렇지 않나요? 하지만," (스스로 자제하면서) "동의하지 않으시겠군요. 댁에서는 언제나 집사의 방에 두셨지요. 언제나 그렇게 하신 것 같더군요. 내 방식이나 다른 사람의 방식이나 다 좋지만 누구나 자기 방식을 가장 좋아하지요. 그러니 집을 한 바퀴 둘러보는 게 좋을지 나쁠지도 스스로 결정하셔야겠지요."

앤은 거절해야겠다고 생각했지만, 매우 고마운 마음이 든 것도 사실이었다.

"실은 바꾼 게 거의 없기도 해요!" 잠시 생각하던 크로프트 제독이 말을 이었다. "정말 조금밖에 안 바꿨습니다. 어퍼크로스에 갔을 때 우리가 세탁실 문을 고친 건 말씀드렸지요. 그건 정말 잘 고친 겁니다. 어떻게 그렇게 오랫동안 불편을 참고 사셨는지 놀랐습니다! 월터 경에게 우리가 개조했다고 말씀드려 주십시오. 셰퍼드 씨도 이 저택을 짓고 나서 이루어진 개조 중 가장 훌륭한 것이라고 했답니다. 개조한 것은 몇 개 안 되지만 모두 꼭 필요한 것들이었습니다. 다 집사람 덕분이지요. 전 부친의 방이었던 제 방에서 커다란 거울 몇 개를 다른 방으로 옮긴 것 외에는 별로 한 게 없습니다. 참 잘생긴 분이시고, 또 훌륭한 신사분이시지요. 하지만 엘리엇 양," (심각한 표정으로 그녀를 바라보면서) "연세를 생각하면 꽤 멋을 내시는 분이라는 생각이 들더군요. 거울이 얼마나 많던지! 세상에! 사방 어디를 보아도 제 모습이 보이더라고요. 그래서 소피의 도움을 받아서 거울을 모두 다른 방으로 옮겼습니다. 이제 한쪽 구석에 면도용 거울 하나와 큰 거울 하나만 있어서 마음이 편합니다. 큰 거울 근처에는 얼씬도 안 합니다."

앤은 참으려고 했지만 웃음이 나왔고, 대꾸할 말이 궁해 가만히 있었다. 크로프트 제독은 자신의 말이 무례하게 들리지 않았는지 염려하며 다시 말을 이었다.

"엘리엇 양, 다음에 아버님께 편지를 쓰실 때는 우리 부부의 인사를 전해 주십시오. 댁에서 아주 잘 지내고 있으며 부족한 것이 하나도 없다고요. 조찬실 굴뚝에서 연기가 좀 새긴 하지만 남풍이 세게 불 때뿐이어서 겨울을 나는 동안 세 번 이상 그런 일이 생기지는 않을 테니까요. 더욱이 우리가 이 근방의 집들 대부분을 방문하고 나서 판단해 봤을 때 이 저택만큼 마음에 드는 집은 없었습니다. 꼭 그렇게 말씀드려 주세요. 제가 참으로 감사하게 생각한다고. 그 말을 들으면 기뻐하실 겁니다."

레이디 러셀과 크로프트 부인은 서로 상대방에 대해 좋은 인상을 받았다. 하지만 이 방문으로 시작된 친분은 당분간 진전될 수 없는 운명이었다. 레이디 러셀이 크로프트 부부를 초대했지만, 크로프트 부부가 자신들이 북부 지방의 친척들을 몇 주간 방문할 예정이라고, 그래서 아마도 레이디 러셀이 바스에 갈 때까지는 돌아오지 않을 것 같다는 대답을 보내왔기 때문이다.

그렇게 앤이 켈린치 홀에서 웬트워스 대령을 마주치거나, 레이디 러셀과 함께 그를 보게 될 위험은 사라졌다. 모두가 안심해도 될 상황이었고, 그래서 앤은 자신이 쓸데없는 문제로 조바심을 냈구나 생각하며 미소를 머금었다.

14

머스그로브 씨 부부가 떠난 뒤 찰스와 메리는 앤이 보기에 불필요하다 싶을 정도로 라임에 오래 머물다가 가족 중 가장 먼저 어퍼크로스로 돌아왔다. 그리고 돌아온 직후 켈린치의 로지를 방문했다. 그들의 보고에 따르면, 루이자는 자신들이 떠나올 무렵 침대에서 조금씩 일어나기 시작했는데 정신은 맑았지만 현기증을 느꼈고 신경이 극도로 쇠약한 상태였다고 했다. 그리고 전반적으로 상태가 호전된 것은 사실이지만 언제 귀가 여행을 견딜 만큼 회복될지는 미지수였다. 따라서 동생들 때문에 크리스마스 휴가에 돌아오실 부모님을 따라 돌아올 가능성은 거의 없다고 했다.

또한 그들은 모두 함께 여관에서 지냈는데 머스그로브 부인이 하빌 부인의 아이들을 자주 돌보아 주셨으며, 하빌 씨 부부에게 폐를 끼치지 않기 위해 웬만한 건 모두 어퍼크로스에서 가지고 갔지만 하빌 씨 부부는 그들을 매일 저녁 식사에 초대했다고 한다. 그러니까 요는 두 가족이 모두 사심 없이 서로에게 잘해 주려고 경쟁이라도 하는 것 같은 상황이었다는 것이다.

메리로서는 불평거리가 아주 없는 건 아니었지만 그곳에서 지내는 것이 대체로 고생스럽다기보다는 즐거웠던 모양이었다. 그렇게 오래 머무른 사실에서 드러나듯이 말이다. 메리는 찰스 헤이터의 방문이 지나치게 잦았고 하빌 씨 댁에서 정찬을 먹을 때 시중을 드는 하녀가 한 사람밖에 없었다고 불평했다. 그리고 처음에는 언제나 머스그로브 부인을 상석에 모셨는데 메리가 누구의 딸인지 안 뒤로는 정중한 사과를 받았다고 했다. 그들이 머물던 여관과 하빌 가 사이를 자주 산책할 수 있었고 도서관에서 좋은 책을 여러 권 빌려 볼 수 있어서 메리가 라임을 싫어하기보다 좋아한 것은 분명했다. 차머스에도 따라가 보았고 온천욕도 했으며 교회에도 갔는데 어퍼크로스보다 라임의 교회에서 훨씬 많은 사람을 구경할 수 있었다는 말도 덧붙였다. 여기에 더해 자기가 도움을 줄 수 있다는 생각에 정말 즐거운 이 주간이었다고 했다.

앤이 벤윅 대령의 안부를 묻자 메리의 얼굴이 금세 어두워졌고 찰스는 웃음을 터뜨렸다.

"오! 벤윅 대령은 아주 잘 지내고 있어, 언니. 하지만 참 이상한 사람이야. 도대체 무슨 생각을 하는지 모르겠더라니까. 우리하고 함께 와서 하루 이틀 지내기로 했거든. 찰스는 함께 사냥을 가려고 준비도 했고. 그이도 아주 좋아하는 것 같아서

난 결정이 다 된 줄 알았어. 그런데 글쎄 화요일 저녁이 되니까 말도 안 되는 변명을 늘어놓더라고. '한 번도 사냥을 해 본 적이 없'는 데다, '오해가 있었다'는 거야. 이런 약속도 하고 저런 약속도 했는데, 결국은 우리 집에 올 생각이 없었던 거지. 재미가 없을까 봐 걱정이 됐던 모양인데, 말이야 바른 말이지만 벤윅 대령처럼 마음이 아픈 사람에게 우리 집 정도면 충분히 원기를 북돋워 줄 만한 곳 아냐?"

찰스가 다시 웃으며 말했다, "아, 메리, 당신도 왜 그러는지 잘 알잖소. (앤을 돌아보면서) 다 처형 때문이에요. 우리하고 함께 오면 처형 가까이에서 지내리라고 생각했던 모양이에요. 우리가 다 같이 어퍼크로스에 산다고 생각했던 거지요. 그러다가 레이디 러셀이 3마일이나 떨어진 곳에 사신다는 걸 알고는 낙담해서 올 용기를 못 낸 거예요. 틀림없어요. 메리도 다 아는 사실이랍니다."

하지만 메리는 그의 말에 별로 동의하고 싶은 기색이 아니었다. 가문이나 재력으로 따져 보아도 그가 엘리엇 가의 딸을 사랑할 자격이 없다고 생각해서인지, 아니면 어퍼크로스의 매력이 자기보다 앤에게 있었다고 믿고 싶지 않아서인지는 모를 일이었다. 하지만 벤윅 대령에 대해 앤이 느끼는 호감은 찰스의 보고로 인해 줄어들지 않았다. 그런 찬사를 듣다니 영광이라고 과감히 인정하고 계속해서 그에 대해 물었다.

"오! 처형에 대해서 무척……." 찰스가 열렬히 이야기하려는 차에 메리가 끼어들었다. "찰스, 말도 안 돼요. 내가 거기서 지내는 동안 벤윅 대령이 언니를 언급한 건 두 번도 되지 않는다고요. 장담하지만 그 사람은 언니 얘기 전혀 안 했어요."

"그건 그래." 찰스도 인정했다. "그렇게 남의 얘기를 자주 하는 사람은 물론 아니지. 하지만 그 친구가 처형을 대단히 존경하는 건 분명해요. 처형이 추천한 책들을 읽고 머릿속이 그 책들 생각으로 가득 차서 처형과 대화를 나누고 싶어 했던 겁니다. 그 책 중 한 권에서 이런저런 사항을 알게 되었는데……. 아! 물론 내가 그 내용까지 기억하는 건 아니지만, 아무튼 아주 섬세한 내용이었어요. 벤윅 대령이 그에 대해 헨리에타한테 모조리 얘기하는 것을 우연히 들었거든요. 그러면서 '엘리엇 양'에 대해 최고의 칭찬을 하더라고요! 메리, 내가 장담해. 내 귀로 똑똑히 들었거든. 당신은 그때 다른 방에 있었어. '우아하고 다정하고 아름다운 분'이라고 하는 걸. 오! 엘리엇 양의 매력에 대해서 입에 침이 마르게 칭찬했다고."

"그렇다면 분명한 건, 그게 칭찬받을 일은 아니라는 거지요. 하빌 양이 죽은 게 겨우 지난 6월이잖아요. 그런 사람의 마음은 받을 가치가 없어요. 그렇지 않아요, 레이디 러셀? 제 말에 동의하시죠?" 메리가 열을 올리며 말했다.

"그건 벤윅 대령을 만나 본 뒤에 판단해야 할 것 같다." 레이디 러셀이 미소를 지으며 말했다.

"아마 곧 만나실 겁니다." 찰스가 말했다. "우리와 함께 와서 정식으로 켈린치를 방문할 용기는 없었을지 몰라도, 언제 날을 잡아 이곳으로 찾아뵐 게 틀림없습니다. 내가 거리가 얼마나 되는지, 길의 상태는 어떤지 다 말해 줬고 켈린치의 교회가 꼭 한번 볼만하다고 얘기해 줬거든요. 그런 종류의 구경을 좋아하는 친구라 괜찮은 구실이 될 거라고 생각했지요. 아주 성심껏 귀를 기울이던걸요. 그런 태도로 봐도 곧 이곳을 방문할 게 틀림없습니다. 미리 알려 드린 겁니다, 레이디 러셀."

"나야 앤의 지인이라면 누구라도 환영하네." 레이디 러셀이 사려 깊게 대답했다.

"오! 언니의 지인이라니요." 메리가 말했다. "제 생각엔 제 지인이라고 해야 옳을 것 같은데요. 저야말로 지난 보름 동안 매일같이 그 사람을 만났는걸요."

"그렇다면 앤과 메리 두 사람의 지인인 벤윅 대령을 기쁜 마음으로 만나 보도록 하지."

"제가 장담하지만 별로 대단할 건 없는 사람이에요. 저도 그렇게 재미없는 사람은 처음 봤어요. 한번은 저랑 모래사장의 한쪽 끝에서 다른 쪽 끝까지 걸어갔는데, 글쎄 말을 한마디도 안 하더라고요. 좋은 가문에서 자란 사람은 분명히 아니에요. 장담하지만 레이디 러셀의 마음에 드실 리 없어요."

"내 생각은 달라, 메리." 앤이 말했다. "내 생각엔 레이디 러셀의 마음에 드실 것 같아. 사람됨이 마음에 들면 매너가 부족한 것 정도는 눈감아 주실걸."

"나도 같은 생각이에요, 앤." 찰스가 말했다. "나도 레이디 러셀이 벤윅 대령을 마음에 들어 하실 거라고 생각해요. 레이디 러셀이 좋아하실 만한 친구예요. 책을 한 권 주면 아마 하루 종일 꼼짝도 하지 않고 앉아서 읽을 거예요."

"맞아요, 틀림없이 그럴 거예요!" 메리가 비웃듯이 외쳤다. "가만히 앉아서 완전히 책에 빠져 가지고 다른 사람이 자기한테 말을 걸거나 말거나, 가위를 떨어뜨리거나 말거나 무슨 일이 있든 전혀 신경도 쓰지 않을 사람이라고요. 당신은 레이디 러셀께서 그런 사람을 좋아하시리라고 생각해요?"

레이디 러셀이 더 이상 참지 못하고 웃음을 터뜨렸다. "아이 참, 내가 누군가를 어떻게 생각할지를 놓고 이렇게 의견이 분분할 줄은 정말 몰랐는걸. 나만큼 안정적이고 실제적인 사람도 없다고 자부하는데 말이야. 그 사람에 대한 견해가 이렇게 다른 걸 보니 더욱 만나 보고 싶은 생각이 드는구나. 그 사람이 이곳을 꼭 방문하도록 은근히 권유해 보면 좋겠어. 여길 방문하게 되면, 메리, 내 의견을 꼭 말해 주마. 하지만 보기도 전에 판단을 내리지는 않을 작정이다."

"그 사람 안 좋아하실 거라니까요. 제가 장담해요."

레이디 러셀은 화제를 바꾸었다. 메리는 엘리엇 씨를 우연히 만난 일, 아니, 더 정확히 말하면 그 사람과 우연히 엇갈렸던 일에 대해 열을 올리며 말했다.

"그 사람이라면, 절대로 만나고 싶지 않구나. 자기 가문의 가장과 사이좋게 지내기를 의도적으로 거절한 것만으로도 마음에 안 들어."

레이디 러셀의 말이 워낙 단호해서 메리의 열성에 제동이 걸렸다. 그녀는 엘리엇 씨의 얼굴 생김새를 묘사하다가 말을 멈췄다.

웬트워스 대령의 경우엔 앤이 감히 나서서 물어보지 않아도 자연스럽게 풍부한 화제가 이어졌다. 누구나 짐작할 수 있듯이 최근 들어 그가 기운을 회복했다, 루이자의 상태가 나아짐과 동시에 그의 상태도 나아졌다, 그리고 지금은 첫 일주일 과는 완전히 다른 사람이 되어 있다, 루이자를 보러 가지도 않고, 만나서 공연히 루이자의 상태를 악화시킬까 봐 전혀 찾아가지도 않는다, 오히려 그녀가 완전히 회복할 때까지 일주일이나 열흘 정도 그곳을 떠나 있을 계획인 것 같다, 일주일 동안 플리머스에 가 있겠다면서 벤윅 대령에게 함께 가자고 설득했다, 하지만 찰스가 끝까지 우긴 것처럼 벤윅 대령은 말을 타고 켈린치를 방문하고 싶어 하는 것 같다.

레이디 러셀과 앤이 그때부터 가끔씩 벤윅 대령을 머릿속에 떠올렸음은 분명하다. 레이디 러셀은 저택의 초인종이 울릴 때마다 벤윅 대령이 찾아왔을지도 모른다고 생각했다. 앤도 여유롭게 아버지의 정원을 산책하고 돌아올 때나 마을 사람에게 도움을 주고 돌아올 때마다 혹시 그에 관한 소식을 듣거나 그를 만나게 되지나 않을까 궁금했다. 하지만 벤윅 대령은 오지 않았다. 그의 방문 욕구가 찰스가 짐작한 것보다 훨씬 작거나 아니면 지나치게 수줍음이 많은 게 틀림없었다. 일주일 정도를 그렇게 기다리다가 레이디 러셀은 그가 이제 막 싹트기 시작한 자신의 호기심에 값하는 사람은 아닌 것 같다고 판단했다.

어퍼크로스의 소음은 키우고 라임의 소란은 줄이려는 목적에서 하빌 부인의 아이들을 데리고 집으로 돌아온 머스그로브 씨 부부는 방학을 맞아 기숙 학교에서 돌아온 행복한 자녀들을 만났다. 헨리에타는 루이자와 남았다. 하지만 나머지 가족은 다시 제자리로 돌아갔다.

레이디 러셀과 함께 인사차 어퍼크로스를 방문한 앤은 그들이 이미 상당히 활기를 되찾았음을 느낄 수 있었다. 헨리에타도 루이자도 찰스 헤이터도 웬트워스 대령도 없었지만 앤이 마지막으로 보았을 때와는 대조적으로 더할 나위 없이 바람직한 모습을 하고 있었다.

머스그로브 부인을 둘러싸고 있는 것은 하빌 씨의 자녀들이었으니, 그녀는 그 아이들과 놀아 주기 위해 와 있다는 커티지의 두 손주들이 보이는 폭군적인 행태로부터 아이들을 보호하기 위해 주의를 기울이고 있었다. 방의 한 켠에는 탁자가 놓여 있었는데 그 주위에 소녀들이 둘러앉아 금은빛 종이를 자르며 재잘거렸고, 다른 한 켠에서는 머리 고기와 식은 파이의 무게를 이기지 못하고 휘청거리는 가대 위의 쟁반 주변에서 소년들이 와자지껄 소동을 벌이고 있었다. 이 전체 광경이 타오르는 크리스마스 화톳불로 완성되었으니, 그 불은 다른 모든 소음을 제압하기로 작정이라도 한 듯 요란한 소리를 내며 타올랐다. 그들이 방문하는 동안 찰스와 메리도 그곳으로 왔다. 머스그로브 씨는 레이디 러셀에게 특별히 경의를 표할 작정으로 그녀 곁에 앉아 십 분 동안 큰 소리로 대화를 시도했지만 무릎에 앉아 떠드는 아이들의 소리 때문에 이야기가 잘 이어지지 않았다. 아름다운 정경이었다.

집 안이 그렇게 소란스러운 것이 루이자의 와병으로 손상된 머스그로브 부인의 신경 회복에 해가 될지도 모른다는 생각이 얼핏 앤의 머리를 스쳤다. 하지만 머스그로브 부인은 앤의 정성스러운 도움에 감사를 표하기 위해 더없이 정중한 태

도로 그녀 곁에 가까이 앉아서 자신이 겪은 고생을 짧게 되짚
더니, 행복한 눈으로 방 안을 둘러보며 그런 시련 끝에 집 안
에 차분히 앉아 유쾌한 시간을 보내는 것만큼 도움이 되는 일
은 없다고 결론 지었다.

　루이자는 이제 눈에 띌 만큼 빠르게 회복되고 있었다. 머스
그로브 부인은 동생들이 방학을 마치고 학교로 돌아가기 전
에 루이자가 집으로 돌아올지도 모른다고 기대했다. 하빌 씨
부부는 루이자가 몸을 충분히 회복하면 언제든지 함께 와서
어퍼크로스에 머물기로 약속했다. 웬트워스 대령은 슈롭셔의
형을 만나러 가고 없었다.

　레이디 러셀은 마차에 앉자마자 "앞으로는 크리스마스 휴
가 기간엔 어퍼크로스를 방문하지 말아야 한다는 걸 반드시
기억해야겠다."라고 말했다.

　누구든 다른 모든 것에 대해서와 마찬가지로 소음에 대해
서도 나름의 취향이 있는 법이다. 소리란 그 크기보다도 성격
에 따라서 전적으로 무해할 수도 암울할 수도 있다. 그 방문이
있고 얼마 지나지 않은 어느 비 오는 날 오후, 레이디 러셀은
바스의 올드 브리지에서 캠던 플레이스에 이르는 꽤 먼 길을
마차로 지나게 되었다. 여행하는 동안 주변에서 다른 마차들
이 서둘러 지나가고 수레와 짐마차 따위가 요란하게 덜컹거
렸으며, 신문팔이, 빵 장수, 우유 장수 등이 시끄럽게 소리를
지르고 온갖 종류의 종소리가 들려왔지만 레이디 러셀은 조
금도 불평하지 않았다. 오히려 이런 소음을 겨울이 가져다주
는 즐거움의 일부로 여겨 한껏 기분이 좋아 보이기까지 했다.

비록 말은 하지 않았지만, 머스그로브 부인이 자기 집에서 그렇게 느꼈던 것처럼 레이디 러셀도 오랫동안 시골에 있다가 이런 작은 소음이 주는 유쾌한 기분에 젖는 것이 매우 도움이 된다고 느끼고 있었다.

앤은 레이디 러셀과는 완전히 느낌이 달랐다. 입 밖에 내지는 않았지만 그녀는 바스가 단연코 싫었다. 굴뚝에서 연기를 내뿜는 큰 건물들이 희미하게 눈에 들어와도 똑똑히 보고 싶은 욕구가 전혀 일지 않았다. 보기 싫은 거리이기는 했지만 그들이 탄 마차가 거리를 너무 빨리 달리고 있다고 느꼈다. 집에 도착한다 한들 누가 자기를 반겨 주겠는가? 앤은 어퍼크로스의 유쾌한 소란과 켈린치의 한적함이 그리웠다.

엘리자베스의 가장 최근 편지에는 흥미로운 소식이 하나 담겨 있었다. 엘리엇 씨가 바스에 있으며 캠던 플레이스를 방문했고, 한 번이 아니라 첫 방문 후로 두 번이나 더 방문했으며 자신들에게 분명한 관심을 표하고 있다는 것이었다. 엘리자베스와 아버지가 뭔가 착각하는 게 아니라면 그는 과거에 그들과의 교제를 피하려고 애를 썼던 것만큼이나 이번에는 그들과 교제하려고, 그리고 자기에게 그것이 중요한 일이라는 사실을 알리려고 애쓰고 있었다. 사실이라면 매우 좋은 소식이었다. 레이디 러셀은 바로 좀 전에 메리에게 했던 말을 까마득히 잊고 '절대로 만나고 싶지 않은 사람'이라고 지칭했던 그 사람에 대해 호감이 섞인 호기심과 궁금증을 표현했다. 그를 꼭 만나 보고 싶다, 그가 정말로 가계 일원으로서의 본분을 잊지 않고 그들과 화해하려 하는 것이라면 가계에서 떨어져

나가려고 했던 과거는 용서해야 한다고 말했다.

앤은 사태의 전개에 대해 레이디 러셀만큼 감정이 강하지는 않았지만 엘리엇 씨를 안 만나는 것보다는 만나 보고 싶은 쪽으로 마음이 기울었다. 바스에 있는 다른 많은 사람들에 비하면 그에 대해 느끼는 감정은 꽤 긍정적이었다.

레이디 러셀은 캠던 플레이스에 도착해서 앤을 내려 준 뒤 리버스 가에 있는 자신의 숙소로 향했다.

15

월터 경은 캠던 플레이스에서 매우 훌륭한 집, 지체가 높은 사람에게 어울리는 고상하고 웅장한 저택에 세 들어 지내고 있었고, 그와 엘리자베스는 그곳에 정착한 것을 매우 흡족해 하고 있었다.

앤은 여러 달 동안의 감옥 생활을 예상하면서 우울한 기분으로 그 집에 들어섰다. '아! 이곳을 언제나 떠날 수 있으려나?'라고 자문하면서. 하지만 예상 밖으로 다정한 환영을 받자 한결 기분이 좋아졌다. 아버지와 언니는 집과 가구를 보여주려는 생각에 반갑게 그녀를 맞았고, 그만큼 다정하게 그녀를 대해 주었던 것이다. 정찬을 먹기 위해 식탁에 앉았을 때는 그녀 덕분에 네 명이 되어서 다행이라고까지 했다.

클레이 부인은 매우 상냥한 태도를 보였고 얼굴에는 환한 미소를 띠고 있었다. 하지만 그녀의 상냥함과 미소는 당연한 것이었다. 앤은 그녀가 언제나처럼 자신이 도착했을 때 보여 마땅한 태도를 가장한다고 느꼈다. 하지만 나머지 두 사람의 다정함은 기대하지 못한 바였다. 두 사람이 최고로 기분이 좋은 상태인 것은 분명했고, 앤은 곧 그 이유를 들어 줘야 할 터였다. 그들이 앤의 말에 귀 기울일 의사는 전혀 없었으니까. 예전에 살던 동네 사람들이 자기들을 그리워한다는 말을 들어 볼까 하고 몇 마디 건네다가 앤에게서 별 신통한 반응이 나오지 않자 형식적으로 몇몇 사람의 안부를 묻는 시늉을 하던 두 사람은 곧 정신없이 자기들 이야기를 쏟아 냈다. 어퍼크로스에 대해서는 아무런 관심이 없었고 켈린치에 대해서도 거의 잊었는지 전적으로 바스에 대한 이야기만 했다.

두 사람은 바스라는 장소가 자신들의 욕구를 모든 면에서 기대 이상으로 충족시켜 주고 있고, 그래서 행복하다고 강조했다. 이 집은 캠던 플레이스에서도 가장 훌륭한 집이라고, 특히 응접실은 그동안 보거나 들은 그 어떤 응접실보다도 단연코 훌륭하다고 했다. 실내 장식의 스타일이나 가구의 취향도 빠지지 않는다면서. 모두들 그들과 사귀고 싶어 하고 그들을 방문하고 싶어 하며 소개받기를 원하지만, 아직 많은 사람들을 만나 주지 않고 있으며 지금도 꾸준히 모르는 사람들이 명함을 놓고 간다는 것이었다.

즐거움의 자산이 모두 여기에 있었다! 아버지와 언니가 행복하다는 사실을 의심할 수 있을까? 의심하지는 않았지만 한숨이 나올 수밖에 없었다. 아버지가 당신의 처지에 대해 전혀 속상해하지 않고 지주로서의 의무와 권위를 상실한 것조차 조금도 안타까워하지 않는다는 사실, 도시의 사소한 것들에서 허영심을 채우고 있다는 사실에 대해서. 그리고 엘리자베스가 접이식 문을 활짝 열어젖히면서 응접실과 응접실 사이를 의기양양하게 오가며 그 크기를 자랑할 때는 켈린치 홀의 여주인이었던 그녀가 30피트 정도 거리의 두 벽 사이에서 우쭐거린다는 사실이 의아해서 한숨과 웃음이 나왔다.

하지만 이 같은 조건들이 그들을 행복하게 해 준 요인의 전부는 아니었다. 엘리엇 씨가 있었다. 앤은 엘리엇 씨에 대해 아주 많은 얘기를 들어야 했다. 그들은 엘리엇 씨를 단순히 용서한 정도가 아니라 그가 있다는 사실 자체에 너무나 행복해했다. 그가 바스에 온 것은 약 보름 전이었다. 11월에 런던으로 가는 길에 바스를 지나면서 월터 경이 그리로 이사를 오셨다는 소식을 들었는데, 그때는 스물네 시간밖에 머물지 못했기 때문에 그 기회를 이용할 수 없었다면서. 하지만 이번에는 바스에 보름이나 머무르게 되어, 바스에 오자마자 제일 먼저 캠던 플레이스에 명함을 남겨 두고는(그게 목적이었으니까) 그들을 만나려고 온갖 노력을 기울였고, 만나서는 매우 반가워하는 태도로 그들을 대하면서 즉각적으로 자기가 과거에 했던 행동을 사과하고 다시 친척으로 받아들여 주시기를 간절히 청해서 이전의 좋은 관계가 완전히 회복되었다는 것이다.

그들은 그에게서 어떤 흠도 찾지 못했다. 과거의 소홀함을 설명하는 그의 말에는 충분히 설득력이 있었다. 그것은 전적으로 오해에서 비롯된 일이다, 자신은 결코 그렇게 절연할 생각이 없었고, 이유는 알 수 없지만 오히려 절연당했다고 생각했으며, 그들을 존중하는 마음에서 침묵을 지켰다는 것이었다. 엘리엇 가족과 가문의 명예에 대해 경멸적으로 말하고 다녔다는 소문에 대해 암시하자 그는 대단히 분개했다. 항상 엘리엇 가의 일원이라는 사실을 자랑하고 다닌 그, 가문에 대해서 오늘날의 비봉건적인 태도와는 상당히 거리가 있는 견해를 가진 그였다며! 정말이지 천부당만부당한 소리라는 것이었다! 하지만 그런 소문은 결국 자신의 인격과 품행을 통해서 반박하는 것이 가장 좋은 방법일 것이라고 그는 말했다. 월터 경이 자신을 아는 누구한테 물어보셔도 좋으며, 화해의 기회가 생기자마자 그가 친척이자 추정 상속인의 격에 맞는 정도로 관계를 돌려놓으려고 노력한 것만으로도 그 문제에 관한 자신의 의견이 어떤지는 충분히 증명되지 않느냐는 것이었다.

결혼을 둘러싼 사정도 정상 참작의 여지가 많은 것으로 판명되었다. 이것은 본인 스스로는 언급할 수 없는 주제였다. 하지만 그의 친한 친구로 월리스 대령이라는 사람이 있었다. 그는 매우 존경할 만한 인물이자 완벽한 신사이며(그리고 못생기지도 않은 사람이라고 월터 경이 덧붙였다.) 말버러 빌딩의 격조 있는 처소에 머물고 있는 사람으로, 본인이 청해서 엘리엇씨를 통해 그들과 알고 지내게 된 사람이다. 그가 엘리엇 씨의 결혼에 대해 한두 가지 사실을 언급했는데, 알고 보면 그 결혼이 엘리엇 씨의 잘못이었다고만은 할 수 없다는 것이었다.

월리스 대령은 엘리엇 씨를 오랫동안 알고 지낸 사이이고 그의 아내도 잘 알았기 때문에 그 결혼의 전모를 완벽하게 파악하고 있었다. 그에 따르면 엘리엇 씨의 아내는 좋은 집안 출신은 아니었지만 교육을 잘 받았고 교양도 있는 데다 부자였고 엘리엇 씨를 대단히 사랑했다고 한다. 그러니까 엘리엇 씨가 돈만 보고 결혼한 것은 아니었다는 것이다. 월리스 대령은 나아가 그녀가 꽤 예쁘장한 여자였다고 월터 경에게 말했다. 정상 참작의 여지가 매우 많았다. 예쁘고 돈 많은 여자가 그를 사랑하기까지 했다! 월터 경은 그 정도면 충분히 용서할 만하다고 생각하는 듯했다. 그리고 엘리자베스는 그 정도로 흔쾌하지는 않았지만 그래도 그만하면 정상 참작의 여지는 있다고 받아들였다.

그들은 엘리엇 씨가 그들을 여러 차례 방문했고 정찬도 한번 함께했는데, 정찬에 초대받은 걸 영예롭게 여기고 기뻐하는 모습이 역력했다고 했다. 그들이 정찬에 사람들을 자주 초대하지 않기 때문이었다. 요컨대 그는 자신이 친척으로서 엘리엇 가의 환영을 받는 것을 기뻐했고, 캠던 플레이스와 가까이 지내는 것을 대단히 행복해했다.

앤은 귀 기울여 들었지만 상황이 정확히 이해되지 않았다. 자신에게 이야기하고 있는 사람들의 견해를 많이, 아주 많이 가감하고 들어야 한다는 건 잘 알고 있었다. 그들의 견해가 상당히 윤색된 것도 틀림없었다. 화해의 진전 과정에 대한 설명에서 몇몇 사항들이 이해할 수 없거나 부조리하게 들리는 것도 전달자들의 언어 때문일 수 있었다. 하지만 그런 가능성을 고려한 뒤에도, 엘리엇 씨가 그렇게 오랜 세월이 지난 다음 그들과 화해를 시도하는 데에는 당장 분명하게 보이지 않는 다른 목적이 있으리라는 느낌이 들었다. 세속의 눈으로 본다면 그는 월터 경과 사이좋게 지냄으로써 얻을 것도, 불화의 상태를 유지함으로써 잃을 것도 없었다. 짐작건대 그는 이미 월터 경보다 부자일 가능성이 많았고, 켈린치 영지의 소유자라는 직함이 영원히 그의 것이 된다는 것도 이미 결정된 것이나 마찬가지였다. 사리 분별을 할 줄 아는 사람! 그는 대단히 사리에 밝은 사람이 분명했다. 그런데 왜 그들과 친하게 지내려고 하는 걸까? 대답은 하나뿐인 듯했다. 엘리자베스 때문이 아닐까? 전에 만났을 때 호감을 품었으나 사정과 우연에 의해 다른 사람한테 끌렸다가 이제 자유로운 몸이 되자 엘리자베스에게 관심을 주려고 하는 것인지도 모른다. 엘리자베스가 인물이 빼어난 것은 사실이고 몸가짐도 교양 있고 우아한 데다 공적인 장소에서만, 그것도 젊었을 때 그녀를 만난 엘리엇 씨가 그녀의 진면목을 파악하지 못했을 수 있으니까. 이제 나이를 먹어 전보다 현명해졌을 엘리엇 씨가 언니의 성격과 사고력을 어떻게 받아들일지는 다른 문제였고, 또 염려되는 점이기도 했다. 앤은 그의 목적이 엘리자베스라면 그가 지나치게 친절하거나 혹은 지나치게 주의 깊은 사람이 아니기를 충심으로 바랐다. 엘리자베스가 그렇게 믿고 싶어 하고 있으며 그녀의 친구인 클레이 부인이 그런 생각을 부추기고 있다는 사실은 엘리엇 씨의 잦은 방문이 언급될 때 두 사람이 주고받는 눈짓만으로도 알 수 있었다.

앤이 라임에서 그를 먼발치에서 봤다고 말했지만 식구들은 별로 주의 깊게 듣지 않는 눈치였다. "오! 그래, 어쩌면 엘리엇 씨였을 수도 있겠지. 우린 몰랐어. 그분이었을 수도 있을 거야, 어쩌면." 그들은 그녀가 그를 묘사할 때 참을성 있게 귀를 기울이지 못하고 자신들이 나서야만 했다. 특히 월터 경이 그랬다. 그는 그의 신사다운 외모, 우아하고 유행에 맞는 옷차림, 잘생긴 얼굴, 똑똑한 눈을 높이 평가했지만, 동시에 "턱이 뾰족하게 튀어나온 점은 안타까워. 그 점은 세월과 함께 더 심해진 것 같더군. 십 년이라는 세월 동안 생김새 하나하나가 다 퇴보하지 않을 순 없지. 엘리엇 씨는 내 모습이 십 년 전과 하나도 달라지지 않았다고 했지만."이라고 했다. 하지만 그러면서 이렇게 말했다. "똑같은 칭찬을 그에게 돌려줄 수 없어서 좀 당황스러웠지. 하지만 불평할 생각은 없어. 그만하면 대부분의 남자들에 비해 잘생긴 편이니까. 어디서든 그와 함께 있는 게 남의 눈에 띌까 걱정할 정도는 아니지."

그들은 엘리엇 씨와 말버러 빌딩에 사는 그의 친구에 대해 저녁 내내 이야기했다. "월리스 대령은 소개받고 싶어서 아주 안달이 났었지! 엘리엇 씨도 그 사람을 꼭 소개해야 한다며 초조해했고!" 그리고 월리스 대령의 부인도 있긴 했지만 당분간은 간접적인 묘사에 의존할 수밖에 없었는데, 오늘 내일 출산을 앞두고 있었기 때문이었다. 하지만 엘리엇 씨는 "아주 참한 부인으로 캠던 플레이스에 소개하기에 손색이 없다."라며, 그녀가 회복되는 대로 곧 소개하겠다고 말했다고 한다. 월터 경은 월리스 부인에 대해 대단한 호감을 품고 있었다. 다들 아주 예쁘장한 미인이라고 했다는 것이었다. "어서 빨리 만나보고 싶군. 거리에서 계속 지나쳐야 하는 못생긴 얼굴들을 보상해 줄지도 모르니 말이야. 바스에서 가장 마음에 안 드는 점은 못생긴 여자가 너무 많다는 거야. 예쁜 여자가 전혀 없는 건 아니지만 못생긴 여자의 비율이 지나치게 높지. 길을 걷다 보면 예쁜 얼굴 하나에 서른이나 서른다섯쯤 끔찍하게 못생긴 얼굴을 봐야 한다고. 한번은 본드 가의 한 가게에 서서 여자들이 서른여덟 명이나 지나가는 모습을 하나하나 살펴보았는데 그 많은 여자들 중에 참아 줄 만한 인물이 단 하나도 없더라고. 그날 아침에 서리가 내리긴 했지. 그것도 아주 매서운 서리가. 그런 서리 후엔 천 명 중 단 한 명도 괜찮은 모습을 유지하기가 어려워. 하지만 아무튼 바스에는 못생긴 여자들이 끔찍이도 많은 게 틀림없어. 남자들이야 말할 것도 없고! 여자들보다 훨씬 끔찍해. 거리에 허수아비만 가득 차 있는 꼴이라니! 허우대가 그럴듯한 남자를 대하는 여자들의 반응을 보면 참아 줄 만한 남자가 얼마나 드문지를 알 수 있지. 윌리스 대령, 그 사람 머리 색깔이 엷은 갈색이긴 해도 군복을 입은 모습은 훌륭하거든. 그 친구와 함께 팔짱을 끼고 걷다 보면 언제나 모든 여성들의 눈길이 그 친구를 향하는 걸 목격할 수 있지." 말씀도 어찌나 겸손하게 하시는지! 하지만 월터 경의 겸손은 곧 반박을 받았다. 큰딸과 클레이 부인이 단결해서 윌리스 대령과 함께 가던 그 역시 윌리스 대령 못지않게 잘생겼을 뿐만 아니라 머리 색깔도 엷은 갈색이 아님을 지적했다.

"메리는 모습이 좀 어떠냐?" 기분이 최고로 좋아진 월터 경이 물었다. "지난번에 보았을 땐 코가 벌겋더라. 설마 매일 그런 모습으로 있는 건 아니겠지."

"오! 아니에요. 그런 일은 거의 없어요. 미카엘 축일 이후로 건강도 좋아졌고 모습도 훌륭한 편이에요."

"내가 새 모자와 모피로 단을 댄 외투를 보내 주고 싶어도 그러면 매서운 바람도 불사하고 나다닐까 봐 못 보내 주고 있단다."

앤이 메리가 외투나 모자를 그런 목적으로 악용하지는 않을 거라고 말할까 말까 망설이고 있을 때 노크 소리가 들려와 대화가 중단되었다. "노크 소리예요! 이렇게 늦은 시간에! 10시나 됐는데. 엘리엇 씨일까요? 랜스다운 크레센트에서 정찬을 하기로 되어 있던 걸로 아는데, 정찬 후 댁에 가는 길에 문안 인사차 들르신 걸지도 몰라요. 다른 분이 오실 리는 없잖아요. 제 생각엔 엘리엇 씨가 틀림없어요." 클레이 부인의 추측이 맞았다. 집사와 급사가 그의 도착을 알리자마자 엘리엇 씨가 방으로 들어섰다.

옷차림만 달라졌을 뿐 바로 그 사람이었다. 그가 다른 사람들에게 인사를 하고 언니에게는 이렇게 늦게 찾아뵈어서 죄송하다고, "그렇게 가까이 있으면서 엘리자베스 양과 친구분이 어제 감기나 걸리지 않으셨는지 여쭤 보지 않을 수 없었습니다." 운운하며 공손하게 사죄를 하고 최대한 같은 수준의 공손한 응대를 받는 동안 앤은 약간 뒤로 물러나 있었지만 곧 그와 인사를 나누게 되었다. 월터 경은 그녀를 막내딸이라고 소개했다. "엘리엇 씨에게 막내딸을 소개해야겠습니다."(메리는 기억조차 못하고 있었던 것이다.) 앤은 미소를 지으며 얼굴을 붉힌 채 자신의 아름다운 얼굴을 드러냈고 엘리엇 씨는 끝내 잊지 못하던 그녀를 알아보았다. 깜짝 놀라는 모습을 보니 그는 그녀의 정체를 전혀 몰랐던 듯했다. 그녀는 장난스럽게 웃었다. 그는 크게 놀랐지만 기뻐하는 것도 분명했다. 눈에 생기가 돌면서 자신들의 관계를 알게 되어 정말 기쁘다고 서둘러 말했고, 얼마 전에 만났던 일을 언급하면서 자신을 이미 아는 사이로 받아들여 달라고 말했다. 라임에서 볼 때와 마찬가지로 꽤나 잘생긴 인물이었는데 말을 할수록 인물이 돋보였다. 태도 또한 예의범절에서 한 치도 어긋나지 않았으니 세련되고 여유가 있으면서도 각별히 상냥했다. 앤으로서는 단 한 사람을 제외하고는 그에 비견될 만큼 매너가 훌륭한 사람을 떠올릴 수 없었다. 완전히 똑같지는 않았지만 두 사람의 태도는 훌륭하다는 점에서 비슷했다.

그가 합석하면서 대화의 질이 눈에 띄게 향상되었다. 그가 사리 분별을 아는 사람인 건 틀림없었다. 단 십 분의 대화만으로도 그 점을 확인할 수 있었다. 어조, 표현, 화제의 선택, 어느 지점에서 멈춰야 하는지를 아는 것 등으로 미루어 분별력과 통찰력이 있는 사람이 분명했다. 기회를 얻자마자 그는 그녀와 라임에 대해 얘기하고 싶어 했다. 그 마을에 대한 두 사람의 의견을 비교했고, 특히 그들이 우연히 동시에 같은 여관에 투숙했던 정황에 대해 얘기했다. 자신이 그때 어디를 가고 있었는지 말하면서 그녀가 어떻게 해서 그곳에 있었는지를 묻고, 그때 인사할 기회를 놓쳐 안타까웠다고도 했다. 그녀는 자기가 누구와 어떻게 라임에 가게 되었는지를 간단히 얘기했다. 그 얘기를 들은 그는 더욱 크게 유감을 표했다. 그들의 바로 옆방에서 혼자 저녁 시간을 보내며 그들이 나누는 담소를 계속 들었고, 좋은 사람들인 것 같은데 함께하면 얼마나 좋을까 생각했다는 것이다. 하지만 스스로를 그들에게 소개할 권리가 있으리라고는 짐작도 하지 못했다고 했다. 그들이 누구인지 물었더라면 얼마나 좋았을지! 머스그로브라는 이름이면 충분히 그들이 누구인지 알았을 텐데. "아무튼 이번 일을 계기로 여관에서 다른 사람들에 대해 묻지 않는 저의 습관을 고치게 되었으면 좋겠군요. 젊었을 때부터 쓸데없는 호기심은 신사의 덕목과 거리가 멀다고 생각하여 그런 습관을 들이게 되었지요."

그가 말을 이었다. "적절한 행동 지침에 대해서, 이 세상 어떤 그룹에 속한 사람도 스물세 살의 젊은이만큼 어리석은 판단을 할 것 같진 않군요. 계획하는 일의 어리석음만이 수단의 어리석음에 필적하겠지요."

하지만 그는 자신의 성찰을 앤하고만 나눠서는 안 되었으며, 스스로도 그 점을 숙지하고 있었다. 그는 곧 다른 사람들과 이런저런 대화를 나누었고 중간중간 가끔씩만 라임에 대해 얘기했다.

하지만 그의 질문 덕분에 마침내 앤은 라임에 있는 동안, 그리고 그가 떠난 직후에 있었던 사건에 대해 얘기할 기회를 얻었다. '사고'라는 말을 들은 엘리엇 씨가 사건의 전모를 듣고 싶어 했기 때문이다. 그가 질문을 하자 월터 경과 엘리자베스도 앤에게 질문을 시작했지만 그들의 태도에서 드러나는 차이는 확연했다. 무슨 일이 있었는지 진정으로 궁금해하며 앤이 그 일을 목격함으로써 느꼈을 고통에 대해 보이는 관심에

관한 한 엘리엇 씨의 태도는 레이디 러셀의 태도에 비견될 만
한 수준이었다.

그는 한 시간 정도를 머물렀다. 벽난로 위 선반에 놓인 우아
한 작은 시계가 '은빛 소리로 11시'를 치고 멀리서 야경꾼이
내는 똑같은 소리가 들려올 때까지 엘리엇 씨도 다른 누구도
그가 그렇게 오래 그곳에 머무르고 있다는 사실을 알아차리
지 못했다.

예상했던 것과 달리 앤은 캠던 플레이스에서의 첫날 저녁
을 그렇게 잘 보냈다.

16

　가족과 함께 있게 된 앤이 확인하고 싶은 것 중에 엘리엇 씨가 엘리자베스를 사랑한다는 것보다 더 중요한 사항이 있었으니, 바로 아버지가 클레이 부인을 사랑하지 않는다는 것이었다. 하지만 가족과 함께 몇 시간을 보낸 뒤에도 앤은 여전히 마음을 놓을 수 없었다. 다음 날 아침 식사를 하러 내려갔을 때 앤은 클레이 부인이 이제 그만 돌아갈 의사가 있는 척, 경우에 맞아 보이는 행동을 하려 했음을 알 수 있었다. 클레이 부인이 "앤 양이 오셨으니 제가 더 이상 이곳에 머무를 이유가 없을 것 같군요."라고 말했는지 엘리자베스가 속삭이는 듯한 목소리로 "그게 이유라면 당치 않은 말씀이에요. 내 생각은 전혀 다르니까. 당신에 비하면 앤은 나에게 아무것도 아니에요."라고 대답하는 소리가 들려왔던 것이다. 그리고 앤이 방 안에 완전히 들어섰을 땐 아버지가 이렇게 말하기도 했다.

"부인, 그러지 말고 더 계십시오. 우리를 돕느라 아직 바스 구경도 제대로 못하시지 않았습니까. 이제 와서 도망가시면 안되지요. 그 아름다운 월리스 부인을 만나 보고 가셔야지요. 고상한 마음씨를 지니셨으니 아름다운 사람 만나는 걸 즐기실 겁니다."

아버지가 매우 진지해 보였기 때문에 앤은 클레이 부인이 엘리자베스와 자기 쪽을 흘낏 바라보는 것을 알아채고도 별로 놀라지 않았다. 표정으로 봐서는 언니도 경계심을 늦추지 않고 있는 것 같았지만, 아버지가 클레이 부인에게 고상한 마음씨 운운하며 칭찬하는 것에 대해서는 별다른 반응을 보이지 않았다. 클레이 부인은 그렇게 두 분이 합심해서 권유하는데 거절하는 것은 도리가 아닌 것 같다며 계속 머무르겠다고 했다.

그날 아침 앤과 아버지가 모처럼 단둘이 있게 되었다. 아버지는 그녀의 외모가 나아졌다고 칭찬하기 시작했다. "몸과 뺨에 살이 좀 붙고 피부와 혈색도 좋아졌구나. 더 맑고 상큼해졌어. 뭐 새로운 로션이라도 쓰는 게냐?" "아니요, 아무것도 안써요." "그냥 가울랜드[20]란 말이지?" 아버지의 추측이었다. "아니요. 아무 로션도 안 발랐어요." "하! 놀라운 일이군." 그가 덧붙였다. "지금처럼만 피부를 유지한다면 더 바랄 게 없겠다. 잘하는 것 이상으로 더 잘할 순 없으니까. 아니, 봄 석 달

---

20) 가울랜드 로션은 당시 얼굴에 바르면 피부를 좋게 해 주는 것으로 알려져 있었다.

동안엔 가울랜드를 계속 사용하는 게 좋겠다. 클레이 부인도 내가 추천해서 가울랜드를 계속 썼거든. 너도 그 결과를 봤을 거다. 주근깨가 많이 없어졌잖니."

엘리자베스가 아버지의 이 말씀을 들었다면! 이렇게 직접적인 칭찬이라면 엘리자베스도 신경을 쓸 텐데. 게다가 앤이 보기에 클레이 부인의 주근깨는 전혀 줄어든 것 같지 않았다. 하지만 모든 일에는 모험의 요소가 있는 법이다. 설령 아버지가 클레이 부인과 결혼을 한다 하더라도 엘리자베스도 결혼을 한다면야 사태는 그리 심각하지 않을지 모른다. 앤 자신이야 언제라도 레이디 러셀과 살 수 있었다.

레이디 러셀은 침착한 성정과 공손한 태도의 소유자였지만 캠던 플레이스에서 클레이 부인과 앤을 취급하는 태도에 관한 한은 평소의 성정과 태도를 유지하지 못했다. 캠던 플레이스를 방문할 때마다 클레이 부인은 그렇게 잘 봐주고 앤은 그렇게 무시하는 모습을 보며 계속 화가 났다. 그리고 캠던 플레이스에 있지 않을 때에도 그 문제만 생각하면 짜증이 났다. 사교를 하고 새로운 소식을 모두 따라잡으며 꽤 많은 사람들을 알고 지내는 사람으로서 레이디 러셀이 바스에서 낼 수 있는 시간은 지극히 한정적이었음에도.

엘리엇 씨를 사귀면서 레이디 러셀은 다른 사람들에 대해 전보다 너그러워졌다. 아니, 무관심해졌다고 하는 편이 옳을 것이다. 그의 훌륭한 태도를 보곤 만나자마자 그를 마음에 들어 했고 대화를 나눠 보고 나선 겉보기만큼 내면도 알차다고 생각했다. 그래서 앤에게도 말했듯이, 처음에는 "이 사람이 진짜 엘리엇 씨란 말인가?" 하고 놀라 소리를 지를 뻔했다. 사실 그보다 상냥하고 훌륭한 사람은 상상하기 어려울 정도였다. 모든 것을 다 가진 사람이었다. 머리도 좋고 사고도 반듯하며 세상 물정도 잘 아는 데다 마음까지 다정했다. 가족에 대한 애정과 집안에 대한 자부심도 강했지만 애정이 과하거나 오만하지도 않았다. 재산이 많은 사람답게 여유롭게 살았지만 그렇다고 과시하는 스타일도 아니었다. 중요한 모든 사안에 대해 독립적인 판단을 내렸지만 그렇다고 세상의 예절과 관련한 문제에서 여론을 거스르지도 않았다. 침착하고 관찰력이 예민했으며 절도 있고 솔직했다. 자신이 열정적이라고 착각하며 이기심이나 지나친 기백에 휩쓸리는 일도 없었다. 상냥하고 다정한 태도도 중시했고 가정생활의 자질구레한 재미도 모두 존중했으니, 이것은 열정에 대해 쉽게 착각하고 격하게 흥분하는 사람들은 갖지 못한 특징이었다. 레이디 러셀은 그의 결혼 생활이 행복하지 않았을 것이라고 확신했다. 월리스 대령이 그렇게 말하기도 했고 레이디 러셀 스스로도 그렇게 믿었다. 하지만 그는 그러한 불행 때문에 비관적인 사람이 되지도 않았고 (그녀가 곧 짐작하게 되었다시피) 제2의 선택을 주저하지도 않았다. 엘리엇 씨에 대한 레이디 러셀의 만족감은 클레이 부인에 대한 짜증을 모두 상쇄하고도 남았다.

앤이 자신과 자신의 훌륭한 친구 사이에 가끔씩 의견의 차이가 생긴다는 것을 알게 된 건 어제오늘의 일이 아니다. 따라서 레이디 러셀이 엘리엇 씨가 그렇게 강력하게 화해를 원하는 이유가 의심스럽다거나 일관성 없는 요소, 뭔가 겉으로 드러나지 않은 동기가 있을 수도 있다는 생각을 하지 않는 것이 놀랍지는 않았다. 레이디 러셀이 보기에는 엘리엇 씨가 나이를 먹어 성숙해지면서 집안의 수장과 좋은 관계를 갖는 것이 바람직하다고, 그렇게 해야 자신이 분별력 있는 사람들 사이에서 좋게 받아들여질 거라고 생각하는 것은 너무나 자연스러운 일이었다. 젊은 시절 한때 잘못된 판단을 했을지라도 본래 명석한 두뇌를 타고난 사람이라면 시간이 지남에 따라 그런 단순한 변화를 겪는 것이 당연했다. 하지만 앤은 그 견해에 대해 감히 미소로 답하면서 마침내 '엘리자베스'의 이름을 언급했다. 레이디 러셀은 귀를 기울이고 그녀를 바라본 뒤 신중하게 대답했다. "엘리자베스! 좋지. 시간이 설명해 주겠지."

그것은 판단을 미래에 맡겨 두자는 말이었고 앤도 잠시 생각해 본 후 그 의견에 동의했다. 지금으로선 아무것도 단정할 수 없었다. 집에서는 언제나 엘리자베스가 가장 우선이었다. 엘리자베스 자신도 '엘리엇 양'으로서 처신하는 것이 습관처럼 굳어져서 그녀에게 다른 사람들이 기울이는 것 이상으로 주의를 기울이는 것은 불가능할 듯했다. 또 엘리엇 씨가 상처한 지 몇 달 지나지 않았다는 사실도 기억할 필요가 있었다. 그가 조금 더 기다린다면 그건 용서할 만한 일이었다. 실제로 앤은 그의 모자 주위에서 검은 상장을 볼 때마다 자기가 그에 대해 그런 상상을 하는 것만으로도 용서받지 못할 짓을 하는 게 아닌가 하는 두려움을 떨칠 수 없었다. 설령 그의 결혼이 불행했다 하더라도 결혼 기간만으로도 그가 결혼 생활의 종결에서 비롯된 외경심으로부터 그렇게 빨리 회복된다면 그게 오히려 이해할 수 없는 일일 것이라고 생각했다.

결론이야 어쨌든 엘리엇 씨는 바스에 있는 지인들 중 가장 어울리기 유쾌한 상대인 것이 분명했다. 앤이 차분히 생각해 보아도 그만한 사람은 생각해 낼 수 없었다. 이따금씩 라임에 대해 얘기할 상대가 있다는 것만도 엄청난 사치였다. 그도 그녀만큼 라임에 다시 가서 좀 더 둘러보고 싶어 하는 듯했다. 그들은 처음 만났던 순간에 대해서 아주 여러 차례 자세히 이야기를 나눴다. 그녀는 그가 자신을 아주 진지하게 쳐다본 것이 틀림없는 사실이라 생각했다. 그녀 스스로도 충분히 의식했고 그에 이어 또 다른 인물이 자신을 쳐다봤던 것도 기억하고 있었다.

앤과 엘리엇 씨의 의견이 항상 일치하는 것은 아니었다. 그녀는 그가 지위와 연고를 자기보다 훨씬 중시한다는 걸 알 수 있었다. 아버지와 언니가 불필요하게 걱정하는 문제에 대해 그가 강한 관심을 표하는 것은 단순히 예절 바른 사람이라서가 아니라 그 또한 그 문제에 대해 진심으로 고민하기 때문인 듯했다. 어느 날 아침 바스의 신문에 미망인인 달림플 자작 부인과 그 딸인 카터릿 영애가 그곳에 도착했다는 소식이 실렸다. 그 후 며칠간 캠던 플레이스 ○○호는 걱정으로 가득 찼다. 달림플 가는 (앤의 생각엔 너무나 불운하게도) 엘리엇 가와 친척 간이었기 때문에 엘리엇 가의 식구들이 자신들을 어떻게 소개해야 경우에 맞느냐가 큰 고민거리였다.

앤은 아버지와 언니가 귀족들 앞에서 처신하는 모습은 한 번도 본 적이 없었는데, 이번에 두 사람의 태도를 보고 실망했음을 자인하지 않을 수 없었다. 그들이 자신들의 지위에 대해 지닌 자부심으로 미루어 훨씬 나은 처신을 할 것으로 기대했기 때문에, 한 번도 예측하지 못했던 소망, 즉 그들이 좀 더 자부심을 가지고 행동했으면 하는 소망을 품었던 것이다. '우리 친척 레이디 달림플과 카터릿 양' 혹은 '우리 친척 달림플 가의 사람들'이라는 소리가 하루 종일 귓가에 윙윙거렸다.

월터 경은 고인이 된 자작은 한 번 만난 적이 있지만 나머지 가족은 만난 적이 없었다. 자작이 돌아가셨을 때 마침 월터 경이 중병을 앓고 있던 터라 켈린치에서 아일랜드로 문상 편지를 보내지 못했고 그 뒤로 예의상 주고받는 문안 편지가 모두 끊어진 탓에 이런 곤란한 사태가 발생한 것이었다. 문상 편지를 보내지 못한 죄에 대한 벌이 켈린치 가의 가장에게 뒤따랐으니, 가엾은 레이디 엘리엇이 돌아가셨을 때 아일랜드로부터 문상 편지가 오지 않았던 것이다. 따라서 달림플 가에서 두 집안 간의 교류를 완전히 끊긴 것으로 간주했으리라 염려할 수밖에 없는 상황이었던 것이다. 이 걱정스러운 사태를 어떻게 바로잡고 친척으로서의 관계를 재수립할 것이냐가 문제였다. 이것은 그들보다 합리적인 레이디 러셀이나 엘리엇 씨도 무시할 수 없는 문제였다. "집안 간의 관계는 언제나 보존할 가치가 있고 좋은 사람과는 사귈 가치가 있지. 레이디 달림플은 로라 플레이스를 석 달간 세내셨고 격조 있게 지내실 예정이야. 작년에도 바스에서 지내셨고, 또 레이디 달림플이 매력적인 분이라고들 하더구나. 가능하면 엘리엇 가의 체면을 상하지 않은 채 관계를 재수립하는 것이 바람직할 텐데."가 레이디 러셀의 견해였다.

하지만 월터 경은 사태 해결을 위해 자기 방식대로 접근했으니, 마침내 긴 해명을 늘어놓고 유감을 표하며 이해를 간청하는 상세한 편지를 고매하신 친척분께 보냈던 것이다. 레이디 러셀도 엘리엇 씨도 그 편지가 훌륭하다고는 보지 않았지만 편지는 목적을 달성했다. "매우 영광이며 기쁘게 교제하겠노라."라는, 자작 부인이 흘려 쓴 단 세 줄의 답신이 왔기 때문이다. 힘든 노동이 끝나고 달콤한 결실이 손에 들어오기 시작했다. 그들은 로라 플레이스를 방문했고, 고(故) 달림플 자작의 미망인인 달림플 자작 부인과 카터릿 영애의 카드를 받아 집 안에서 가장 눈에 잘 띄는 곳에 전시했으며, '로라 플레이스에 계시는 우리 친척', '레이디 달림플과 카터릿 양'에 대해 누구에게나 자랑했다.

앤은 부끄러웠다. 레이디 달림플과 그녀의 딸이 정말 사귀어서 유쾌한 사람들이라 할지라도 자신의 가족이 그처럼 소동을 피우는 건 부끄러운 일이었다. 하지만 그들은 정말 보잘것없는 사람들이었다. 몸가짐이나 교양이나 머리, 어느 하나 뛰어난 것이 없었다. 레이디 달림플이 '매력적인 여성'이라는 칭호를 얻은 것은 누구에게나 미소를 지어 주고 공손하게 대했기 때문이었다. 카터릿 양으로 말하자면 더욱 내세울 게 없었으니 너무 평범한 외양에 몸가짐마저 어색했다. 지위 때문이 아니라면 캠던 플레이스에서 결코 받아들여지지 않았을 사람이었다.

레이디 러셀은 기대에 못 미치는 사람들이라는 점에는 공감했지만 '알고 지내는 게 나은 관계'라고 말했다. 앤이 용기를 내서 엘리엇 씨에게 이러한 의견을 전하자, 엘리엇 씨는 그들이 자신만으로는 내세울 것이 없는 사람들이지만 친척으로서, 좋은 지인으로서, 그리고 주변에 좋은 사람들을 많이 모으는 분들이라는 점에서 나름대로 가치가 있다고 주장했다. 앤이 미소를 지으며 말했다.

"엘리엇 씨, 저는 좋은 지인이라면 생각할 줄도 알고 아는 것도 많아서 대화를 나눌 만한 사람이라고 생각하는데요. 그래야 좋은 지인이라고 할 수 있잖아요."

"틀렸습니다." 그가 온화한 태도로 말했다. "그건 좋은 지인이 아니고 최상의 지인이지요. 좋은 지인의 요건은 출신과 교육과 몸가짐입니다. 그리고 교육에 대해서도 저는 그다지 엄격하지 않아요. 출신과 좋은 몸가짐이 본질적인 요건이지만 거기다 배운 게 조금 있다면 위험하지는 않지요. 반대로 아주 도움이 될 거예요. 앤 사촌, 고개를 흔드는군요. 제 설명이 마음에 들지 않으세요? 까다로운 분이군요. 친애하는 사촌님," 그는 그녀의 곁에 앉았다. "그대는 내가 아는 대부분의 다른 여성들보다 까다롭게 굴 자격이 더 있습니다. 하지만 그게 바람직할까요? 그 덕분에 행복할 수 있을까요? 로라 플레이스의 마음씨 좋은 귀부인들과 사귀면서 가능한 한 그 관계가 가져다주는 모든 이득을 누리는 게 현명하지 않을까요? 그분들이 올겨울 바스 최고의 인물들과 교제를 할 것이 틀림없고, 지위는 지위니까 그들과 친척 관계라는 것이 알려지면 당신의 가족, 아니 제 가족이 우리 모두 바라는 정도의 존경을 받게 될 겁니다."

"그래요." 앤이 한숨을 쉬며 말했다. "틀림없이 그 사람들의 친척이라고 알려지겠죠!" 그리고 침착함을 되찾으면서 더 이상 그의 대답이 이어지지 않도록 덧붙였다. "관계를 수립하기 위해 너무 소란을 떤 건 틀림없다고 생각해요. 제가 다른 모든 사람들보다 자존심이 강한 모양이네요." 그녀는 미소를 지었다. "하지만 그 사람들과 친척이라는 사실을 인정받기 위해서 그렇게 노력을 해야 한다는 게, 더욱이 그 사람들은 전혀 신경도 쓰지 않는데 말이죠, 정말 화가 나는 건 사실이에요."

"실례지만 사촌, 당신은 당신 가족의 가치에 대해 부당하게 말하고 있어요. 런던에서라면, 더욱이 요즘 겸손하고 조용히 지내시는 편이니 사촌의 말이 맞을지도 모르지요. 하지만 바스에서는 월터 경과 그의 가족은 항상 다른 사람들이 교제하고 싶어 하는 분들이고 그런 가치를 인정받는 분들입니다."

"글쎄요." 앤이 말했다. "저는 그렇게 전적으로 지위 때문에 환영받는 걸 즐기기에는 자부심이 너무 강하답니다."

"그렇게 분개하는 모습 참 보기 좋습니다." 그가 말했다, "당연한 말씀이에요. 하지만 우리는 지금 바스에 있고, 월터 엘리엇 경이 여기에 자리 잡고 지내시는 동안 그분이 받아 마땅한 위엄과 명예를 누리는 것은 중요한 일입니다. 당신은 자신이 자부심이 강하다고 말씀하셨지만, 저도 자부심이 강하다는 말을 많이 듣습니다. 그리고 자부심이 약하다는 말은 듣고 싶지 않습니다. 왜냐하면 자세히 들여다보면 당신이나 나의 자부심은 종류는 약간 다를지 몰라도 목적은 같다고 믿기 때문입니다. 다정한 나의 사촌, 한 가지 점," 방 안에는 다른 사람이 없었지만 그는 이 대목에서 목소리를 낮췄다. "그 한 가지 사안에 대해서는 당신과 내가 똑같이 느끼고 있으리라 확신합니다. 저는 월터 경이 당신과 지위가 같거나 우월한 분을 많이 알고 지내면 당신보다 지위가 낮은 사람들을 덜 생각하게 될 것이고, 그런 점에선 그분이 우월한 지위에 있는 분들과 사귀는 것이 유용할 수도 있다고 봅니다. 이 점에 대해선 당신도 의견이 같으실 테지요."

이렇게 말하면서 그는 좀 전에 클레이 부인이 앉아 있던 쪽을 바라보았고, 그럼으로써 자기가 구체적으로 무슨 말을 하고 있는지를 분명히 했다. 앤은 그가 자기와 같은 종류의 자부심을 갖고 있다고는 믿지 않았지만, 그가 클레이 부인을 좋아하지 않는다는 사실을 알게 된 것은 기뻤다. 그가 클레이 부인을 물리치려는 목적에서 아버지와 상류 계급 사람들의 만남을 적극 장려하는 것이라면 그녀의 양심도 받아들일 수 있을 것 같았다.

17

월터 경과 엘리자베스가 로라 플레이스에서 열심히 행운을 추구하는 동안 앤은 완전히 다른 종류의 관계를 재개해 나가고 있었다.

전에 자기를 가르쳐 준 선생님을 찾아 뵈었다가 자기에게 잘해 주었던 옛 친구가 바스에 있다는 소식을 들었고, 그 친구가 지금은 생활에 어려움을 겪고 있음을 알게 된 것이다. 현재 스미스 부인이라 불리는 해밀턴 양은 가장 도움이 필요하던 시기에 앤에게 친절을 베풀어 준 친구였다. 당시 앤은 극진히 사랑하던 어머니를 잃고 슬픔에 잠겨 학교로 갔었다. 집이 그리운 열네 살의 감수성 예민하고 우울한 소녀가 그런 시기에 느낄 수밖에 없는 고통으로 인해 그녀는 누구보다 힘든 시절을 보냈다. 앤보다 세 살이 많았지만 가까운 친척이 없어서 학교에 남아 있던 해밀턴 양은, 앤을 여러 면에서 도와주면서 마음을 나누었다. 앤은 그녀를 떠올릴 때마다 항상 고마움을 느꼈다.

해밀턴 양은 학교를 떠난 뒤 곧 재산이 많은 남자와 결혼을 한 것으로 알려졌다. 이것이 앤이 알고 있던 전부였는데 이번에 소식을 들으면서 자세히 알게 된 그녀의 상황은 실상 소문과 많이 달랐다.

해밀턴 양은 가난한 미망인이 되어 있었다. 그녀의 남편은 낭비벽이 심한 사람이었고, 때문에 이 년 전 그가 사망할 즈음에는 집안 형편이 엉망이었다. 온갖 종류의 고생과 싸워야 했던 그녀는 설상가상으로 다리에 류머티즘 관절염을 앓고 있어서 현재는 다리를 절고 있었다. 바스에도 류머티즘 때문에 와 있었는데, 온천장 곁의 숙소에서 하녀를 둘 돈도 없이 비참하게 지내고 있었다. 사교계와 교류가 없는 건 물론이었다.

엘리엇 양의 방문이 스미스 부인을 기쁘게 할 거라는 선생님의 말에 앤은 주저 없이 그녀를 방문하기로 결심했다. 집에는 그런 이야기를 들었다거나 누구를 방문하기로 했다는 얘기는 하지 않았다. 말해 봐야 이해나 공감을 얻지 못할 것이 뻔했기 때문이다. 레이디 러셀하고만 상의했고 그녀에게서 전적인 지지를 받았다. 레이디 러셀은 앤의 요청에 따라 웨스트게이트 빌딩에 있던 스미스 부인의 거처 부근까지 그녀를 데려다주었다.

앤의 방문으로 관계가 재개되면서 두 사람은 상대방에 대해 다시 뜨거운 관심을 갖게 되었다. 처음 십 분 정도는 좀 어색하기도 하고 나름 감회에 젖기도 했다. 십이 년 만이라 서로 상상하던 것과는 모습이 조금 다르기도 했다. 십이 년 만에 앤은 이제 막 피어나기 시작한 말 없고 미숙한 열다섯 살의 소녀에서 얼굴의 홍조만 없을 뿐 그 외의 모든 아름다움을 갖춘 여성, 한결같이 부드러우면서도 바른 몸가짐을 지닌 스물일곱 살의 단아한 여성이 되어 있었다. 반면에 건강미 넘치고 선배다운 자신감이 넘쳤던, 얼굴이 아름답고 몸매도 훌륭하던 해밀턴 양은 과거에 자신이 돌보아 주던 후배의 방문에 황송해하는 가난하고 병든 과부가 되어 있었다. 하지만 오랜만에 만나서 어색하던 기분은 곧 눈 녹듯 사라졌고, 서로 좋아하던 기억을 떠올리면서 옛날 이야기를 하다 보니 두 사람 사이에는 친밀하고 행복한 기분만 남게 되었다.

스미스 부인은 과거에 지녔던 양식 있는 태도와 기분 좋은 매너를 여전히 유지하고 있었다. 전에는 그런 그녀에게 의지하고 가까이 지내기 위해 앤이 용기를 내야 했다. 스미스 부인의 말하는 태도도 기대 이상으로 밝고 활발했다. 화려했던 과거의 삶을 잃은 것도 현재 가난하게 사는 것도 병도 슬픔도 그녀의 마음을 닫거나 의지를 꺾은 것 같지는 않았다.

앤이 두 번째로 방문했을 때 스미스 부인은 전보다 훨씬 솔직하게 자신의 처지를 털어놓았고, 자초지종을 들은 앤은 더욱 놀랐다. 그녀는 상상하기 힘들 정도로 우울한 상황에 처해 있었다. 너무나 사랑하던 남편이 죽어 땅에 묻힌 뒤로 부자로 사는 데 익숙하던 사람이 재산을 모두 잃은 것이었다. 아이가 있어서 그녀를 삶과 행복에 새롭게 연결해 주지도 않았고, 곤란한 상황을 해결하는 데 도움을 주는 친척이 있는 것도 아니었으며, 이 모든 어려움을 이겨 나갈 수 있을 만큼 건강한 것도 아니었다. 처소는 시끄러운 응접실과 그 뒤에 딸린 어둠침침한 침실이 전부였는데 그나마 남의 도움 없이는 두 방을 오갈 수도 없는 형편이었다. 그럼에도 하인 한 명 외에는 다른 조력자를 둘 형편이 못 되었다. 그래서 온천욕을 할 때가 아니면 집을 나서지도 못했다. 하지만 그 모든 정황에도 그녀는 무기력하거나 풀이 죽어 지내는 대신, 대부분의 시간을 열심히 뭔가를 하며 즐거움 속에서 보내는 듯했다. 그것이 어떻게 가능한 걸까? 그녀를 바라보고 관찰하며 생각한 끝에 앤은 그것이 단순한 의지의 힘이나 체념의 탓만은 아니라고 결론 내렸다. 순종적인 사람이라면 참을성이 강할 것이고, 지력이 뛰어난 사람이라면 의지력을 발휘했겠지만, 그녀에게는 그 이상의 무엇이 있었다. 그녀는 탄력성 있는 마음, 쉽게 위로를 받는 성격, 악에서 선으로 선뜻 돌아서는 능력, 자기 속에 빠지지 않도록 뭔가 몰두할 것을 찾는 능력 등을 타고난 듯했다. 그것은 하늘이 인간에게 주신 선물 중에서도 최상의 선물이었다. 그녀는 천성적으로 자비로운 일을 함으로써 자신에게 부족한 것을 채울 수 있는 그런 사람이었다.

스미스 부인은 자신의 기력이 정말 거의 바닥으로 떨어졌던 적도 있었다고 말했다. 지금의 자신은 처음 바스에 도착했을 때에 비하면 환자라고 부를 수도 없다는 것이었다. 그때는 정말 말로 표현하기 어려울 정도로 처지가 딱했다, 오는 도중 감기에 걸려서 도착하자마자 침대에 갇힌 채 극심하고 지속적인 통증에 시달려야 했다, 게다가 아는 사람이 하나도 없었는데 규칙적으로 돌보아 주는 사람이 절대적으로 필요했고 그 시점의 재정 형편으로는 예외적인 추가 비용을 감당하기가 정말 어려웠다. 하지만 그 고비를 어찌어찌 이겨 내다 보니 좋은 점도 있었다. 그 기회에 자신이 선한 사람들 사이에 있다는 사실을 확인할 수 있어서 오히려 안심이 되었다. 사람들이 특별한 이유나 사심 없이 남에게 잘해 주는 것을 기대하기 어렵다는 것을 잘 알 만큼 세상 경험을 톡톡히 했는데, 그렇게 아프고 보니 자신이 세 든 집의 주인이 훌륭한 인격자로서 타인의 불행을 악용하지 않을 사람이라는 걸 알게 되었다. 또 정말 운 좋게 간병인도 만났으니, 원래 직업이 간병인이면서 일이 없을 때는 항상 언니 집에 머무르던 집주인의 여동생이 마침 그녀가 아플 때 그 집에 있었기 때문이었다. "그리고 그이는 나를 훌륭하게 간병해 줄 뿐만 아니라 다른 일에도 큰 도움을 줘요. 손을 놀릴 수 있게 되자 바로 뜨개질을 가르쳐 주어서 지금은 얼마나 즐겁게 지내는지 몰라요. 그리고 실 지갑이나 바늘겨레, 명함꽂이 등을 만드는 법도 가르쳐 주어서 난 항상 그런 것들을 만드느라 바쁘답니다. 그 덕분에 이 지역에 사는 극빈 가족 한둘에게 약간이지만 도움도 줄 수가 있지요. 직업상 그런 걸 사 줄 능력이 있는 사람들을 많이 알아서 내가 만든 걸 팔아 주기도 해요. 항상 적당한 때에 말을 건네는 재주가 있는 사람이죠. 사람들은 극심한 고통에서 벗어난 직후나 건강이라는 축복을 되찾는 동안에 다들 마음이 너그러워지는데, 루크 간호사는 그게 언제인지 정확히 파악하고 있는 거예요. 아주 영리하고 똑똑하고 현명한 여자예요. 인간의 성품을 알아보는 능력이 있는 사람이지요. 거기다 양식과 훌륭한 관찰력이라는 자산까지 소유하고 있어서 '세상에서 가장 훌륭한 교육'을 받고도 어디에다 주의와 정성을 기울여야 하는지는 전혀 모르는 많은 사람들보다 훨씬 소중한 동반자예요. 수다라고 부를 수도 있겠지만 아무튼 루크 간호사는 한 삼십 분만 시간이 나도 틀림없이 재미도 있고 유익한 얘기, 우리에게 인간에 대해 깊은 통찰을 주는 얘기를 해 주거든요. 누구나 세상 돌아가는 이야기를 듣고 싶어 하잖아요. 별 볼 일 없고 하찮은 것에서도 최신 유행이 뭔지 따라잡으려고 말예요. 혼자서 보내는 시간이 많은 나에게는 그녀와 나누는 대화가 좋은 선물이에요."

그런 즐거움에 대해 트집을 잡을 생각이 전혀 없었던 앤이 대답했다. "무슨 말인지 잘 알 것 같아요. 그 계층의 여성들에겐 관찰의 기회가 많을 테니 똑똑한 사람이라면 우리도 귀담아들을 말을 해 줄 거라고 생각해요. 늘 얼마나 다양한 사람을 보겠어요! 그리고 항상 어리석은 사람들만 목격하는 것도 아니겠지요. 더할 나위 없이 흥미롭거나 감동적일 수도 있는 온갖 정황에 처한 사람들을 목격할 테니까요. 열렬하거나 사심이 없고 자기희생적인 사랑이나 영웅적인 행위, 강인함, 인내심, 체념, 갖가지 갈등과 우리를 가장 숭고한 존재로 만들어 주는 온갖 희생의 모습들이 얼마나 다양하게 그들의 눈앞을 지나가겠어요. 환자의 방이란 여러 권의 책을 만들 만큼 많은 이야기가 제공되는 곳이지요."

"맞아요." 스미스 부인이 약간 회의적인 어조로 말했다.

"그럴 수 있어요. 하지만 이야기의 내용은 앤이 생각하는 만큼 그렇게 고상한 것만은 아닐 때가 많아요. 가끔은 고난을 만난 인간의 본성이 위대함을 발휘하기도 하지만, 병실에서 보통 나타나는 것은 인간의 장점이 아니라 약점이에요. 내가 듣는 것들은 대체로 관용과 인내가 아니라 이기심과 성급함에 대한 이야기예요. 진정한 우정은 참으로 드물어요!" 그녀가 낮고 떨리는 목소리로 말했다. "그리고 안타깝게도, 진지하게 생각해야 한다는 사실을 잊고 지내다가 너무 늦어서야 정신을 차리는 사람들도 많지요."

앤은 스미스 부인이 얼마나 괴로운 상황인지 알 수 있었다. 남편은 기대에 어긋났고, 따라서 그녀는 세상을 본인이 바라던 것보다 훨씬 나쁘게 생각하게 만드는 종류의 사람들과 섞여 지내야 했다. 하지만 그것은 잠시 스치는 생각에 불과했다. 스미스 부인은 곧 그 생각을 떨쳐 버리고 한결 달라진 어조로 말했다.

"루크 부인이 현재 돌보는 환자에게서 나오는 이야깃거리는 별로 흥미롭지도 교훈적이지도 않아요. 말버러 빌딩의 월리스 부인이라는 사람을 돌보고 있는데 그저 예쁘기만 할 뿐, 사치스럽게 유행이나 쫓는 어리석은 여자인 것 같더군요. 그러니까 물론 레이스와 화려한 옷 외엔 내게 해 줄 얘기가 별로 없을 것 같아요. 하지만 난 월리스 부인을 상대로 돈을 벌 작정이에요. 지금 내가 만드는 비싼 물건들을 모두 그 여자에게 팔 생각이거든요."

스미스 부인의 존재가 캠던 플레이스에 알려진 것은 앤이 몇 차례 그녀를 더 방문한 뒤였다. 그녀에 대해 이야기하는 것이 불가피한 경우가 마침내 발생했던 것이다. 월터 경과 엘리자베스와 클레이 부인이 어느 날 아침 로라 플레이스를 방문했는데, 거기서 갑작스러운 초대의 소식을 가지고 왔다. 레이디 달림플이 갑자기 그날 저녁에 와 달라고 초대를 했다는 것이다. 앤은 이미 웨스트게이트 빌딩에서 그날 저녁을 보내기로 약속이 되어 있는 상태였다. 앤은 조금도 아쉽지 않았다. 레이디 달림플이 독한 감기에 걸려 외출이 불가능해지니 자기와 사귀고 싶어 안달하던 사람들을 활용하려고 초대를 한 것이 틀림없었다. 따라서 망설임 없이 초대를 거절했다. "옛날 학교 때 친구와 저녁 시간을 함께 보내기로 약속을 해서요." 그들은 앤에 관한 일에는 추호도 관심이 없었지만 추궁을 하다 보니 앤의 옛날 학교 친구가 누구인지 알게 되었다. 엘리자베스는 경멸을 표시하는 것으로 그쳤지만 월터 경은 혹독하게 몰아붙였다.

"웨스트게이트 빌딩이라고!" 그가 말했다. "앤 엘리엇 양이 웨스트게이트 빌딩에 사는 사람을 방문한다고? 겨우 스미스 부인, 미망인인 스미스 부인을! 그래, 남편이 도대체 어떤 사람이었는데? 5000명은 족히 될, 그 많은 스미스 씨들 중의 하나, 세상 어디에 가도 만날 수 있는 스미스 씨란 말이지? 도대체 스미스 부인의 어떤 점이 그렇게 대단해서 만나러 가는 거냐? 늙고 병들었기 때문이야? 세상에, 앤 엘리엇 양, 정말 취미치곤 특이한 취미를 가졌구나! 지체도 낮고 방은 비좁고 공기도 더럽고 주변 사람들은 혐오스러운, 다른 사람이라면 멀리멀리 달아날 그 모든 것이 그리도 좋아서 간단 말이지? 하지만 그런 여자 따위야 내일로 미룰 수도 있을 것 아니냐? 내일이 오기 전에 당장 죽을 정도는 아니겠지? 대체 몇 살이나 먹었는데? 마흔?"

"아니에요, 아버지. 아직 서른한 살도 안 됐어요. 하지만 이 약속은 미룰 수 없어요. 오늘 저녁 외에는 당분간 시간을 맞출 수 없거든요. 내일은 그 친구가 온천에 갈 거고 다른 날은 우리한테 이미 약속이 있고요."

"레이디 러셀은 그 친구에 대해서 뭐라고 생각하시는데?" 엘리자베스가 물었다.

"레이디 러셀도 아무 문제가 없다고 하셨어요." 앤이 대답했다. "오히려 허락해 주셨어요. 제가 스미스 부인을 만나러 갈 때마다 데려다주시는걸요."

"웨스트게이트 빌딩에 사는 사람들이 그 마차가 나타난 걸 보고 놀랐겠군!" 월터 경이 말했다. "헨리 러셀 경 미망인의 마차에 새겨진 문장에 특별한 업적이 더해진 바가 없긴 하지만, 대단히 훌륭한 마차인 데다가 엘리엇 양을 실어 나른다는 사실이 두루 알려졌을 테니. 웨스트게이트 빌딩에 사는 미망인인 스미스 부인! 가난한 미망인, 목숨만 간신히 부지하는, 나이는 서른에서 마흔 사이인 여자, 그저 스미스 부인일 뿐인 여자! 앤 엘리엇 양이 이 세상 그 많은 사람 중에 하필이면 어중이떠중이 중 하나에 불과한 스미스 부인을 친구로 택하고 영국과 아일랜드의 귀족 집안 친척보다 더 앞세우다니! 스미스 부인이라니, 이름도 하필!"

이런 대화가 오가는 동안 방에 있던 클레이 부인이 그쯤해서 자리를 뜨는 것이 좋겠다고 생각했는지 방을 나갔다. 앤은 아버지와 언니의 친구나 자신의 친구나 지위나 재산에 별 차이가 없다는 사실에 대해 할 말도 많았고 단 몇 마디라도 하고 싶었지만 아버지를 존중해서 꾹 참고 아무 대답도 하지 않았다. 재산도 없고 집안도 훌륭하지도 않은 삼십 대의 미망인이 스미스 부인만은 아니라는 사실을 나중에 아버지 스스로 알아차리기를 바라면서.

앤은 자신의 약속을 지켰다. 나머지 식구들도 그들대로 약속을 지켰다. 그리고 다음 날 아침이 되자 자기들이 얼마나 즐거운 저녁 시간을 보냈는지 떠들어 댔다. 늘 함께 어울리던 이들 중에서 참석하지 않은 사람은 앤뿐이었다. 월터 경과 엘리자베스가 자기들만 레이디 달림플을 만나러 간 것이 아니라, 그녀를 위해서 다른 사람들을 소집하는 임무도 자임해서 레이디 러셀과 엘리엇 씨도 초대하는 수고를 마다하지 않았기 때문이다. 엘리엇 씨는 월리스 대령과의 만남을 줄이고 일부러 참석했고, 레이디 러셀도 그 초대에 응하기 위해 자신의 저녁 계획을 재조정했다. 앤은 그날 저녁에 관한 모든 소식을 레이디 러셀에게 들었다. 가장 흥미로운 소식은 앤이 그 자리에 없는 것은 유감이지만 그녀가 참석하지 못한 이유가 훌륭하다는 칭찬을 레이디 러셀과 엘리엇 씨가 주고받았다는 것이었다. 레이디 러셀은, 엘리엇 씨가 병들고 경제적으로도 영락한 옛 친구를 방문하는 그녀의 친절하고 공감 어린 마음씨에 깊은 감명을 받은 듯하더라고 전했다. 그는 그녀가 마음씨

와 몸가짐과 지력이 참으로 탁월한 아가씨이며 우수한 여성
의 모범이라고 생각했다. 그리고 레이디 러셀과 맞먹는 수준
으로 앤의 미덕을 논했다. 레이디 러셀의 이 같은 전언을 들은
앤은 그렇게 사리 분별이 바른 남자가 자신을 높이 평가했다
는 사실에 행복감을 느꼈다. 그것은 정확히 레이디 러셀이 의
도한 효과였다.

엘리엇 씨에 대한 레이디 러셀의 의견은 이제 확고했다. 그
녀는 엘리엇 씨가 앤과 어울리는 남자일 뿐만 아니라 궁극적
으로 앤의 마음을 얻기 원한다는 사실에 대해서도 같은 정도
로 확신하고 있었다. 그리고 그가 상처한 남자가 지켜야 할 모
든 규범적 요구를 벗어나서 앤의 마음에 들기 위해 드러내 놓
고 관심을 표하기까지 몇 주나 남았는지를 계산하기 시작했
다. 그녀는 자신의 확신을 앤에게 반만큼도 이야기하지 않았
다. 다만 그가 앤을 좋아하고 있는지도 모르고, 만일 그게 사
실이고 앤도 같은 감정을 품어서 두 사람이 맺어진다면 얼마
나 바람직하겠느냐는 귀띔만 살짝 했다. 앤은 그 말을 듣고 깜
짝 놀라 항의하는 대신 미소를 짓고 얼굴을 붉히면서 조용히
머리를 저었다.

"너도 잘 알다시피 난 중매쟁이는 아니지만, 사람의 일과
계산이라는 것이 얼마나 불확실한 것인지 잘 안단다. 엘리엇
씨가 장차 네게 관심을 보이고 네가 그 마음을 받아 준다면 행
복한 결합이 될 가능성이 높다고 생각한다는 거지. 모두 그만
큼 어울리는 결합도 없다고 생각하겠지만 내가 보기에는 그
냥 어울리는 정도가 아니라 두 사람 모두에게 행복한 결합이

될 것 같구나." 레이디 러셀이 말했다.

"엘리엇 씨는 정말 좋은 분이고 저도 많은 면에서 그분을 높이 평가해요. 하지만 저와는 잘 맞지 않는 분 같아요."

레이디 러셀은 이렇게만 대꾸했다. "네가 켈린치의 여주인, 미래의 레이디 엘리엇이 될 거라고 생각하면, 네가 사랑스러운 네 어머니의 대를 이어 그녀가 누리던 모든 권한과 모든 인기와 모든 미덕을 물려받는다고 생각하면 얼마나 행복한지 모른다! 너는 모습과 성격이 네 어머니를 꼭 빼닮았어. 네가 네 어머니와 같은 지위와 이름과 가정을 누리는 걸, 네 어머니와 똑같은 자리에 앉아서 살림을 주관하고 기도를 드리는 걸, 네 어머니보다 소중하게 대접받는 걸 상상만 해도! 사랑스러운 앤, 난 내 한창때보다도 더 행복할 거야!"

앤은 몸을 돌려 자리에서 일어나 멀리 떨어진 탁자 쪽으로 가서 뭔가를 하는 척하며 그런 상상이 불러온 감정들을 가라앉히려고 노력했다. 잠깐이지만 그 말은 그녀의 상상력과 마음을 사로잡았다. 어머니처럼 된다는 생각, '레이디 엘리엇'이라는 소중한 이름을 계승하고 켈린치로 돌아가서 그곳을 다시 집이라고 부를 수 있게 된다는 생각에는 저항할 수 없는 매력이 있었다. 레이디 러셀은 사태가 자연스럽게 흘러가도록 두기 위해 그 이상 아무 말도 하지 않았다. 그리고 그 순간 엘리엇 씨가 박력 있게 자신의 마음을 고백했으면 좋겠다고 생각했다. 요컨대 그녀는 앤이 믿지 않는 것을 믿고 있었다. 엘리엇 씨가 고백하는 모습을 상상하자 앤의 마음은 다시 차분해졌다. 켈린치와 '레이디 엘리엇'의 매력도 희미해졌다. 그녀는 그의 청혼을 받아들일 수 없었다. 그건 그녀가 아직도 한 사람을 제외한 다른 남자를 좋아할 수 없기 때문이기도 했지만, 또한 그와 맺어질 가능성을 진지하게 고려해 볼 때 그를 완전히 신뢰할 수 없다고 판단했기 때문이었다.

비록 알고 지낸 지 한 달 정도가 지났지만 그녀는 그의 진정한 사람됨을 알 수 없다고 생각했다. 사리 분별이 바르고 함께 있으면 기분 좋은 사람이며 대화도 잘 통하고 견해도 모두 바르며 판단력도 적절해 보이고 원칙을 존중하는 사람. 모든 것은 그만하면 분명했다. 무엇이 옳은지를 아는 것은 확실했고, 도덕적으로 어떤 잘못이 있다고 꼭 집어 말할 수도 없었다. 하지만 그의 처신이 다 미덥지는 않았다. 현재는 그렇다 쳐도 과거의 행위들이 미심쩍었다. 더러 전에 함께 어울렸다는 사람들의 이름이나 하고 다녔다는 일을 들으면 과거가 의심스러웠다. 무엇보다도 나쁜 습관이 있었는데, 가령 일요일에 여행하는 것은 보통이었고[21] 모든 진지한 일들을 무시하며 방종한 생활을 한 기간이 짧지 않았다. 지금은 그때와 완전히 생각이 달라졌다고 하지만, 영리하고 조심스러운 남자, 명예의 중요성을 알 만큼 나이를 먹은 남자의 진심을 과연 누가 장담할 수 있겠는가? 그가 진정으로 개심했다고 어떻게 확신할 수 있겠는가?

엘리엇 씨는 합리적이고 신중하며 세련된 사람이었다. 하지만 솔직한 사람은 아니었다. 다른 사람의 악행이나 덕행에

---

21) 당시 많은 신교 국가에서 일요일에 여행하는 것은 부도덕한 일로 여겨졌다.

대해 분개하든 기뻐하든 한 번도 감정이 자연스럽게 터져 나오는 모습을 보여 준 적이 없었다. 앤이 보기에 이것은 결정적인 약점이었다. 첫인상은 쉽게 바뀌지 않았다. 그녀는 솔직하고 숨김없으며 열정적인 성격을 무엇보다 높이 평가했다. 그녀는 여전히 열렬함과 열의에 마음을 빼앗겼다. 그녀는 똑같이 진지하더라도, 항상 침착하고 말실수를 전혀 하지 않는 사람보다 가끔씩 부주의하거나 성급한 듯 보이거나 그런 말을 하는 사람을 더 신뢰했다.

엘리엇 씨는 지나치다 싶을 정도로 모든 사람에게 상냥했다. 아버지의 집에 사는 사람들은 모두 성격이 달랐지만, 그의 행동은 그들 모두를 만족시켰다. 모든 사람을 지나치게 잘 받아 주고 참아 주었다. 앤에게는 어느 정도 솔직하게 클레이 부인 얘기를 했고 그녀의 속셈도 완벽하게 꿰뚫고 있는 것처럼 보였지만, 클레이 부인까지도 다른 사람들처럼 그를 좋은 사람이라고 생각했다.

레이디 러셀은 앤보다 무언가를 더 보거나 덜 보고 있었다. 그 때문에 엘리엇 씨에게서 불신을 야기할 만한 요소를 전혀 보지 못했다. 그녀는 엘리엇 씨만큼 남자의 요건을 엄밀하게 갖춘 사람을 상상하지 못했다. 무엇보다 그녀는 가슴속에, 다음 가을에 켈린치의 교회에서 그가 사랑스러운 앤과 결혼하는 것을 보는 달콤한 희망을 품고 있었다.

18

2월 초였다. 바스에 온 지 한 달이 지나면서 앤은 어퍼크로스와 라임에서 오는 소식이 더욱 궁금해졌다. 메리가 알려 주는 소식으로는 충분치 않았다. 벌써 삼 주 전에 한 번 소식이 온 뒤로는 들은 소식이 없었다. 헨리에타가 돌아왔고 루이자는 빠르게 회복되고 있지만 여전히 라임에 머무는 중이라고 했다. 어느 날 저녁 앤이 그곳의 친구들 모두에 대해서 궁금해하던 차에 메리가 보낸, 평소보다 두터운 편지가 도착했다. 그 편지와 함께 크로프트 제독 부부의 안부 카드도 도착해서 앤을 더욱 기쁘고 놀라게 했다.

크로프트 씨 부부가 바스에 오셨구나! 그녀가 관심을 갖지 않을 수 없는 정황이었다. 크로프트 씨 부부는 그녀가 좋아할 수밖에 없는 사람들이었다.

"허, 뭐라고?" 월터 경이 외쳤다. "크로프트 씨 부부가 바스에 왔다고? 켈린치 홀의 세입자들이? 네게 뭘 보내왔더냐?"

"어퍼크로스 커티지에서 편지가 왔어요, 아버지."

"오! 편지란 편리한 여권이지. 그걸 가지고 오면 자연스럽게 소개를 받을 수 있으니. 어쨌든 나도 크로프트 제독을 방문해야겠구나. 세입자에게 그만한 대우를 해 줘야 한다는 것 정도는 알고 있지."

앤은 더 이상 아버지의 말씀을 듣고 있을 수 없었다. 아버지가 가엾은 제독의 안색을 언급하지 않은 것도 눈치챌 겨를이 없었다. 편지는 며칠 전부터 시작한 것이었다.

다정한 언니 앤에게,

바스 같은 곳에서 지내는 사람들이 편지에 얼마나 관심이 없는지 잘 아니 그동안 편지를 안 보낸 것에 대한 사과는 하지 않을게. 언니는 행복하게 지내느라 어퍼크로스는 잊고 있겠지. 언니도 잘 알겠지만 어퍼크로스에 대해선 별로 쓸 말이 없어. 난 아주 재미없는 크리스마스를 보냈어. 시댁에선 크리스마스 휴가 내내 한 번도 디너파티를 열지 않았어. 헤이터 가족을 부른 건 파티로 칠 수도 없으니까. 하지만 마침내 휴가가 끝났어. 여태까지 우리 애들만큼 긴 방학을 보낸 아이들은 없을 거야. 적어도 난 그런 기억이 없거든. 하빌 씨네 아이들을 빼고는 어제 모두가 집을 떠났어. 그 아이들이 크리스마스 때에도 집에 안 간 걸 알면 언니도 놀라겠지? 자기 아이들과 그렇게 오래 떨어져 있다니 하빌 부인도 좀 이상한 엄마인 모양이야. 이해가 안 가. 내 생각엔 애들이 별로 착하지 않아. 하지만 시어머니는 그 애들을 당신 손주들만큼이나 좋아하시는 것 같아. 아니, 어느 때는 손주들보다 더 예뻐하시는 것 같은 생각도 들어. 날씨는 또 얼마나 나빴는지! 도로 포장이 잘 된 바스에서는 느끼지 못했겠지. 하지만 시골에선 보통 일이 아니야. 1월 한 달 동안 찰스 헤이터를 제외하면 쥐새끼 한 마리 찾아오지 않았어. 찰스 헤이터는 눈치 없이 너무 자주 찾아왔고. 우리끼리 얘기지만 헨리에타가 루이자와 함께 라임에 남지 않은 건 정말 유감스러운 일이야. 그랬으면 헨리에타가 찰스 헤이터를 그렇게 자주 만나지 않았을 텐데. 내일 루이자와 하빌 씨 부부를 데리고 오기 위해서 오늘 마차가 떠났어. 하지만 저녁은 모래에나 먹자는 초대를 받았어. 시어머니는 루이자가 너무 피곤해할까 봐 걱정이시거든. 다들 루이자한테 신경을 쓰니 걱정할 필요가 없을 것 같은데. 나야 내일 저녁에 식사를 하는 게 훨씬 편하고. 엘리엇 씨가 그렇게 괜찮은 사람이라니 다행이네. 나도 그분을 만나 보고 싶어. 하지만 난 항상 운이 없으니까. 재미있는 일은 언제나 내가 없을 때만 일어나잖아. 우리 식구 중에서 제일 주목도 못 받고. 클레이 부인은 엘리자베스하고 어울려 다니면서 얼마나 즐거운 시간을 보낼까! 그냥 거기 눌러앉을 작정이래? 하지만 그 여자가 떠나 방이 빈다고 해도 우리를 초대하진 않을 테지? 언니 생각은 어떤지 알려 줘. 우리 애들까지 초대하지는 않겠지, 물론? 한 달이나 육 주 정도는 그레이트 하우스에 애들을 맡겨도 괜찮거든. 방금 크로프트 씨 부부가 곧 바스로 떠난다는 소식을 들었어. 제독이 통풍이 들었다나 봐. 찰스가 우연히 들은 소식이야. 나한테 알려 주거나 뭐 내 심부름해 줄 일이 없는지

묻지도 않네. 무례하게 말이야. 그 사람들 이웃 노릇을 전보다 잘하는 것 같지가 않아. 만나기도 힘드니 정말 일부러 무시하는 거라고 봐야 할 것 같아. 찰스도 인사 전해 달래.

2월 1일

메리 M ─ .

유감스럽게도 몸이 너무 안 좋아. 방금 제마이마가 그러는데 푸줏간에서 들으니 목감기에 걸린 사람들이 아주 많대. 나도 목감기에 걸릴 게 틀림없는 것 같아. 내 목감기가 다른 사람들보다 언제나 심한 건 언니도 잘 알지.

이것이 일부의 끝이었는데 그만큼 긴 다른 편지와 함께 나중에 봉투에 넣은 듯했다.

루이자가 잘 도착했는지 알려 줄 수 있을 것 같아서 편지를 봉하지 않고 있었어. 봉하지 않기를 정말 잘했지 뭐야. 덧붙일 얘기가 아주 많아. 우선 어제 크로프트 부인한테서 언니한테 전달할 게 있으면 달라고 하는 짧은 편지를 받았어. 아주 친절하고 다정한 편지였고, 예의 바르게도 나한테 직접 보냈더라고. 덕분에 편지를 마음껏 길게 쓸 수 있게 되었어. 제독은 많이 아파 보이지는 않았어. 바스에서 본인이 원하는 만큼 회복하고 왔으면 좋겠어. 그들이 돌아오면 정말 기쁠 것 같아. 그렇게 좋은 이웃이 오랫동안 다른 곳에 가 있으면 곤란하잖아. 하지만 이제 루이자 얘기를 해야겠어. 언니가 들으면 너무 놀랄 소식이야.

루이자와 하빌 씨 부부가 화요일에 무사히 도착해서 저녁에 우리가 루이자의 안부를 물으려고 시댁을 방문했는데 놀랍게도 벤윅 대령이 함께 오지 않았더라고. 시부모님이 하빌 씨 부부와 함께 벤윅 대령도 초대를 하셨는데 말이야. 그 사람이 함께 오지 않은 이유가 뭐라고 생각해? 글쎄 그가 루이자를 사랑해서 머스그로브 씨로부터 대답을 들을 때까지는 어퍼크로스를 방문하지 않기로 했다는 거야. 루이자가 오기 전에 그와 루이자가 약혼을 했고, 하빌 대령이 그가 쓴 편지를 시아버지께 전달했대. 정말이야, 세상에. 놀랍지 않아? 언니가 짐작이라도 했다면 그게 더 놀라운 일이겠지. 난 전혀 눈치도 못 챘거든. 시어머니도 전혀 몰랐다고 진지하게 말씀하셔. 하지만 우린 모두 기쁘게 생각해. 웬트워스 대령과 결혼하는 것만은 못해도 찰스 헤이터와 결혼하는 것보다는 백배 나으니까. 시아버지께서 승락 편지를 보내셔서 벤윅 대령이 오늘 도착하기로 했어. 하빌 부인은, 하빌 대령이 가엾은 여동생 생각에 좀 언짢아하긴 하지만, 그래도 두 사람 다 루이자를 아주 좋아한다고 했어. 하빌 부인과 나는 루이자를 간호한 다음에 그녀를 더 좋아하게 된 거라고 의견 일치를 봤어. 찰스는 웬트워스 대령이 뭐라고 할지 궁금해해. 하지만 언니도 기억하겠지만 난 웬트워스 대령이 루이자를 좋아한다는 느낌을 한 번도 못 받았어. 그리고 언니도 알다시피 이것으로 벤윅 대령이 언니를 연모하고 있다는 추측도 끝났어. 찰스가 어떻게 그런 터무니없는 상상을 했는지 그게 항상 미스터리야. 이제 내 말 좀 잘 들어 주었으면 좋겠어. 루이자 머스그로브의 결혼으로는 아주 만족스럽진 않지만 그래도 헤이터 가 사람과 결혼하는 것보다는 천배 만배 낫지.

메리의 염려와 달리 이는 앤도 전혀 예상하지 못한 소식이었다. 오히려 이 세상에 태어나서 들은 소식 중 가장 놀라웠다. 벤윅 대령과 루이자 머스그로브! 너무 상상 밖이라 믿을 수 없을 정도였다. 침착하게 방에 앉아 사소한 질문에 대답하는 것조차 엄청난 노력이 필요했다. 다행히도 질문은 많지 않았다. 월터 경은 크로프트 씨 부부가 사륜마차를 타고 왔는지, 그리고 바스에서 엘리엇 양과 자신이 방문하기에 적절한 지역에 살고 있는 것 같은지를 알고 싶어 했고, 그 외에는 궁금한 것이 없어 보였다.

"메리는 어떻대?" 엘리자베스가 물었다. 그리고 대답도 기다리지 않고 물었다. "크로프트 씨 부부는 바스에 왜 왔대?"

"제독님 때문에 왔대. 통풍이 드신 것 같대."

"통풍에 노쇠라!" 월터 경이 말했다. "가엾은 노신사로군."

"여기에 아는 사람들이나 있다니?" 엘리자베스가 물었다.

"나도 모르겠어요. 하지만 연세도 있고 직업도 직업이니 아는 분이 적진 않겠지."

"내 짐작에, 크로프트 제독한테야 바스에서 켈린치 홀의 세입자로 알려지는 게 최상이겠지. 엘리자베스, 로라 플레이스에 그와 그의 아내를 소개하는 게 어떻겠냐?" 월터 경이 냉정하게 말했다.

"오! 안 돼요, 그러지 않으시는 게 좋을 것 같아요. 레이디 달림플의 친척인 저희가 그분이 승인하지 않을지도 모르는 사람들을 데려다 소개하면 당황하실 수도 있으니 조심해야 돼요. 우리가 그분의 친척이 아니라면 괜찮겠지요. 하지만 그분의 친척이니 우리가 소개를 하면 신중하게 고려하실 것 아니겠어요. 크로프트 씨 부부는 자신들의 수준에 맞는 사람들과 어울리도록 두는 게 좋을 것 같아요. 좀 이상하게 생긴 사람들이 거리에서 많이 눈에 띄던데 해군이라고 하더라고요. 크로프트 씨 부부는 그런 사람들과 어울리면 될 거예요!"

이것이 월터 경과 엘리자베스가 메리의 편지에 대해 보인 관심의 전부였다. 클레이 부인이 찰스 머스그로브 부인과 그녀의 훌륭한 아들들이 잘 지내고 있는지 물어봄으로써 그들보다는 좀 더 적절한 관심을 표한 뒤에야 앤은 그들에게서 놓여났다.

앤은 자기 방으로 물러나서 상황을 이해해 보려고 애썼다. 찰스가 웬트워스 대령의 기분을 궁금해한 것은 이해가 가는 일이었다! 하지만 웬트워스 대령 쪽에서 관둔 것일 수도, 루이자를 포기한 것일 수도, 그녀를 사랑하기를 그친 것일 수도, 아니 그녀를 사랑하고 있지 않다고 깨달은 것일 수도 있었다. 그녀는 그와 그의 친구 사이에 배반이나 경거망동, 혹은 어떤 이름으로 불리든 한쪽이 다른 한쪽을 부당하게 대우하는 일이 있었으리라고는 생각할 수 없었다. 그들의 우정이 부당하게 끊어진다는 것은 생각할 수 없었다.

벤윅 대령과 루이자 머스그로브! 활력 넘치고 쾌활하고 수다스러운 루이자 머스그로브와 침울하고 사색적이며 감수성 예민하고 독서광인 벤윅 대령만큼 어울리지 않는 한 쌍을 상상하기란 어려울 것 같았다. 그들의 사고방식은 정반대였다! 두 사람은 서로의 어떤 점에 끌렸을까? 답은 분명했다. 바로 상황 때문이었다. 그들은 몇 주간을 작은 가족의 일원이 되어 함께 살아야 했다. 헨리에타마저 떠난 뒤에는 전적으로 상대방에게 의지하며 지냈을 것이다. 이제 막 회복기에 접어든 루이자는 예사롭지 않은 상태에 있었을 것이고 벤윅 대령도 위로가 필요한 상태였다. 그것은 앤이 전에도 짐작했던 바였다. 지금과 같이 발전한 사태로부터 메리와 같은 결론을 내리기보다 오히려 거기 비추어 그가 앤을 좋아하는 감정을 막 품기 시작했었다는 사실을 확인할 수 있었다. 하지만 메리라면 몰라도 그녀는 그 사실로부터 그 이상의 결론을 끌어내 허영심을 만족시킬 생각이 없었다. 짐작건대 그의 말에 귀 기울여 주고 그에게 공감을 해 주는 듯한, 웬만한 외모와 성격을 지닌 젊은 여성이라면 누구라도 그에게서 같은 반응을 이끌어냈을 터였다. 다정한 성격의 소유자였던 그는 누군가를 사랑해야만 했던 것이다.

그들이 함께해서 행복하지 못할 이유도 없었다. 루이자는 이미 해군에 대한 동경과 호감이 컸고, 그들은 곧 서로를 더 닮아 갈 터였다. 그는 지금보다 쾌활해질 것이고 그녀는 스콧과 바이런 경을 열렬히 좋아하는 법을 배울 것이다. 아니, 벌써 배웠을 수도 있다. 시를 읽으며 사랑에 빠진 게 틀림없었다. 루이자 머스그로브가 문학과 감상적인 명상을 좋아하는 사람으로 변한다는 건 좀 흥미로운 일이지만 그런 일이 일어났으리란 점은 의심할 수 없었다. 라임에서 지낸 나날, 코브에서 낙상한 일은 분명 그녀의 운명뿐 아니라 그녀의 건강과 신경과 용기와 성격에 영원한 영향을 끼쳤을 것이다.

이 모든 성찰의 결론은 웬트워스 대령의 훌륭함을 알아본 여성이 다른 남자를 더 좋아하게 되었다 해도 더 이상 놀랄 일은 아니라는 것이었다. 그리고 웬트워스 대령이 이 일로 친구를 잃은 것만 아니라면 안타까워할 만한 무언가를 잃은 것도 아니라는 것이었다. 아니, 웬트워스 대령이 매인 데 없이 자유로워졌다는 생각에, 침착하려고 애를 씀에도 앤의 가슴이 뛰고 얼굴이 붉어지는 것은 안타까움 때문이 아니었다. 그녀는 스스로 들여다보기 부끄러운 어떤 감정을 느끼고 있었다. 그것은 기쁨, 부질없는 기쁨이었다!

그녀는 크로프트 씨 부부를 만나고 싶은 마음이 간절했다. 하지만 정작 그들을 만났을 때는 그 소문이 아직 그들의 귀에까지 전해지지 않았다는 사실을 알 수 있었다. 격식에 맞춘 상호 방문이 이루어지고 루이자 머스그로브와 벤윅 대령에 대한 언급도 있었는데 의미심장한 미소도 짓지 않았던 것이다.

크로프트 씨 부부는 게이 가에 있는 숙소에 체류함으로써 월터 경을 완벽하게 만족시켰다. 월터 경은 그들과 아는 사이라는 것을 전혀 부끄럽게 생각하지 않았으며, 제독이 그에 대해 생각하고 말하는 것보다 제독에 대해 훨씬 많이 생각하고 말했다.

크로프트 씨 부부에게는 바스에 지인들이 많았고, 엘리엇 가와의 교제는 단순한 격식의 문제였으며 그 교류에서 즐거움을 얻으리라는 기대는 전혀 없었다. 그들 부부는 시골에서의 습관대로 대부분의 시간을 함께 보냈다. 의사는 통풍을 떨치기 위해 제독에게 산책을 하라고 지시했는데, 모든 일에 동반하는 듯 보이는 크로프트 부인도 남편을 위해 열심히 함께 걸어 다녔다. 앤이 어딜 가든 그들이 눈에 띄었다. 레이디 러셀이 매일 아침 자신의 마차에 앤을 태우고 외출했는데 앤은 그때마다 항상 그들 부부를 생각했고 또 목격했다. 두 사람의 마음을 잘 아는 그녀의 눈에 그 모습은 가장 행복한 부부의 상이었다. 그들이 멀리 사라지는 장면을 항상 오래오래 지켜보았고, 그들이 행복하게 걸으며 무슨 얘기를 나눌지 상상해 보면서 즐거움을 느꼈다. 또한 크로프트 제독이 우연히 옛 친구를 만나서 악수하는 모습도 보았고, 더러는 그가 소규모 해군 무리에 섞여 활기차게 대화를 나눌 때 크로프트 부인이 주변의 다른 해군 장교들과 똑같이 그들의 대화 내용을 이해하고 참여하는 모습을 목격하기도 했다.

앤은 레이디 러셀과 보내는 시간이 많았기 때문에 혼자 걷는 일이 많지 않았다. 그런데 크로프트 씨 부부가 도착한 지 일주일에서 열흘쯤 지난 어느 날 아침 시내 중심가에서 레이디 러셀과 헤어져, 아니, 그녀의 마차에서 내려 혼자 캠던 플레이스로 걸어가게 되었다. 그리고 밀슨 가를 걸어가다가 운좋게도 크로프트 제독과 마주쳤다. 그는 판화 상점의 쇼윈도 앞에 혼자 뒷짐을 지고 서서 판화 한 점을 골똘히 바라보고 있었다. 그가 그녀를 알아보지 못하자 그녀가 가볍게 그를 툭 치면서 말을 걸었다. 그는 그녀를 알아보고 예의 솔직하고 기분 좋은 태도로 답했다. "하! 앤 양이시군요. 고맙습니다, 고마워.

나를 친구로 대해 주시니. 아시다시피 그림에 정신이 팔려 있었어요. 이 가게 앞을 지날 때마다 발길을 멈추지 않을 도리가 없군요. 하지만 여기 이것, 이 배 생긴 모양은! 좀 보세요. 이런 그림 본 적 있으세요? 훌륭한 화가라는 귀족들이 얼마나 이상한 사람들인지, 저렇게 볼품없고 바닥이 얇은 배에 목숨을 걸 사람이 있다고 생각하다니! 하지만 여기 신사 두 사람이 아주 편안한 표정으로 주변의 바위며 산들을 둘러보고 있잖아요. 조금 있다 배가 요동칠 게 뻔한데 그럴 일은 절대 없을 거라는 표정으로. 도대체 뭘로 만든 배인지 궁금하군요!" 그는 기분 좋은 웃음을 터뜨렸다. "나라면 말에게 물을 먹이는 못에도 저런 배를 타고 나가지는 않겠어요." 그가 앤 쪽으로 돌아서며 말했다. "그런데 어디로 가는 길이세요? 내가 대신 가든지 모셔다 드릴까요? 그게 도움이 되겠어요?"

"괜찮아요. 고맙습니다. 얼마 안 되는 거리지만 제독님과 함께 걸으면 즐거울 테니 도움이 되겠지요. 집으로 가는 길이에요."

"물론 기꺼이 함께 가 드리겠습니다, 그 이상이라도. 그래요, 그래. 편히 함께 산책합시다. 함께 가면서 드릴 이야기도 있어요. 자, 내 팔을 잡으세요, 그렇지. 여성이 팔을 끼지 않으면 불편해요. 맙소사! 저 배 좀 봐요!" 그는 마지막으로 그림을 한 번 더 바라보고 앤과 함께 걷기 시작했다.

"제게 하실 말씀이 있다고 하셨던가요?"

"맞아요. 곧 하겠습니다. 하지만 친구가 저쪽에서 오고 있군요, 브리그든 대령이라고. 그냥 지나치면서 '안녕하시오.'라고만 할게요. 멈추진 않고. '안녕하시오.' 브리그든이 내가 집 사람이 아닌 다른 분과 걷는 걸 보고 누군가 하여 유심히 보고 있군요. 쯧쯧, 집사람은 발이 아파서 못 나왔어요. 3실링짜리 동전만 한 물집이 발뒤꿈치 한군데에 잡혔어요. 길 건너편으로 브랜드 제독이 그 동생과 걸어오고 있는 게 보일 겁니다. 변변치 못한 친구들이오, 둘 다! 이쪽 길로 걸어오지 않는 게 천만다행이군요. 소피는 저 사람들하고는 한자리에 있는 것도 싫어해요. 딱하게도 나를 한 번 골탕 먹인 적이 있거든. 내 부하들 중에서 가장 훌륭한 사람들을 빼돌렸어요. 다음에 언제 다 이야기해 드리지요. 저기 아치볼드 드류 경과 손자가 오고 계시구먼. 보세요, 그분이 우릴 알아보셨네. 앤 양에게 키스를 보내고 계십니다. 아가씨가 내 집사람인 줄 아시는 거요. 아! 평화가 너무 빨리 오는 바람에 저 젊은이는 기회를 놓쳤지요. 가엾은 아치볼드 경! 바스에서 지내는 건 어떠세요, 앤 양? 우린 아주 잘 지내고 있어요. 옛 친구들을 많이 만나고 있지요. 매일 아침 거리가 그 사람들로 꽉 차죠. 그 친구들하고 한참 동안 이야기를 나누다가 헤어져서는 거처에 틀어박혀 의자 깊숙이 몸을 파묻으면 켈린치나, 아니면 심지어는 노스 야머스나 딜에서처럼 아주 편안해요. 이곳의 우리 숙소가 노스 야머스에 처음 잡았던 숙소를 연상시키는데, 그렇다고 싫은 건 아닙니다. 바람이 찬장 하나를 그대로 통과해 들어오는 게 똑같거든요."

그들이 조금 더 걸어갔을 때 앤은 용기를 내서 그가 말하려던 것이 무엇이었는지 다시 한 번 물어보았다. 그녀는 밀섬 가

를 벗어나면 자신의 호기심이 충족되리라 기대했지만 조금
더 기다려야 했다. 제독은 그들이 벨몬트 가의 넓고 조용한 공
간에 이를 때까지 기다리기로 했고, 그녀는 크로프트 부인이
아니었기 때문에 그가 마음대로 하도록 내버려 두어야 했다.
벨몬트 가로 확실하게 접어들어 오르막에 이르자 그가 말문
을 열었다.

"이제 놀라운 소식을 전해 드릴게요. 하지만 앤 양이 먼저
내가 이제 말할 아가씨의 이름을 알려 주셔야겠네요. 그러니
까 그 아가씨, 우리가 다 걱정하던 아가씨 말예요. 그 모든 일
들을 겪은 머스그로브 양. 이름이 뭐였더라, 자꾸만 이름을 잊
어버리네요."

앤은 그의 말을 듣자마자 누굴 말하려는지 알았지만 바로
말하기가 창피했다. 하지만 그가 말을 마치자 안심하고 '루이
자'라는 이름을 댔다.

"맞아요, 맞아. 루이자 머스그로브 양, 바로 그 이름이 맞아
요. 그렇게 예쁜 아가씨들의 이름은 다양하지 않았으면 좋겠
군요. 모두 소피 아니면 그 비슷한 이름이어야 잊어버리는 일
도 없을 텐데. 그러니까 우리는 모두 그 루이자 양이 아가씨도
알다시피 프레더릭과 결혼할 거라고 생각했잖습니까? 프레더
릭이 몇 주 동안 적극적으로 관심을 보였고, 라임에서 그 사고
가 생길 때까지 그 친구들이 뭘 더 기다리고 있는지가 오히려
이상할 지경이었는데. 라임에서의 사고 후엔 그 아가씨의 머
리가 회복될 때까지 기다려야만 했지요. 하지만 그때도 그 두
사람의 행동이 좀 이상하긴 했어요. 프레더릭은 라임에 머무

르는 대신 플리머스로 가 버렸고, 그다음엔 에드워드를 만나러 갔어요. 우리가 마인헤드에서 돌아왔을 땐 이미 에드워드한테 가고 없더라고요. 그리고 계속 거기서 지냈지요. 11월 이후론 프레더릭의 얼굴을 못 보았어요. 소피도 이해가 안 간다고 했어요. 그런데 상황이 정말 이상하게 전개되었어요. 이 아가씨, 그 머스그로브 양이 프레더릭 대신 제임스 벤윅과 결혼을 한다는 거예요. 제임스 벤윅 아시죠?"

"조금요. 조금 알아요."

"그러니까 그 아가씨가 그 사람과 결혼을 하기로 했다고요. 아니, 아마 지금쯤은 이미 결혼을 했을지도 모르겠군요. 더 이상 기다릴 이유가 없으니까."

"벤윅 대령은 아주 좋은 분인 것 같았어요." 앤이 말했다. "인품도 아주 훌륭하다고 들었고요."

"오! 그렇군요, 그래. 제임스 벤윅은 흠잡을 데 없는 친구지요. 지난여름에야 지휘관이 됐고 지금은 승진하기 좋은 시기가 아니지만 내가 아는 바로도 그것 말고는 흠잡을 데가 없는 사람입니다. 아주 훌륭하고 마음씨 좋고 겉보기와 달리 활달하고 열성적인 장교예요. 부드러운 매너 때문에 그동안 진면목이 제대로 드러나지 않았지요."

"아, 제독님, 그건 오판이신데요. 매너가 좋다고 해서 기백이 부족하실 거라고는 생각하지 않았어요. 매너가 남달리 좋은 분인 건 사실이고 일반적으로 다들 그렇게 생각하리라고 저도 장담할 수 있어요."

"흠, 그러니까, 숙녀분들의 판단이 가장 정확해요. 하지만 제임스 벤윅은 내가 보기엔 지나치게 조용한 편이에요. 그리고 편견일 수도 있지만, 소피와 나는 프레더릭이 벤윅보다 훨씬 낫다고 생각합니다. 프레더릭의 매너에는 뭔가 사람의 마음을 더 끄는 데가 있거든요."

앤은 난감했다. 그녀는 그저 기백과 온유함이 양립 불가능하다는 너무 흔한 상식에 반대하려는 것이었지 벤윅 대령의 매너가 가장 훌륭하다고 말하려던 건 아니었다. 잠깐 멈췄다가 앤이 말했다. "두 친구분을 비교하려던 건 아니었어요." 하지만 제독이 그녀의 말을 가로막았다.

"이 소식이 사실인 건 틀림없어요. 단순한 뜬소문이 아닙니다. 프레더릭한테서 직접 들은 소식이니까요. 어제 프레더릭이 아내한테 편지를 보내왔는데 거기서 그렇게 말했습니다. 그도 하빌이 어퍼크로스에서 쓴 편지를 받고야 알았다고 합니다. 그 사람들이 모두 어퍼크로스에 있는 모양이에요."

앤은 이 기회를 놓칠 수가 없어서 말했다. "웬트워스 대령의 편지에 제독님과 크로프트 부인의 마음을 언짢게 할 내용이 없었어야 하는데요. 지난가을엔 확실히 그분과 루이자 머스그로브가 서로 좋아하는 것처럼 보였거든요. 하지만 양쪽이 다 같은 정도로 마음이 식은 것이지 어느 한쪽이 다른 한쪽에 상처를 준 것은 아니었으면 해요. 그분의 편지에서 배반당한 연인의 상처받은 마음이 드러나지 않았으면 좋겠군요."

"전혀 그렇지 않아요, 전혀. 처음부터 끝까지 욕설이나 불평은 전혀 없었어요."

앤은 미소를 감추기 위해 땅바닥을 내려다보았다.

"그래요. 전혀 없어요. 프레더릭은 한탄하거나 불평하는 성격이 아니에요. 그러기엔 너무 생기가 넘치는 친굽니다. 처녀가 다른 남자가 더 좋아지면 그 사람과 결혼하는 건 당연한 일이지요."

"물론이에요. 하지만 내놓고 그렇게 말씀하시진 않더라도 친구에게 배반당했다고 느낀다면 그게 행간에 드러날 수도 있으니, 대령님의 편지에서 그런 심정이 느껴지지 않았으면 좋겠다는 것입니다. 그분과 벤윅 대령의 깊은 우정이 이런 일로 깨진다면 정말 안타까울 것 같아요."

"맞아요, 맞아. 무슨 말씀을 하시는지 잘 압니다. 하지만 그 친구의 편지에선 그런 낌새가 전혀 없었어요. 벤윅에 대해 화를 내는 기색도 없었습니다. '좀 이상합니다. 그렇게 생각할 이유가 좀 있어요.' 정도의 말도 없었습니다. 그의 어조로 봐서는 이 (이름이 뭐였더라.) 머스그로브 양에게 마음을 둔 적이 있었는지조차 의심스러울 지경이에요. 너그럽게 그들이 행복하기를 바란다고만 말했을 뿐, 용서할 수 없다는 투의 말은 전혀 없었어요."

앤은 제독이 바라는 것만큼 완전히 확신하지는 못했지만 그 문제를 더 파고드는 것은 의미가 없다고 생각했다. 따라서 평범한 대화를 나누고 제독의 말에 조용히 귀 기울이는 것으로 만족했고, 제독은 제독대로 편하게 생각했다.

"가엾은 프레더릭!" 그가 마침내 말했다. "이제 다른 사람하고 처음부터 다시 시작해야 해요. 바스로 불러야겠다고 생각하고 있어요. 소피를 시켜 바스로 오라고 편지를 써야겠어요. 여기도 예쁜 처녀들은 많으니까. 어퍼크로스엔 다시 가 봐야 소용도 없을 거고요. 또 한 머스그로브 양은 사촌인 젊은 교구 목사하고 결혼하기로 했다더군요. 엘리엇 양, 그 친구를 바스로 부르는 게 낫다고 생각지 않으세요?"

19

크로프트 제독이 앤과 걸으면서 웬트워스 대령을 바스로 불러오고 싶다는 소망을 밝히는 동안 웬트워스 대령은 이미 바스로 오고 있었다. 크로프트 부인이 편지를 쓰기도 전에 도착해서 앤은 다음번 산책에서 그를 볼 수 있었다.

엘리엇 씨가 그의 두 사촌과 클레이 부인을 대동하고 산책을 나갔다가 밀섬 가에 도착했을 즈음 비를 만났다. 많은 양은 아니었지만 여성들이 비를 피하는 것이 바람직할 만큼은 되었다. 더욱이 엘리엇 양의 경우는 조금 떨어진 곳에 주차하고 있던 레이디 달림플의 마차를 타고 집으로 돌아가고 싶어 할 정도였다. 따라서 엘리엇 양과 앤과 클레이 부인은 몰랜드 제과점으로 들어갔고, 엘리엇 씨는 도움을 청하기 위해 레이디 달림플에게로 갔다. 목적을 달성한 그가 다시 일행과 합류했다. 레이디 달림플이 그들을 집까지 데려다주겠다며 몇 분 안에 그리로 오겠다고 했다면서.

레이디 달림플의 마차는 사인승 사륜 포장마차여서 네 명 이상은 편하게 탈 수 없었다. 카터릿 양이 어머니와 함께 있었던 터라 합리적으로 따졌을 때 캠던 플레이스의 여성들 모두를 태울 수는 없었다. 엘리엇 양에 대해서는 논란의 여지가 없었다. 그들 중 누군가 불편을 겪어야 하더라도 그건 엘리엇 양의 몫이 아니었는데, 나머지 두 사람이 서로 예의를 차려 양보를 하느라 약간 시간이 지체됐다. 대단한 비가 아니라, 앤은 진심으로 엘리엇 씨와 함께 걸어가는 편을 선호했다. 하지만 클레이 부인도 대단치 않은 비라며 고집을 피웠다. 빗줄기도 가는 데다 신고 있는 장화도 앤의 것보다 훨씬 두껍다면서. 요컨대 클레이 부인도 지나치게 예의를 차리며 엘리엇 씨와 걷는 쪽을 택하겠다고 앤 못지않게 우겨서, 그리고 두 사람 모두 너무도 정중하고 단호하게 양보를 해서, 다른 사람들이 두 사람 대신 결정을 내려 줘야 했다. 엘리엇 양이, 클레이 부인이 아까부터 좀 추워했다고 하면서 엘리엇 씨에게 판단을 요청했고, 그러자 그도 사촌 앤이 신은 장화를 가장 두꺼운 것으로 결론 내렸다.

따라서 클레이 부인이 마차를 타는 것으로 결정되었고 그들이 막 이런 결정을 내렸을 때 창가 쪽에 앉아 있던 앤의 눈에 웬트워스 대령이 거리를 걸어 내려가는 모습이 똑똑하게 들어왔다.

그녀가 깜짝 놀란 것은 그녀만 아는 사실이었다. 하지만 그녀는 즉시 이 세상에서 자기만큼 멍청하고 이해가 안 되며 부조리한 인간은 없을 거라고 생각했다! 몇 분 동안 눈앞이 캄캄해서 아무것도 보이지 않았다. 모든 것이 뒤죽박죽이 되어 흐릿했다. 잠시 넋을 잃었다가 스스로를 나무라며 정신을 차렸을 땐 다른 사람들이 아직도 마차를 기다리고 있었다. 그리고 한결같이 자상한 엘리엇 씨가 클레이 부인의 부탁으로 유니언 거리로 막 나서고 있었다.

그녀는 당장 바깥으로 나가고 싶었다. 아직도 비가 오는지 알고 싶었다. 물론 다른 동기도 있었으리라. 웬트워스 대령은 이미 시야에서 사라지고 없을 터였다. 그녀는 자리에서 일어나 나가고 싶었다. 그녀의 반은 언제나 나머지 반만큼 현명하지 않았다. 아니, 나머지 반은 틀림없이 더 나빴다. 비가 오는지 보고 싶었다. 하지만 웬트워스 대령이 밀섬 가 조금 아래에서 만났을 일군의 신사 숙녀 사이에 섞여 들어오는 바람에 앤은 곧 제자리로 돌아갔다. 그도 그녀의 모습을 보고 놀라고 당황하는 기색이 역력했다. 한 번도 그처럼 당황하는 얼굴을 본 적이 없을 정도였다. 그의 얼굴이 벌겠다. 그들이 다시 만난 이래 처음으로 그녀는 그가 그녀보다 감정을 더 드러내고 있다고 생각했다. 자신이 먼저 그를 알아보고 마음의 준비를 한 덕분이었다. 그녀는 깜짝 놀란 첫 순간의 벅찬 감정, 눈앞이 캄캄해지면서 당황스러운 감정을 이미 한 차례 겪은 후였다. 하지만 그럼에도 그녀의 감정은 예사롭지 않았다! 심리적인 동요, 고통, 기쁨, 기쁨과 비참함의 중간인 어떤 감정이라 할 만했다.

그가 그녀에게 인사를 하고는 이내 몸을 돌렸다. 태도로 보아 당황한 상태임이 역력했다. 냉정하다고도 친밀하다고도 말할 수 없었으니 당황한 게 틀림없었다.

하지만 잠시 후 그가 다시 다가와 그녀에게 말을 걸었다. 공통의 화제에 대해 서로 묻고 대답하는 절차가 지나갔다. 아마도 상대방의 대답을 통해 모르던 사실을 더 알게 되지는 않았을 것이다. 그리고 앤은 계속해서 그가 전보다 훨씬 침착하지 않다는 느낌을 받았다. 전에는 함께 보낸 시간이 많았기 때문에 비교적 침착하고 중립적인 외양을 유지하며 서로에게 말을 걸 수 있었다. 하지만 지금은 그게 잘 안 되고 있었다. 시간이 그를 변화시켰거나 루이자가 그를 변화시킨 모양이었다. 뭔가를 의식하고 있었다. 모습은 좋아 보였다. 건강이 안 좋거나 정신적인 고통을 겪은 사람 같지도 않았다. 그들은 어퍼크로스와 머스그로브 씨 가족, 심지어는 루이자에 대해서까지 얘기를 나누었다. 그리고 그녀의 이름을 말할 때는 특유의 장난꾸러기 같은 표정까지 잠시 지어 보였다. 하지만 그러면서도 침착을 가장하지 못한 채 어색하고 불편한 기색을 드러냈다. 앤은 엘리자베스가 그를 못 알아보는 체하는 것을 보고 놀라지는 않았지만 기분이 좋지 않았다. 그가 엘리자베스를 먼저 알아보았고 이어서 엘리자베스도 그를 보면서 두 사람은 상대방을 알아보았다. 그는 아는 사람으로서 인사를 받을 것으로 기대하는 몸짓을 보였지만, 언니는 냉담한 표정을 유지한 채 몸을 돌렸다. 그 모습을 보면서 앤은 가슴에 통증을 느꼈다.

엘리자베스의 표정에 초조감이 더해 갈 즈음, 목이 빠지게 기다리던 레이디 달림플의 마차가 마침내 도착했고, 하인이 그 사실을 알리러 가게로 들어왔다. 다시 비가 내리기 시작했고 지체와 소란과 대화가 이어지면서 가게에 있던 몇 안 되는 사람들의 무리가 레이디 달림플이 엘리엇 양을 마차에 태워 가려고 왔다는 사실을 모두 알게 되었다. 마침내 엘리엇 양과 그녀의 친구가 하인의 시중도 받지 않고(사촌인 엘리엇 씨가 아직 돌아오지 않았기 때문에) 걸어 나갔고, 웬트워스 대령은 그들을 바라보다가 마차까지 데려다주려는 듯 말없이 앤 쪽으로 돌아섰다.

"정말 감사합니다만, 저는 따로 간답니다. 마차에 다 탈 수가 없어서요. 걸어가려고 해요. 걸어가는 편이 낫습니다."

"하지만 비가 오는데요."

"오! 아주 조금인걸요. 이 정도 비는 오는 거라고도 생각하지 않아요."

잠시 사이를 두고 그가 말했다. "어제 도착했지만 저는 이미 바스에 완벽하게 대비했습니다. 보세요." 그가 새 우산을 가리키며 말했다. "꼭 걸어가시겠다면 이 우산을 사용하시지요. 하지만 제가 마차를 불러오는 것이 더 현명할 것 같군요."

그녀는 그에게 매우 감사하다고 말하면서, 하지만 비가 곧 그칠 거라고 확신한다며 둘 다 사양하고 덧붙였다. "전 엘리엇 씨를 기다리고 있어요. 곧 이리로 오실 거거든요."

그녀의 말이 끝나자마자 엘리엇 씨가 가게로 들어왔다. 웬트워스는 그를 똑똑히 기억하고 있었다. 지금 그의 눈앞에 있는 엘리엇 씨와 라임의 계단에 서서 마침 그곳을 지나가던 앤

을 경탄의 눈으로 쳐다보던 남자 사이에 차이가 있다면 지금
의 그가 그녀의 친척이자 친구로서 특권을 자신하는 태도와
모습을 보이고 있다는 것 정도였다. 그는 그녀만을 바라보고
생각하는 듯한 태도로 서둘러 들어와서 늦은 것을 사과하고
기다리게 한 것에 유감을 표했다. 그리고 지체하지 않고 비가
더 내리기 전에 그녀를 데려다주려고 열의를 보였다. 다음 순
간 그녀가 그의 팔짱을 꼈고 두 사람은 함께 가게를 나섰다.
그녀는 부드러우면서도 당황한 눈길을 웬트워스 대령 쪽으로
보내며 "안녕히 계세요."라고 재빨리 인사한 뒤 떠났다.

그들이 더 이상 보이지 않게 되자 웬트워스 대령의 일행 중
에 있던 부인네들이 그들에 대해 얘기하기 시작했다.

"엘리엇 씨가 사촌을 싫어하지 않는 것 같죠?"

"오! 그럼요, 그건 분명해요. 거기서 벌어지는 일은 짐작이
가고도 남지요. 엘리엇 씨가 항상 그 식구들과 함께 지내고
있고, 반쯤은 그 집에서 살다시피 한다던데요. 참 잘생긴 남자
예요!"

"그래요. 앳킨슨 양이 월리스 부부 댁에서 저녁을 먹은 적
이 있는데 그때 그분을 보았대요. 그렇게 상냥한 남자는 처음
봤다고 하더라고요."

"그 아가씨 예쁘장하게 생겼네요, 앤 엘리엇 양 말이에요.
잘 보면 참 예뻐요. 이런 말 하는 게 유행은 아닌 걸로 알지만,
내 생각엔 언니보다 훨씬 나아요."

"오! 나도 그렇게 생각해요."

"나도요. 비교도 안 돼요. 하지만 남자들은 모두 엘리엇 양

한테만 열광하더군요. 그 사람들의 취향엔 앤이 너무 섬세한 모양이에요."

앤은 사촌과 함께 캠던 플레이스까지 걸어가면서 그가 내내 아무 말도 안 해 주면 고맙겠다고 생각했다. 그가 여러모로 신경을 써 주는 건 사실이었지만 이때만큼은 그의 말에 귀를 기울이기가 힘들었다. 레이디 러셀이 얼마나 다정하고 공정하며 사려가 깊은 분인지 칭찬했고, 클레이 부인에 대해선 합리적이면서도 은근한 비판을 했기에 그가 말하는 주제가 흥미로울 수밖에 없는 내용이었는데도 말이다. 그 순간 앤은 웬트워스 대령 외엔 어떤 주제도 생각할 수 없었다. 그가 지금 어떤 감정을 느끼고 있는지, 말하자면 정말 실연의 고통을 감당하고 있는지 아닌지 짐작할 수 없었다. 그 점을 확실히 알 때까지는 그녀도 마음의 안정을 찾을 수 없을 것 같았다.

그녀는 시간이 지날수록 현명하고 합리적인 사람이 되고 싶었지만, 안타깝게도 아직은 자신이 현명하지 못하다는 걸 자인하지 않을 수 없었다.

또 하나 그녀가 꼭 알고 싶은 것은 그가 얼마 동안이나 바스에 머무를 예정인가 하는 것이었다. 그가 그 내용을 언급하지 않았거나 그녀가 기억하지 못하고 있는 게 분명했다. 그저 다른 곳에 가는 길에 잠시 들른 것일 수도 있었다. 하지만 머무르기 위해 왔을 가능성이 더 컸다. 그럴 경우 바스란 곳이 워낙 모든 사람이 모든 사람과 만날 가능성이 많은 곳인 만큼 레이디 러셀도 어디선가 그를 볼 가능성이 많았다. 레이디 러셀이 그를 기억할까? 그렇다면 어떻게 생각할까?

그녀는 이미 레이디 러셀에게 루이자 머스그로브가 벤윅 대령과 결혼할 거라고 알렸다. 레이디 러셀은 놀라움을 쉽게 가라앉히지 못했다. 그리고 이제 우연히라도 웬트워스 대령과 한자리에 있게 되면 사태의 전모를 모르는 레이디 러셀이 그에 대해 또 다른 편견을 가질 수도 있었다.

다음 날 아침 앤은 레이디 러셀과 외출을 했고 처음 한 시간 동안은 끊임없이 걱정을 하며 주위를 둘러보았다. 그러나 그는 눈에 띄지 않았다. 하지만 마침내 펄트니 가를 내려가던 중에 오른쪽 보도에 있던 그를 보고 말았다. 그의 주변에 다른 사람들도 많았고 같은 길로 가는 사람들의 무리도 많았지만 틀림없이 그였다. 그녀는 본능적으로 레이디 러셀을 바라보았다. 하지만 그녀가 자기처럼 바로 그를 알아보리라 생각한 것은 아니었다. 아니, 그들이 직선으로 반대쪽을 지나칠 때까지는 레이디 러셀이 그를 알아보리라고 생각하지 않았다. 하지만 앤은 레이디 러셀을 이따금씩 힐끔힐끔 바라보았다. 그리고 그가 레이디 러셀의 눈에 띌 수도 있는 순간이 다가왔을 때는 다시 그녀 쪽을 바라보지 못했지만(자신의 표정이 타인의 눈에 띄기에 적당치 않다는 것을 알았으므로) 레이디 러셀의 시선이 정확히 그의 쪽을 향했고 유심히 그를 바라보고 있다는 것을 완벽하게 의식했다. 그녀는 레이디 러셀이 그를 신기하고 흥미롭게 바라보며 그에게서 눈을 떼지 못할 것을 잘 알았다. 기후가 다른 이국땅에서 군인으로 활약하면서 팔구 년이 지났는데도 그의 세련된 모습이 전혀 손상되지 않은 것을 보고 놀라리란 것도!

마침내 레이디 러셀이 고개를 돌렸다. '이제 레이디 러셀이 그에 대해 뭐라고 하실까?'

레이디 러셀이 말했다. "내가 뭘 그리 오랫동안 유심히 바라봤는지 궁금하지? 레이디 얼리셔와 프랭클랜드 부인이 어제저녁 말한 커튼을 길 건너편에서 찾고 있었어. 바스에서 볼 수 있는 것 중 가장 멋지고 좋은 커튼이라고 하셨거든. 하지만 몇 번지라고 하셨는지 기억이 나지 않네. 그래서 어느 집인가 하고 유심히 본 거야. 하지만 이 근처에 있는 커튼 중에 그분들이 말한 것 같은 커튼은 안 보이는 것 같구나."

앤은 한숨을 내쉬고 얼굴을 붉히며 미소를 지었다. 자신의 친구와 자신에 대해 안됐다, 딱하다고 생각하면서. 이 모든 예상과 조심의 낭비 속에서 그녀가 가장 속상했던 것은 그가 자신과 레이디 러셀이 함께 가는 모습을 보았는지 못 보았는지를 알 수 있는 정확한 순간을 놓쳤다는 점이었다.

별일 없이 하루 이틀이 지나갔다. 그가 갈 만한 극장이나 장소는 엘리엇 집안의 식구들이 가기엔 격조가 낮았다. 엘리엇가 사람들은 사적인 파티의 무의미한 우아함에서 저녁의 재미를 찾았고, 그런 파티는 점점 많아지고 있었다. 이처럼 정체 상태에 머물러 있느라 지치고, 자신이 아무것도 모르고 있다는 사실에 짜증이 났지만, 시험당하지 않는 사이에 자신의 의지력에 자신감을 갖게 된 앤은 연주회에 갈 날만을 기다렸다. 그것은 레이디 달림플의 피후견인을 위한 연주회였다. 그녀의 가족도 당연히 가야 하는 자리였다. 모두들 좋은 연주회가 될 거라고 기대했고, 웬트워스 대령은 음악을 무척 좋아했다.

앤은 그와 다시 단 몇 분만이라도 이야기를 나눌 수 있다면 그걸로 족하리라 상상했다. 기회가 주어진다면 그에게 말을 걸 자신도 있었다. 엘리자베스는 그를 외면했고 레이디 러셀은 그를 알아보지 못했다. 이런 정황 때문에 그녀는 더 단호하게 그에게 관심을 보여야 했다.

그녀는 그날 저녁을 친구인 스미스 부인과 보내기로 반쯤 약속을 해 둔 상태였다. 하지만 서둘러 잠깐 들렀다가 다음 날 더 오래 방문하겠다고 단단히 약속을 하고는 미안하다는 말과 함께 만남을 미뤘다. 스미스 부인은 너그럽게 받아들였다.

"얼마든지 괜찮아요." 그녀가 말했다. "대신 내일 와서는 오늘 저녁에 있었던 일을 얘기해 줘야 해요. 누구누구가 함께 가는데요?"

앤은 같이 가는 사람들의 이름을 얘기해 주었다. 스미스 부인은 아무런 대꾸도 하지 않았다. 하지만 그녀가 떠날 때 반쯤은 진지하고 반쯤은 장난기 섞인 목소리로 말했다. "흠, 좋은 연주회가 되길 진심으로 바랄게요. 그리고 내일 올 수 있으면 꼭 오도록 해요. 앞으로 앤이 전보다 자주 방문하지 못할 것 같은 예감이 드니까."

앤은 놀라고 당황했지만 잠시 서 있다가 시간에 맞춰 서둘러 자리를 떴다. 아쉽지는 않았다.

20

월터 경과 그의 두 딸, 그리고 클레이 부인은 콘서트홀에 가
장 먼저 도착했다. 그들은 레이디 달림플을 기다리기 위해 팔
각형 모양의 방에 있는 한 벽난롯가에 자리를 잡았다. 하지
만 그들이 그곳에 서자마자 문이 열리며 웬트워스 대령이 혼
자 들어왔다. 가장 문 가까이에 서 있던 앤이 그를 향해 조금
다가가서 바로 말을 건넸다. 그는 목례만 하고 지나치려다가
"안녕하세요?" 하는 그녀의 부드러운 인사말을 듣고는 그녀
쪽으로 조금 다가와 똑같이 인사를 건넸다. 그녀의 뒤에 무시
무시한 아버지와 언니가 서 있음에도 불구하고. 그녀로서는
그들이 자기 등 뒤에 있는 것이 오히려 도움이 됐다. 그녀는
그들이 어떤 표정을 짓고 있는지 알지 못했지만 단호하게 자
신이 옳다고 믿는 바를 실행에 옮겼다.

두 사람이 대화를 나누는 동안 아버지와 엘리자베스가 속

삭이는 소리가 들려왔다. 내용은 분명치 않았지만 무슨 얘기를 하는지는 짐작이 갔다. 웬트워스 대령이 좀 떨어진 곳을 향해 목례를 보내는 것을 보고 그녀는 아버지가 올바른 판단을 내려 아는 사이에 주고받는 가벼운 목례를 보냈음을 알 수 있었다. 그리고 엘리자베스가 무릎을 굽혀 가볍게 인사하는 모습도 옆눈으로 볼 수 있었다. 비록 늦은 감이 있고 마지못해 하는 공손하지 않은 인사였지만 그래도 인사를 안 하는 것보다는 나았다.

하지만 날씨와 바스와 연주회에 대해 이야기를 하고 나자 그들의 대화는 활기를 잃기 시작했고 마침내 끊겨서 앤은 그가 자리를 뜰까 봐 안절부절못했다. 하지만 그는 자리를 뜨지 않았다. 그녀의 곁을 빨리 벗어나고 싶어 하는 것 같지도 않았다. 그리고 다시 활기를 띠며 얼굴에 약간의 미소와 약간의 홍조를 곁들인 채 말했다.

"라임에서 뵌 이후 거의 못 뵈었군요. 놀라서 고생하셨지요. 그때 잘 견디느라 나중에 오히려 더 힘드셨을 것 같습니다."

그녀는 그렇지 않았다고 했다.

"참 무서운 순간이었습니다." 그가 말했다. "무서운 날이었지요!" 그러고는 손으로 눈 위를 쓸어내렸다. 떠올리는 것만으로도 너무나 고통스럽다는 듯이. 하지만 곧 반쯤 미소를 지으며 덧붙였다. "하지만 그날의 일로 결실이 있었지요. 두려움의 정반대라 해야 할 결과가. 당신이 침착하게 벤윅이 의사를 불러와야 한다고 말씀하실 때만 해도 벤윅이 그녀의 회복을 가장 애타게 기다리는 사람이 될 거라곤 상상도 못했지요."

"물론 꿈에도 상상하지 못했어요. 하지만 아주 행복한 결합이라고 생각해요. 물론 그러기를 바라고요. 두 분 다 원칙과 성격이 좋은 분들이니까요."

"그렇습니다." 그가 약간 외면하듯 하면서 말했다. "하지만 두 사람이 닮은 점은 그게 다인 것 같습니다. 그 두 분이 행복하기를 충심으로 바라고 그럴 여건도 모두 갖추어져 있는 것을 기쁘게 생각합니다. 집안에서 반대를 하거나 공연히 심술을 부리거나 결혼을 지연시키는 등의 어려움은 없겠지요. 머스그로브 씨 부부는 그분들답게 명예롭고 친절하게 행동하고 계시니까요. 좋은 부모님답게 따님의 행복만을 위해서 노심초사하시지요. 이 모든 것은 그 두 사람의 행복을 위해서 아주 상서로운 일입니다. 아마 더……."

그가 말을 그쳤다. 갑자기 뭔가 기억이 나면서 어떤 감정이 솟구치는 모양이었다. 앤은 빰을 붉힌 채로 마룻바닥만을 내려다보았다. 하지만 그가 목청을 가다듬고 말했다.

"그 두 사람 사이에는 아주 큰, 너무 큰 차이가 있다고 생각해요. 정신 못지않게 중요한 점에서요. 루이자 머스그로브는 아주 사랑스럽고 마음씨가 좋은 아가씨이며 머리도 나쁘지 않은 분이죠. 하지만 벤윅은 그 이상이에요. 그는 머리가 뛰어나고 독서를 즐기는 사람이에요. 그래서 그가 그녀와 결혼하겠다고 했을 때 조금 놀랐습니다. 감사하는 마음 때문이라면, 그러니까 그녀가 자신을 좋아하는 것을 보고 보답하는 마음으로 그녀를 사랑하게 된 거라면 또 모르지만요. 하지만 그렇다고 볼 이유는 없습니다. 반대로 아주 자연 발생적이고 애쓰지 않은 감정인 것 같더군요. 저로선 참으로 놀라운 일이었습니다. 그와 같은 사람이, 더욱이 그런 상황에서! 사랑에 빠졌다가 상처를 받고 마음이 거의 부서져 버린 그가! 파니 하빌은 대단히 훌륭한 여성이었어요. 그녀에 대한 그의 애정이야말로 진정한 애정이었지요. 그런 여성에 대한 그 같은 사랑으로부터 회복되기는 불가능할 겁니다! 회복될 수도 없고 회복되지도 않을 겁니다."

하지만 친구가 회복되었다는 사실을 떠올려서였는지, 아니면 다른 사실이 기억나서였는지 그는 거기서 말을 멈췄다. 앤은 그가 다소 흥분된 목소리로 말을 했음에도 불구하고, 그리고 방에 가득 찬 여러 가지 소음 — 거의 끊어지지 않는 문 여닫히는 소리와 걸어 들어오는 사람들에게서 나는 웅웅 소리 — 에도 불구하고, 그의 마지막 말 한마디 한마디를 다 알아들을 수 있었다. 그의 말에 깊이 영향을 받았고 만족감을 느꼈으며 혼돈스러웠고 숨이 가빴으며 순식간에 수백 가지 감정에 휩싸였다. 그렇지만 잠깐 사이를 둔 후 곧 이야기를 계속해야겠다고 느꼈으며 대화의 내용을 바꾸고 싶은 생각이 전혀 없었기 때문에 말머리를 살짝 틀었다.

"라임에는 오래 계셨나요?"

"이 주 정도 있었습니다. 루이자가 어느 정도 회복될 때까지는 떠날 수 없었습니다. 그 장난에 제가 너무 깊이 관여됐기 때문에 마음이 편하지가 않았습니다. 제 잘못이었습니다. 전적으로 제 잘못이었어요. 제가 약하게 굴지 않았더라면 루이자도 고집을 못 피웠을 겁니다. 라임 주변의 경치는 정말 멋지지요. 거길 많이 걷고 말을 타고 다녔습니다. 보면 볼수록 멋있는 곳이 많더군요."

"저도 다시 라임에 가 보고 싶어요." 앤이 말했다.

"정말입니까? 라임이라면 끔찍하게 생각하실 줄 알았는데. 너무 끔찍한 일을 당해 걱정도 생각도 깊이 하느라 기운도 소진되셨을 텐데요! 라임을 떠나실 때 그곳에서의 경험이 너무나 끔찍해서 다시는 돌아가고 싶은 생각이 안 들 거라고 짐작했는데요."

"거기서 보낸 마지막 몇 시간은 물론 많이 힘들었지요." 앤이 대답했다. "하지만 그 고통이 사라진 후에는 가끔씩 그곳을 즐겁게 떠올릴 수 있었어요. 어떤 장소에서 힘든 일이 있었다고 해서 그곳을 싫어하게 되는 건 아니잖아요. 힘든 일만 있었던 게 아니라면 말이지요. 라임에서는 힘든 일만 있었던 게 아니잖아요. 그곳에서 보낸 마지막 두 시간만 힘들었지요. 하지만 그 일이 있기 전까지는 즐거운 일이 아주 많았어요. 신기하고 아름다운 것들이 얼마나 많았나요! 저는 여행을 별로 해보지 못해 어딜 가든 늘 흥미로워요. 하지만 라임에는 참으로 아름다운 경치가 있었어요." 앤은 뭔가를 기억해 내고 얼굴을 약간 붉혔다. "그러니 결론적으로 말해서, 라임에 대한 제 전체적인 인상은 아주 좋았어요."

그녀가 말을 마치는 순간 다시 한 번 문이 열렸고 그들이 기다리던 일행이 나타났다. "레이디 달림플, 레이디 달림플." 하는 반가움 가득한 소리가 들려왔다. 그리고 조바심을 내면서도 우아함을 잃지 않는 열성적인 태도로 월터 경과 그의 동행인 두 귀부인이 그녀를 맞기 위해 앞으로 한 걸음 나섰다. 레이디 달림플과 카터릿 양은 우연히 그들과 거의 동시에 도착한 엘리엇 씨와 월리스 대령의 호위를 받으며 방 안으로 들어섰다. 다른 사람들이 그들에 합류했고, 앤도 그 일행에 끼지 않을 수 없어 웬트워스 대령과 떨어져야 했다. 너무도 흥미진진했던 그들의 대화는 당분간 중단되어야 했다. 그 대화가 가져다준 행복감이 너무 커서 이 정도 이별의 고통은 별것 아닌 듯 느껴졌다. 바로 전 십 분의 대화 동안 그녀는 자신이 감히 바라던 것보다 루이자에 대한 감정을 비롯하여 그의 모든 감정을 훨씬 많이 알 수 있었다. 그리고 비록 흥분 상태이기는 했지만 더할 나위 없이 절묘한 기분으로 가족의 요구, 그 순간 불가피한 예절을 수행하는 일을 담당할 수 있었다. 그는 모든 사람들을 반갑게 대했다. 방금 있었던 대화에서 알게 된 사실들로 인해 모든 사람들에 대해 공손하고 친절한 마음을 품게 되었고 그들에게 연민의 정을 느꼈다. 그 누구도 자신만큼 행복하진 않았으니까.

그러나 행복한 기분은 이내 가라앉았다. 웬트워스 대령과 다시 만나기 위해 일행에서 떨어져 나온 후 그가 떠나고 없다는 사실을 알았기 때문이다. 몸을 돌리다가 그녀는 그가 막 연주회장 안으로 들어가는 모습을 보았다. 그가 갔다. 그가 사라졌다. 그녀는 잠시 실망감을 느꼈다. 하지만 "우린 다시 만날 거야. 그가 다시 나를 찾아올 거야. 저녁이 끝나기 훨씬 전에 나를 찾아올 거야. 지금은 좀 떨어져 있는 것도 괜찮을지 몰라. 생각을 정리하려면 조금 사이를 둘 필요도 있어."

곧 레이디 러셀이 도착함으로써 일행이 모두 모였고 이제 남은 일은 다 함께 연주회장으로 들어가 있는 힘껏 자신들이 가장 중요한 사람임을 과시하고 가장 많은 시선을 끌며 가장 많은 속삭임을 끌어내고 가장 많은 사람들의 대화를 방해하는 것뿐이었다.

연주회장으로 들어서는 엘리자베스 엘리엇과 앤 엘리엇은 더없이 행복했다. 엘리자베스는 카터릿 양과 팔짱을 끼고 앞에 선 달림플 자작 부인의 넓은 등을 바라보며 이 세상에서 원하는 것을 모두 이룰 수 있을 것 같은 기분을 느꼈다. 그렇다면 앤은 어땠을까? 그녀의 행복과 언니의 행복을 비교하는 것은 앤의 행복을 모독하는 일일 터였다. 언니의 행복이 이기적인 허영심에 기인한 것이라면 앤의 행복은 너그러운 애정에 기인한 것이었으므로.

앤의 눈에는 연주회장의 휘황찬란함이 전혀 보이지 않았고 그것을 의식하지도 못했다. 그녀의 행복은 내면에서 우러난 것이었다. 눈이 반짝거리고 볼이 빛났지만 그녀는 전혀 의식하지 못했다. 그녀는 지난 삼십 분만을 떠올리면서 자리를 향해 가는 동안에도 웬트워스 대령과의 대화 내용을 되새겼다. 그가 한 말의 내용, 그의 표현, 그리고 무엇보다도 그의 태도와 표정에서 그녀가 읽을 수 있었던 것은 단 한 가지였다. 그의 눈에는 루이자 머스그로브가 차지 않았다는 것, 그리고 그가 그 생각을 일부러 전하려 한 것 같았다는 것, 벤윅 대령에 대한 놀라움, 첫사랑에 대한 강한 감정, 시작했다가 끝내지 못한 문장들, 반쯤 시선을 비낀 눈, 그리고 반쯤 의미심장했던 눈길, 이 모든 것들은 적어도 그의 마음이 그녀에게 돌아오고 있음을 선언하고 있었다. 노여움과 분개와 회피의 단계는 지나갔고, 그런 감정들이 단순한 우정과 존경이 아닌 과거의 부드러운 감정, 그렇다, 과거의 부드러운 감정의 일부로 대치되었다는 것을 의미했다. 그녀는 그의 변화가 그 이하의 것을 의미한다고는 생각할 수 없었다. 그는 그녀를 사랑하는 것이 틀림없었다.

그녀는 이런 생각과 그에 따른 회상에 몰두하느라 정신이 없었기 때문에 다른 것은 아무것도 관찰할 수 없었다. 따라서 방을 지날 때 그의 모습을 보지 못했고, 아니 찾아보려고 노력하지도 않았다. 그들의 자리가 정해지고 모두 제자리에 앉았을 때에야 그녀는 그가 연주회장의 같은 구역에 있는지 보려고 주변을 둘러보았다. 하지만 그는 눈에 띄지 않았다. 연주회가 막 시작되었기 때문에 그녀는 당분간 자신이 원하는 것보다 소박한 행복에 만족해야 했다.

그녀의 일행은 둘로 나뉘어 앞뒤로 두 열에 걸쳐 앉았다. 앤은 앞줄에 앉았고, 엘리엇 씨는 친구인 월리스 대령의 도움도 받고 자신의 수완도 발휘해서 그녀의 바로 옆자리에 앉을 수 있었다. 엘리엇 양은 레이디 달림플과 그 영애에 둘러싸여, 그리고 신사다운 월리스 대령의 주된 주목의 대상이 되어 대단히 만족스러워하고 있었다.

앤의 마음은 그날 저녁의 연주를 가장 잘 감상할 수 있는 상태였다. 음악의 소재도 그녀의 심리 상태와 딱 맞았다. 여린 음에 공감할 수 있었고 경쾌한 음에 공명할 수 있었으며 뛰어난 기술에 주목할 수 있었고 지루한 부분을 참을 수 있는 인내심도 있었다. 연주회가 이만큼 마음에 든 건 처음이었다. 적어도 1부 동안에는. 1부가 끝나가면서 이탈리아 노래에 이어지는 중간 휴식 시간에 그녀는 엘리엇 씨에게 그 노랫말을 설명해 주었다. 두 사람이 프로그램 하나를 함께 보면서.

"이게," 그녀가 말했다. "그 노랫말의 뜻이라고 할 수 있어요. 아니, 그 대강의 의미이지요. 이탈리아 연가의 의미를 말로 표현할 수는 없으니까요. 하지만 제가 설명할 수 있는 의미는 대충 그래요. 물론 제가 그 언어를 제대로 이해한다고 말할 수는 없어요. 이탈리아어는 제대로 공부하지 못했거든요."

"맞아요, 맞아. 그게 단박 드러납니다. 아무것도 모르시는 게. 이 전도되고 도치되고 축약된 이탈리아어 가사를 명확하고 이해 가능하고 우아한 영어로 즉석에서 번역할 수 있는 정도밖에는 모르시는군요. 당신의 무지에 대해서는 더 이상 말하실 필요도 없습니다. 방금 그걸 증명해 보이셨으니까요."

"그렇게 친절하고 공손하신 말씀에 반대하지는 않겠습니다. 하지만 진짜로 그 나라 말을 잘 아는 분이 검토한다면 부끄러운 수준이에요."

"캠던 플레이스를 그처럼 자주 방문하고도 제가 앤 엘리엇 양을 제대로 알지 못한다면 이상한 일이겠지요. 하지만 저는 그분이 매우 겸손한 분이라고 생각합니다. 그래서 세상은 보통 그분이 얼마나 대단한 교양의 소유자인지 알지 못하지요. 그리고 워낙 교양이 넘치는 분이라 다른 여성이 그만큼 겸손하다면 좀 부자연스러워 보일 수도 있을 겁니다."

"저런! 부끄러운 줄 아세요! 지나친 아첨이십니다. 다음 곡이 뭐였지요?" 그러고는 프로그램을 넘겼다.

"저는 당신이 아는 것보다," 엘리엇 씨가 목소리를 낮춰 말했다. "당신의 인물 됨을 훨씬 오래전부터 알아 왔는지도 모릅니다."

"정말로요? 어떻게요? 제가 바스에 온 다음에 저를 알게 되신 것 아닌가요? 그전에 제 가족으로부터 저에 대해 들은 적이 있을 수는 있겠지만."

"바스에 오시기 훨씬 전부터 당신에 대해 들었어요. 당신을 아주 잘 아는 분들이 말씀하시는 걸 말입니다. 만나 뵙기 몇 년 전부터 당신이 어떤 분인지 알고 있었지요. 당신의 모습, 성격, 교양, 매너에 대해 모두 들었어요."

엘리엇 씨는 앤에게서 자신이 바라던 효과, 전혀 실망스럽지 않은 수준의 흥미를 이끌어냈다. 그 같은 미스터리의 매력에 저항할 수 있는 사람은 드물 것이다. 최근에 알게 된 사람이 오래전에 누군지 알 수 없는 다른 사람으로부터 자기에 대해 들었다는 말에 저항한다는 것은 불가능했다. 앤도 호기심을 느꼈다. 그녀는 누가 자기 얘기를 했을까 궁금하여 호기심을 가득 담아 엘리엇 씨에게 물어보았지만 그는 대답해 주지 않았다. 그녀의 질문에 재미를 느꼈던 것이다.

"아니, 아니요. 나중에 말씀드리지요. 하지만 지금은 아니에요. 지금은 밝히지 않겠습니다. 하지만 그런 일이 있었던 건 사실입니다. 몇 해 전부터 앤 엘리엇 양이 무척 훌륭한 분이라는 얘기를 듣고 꼭 만나 뵙고 싶었어요."

앤은 몽크포드의 웬트워스 씨, 즉 웬트워스 대령의 형 외에는 몇 년 전에 자신에 대해 그렇게 좋게 얘기했을 만한 사람을 생각할 수 없었다. 그가 엘리엇 씨와 우연히 만났을 가능성은 있었다. 하지만 직접 물어볼 용기는 나지 않았다.

"앤 엘리엇이라는 이름은 제가 오랫동안 흥미를 느껴 온 대상입니다. 아주 오랫동안 매력을 느끼고 궁금하게 생각하던 이름이지요. 그리고 감히 제 소망을 말씀드리자면 저는 그 이름이 영원히 바뀌지 않았으면 합니다."

그가 그 비슷한 말을 하는 순간, 바로 뒤에서 말소리가 들려와 그녀의 주의를 빼앗았다. 그 소리에 비하면 다른 것들은 모두 사소했기 때문이다. 그녀의 아버지와 레이디 달림플이 대화를 나누고 있었다.

"잘생긴 사람입니다." 월터 경이 말했다. "아주 잘생겼지요."

"정말 잘생겼군요!" 레이디 달림플이 말했다. "바스에서 흔히 보는 사람들보다 훨씬 당당하게 생겼어요. 아일랜드 사람인가요?"

"아닙니다. 이름만 압니다만. 만나면 목례 정도는 나누는 사이지요. 웬트워스, 해군 장교인 웬트워스 대령입니다. 그의 누이가 서머싯셔의 제 집 세입자의 아내입니다. 켈린치에 세들어 살고 있는 크로프트라고 하지요."

월터 경의 말이 여기 이르기 전에 앤의 눈이 오른쪽으로 향하면서 웬트워스 대령이 약간 떨어진 곳에서 몇몇 남자들의 무리에 섞여 있는 모습이 들어왔다. 그녀의 눈이 닿는 순간 그의 눈이 그녀에게서 거두어지는 것 같았다. 그렇게 보였다. 그녀가 한발 늦었다는 듯이. 그녀가 용기를 내서 그의 쪽을 쳐다보았지만 그는 그녀를 마주 바라보지 않았다. 그때 연주가 시작되었고 그녀는 다시 관현악단 쪽으로 시선을 집중하고 똑바로 앞을 쳐다보아야 했다.

그녀가 다시 그의 쪽을 바라볼 수 있게 되었을 때는 그가 이미 자리를 떠나고 없었다. 그녀 쪽으로 다가오려고 시도를 했다 해도 아마 힘들었을 것이다. 주변이 사람으로 꽉 막혀 있었기 때문이다. 하지만 그녀는 그와 눈길이라도 마주치고 싶었다.

엘리엇 씨의 말에 상대하기도 힘들었다. 이제는 그와 대화를 나누고 싶은 생각이 전혀 없었다. 그의 곁에 있고 싶지 않았다.

1부가 끝났다. 이제 그녀는 더 좋은 변화가 있기를 바라게 되었다. 일행의 대화가 중단되고 잠시 후 그들 중 몇몇이 차를 가지러 가기로 했다. 앤은 함께 가지 않기로 한 사람 중의 하나였다. 그녀는 자리에 앉아 있었고 레이디 러셀도 남아 있었다. 하지만 그녀는 엘리엇 씨가 곁을 떠난 게 기뻤다. 그리고 레이디 러셀의 기분을 고려하더라도 웬트워스 대령이 자기에게 말할 기회를 준다면 그와의 대화를 피할 생각이 없었다. 레이디 러셀의 표정으로 봐서 그녀도 웬트워스 대령을 본 것으로 짐작됐다.

하지만 그는 다가오지 않았다. 가끔씩 먼발치에 보였지만 한 번도 가까이 오지는 않았다. 막간의 시간은 초조함 속에서 속절없이 흘러갔다. 다른 사람들이 자리로 돌아왔고 방이 다시 가득 찼으며 사람들이 하나 둘 다시 자리를 채웠다. 즐겁거나 괴로운 한 시간이 다시 시작될 참이었고, 음악은 다시 한 시간 동안 기쁨이나 하품을 줄 참이었다. 음악을 진정으로 즐기느냐, 가식적으로 즐기느냐에 따라서. 앤에게는 그 시간이 동요의 시간이 될 것 같았다. 웬트워스 대령을 다시 보지 않고, 다시 한 번 그와 친밀한 시선을 주고받지 않고 그 방을 떠난다면 평정심을 유지할 수 없을 것 같았다.

다시 자리를 잡고 앉으면서 많은 변화가 일어났고, 그 변화의 방향은 그녀에게 유리했다. 월리스 대령이 다시 앉지 않기로 해서 엘리엇 씨가 엘리자베스와 카터릿 양 사이에 불려가 앉았고, 앤 자신은 조금 수를 내서 그 열의 바깥 쪽으로 자리를 옮겨 통로를 지나가는 사람을 잘 볼 수 있었다. 그러는 자신을 라롤 양,[22] 저 추종을 불허하는 라롤 양에 비유하지 않을 도리는 없었지만, 그녀는 주저 없이 자리를 옮겼다. 그리고 그 결과는 더욱 만족스러웠다. 그녀 곁에 앉아 있던 사람들이 빨리 자리를 내놓는 바람에 결국 음악회가 끝나기 전에는 자기 줄의 제일 마지막 자리에 앉게 되었던 것이다.

따라서 웬트워스 대령을 다시 보았을 땐 앤의 바로 옆에 빈 자리가 있는 상황이었다. 그는 먼 곳에 있지 않았다. 그도 그녀를 보았지만 뭔가 심각한 표정이었고 주저하는 듯한 모습이었다. 이윽고 그가 천천히 그녀에게 말을 걸 수 있을 만한 거리까지 다가왔다. 그녀는 틀림없이 무슨 일이 있음을 느낄 수 있었다. 그의 태도가 변한 것이 분명했다. 그의 현재 태도

---

22) 라롤 양은 프랜시스 버니(Frances Burney)의 작품 『세실리아』(1782)에 나오는 인물로 원하는 사람들과 이야기할 수 있는 자리를 의도적으로 찾아 앉곤 하는 것으로 알려진 인물이다.

는 팔각형 방에서의 태도와 눈에 띌 만큼 차이가 났다. 이유가 무엇일까? 아버지나 레이디 러셀 때문일까? 그분들이 불쾌한 눈길을 보냈던 걸까? 그는 음악회에 대해서 진중하게 말하기 시작했다. 어퍼크로스에서 보였던 태도에 가까웠다. 실망했다고, 성악이 더 나았으면 좋겠다고, 요컨대 음악회가 끝났을 때 조금도 아쉽지 않았다고 했다. 앤은 연주회를 잘 변호하면서도 그의 느낌은 그것대로 기분 좋게 받아 주었다. 그의 표정이 밝아지면서 다시 미소가 어리는 듯했다. 그들은 몇 분 동안 대화를 더 나눴고 그의 표정은 내내 밝았다. 심지어 그녀의 옆자리에 앉을 듯이 좌석을 내려다보기까지 했다. 그 순간 누군가 그녀의 어깨를 가볍게 건드려서 뒤를 돌아보니 엘리엇 씨가 있었다. 그는 죄송하지만 앤 양이 다시 이탈리아어를 설명해 주셨으면 해서 어쩔 수 없이 방해를 하겠다고 말했다. 카터릿 양이 다음에 불릴 노래의 내용을 대강이라도 꼭 알고 싶어 한다는 것이었다. 앤은 거절할 수 없었다. 하지만 예의를 위해 희생을 감수하는 것이 이때만큼 고통스러웠던 적은 없었다.

최소한의 시간을 소모하려고 했지만 어쩔 수 없는 몇 분이 흘러갔다. 그리고 그녀가 다시 자유로운 몸이 되었을 때, 그래서 조금 전처럼 돌아서서 바라보았을 때 웬트워스 대령은 절제된, 그러나 다소 서두르는 태도로 그녀에게 작별 인사를 건넸다. "작별 인사를 드려야겠습니다. 저는 이만 가겠습니다. 가능한 한 빨리 돌아가야 하거든요."

"이 노래는 듣고 가시는 게 어떨까요?" 갑자기 어떤 생각이든 앤이 더욱 간절하게 그를 붙잡으며 말했다.

"아닙니다!" 그가 단호하게 대답했다. "제가 여기 남아 있을 이유는 전혀 없습니다." 그리고 그는 바로 자리를 떴다.

엘리엇 씨를 질투하고 있구나! 그것이 유일하게 가능한 설명이었다. 웬트워스 대령이 그녀의 애정을 두고 질투를 하다니! 일주일 전, 아니, 세 시간 전만 해도 상상할 수 없었던 일이었다! 짜릿한 만족감이 잠깐 스쳐 갔다. 하지만 맙소사! 곧이어 다른 생각들이 떠올랐다. 그의 질투심을 어떻게 잠재울 것인가? 어떻게 그에게 자신의 진실을 알릴 것인가? 그들이 처한 그 모든 불리한 상황에서 그녀의 진정한 마음을 어떻게 알릴 수 있을까? 도대체 가능하기나 할 것인가? 엘리엇 씨가 보이는 관심을 생각하니 마음이 괴로웠다. 그 관심의 부작용은 헤아리기 어려울 정도였다.

21

　다음 날 아침 앤은 스미스 부인을 방문하기로 약속했던 것을 떠올리고 미소를 지었다. 마침 엘리엇 씨가 방문할 가능성이 가장 많은 시간에 집을 떠나 있게 될 터였다. 이젠 엘리엇 씨를 피하는 것이 가장 중요한 과제가 되어 있었다.

　엘리엇 씨에 대한 그녀의 감정은 상당히 좋은 편이었다. 그가 관심을 보임으로써 일이 좀 꼬이긴 했어도 그녀는 그에게 감사와 존경, 그리고 아마도 동정심이라고 할 만한 감정을 느껴 왔다. 그들이 알게 된 사정이 특별했고, 그만큼 중요했다. 두 사람이 친척 관계인 데다가 그의 됨됨이나 일찌감치 자신에게 보여 준 호감 등으로 인해서 그녀는 당연히 그에게 관심을 가질 수밖에 없었다. 전체적으로 꽤 특별한 인연이었다. 기분이 좋으면서도 고통스러웠다. 정말 안타까운 일이었다. 웬트워스 대령이 없었더라면 그녀가 엘리엇 씨에 대해 어떤 감정을 품었을까 묻는 것은 무의미한 질문이었다. 웬트워스 대령이 이미 존재하고 있는 이상은. 그리고 현재의 불확실한 상황이 어떤 결과로 이어지든, 그 결과가 좋든 나쁘든 그녀의 사랑은 영원히 그의 것이었다. 그들이 결합하든 영원히 헤어지든 다른 남자에게 애정을 느끼는 일은 없을 거라고 그녀는 생각했다.

캠던 플레이스에서 웨스트게이트 빌딩으로 가는 길에 앤이 했던 생각, 공들인 사랑과 영원한 지조에 대한 생각보다 더 어여쁜 생각이 바스의 거리를 지난 적은 없었다. 그 아름다운 생각으로 인해 그 거리는 거의 하루 종일 정화되어 아름다운 향내가 진동하는 듯했다.

그녀는 스미스 부인이 자신을 반가이 맞아 주리라 확신했다. 스미스 부인은 이날 아침 특히 더 앤의 방문을 고마워했다. 아마도 앤이 오지 않을 거라고 생각했던 듯했다. 약속이 이미 되어 있었는데도 말이다.

곧 연주회에 대해 이야기해 달라는 주문이 이어졌다. 앤은 얼굴을 환히 밝히며 행복하게 연주회를 회상했다. 그 일에 대해 이야기하는 것은 기쁜 일이었다. 앤은 가능한 한 모든 것을 이야기해 주었다. 하지만 참석자인 앤이 제공할 수 있는 이야기는 얼마 되지 않았고, 이는 스미스 부인처럼 듣는 사람에게는 만족스럽지 않은 분량이었다. 스미스 부인은 세탁부와 하녀라는 지름길을 통해 이미 앤이 들려준 것보다 훨씬 많은 소식을, 그 일반적 성공과 그날 저녁의 결과를 들은 뒤였기 때문이다. 스미스 부인은 이어 참석자들에 대해 몇 가지 구체적인 내용을 더 물었지만 만족할 만한 대답을 듣지 못했다. 그녀는 바스의 중요한 인물이나 악명 높은 인물에 대해 익히 알고 있었다.

"듀랜드 가의 자녀들은 입을 다물지 못하고 음악을 들었겠죠, 아마도?"그녀가 말했다. "아직 날개도 나지 않은 새끼 참새들이 먹이를 기다리듯이. 그 사람들은 음악회에는 절대 빠지지 않잖아요."

"맞아요. 직접 보지는 못했지만 엘리엇 씨가 그들이 와 있다고 말하는 걸 들었어요."

"이봇슨 가 사람들도 왔었나요? 그리고 새로 온 아름다운 아가씨 두 명과 키가 큰 아일랜드 장교도? 그 장교가 두 아가씨 중 한 사람과 맺어질 거라고들 하더군요."

"그건 몰라요. 그럴 것 같진 않던데요."

"메리 매클린 노마님은? 그분에 대해선 물어볼 필요도 없지요. 음악회라면 절대로 안 빠지시는 분이니까. 그분은 봤겠지요? 앤의 일행과 함께 계셨을 거예요. 레이디 달림플과 함께 계셨으니 가장 좋은 자리에 앉으셨을 테지요? 당연히 오케스트라 주변에요."

"아니요, 그럴까 봐 저도 걱정을 많이 했거든요. 거기 앉았더라면 정말 모든 면에서 불편했을 거예요. 하지만 다행히도 레이디 달림플은 항상 오케스트라에서 좀 떨어진 자리를 선호하세요. 우리는 음악 감상하기에 아주 좋은 자리에 앉았어요. 전망까지 좋았다고는 할 수 없지만요. 제가 별로 본 게 없는 것 같으니."

"오! 앤이 본 것만으로도 충분히 즐거웠다는 걸 알겠네요. 군중 속에 섞여 있어도 가족끼리 즐거움을 즐길 수가 있는데, 앤에겐 그게 있었던 거죠. 앤의 일행만 해도 숫자가 꽤 많았으니 그 이상 다른 사람이 필요하지는 않았겠죠."

"하지만 주변을 더 둘러보았어야 해요." 이렇게 말하면서 앤은 실상 자신은 주변을 충분히 둘러보았고, 다만 찾는 대상이 안 보였을 뿐이라는 걸 스스로 의식하지 않을 수 없었다.

"아니, 아니, 그러지 않는 편이 더 나았던 거예요. 아주 즐거운 시간을 보냈다는 걸 말 안 해도 알 수 있어요. 눈빛에 다 나타나거든요. 아주 분명하게 보여요. 뭔가 즐거운 말을 들었다는 거. 연주회 중간중간의 대화에서 말예요."

앤은 반쯤 미소를 띠며 말했다. "그걸 눈빛만 보고도 안다고요?"

"그럼요. 얼굴 표정만 봐도 앤이 어제 이 세상에서 가장 좋아하는 사람, 이 세상을 다 준다 해도 그 이상 흥미롭지 않을 사람과 시간을 보냈다는 걸 알 수 있는걸요."

앤의 얼굴이 붉게 물들었다. 그녀는 아무 말도 하지 못했다.

"그리고 그러니 만큼," 스미스 부인이 잠시 사이를 뒀다 말을 이었다. "오늘 아침 앤이 나한테 온 게 얼마나 친절한 행동인지 내가 잘 안다는 걸 믿어 주었으면 좋겠어요. 훨씬 즐거운 일도 많을 텐데 다 제쳐 두고 내게 와서 함께 있어 주니 얼마나 친절한 일이에요."

앤은 말도 안 된다고, 그런 소리는 하지도 말라고 했다. 그녀는 아직도 친구가 자기 속을 그렇게 꿰뚫어 보고 있다는 사실이 놀랍기도 하고 혼란스럽기도 했다. 그녀가 웬트워스 대령에 대한 이야기를 알고 있으리라고는 상상하기 어려웠기 때문이다.

잠깐의 침묵 후에 "그런데," 하고 스미스 부인이 말했다. "엘리엇 씨가 앤과 내가 친구 사이라는 걸 아시나요? 내가 바스에 있다는 사실을 아시는지요?"

"엘리엇 씨요!" 앤이 놀란 얼굴을 들고 되풀이했다. 순간적으로 생각이 스쳐 지나가면서 스미스 부인이 어떤 오해를 하고 있는지 깨달았다. 그리고 안도감과 함께 용기를 되찾으며 침착하게 덧붙였다. "엘리엇 씨와 아는 사이세요?"

"엘리엇 씨와 꽤 가깝게 지낸 적이 있죠." 스미스 부인이 진지한 표정으로 말했다. "하지만 이제는 멀어진 것 같아요. 그분을 본 지도 꽤 됐네요."

"전혀 몰랐어요. 한 번도 그런 말은 한 적이 없잖아요. 알았더라면 그분께 말씀드렸을 텐데요."

스미스 부인이 평소의 명랑한 태도를 되찾으면서 말했다. "사실을 고백하자면, 그게 바로 앤이 나를 위해 꼭 해 줬으면 하는 일이에요. 엘리엇 씨한테 나에 대해 얘기해 주면 고맙겠어요. 잘 말해 주세요. 그분은 내게 큰 도움을 주실 수 있거든요. 내 소중한 엘리엇 양이 친절을 베풀어 그렇게 하기로 마음만 먹는다면 얼마든지 해 줄 수 있는 일이에요."

"당연히 들어드리고 싶지요. 당신께 조금이라도 도움이 되는 일이라면 도와드리고 싶은 게 제 마음이에요." 앤이 대답했다. "하지만 제가 엘리엇 씨에게 끼칠 수 있는 영향을 실제보다 크게 생각하시는 것 같네요. 어쩌다 보니 그런 인상을 받게 되신 모양이에요. 엘리엇 씨와 전 그저 친척 간일 뿐인데. 만일 그런 각도에서, 그러니까 제가 친척 자격으로 그분께 요청할 만한 일이 있다고 생각하시면 서슴지 말고 말해 주세요."

스미스 부인은 그녀를 뚫어지게 바라보았다. 그러고는 미소를 지으며 말했다. "내가 조금 성급했나 봐요. 미안해요. 공식적인 발표를 기다렸어야 하는데. 하지만 사랑스러운 나의 엘리엇 양, 오랜 친구로서 언제쯤 부탁을 드려도 될지 정도는 귀띔해 주세요. 다음 주에는 결정될 것으로 생각해도 되겠지요. 그리고 엘리엇 씨의 행운을 이용해 내 이기적인 계획을 수립해도 되겠지요."

"아니에요." 앤이 대답했다. "분명히 말씀드리지만, 다음 주에도, 그다음 주에도, 그다음 주에도 당신이 생각하는 일은 절대 없을 거예요. 전 엘리엇 씨와 결혼할 의사가 없어요. 제가 그분과 결혼할 거라고 생각하시는 이유가 궁금하네요."

스미스 부인은 다시 그녀를 진지하게 바라본 다음 미소를 짓고는 머리를 흔들며 외쳤다.

"정말 이해가 안 가는군요! 도대체 무슨 생각을 하는지 정말 알고 싶어요! 적당한 순간이 찾아왔을 때 잔인하게 행동할 작정을 하고 있는 건 분명히 아닐 텐데요. 알다시피 그 순간이 올 때까지 우리 여자들은 그 누구의 청혼도 받아들이지 않을 것처럼 굴어야 하잖아요. 물론 어떤 여자든 남자가 청혼을 하는 순간까진 모든 남자를 거부할 작정을 하고 있어요. 하지만 왜 앤이 잔인하게 굴어야 하죠? 현재의 친구라곤 못해도 옛 친구인 건 분명하니 당신을 위해 말해야겠어요. 그 이상 적당한 상대를 어디서 찾을 수 있죠? 그보다 신사답고 상냥한 남자를 또 어디서 기대할 수 있죠? 난 엘리엇 씨를 적극 추천해요. 월리스 대령도 그분에 대해 좋은 얘기만 할걸요. 사실 월리스 대령만큼 그분을 잘 아는 사람도 없잖아요?"

"아이고, 스미스 부인, 엘리엇 씨는 부인과 사별하신 지 이제 겨우 반년이 넘었을 텐데요. 아직은 다른 여자에게 관심을 기울일 때가 아니죠."

"오! 그게 유일한 반대 이유라면야." 장난스러운 미소를 띠며 스미스 부인이 말했다. "엘리엇 씨는 안전해요. 그리고 더 이상 그 사람을 추천하느라 법석 떨지 않을게요. 앤이 결혼하게 되면 나를 잊지만 말아 줘요. 내가 친구라는 것만 알려 줘요. 그러면 그분에겐 그깟 수고쯤 아무것도 아닐 거예요. 지금이야 일이 너무 많으니까 될 수 있으면 피하고 신경을 안 쓰는 게 당연하지만요. 아마 백이면 아흔아홉은 다 그렇게 행동할 거예요. 물론 그분이야 그 일이 내게 얼마나 중요한지 모르시겠지요. 아무튼 사랑스러운 엘리엇 양, 나는 당신이 진정으로 행복하기를 바라고 또 그럴 거라고 믿어요. 엘리엇 씨는 당신 같은 여성의 가치를 이해할 만큼 분별력 있는 사람이죠. 당신의 평화는 나처럼 처참하게 깨지지 않을 거예요. 세상일을 꾸리는 것이나 그분의 인격에 대해서는 안심해도 돼요. 그분이라면 다른 사람이 하자는 대로 휩쓸리느라 파산하진 않을 거예요."

"그래요." 앤이 말했다. "지금 제 사촌에 대해 하신 말씀은

믿기 어렵지 않아요. 침착하고 단호한 성격을 가진 분 같더군요. 위험한 일에 쉽게 휩쓸리는 건 상상도 못할 성격이지요. 저도 그분을 대단히 존경해요. 제가 관찰한 대로라면 그러지 않을 이유가 없죠. 하지만 그분을 오래 사귀진 못했어요. 그리고 제 생각에 성격을 단박에 드러내는 분은 아닌 것 같더군요. 그분에 대해 얘기하는 태도로 보아 제가 그분을 별로 중요하게 생각하지 않는다는 건 분명히 알 수 있지 않으세요, 스미스 부인? 이 정도면 아주 침착한 것 같은데요. 그리고 사실, 그분은 제게 결코 소중한 존재가 아니에요. 그분이 제게 청혼을 해 온다면(지금으로 봐선 거의 그럴 것 같지도 않지만) 저는 수락하지 않을 거예요. 분명히 말하지만 수락할 생각이 없어요. 어제 저녁 음악회에서 제가 즐거운 시간을 보낸 건 사실이지만 엘리엇 씨 때문은 아니에요. 엘리엇 씨는 아니에요. 그건 엘리엇 씨가 아니……."

그녀는 자기가 다른 사람의 존재를 너무 분명하게 암시한 걸 깨닫고 당황해서 얼굴을 붉히며 말을 끊었다. 하지만 그 정도로 이야기하지 않으면 스미스 부인을 납득시키기 어려울 것 같았다. 엘리엇 씨가 아닌 다른 사람이 있다는 것을 모르는 상황에서는 스미스 부인이 엘리엇 씨의 실패를 그렇게 바로 믿지 않았을 것이다. 앤의 암시 덕에 스미스 부인은 이내 아무 말도 못 들었다는 듯한 표정으로 더 이상 그녀를 추궁하지 않았다. 앤은 왜 자기가 엘리엇 씨와 결혼할 거라고 짐작했는지, 어디서 그런 정보를 들었는지, 혹은 누구한테서 들었는지 궁금하다며 스미스 부인을 채근했다.

"어떻게 해서 그런 생각을 하게 된 거예요?"

"처음 그런 생각을 한 건 두 사람이 함께 보내는 시간이 많다는 걸 알아차리고부터예요. 그리고 두 사람 주변의 사람들이 그 결합을 간절히 원하는 게 틀림없다고 느꼈기 때문이지요. 주변의 모든 지인들이 이미 기정사실로 받아들이고 있다고 장담할 수 있어요. 하지만 그 이야기를 들은 건 이틀 전이에요." 스미스 부인이 대답했다.

"그러니까 그런 이야기까지 나왔단 말인가요?"

"어제 이곳에 왔을 때 문 열어 준 부인 기억해요?"

"아니요. 보통 때처럼 스피드 부인이나 하녀가 아니었나요? 특별히 누가 열어 줬는지 기억나지 않아요."

"내 친구인 루크 부인, 루크 간호사였어요. 그 친구가 앤 양이 어떤 사람인지 보고 싶어 궁금해하던 차에 마침 문 가까이 있을 때 오셔서 문을 열어 드릴 수 있었던 거예요. 매우 기뻐했어요. 그녀는 말버러 빌딩에서 일요일에 돌아왔죠. 앤 양이 엘리엇 씨와 결혼할 거라고 말해 준 사람이기도 해요. 월리스 부인이 직접 그녀에게 이야기했다고 하더라고요. 월리스 부인이라면 상황을 잘 알 만한 사람이잖아요. 루크 부인이 월요일 저녁에 나와 한 시간 정도 함께 앉아서 자초지종을 이야기해 줬어요."

"자초지종이라니!" 앤이 웃으며 그 단어를 되풀이했다. "그렇게 근거도 없는 작은 소식으로부터 긴 이야기를 만들어 낼순 없었을 텐데요."

스미스 부인은 아무 말도 하지 않았다.

이윽고 앤이 말을 이었다. "엘리엇 씨에 대해 제가 그런 영향력을 행사할 위치에 있다는 짐작은 틀린 것이라 하더라도, 스미스 부인께 도움이 될 일이 있다면 얼마든지 할게요. 엘리엇 씨에게 당신이 바스에 있다고 말할까요? 전할 말씀이 있으세요?"

"고맙지만 괜찮아요. 그럴 필요까진 없어요. 내가 너무 흥분해서, 그리고 상황을 오해해서 쓸데없는 일에 앤 양을 끌어들이려고 했던 것 같아요. 하지만 이제 상황을 알게 되었으니 괜찮아요. 고마워요. 하지만 나 때문에 수고하실 필요는 없어요."

"엘리엇 씨를 여러 해 동안 알고 지냈다고 한 것으로 기억하는데요?"

"그랬지요."

"그분이 결혼하기 전에 아셨던 건 아니겠지요?"

"아니요. 처음 안 건 그분이 결혼하기 전이었어요."

"그러면 잘 아는 사이였나요?"

"아주 잘 아는 사이였지요."

"세상에! 그러면 그 시절의 그분은 어땠나요? 엘리엇 씨의 젊은 시절 모습이 정말 궁금해요. 지금으로 봐서는 괜찮은 분 같은데 그때도 그랬나요?"

"지난 삼 년 동안 엘리엇 씨를 본 적이 없어요."가 스미스 부인의 대답이었다. 대답하는 태도가 너무나 심각해서 앤은 더 이상 추궁할 수가 없었다. 앤이 자신의 질문으로 얻은 것은 더 커진 호기심뿐이었다. 스미스 부인은 깊은 생각에 잠겼고 두 사람은 잠시 침묵을 지켰다.

그리고 마침내 "내 소중한 엘리엇 양, 미안해요." 하고 그녀가 평소처럼 자연스럽고도 다정한 음성으로 외치듯 말했다. "계속 단답형으로만 대답해서 미안해요. 하지만 어떻게 해야 좋을지 확신이 서지 않아서 그랬어요. 무슨 말을 해야 좋을지 고민이 돼서요. 고려할 게 많잖아요. 공연히 참견하거나 나쁜 인상을 심어 주거나 심술궂게 굴고 싶진 않거든요. 가족 간의 화합이라는 부드러운 표면이라도 보존의 가치는 있는 것이니까요. 설령 그 밑바닥에는 아무것도 없다 해도 말이죠. 하지만 결심했어요. 이게 옳다고 믿어요. 앤 양이 엘리엇 씨의 본색을 알 필요가 있다고 생각해요. 당신이 지금은 그의 청혼을 수락할 생각이 손톱만큼도 없다는 걸 충분히 믿지만 나중에 무슨 일이 일어나느냐는 또 다른 문제겠죠. 나중엔 그 사람에 대해서 다른 감정을 품을 수도 있으니까요. 그러니 지금 아무런 편견도 없는 상태에서 진실을 아는 게 좋겠어요. 엘리엇 씨는 남을 생각할 줄 모르고 양심이라곤 전혀 없는 사람이에요. 속이 검고 자신의 이익만 챙기는 냉혈한이며 오로지 자기밖에 모르는 사람이에요. 자신의 이익과 안위를 위해서라면, 그리고 그것 때문에 자신의 본색이 드러날 염려만 없다면 어떤 잔인한 배신 행위도 서슴지 않을 사람이에요. 다른 사람은 손톱만큼도 생각하지 않는 사람이지요. 자기 때문에 인생을 망쳐 버린 여자들을 팽개치고 버릴 뿐만 아니라 그런 다음 양심의 가책도 전혀 느끼지 않는 사람이에요. 올바름이나 공감 같은 감정이 전혀 미치지 않는 곳에 있는 사람이지요. 오! 그는 마음이 검은 사람, 마음이 텅 빈 데다 검기까지 한 사람이에요!"

앤은 깜짝 놀라며 외마디 소리를 냈고, 스미스 부인은 말을 멈추었다. 그리고 잠시 후에 약간 침착한 태도로 덧붙였다.

"내 표현 때문에 놀라셨군요. 상처받고 화가 나서 그러려니 생각하세요. 하지만 이제 좀 침착하려고 애쓸게요. 그 사람 욕은 말고 내가 알게 된 것만 얘기할게요. 사실이 스스로 말해 줄 거예요. 그 사람은 내 소중한 남편의 아주 친한 친구였어요. 남편은 그 사람을 믿고 아꼈으며 그도 자기처럼 좋은 사람이라고 생각했지요. 우리가 결혼하기 전부터 둘은 절친했고, 내가 남편을 통해 만났을 때는 이미 둘도 없는 사이여서 나도 엘리엇 씨를 아주 좋아했고, 또 높이 평가했지요. 앤 양도 아시겠지만, 열아홉 살 땐 깊은 생각을 하지 않는 게 보통이잖아요. 아무튼 엘리엇 씨는 내가 보기에 다른 사람들만큼 좋은 사람이었고, 대부분의 사람들보다 훨씬 상냥한 사람이었어요. 그래서 대부분의 시간을 함께 어울렸지요. 우린 주로 런던에서 지내면서 아주 풍족하게 살았어요. 그땐 그 사람의 형편이 우리보다 못했지요. 경제적으로 어려웠어요. 숙소가 템플에 있었고 그 정도가 그가 신사의 외양을 유지할 수 있는 최대한이었어요.[23] 원할 땐 언제나 우리 집에서 묵게 해 주었고 항상 그를 환영했지요. 형이나 동생처럼요. 가엾은 찰스는 세상에서 가장 훌륭하고 너그러운 사람이라 마지막 한 푼까지도 그와 나눴을 거예요. 그리고 그가 원할 때면 언제나 지갑을 열곤

---

23) 템플은 런던에서 변호사들이 살고 공부하는 곳이었다.

했지요. 그건 내가 알아요. 종종 그에게 경제적인 도움을 베풀었으니까요."

"엘리엇 씨의 과거 중에서 항상 내가 궁금하게 생각하던 바로 그 시기였겠군요. 아버지와 언니를 알게 된 시기이기도 했을 거고요. 그때만 해도 저는 그분을 만난 적이 없고 이야기로만 들었는데, 아버지나 언니에게 그분의 행동이나, 또 나중에 결혼한 정황과 현재 제가 보고 있는 그분 사이에 너무 괴리가 커서 이해가 잘 안 되더라고요. 지금과는 완전히 딴판이었던 것 같던데요."

"그 사정에 대해서는 내가 다 알아요, 다." 스미스 부인이 외쳤다. "내가 엘리엇 씨를 만난 건 그가 월터 경과 그 따님을 만난 후였어요. 하지만 그 사람은 그분들에 대해 얘기를 하고 또 했어요. 초대를 받았고 환영을 약속받았지만 의도적으로 찾지 않은 걸로 알아요. 아마 내가 앤 양이 전혀 예상하지 못했던 점을 말해 줄 수 있을 거예요. 그리고 그의 결혼에 대해서도 당시에 무슨 일이 있었는지 다 알고 있어요. 그것의 이점과 단점에 대해서도 모두요. 그는 자신의 희망과 계획에 대해 얘기했고, 또 그 전까지는 그의 아내에 대해 잘 몰랐지만(그녀의 사회적 지위가 낮았기 때문에 그게 사실 불가능했지요.) 결혼한 후에 그녀가 어떻게 살았는지, 적어도 죽기 전 이 년 동안 어떻게 살았는지는 죄다 알아요. 궁금한 게 있으면 전부 대답해 줄 수 있어요."

"아니에요." 앤이 말했다. "그분에 대해 특별히 궁금한 점이 있는 것은 아니에요. 별로 행복한 부부 생활은 아니었으리라는 인상을 받았어요. 하지만 그 시기에 그가 왜 아버지와의 관계를 그렇게 무시했는지는 궁금해요. 아버지가 그 사람을 친절하고 합당하게 대할 마음이 있었던 건 틀림없거든요. 엘리엇 씨가 그걸 왜 물리쳤을까요?"

스미스 부인이 대답했다. "엘리엇 씨가 그 시기에 목적으로 했던 건 단 한 가지예요. 부자가 되는 것, 그것도 합리적인 방법보다 빠른 방법으로요. 그는 결혼을 통해서 부자가 되기로 마음먹었어요. 적어도 경솔한 결혼으로 그 목적을 망치지 않겠다는 결심은 단호했지요. 그리고 그가 (이게 사실인지 아닌지는 내가 판단할 수 없지만) 앤 양의 아버지와 언니가 그를 공손하게 초대하는 목적이 유산 상속자인 그와 앤 양의 언니를 결혼시키기 위해서였다고 믿었던 건 분명해요. 그런데 그 결혼은 결혼을 통해 부와 독립을 달성하려는 그의 의도와 맞지 않았지요. 그게 그가 그분들의 초청을 묵살한 이유였던 건 확실해요. 그가 직접 다 이야기했거든요. 나한텐 아무것도 감추지 않았어요. 바스에 앤 양을 남겨 두고 결혼한 다음 내가 처음 만난 중요한 사람이 앤 양의 사촌인 엘리엇 씨라니 참 신기하더군요. 그리고 그를 통해서 앤 양의 아버지와 언니에 대해서 끊임없이 이야기를 들었어요. 그가 엘리엇 양들 중 한 사람에 대해서 내게 묘사를 했고, 난 그녀의 동생을 무척 좋아했던 거지요."

갑자기 어떤 생각이 떠올라 앤이 외쳤다. "혹시 엘리엇 씨한테 저에 대한 얘기를 가끔 하셨나요?"

"물론이에요. 그것도 자주. 내가 아는 앤 엘리엇 양을 자랑하면서, 그 누구와는 아주 다르다고…….."

그녀는 거명을 제때에 자제했다.

"이제야 어제저녁 엘리엇 씨가 했던 말이 이해되는군요." 앤이 외쳤다. "이제 이해가 돼요. 나에 대해 누군가에게서 들은 적이 있다고 하셔서 어떻게 그런 일이 가능했는지 이해가 안 됐는데. 우리는 자기 자신에 대해 얼마나 멋대로 상상을 하는지요! 오해도 쉽게 하고요! 아, 제가 말씀을 끊었네요. 죄송해요. 그럼 엘리엇 씨는 순전히 돈만 보고 결혼을 하신 건가요? 아마 그걸 보고 그분의 인격에 대해 다시 보게 되셨겠네요?"

여기서 스미스 부인은 잠시 망설였다. "오! 그런 일이 얼마나 흔한데요. 세상 사람들이 사는 모습을 들여다보면 남자든 여자든 돈만 보고 결혼하는 경우가 워낙 흔하기 때문에 나도 그게 문제라고는 생각하지 않았어요. 나 자신도 많이 어렸고 젊은 사람들하고만 어울렸으니까. 우린 사리 분별이 부족했고 놀기를 좋아했어요. 처신에 대한 원칙 같은 것도 없어 그저 쾌락만 추구하면서 살았어요. 이제는 시간과 병과 슬픔 덕분에 생각이 달라졌지만요. 그러나 당시엔 엘리엇 씨가 비난받을 행동을 한다고는 전혀 생각하지 않았어요. '자신에게 가장 이롭게 행동하는 것'이 우리의 의무라고 생각했지요."

"하지만 상대는 아주 신분이 낮은 여자가 아니었나요?"

"그랬지요. 그래서 제가 반대했어요. 하지만 그는 제 말을 무시하더군요. 돈, 돈만이 그가 원하는 전부였거든요. 그녀의 부친은 목축업자였고 조부는 푸주한이었지만, 그런 건 문제 되지 않았어요. 인물도 괜찮고 나름 교육도 받은 여자였는데, 어쩌다 일가친척의 소개로 엘리엇 씨를 만나 사랑에 빠졌지요. 그는 그녀의 출신을 전혀 문제 삼지 않았고 그것 때문에 주저하지도 않았어요. 그가 청혼을 결정할 때까지 주의 깊게 관심을 기울인 건 그녀가 가져올 재산의 액수였어요. 엘리엇 씨가 지금은 자신의 신분에 대해 어떤 자부심을 갖고 있는지 모르지만 젊은 시절에는 손톱만큼도 중요하게 생각하지 않았어요. 켈린치를 물려받을 가능성에 대해서는 가치를 뒀지만 가족의 명예 같은 건 먼지처럼 가볍게 생각했지요. 준남작의 지위를 팔 수만 있다면 문장과 모토와 이름과 제복을 다 합쳐 아무한테나 50파운드에 팔겠다고 입버릇처럼 말했으니까요. 하지만 그가 한 말의 반도 되풀이하지 않을게요. 그건 공정치 않으니까. 증거가 필요하겠지요. 증거 없이는 내 말이 모두 일방적인 선언에 그칠 테니. 증거를 보여 드릴게요."

"스미스 부인, 증거 같은 건 필요 없어요." 앤이 외쳤다. "몇 년 전에 엘리엇 씨가 그렇게 보였던 건 사실이거든요. 우리 가족이 늘 생각했던 것을 확인시켜 주셨을 뿐이에요. 전 그분이 지금 왜 그렇게 달라졌는지가 더 궁금해요."

"나를 위해서 들어 주세요. 수고롭겠지만 벨을 눌러 메리를 불러 주세요. 아니, 수고롭겠지만 날 위해서 침실에 가서 옷장의 위 선반에 있는 작은 자개 상자를 가져다주세요."

스미스 부인의 부탁이 하도 진지해서 앤은 거절할 수 없었다. 상자를 가져다 앞에 놓자, 스미스 부인은 그것을 풀며 한숨과 함께 말했다.

"이 상자에는 엘리엇 씨와 내 남편에 관련된 서류들이 있어요. 남편을 잃었을 때 내가 관리해야 했던 서류 중의 극히 일부지요. 지금 찾고 있는 편지는 우리가 결혼하기 전에 엘리엇 씨가 남편에게 보낸 것인데 어쩌다가 남은 거예요. 어떻게 하다 이 편지만 남았는지는 모르겠어요. 하지만 남편은 이런 일에 대해 부주의하고 산만했어요. 남자들이 보통 그렇잖아요. 그가 남긴 서류들을 정리하다가 다른 사람들한테서 온, 더 사소한 편지들과 함께 제멋대로 뒤섞여 있는 걸 발견했죠. 그것들보다 더 중요한 편지들, 각서들은 모두 사라지고 없는데 말이죠. 여기 있군요. 난 이걸 일부러 태워 없애지 않았어요. 엘리엇 씨의 행동이 아주 못마땅했기 때문에 전에 친하게 지냈던 흔적들을 모조리 보존하기로 결심했지요. 그걸 이렇게 활용하게 돼서 얼마나 다행인지 몰라요."

그것은 '턴브리지 웰스의 신사 찰스 스미스'에게 보낸 편지로 런던에서 1803년에 쓰인 것이었다.

친애하는 스미스,

자네가 보내 준 편지 잘 받았네. 자네의 친절한 마음씨에 감복해 말이 안 나올 지경이네. 이 세상에 자네 같은 마음씨를 가진 사람이 훨씬 많았으면 좋겠네. 하지만 이 세상에 태어나 스물세 해를 사는 동안 나는 자네 같은 사람을 본 적이 없네. 지금 이 순간엔 내게 현금이 좀 생겨서 자네의 도움이 필요하지 않네. 사실일세. 나를 위해 기뻐해 주게. 월터 경과 그 딸을 막 제거했네. 그 사람들이 켈린치로 돌아갔는데, 올여름에 내가 그곳으로 자신들을 방문하겠다고 약속할 것을 강요하다시피 하더군. 하지만 내가 켈린치를 방문한다면 그건 감정인을 대동하고서일 거야. 그걸 어떻게 경매에 넘기는 게 가장 유리할지 조언을 듣기 위해서 말일세. 어쨌든 월터 경이 재혼을 안 할 가능성은 적어 보이더군. 아주 바보 같은 인간이었어. 하지만 재혼을 하면 날 가만두겠지. 그것이야말로 그가 죽어서 나에게 재산을 물려주는 것 다음으로 나를 돕는 일일 거야. 작년보다 더 심하더라고.

내 성이 엘리엇이 아니었으면 좋겠네. 아주 지긋지긋해. 월터라는 이름은 더 이상 안 써도 돼, 얼마나 다행인지 모르겠네! 자네가 다시는 내 이름 가운데 두 번째 약자인 더블유를 써서 나를 모욕하지 않기를 바라네. 내가 죽는 날까지 말일세.

　　　　　　　　　　　　　자네의 진정한 친구,

　　　　　　　　　　　　　Wm. 엘리엇

그 편지를 읽고 앤은 얼굴이 화끈거리는 것을 감출 수 없었다. 스미스 부인도 앤의 얼굴이 붉어진 것을 보고 말했다,

"나도 잘 알아요, 어투가 정말 천박하죠? 자구 하나하나는 잘 기억나지 않지만 일반적인 의미에 대한 인상은 지워지지 않더군요. 하지만 이 편지만 봐도 그가 어떤 사람인지 알 수 있지 않나요? 가엾은 내 남편에게 공언한 걸 보세요. 이보다 강력한 증거가 어디 있겠어요?"

앤은 그가 아버지에 대해 한 말에서 받은 충격과 수치심을 쉽게 극복할 수 없었다. 그녀는 자신이 그 편지를 본 것이 예

의에 어긋나는 일이며 어느 누구도 그런 증언에 의해 판단되거나 알려져서는 안 된다는 사실, 그리고 어떤 사적인 편지도 다른 사람이 읽어서는 안 된다는 사실을 깨달으면서 냉정을 되찾고 편지를 친구에게 돌려주었다. 그리고 말했다.

"고마워요. 의심할 수 없을 만큼 충분한 증거예요. 스미스 부인이 하신 말씀을 모두 증명하는군요. 하지만 왜 지금 와서 우리와 가까이 지내려고 하는 걸까요?"

"그것도 설명할 수 있어요." 스미스 부인은 미소를 지으며 외쳤다.

"정말인가요?"

"그래요. 엘리엇 씨의 십이 년 전 모습을 보여 드렸지만 이제 지금의 모습을 보여 드릴게요. 그것에 대해서는 문서로 된 증거를 보여 드릴 수 없지만 그 사람이 지금 원하는 것, 지금 하고 있는 일에 대한 믿을 만한 구두 증언을 전해 드릴 수 있어요. 지금의 그는 위선자입니다. 진짜로 당신과 결혼하기를 원하고 있어요. 지금 앤 양의 가족에게 잘하는 것은 진심이에요. 이건 월리스 대령한테서 나온 정보예요."

"월리스 대령이라고요! 그분과 아는 사이세요?"

"아니요. 직접적인 선을 통해서 소식을 듣는 건 아니에요. 소식이 도달할 때까지 한두 번 굴절되는 건 사실이지만 내용이 변할 정도는 아니죠. 물살은 원래 물살이에요. 돌 때마다 쓰레기가 조금씩 걸리긴 하지만 쓰레기는 쉽게 제거되지요. 엘리엇 씨는 앤 양에 대한 자신의 견해를 월리스 대령에게 숨김없이 이야기해요. 월리스 대령은 신중하고 분별력 있는 분 같아요. 하지만 그의 아내는 예쁘기만 할 뿐, 지각이 없죠. 대령은 그 아내에게 안 해도 좋을 말까지 모조리 다 한답니다. 그녀는 회복기의 환자답게 기운이 넘쳐서 그 내용을 간호사에게 모두 이야기하고요. 그러면 그 간호사는 내가 당신과 가까운 사이라는 걸 알고 자연스럽게 내게 그 이야기를 전해 주는 거죠. 월요일 저녁에도 제 좋은 친구인 루크 부인이 말버러 빌딩에서 있었던 일을 속속들이 전해 주었어요. 그러니까 내가 거기서 있었던 일들을 이야기할 때는 앤 양이 짐작하는 것처럼 상상으로 꾸며낸 것이 아니라는 거지요."

"다정한 친구, 스미스 부인. 하지만 당신의 이야기엔 근거가 부족해요. 그것만으로는 충분치 않아요. 엘리엇 씨가 저에 대해 어떤 견해를 가지고 있든 그가 아버지와 화해하기 위해서 노력한 일을 설명할 순 없어요. 제가 바스에 오기 전에 일어난 일이니까요. 제가 왔을 때는 두 분이 이미 친구가 되어 있었거든요."

"나도 알아요. 아주 잘 알아요. 하지만……."

"그리고 말이야 바른 말이지, 스미스 부인, 그런 경로를 통해서 얻어지는 정보가 올바른 것이라고 기대해선 안 돼요. 그렇게 많은 사람의 입을 거치고 어리석음과 무지에 의해서 잘못 이해된 사실이나 견해에 진실이 남아 있기는 힘들 거예요."

"일단 내 말을 들어 봐요. 그러면 곧 얼마나 믿을 만한 정보인지 판단할 수 있을 거예요. 당신이 바로 사실 여부를 확인할 수 있을 테니까요. 아무도 그가 화해를 추구한 게 처음부터 당신 때문이었다고는 생각하지 않아요. 실제로 바스로 오기 전에 당신을 본 적이 있고 당신한테 반하기는 했지만 그게 당신인 줄은 몰랐지요. 내 정보통이 그렇게 말하더군요. 맞는 말인가요? 그가 앤 양을 '서부의 어느 곳에선가' 지난여름이나 가을에 본 적이 있나요? 제 정보통의 표현을 빌리면, 그게 당신인지 모른 채?"

"그건 맞는 말이에요. 지금까지 말한 건 모두 사실이에요. 라임에서였지요. 우연히 그곳에 간 적이 있거든요."

"거봐요." 스미스 부인이 의기양양하게 말했다. "이 첫 정보가 사실로 확인됐으니 내 친구를 어느 정도는 신뢰해야 해요. 그가 라임에서 당신을 보았고 그때 워낙 당신에게 마음을 빼앗겼기 때문에 캠던 플레이스에서 당신을 다시 만나 앤 엘리엇 양인 것을 확인했을 땐 정말 기뻤대요. 그리고 그 순간부터 그에겐 캠던 플레이스 방문에 두 가지 동기가 생긴 거지요. 틀림없이. 그러니까 그에겐 다른 동기가 있었던 건데 이제부터 그걸 설명할게요. 내 말이 틀렸거나 터무니없다고 생각하면 그만하라고 하세요. 내 정보통이 그러는데, 지금 당신 일행과 함께 머무는 여성인 앤 양 언니의 친구분(당신도 제게 그 사람에 대해서 말한 적이 있지요.)이 엘리엇 양과 월터 경과 함께 지난 9월에 바스에 도착했는데(그러니까 처음부터 함께 왔는데) 그 후로 쭉 엘리엇 가족과 함께 머물고 있다지요. 가난하지만 인물도 괜찮은 데다, 말주변이 좋아 영리하고 교묘하게 환심을 사는 재주가 있다던데요. 월터 경의 지인들은 그녀가 레이디 엘리엇이 되려고 애쓰고 있다는 인상을 받고 있는데, 엘리엇 양이 그런 위험에 대해 전혀 경계를 안 해서 모두들 놀라는 중이라고 하더군요."

여기서 스미스 부인이 잠깐 말을 끊었다. 하지만 앤은 아무 말도 하지 못했고, 스미스 부인이 말을 이었다.

"이게 앤 양이 도착하기 훨씬 전부터 앤 양의 가족을 아는 분들이 받은 인상이에요. 그리고 월리스 대령은 아직 캠던 플레이스를 방문하기 전이었지만 앤 양의 부친을 지켜보고 있었기 때문에 그걸 알 수 있었지요. 엘리엇 씨와 그가 가까운 사이였기 때문에 일부러 캠던 플레이스에서 벌어지는 일에 관심을 기울이다가 엘리엇 씨가 크리스마스 조금 전에 하루 이틀 바스를 들러 갈 때 월리스 대령이 사태의 진행에 대해 그에게 알려 줬던 거예요. 그런데 시간이 흐르면서 엘리엇 씨가 준남작 지위의 가치에 대해 생각을 달리하게 되었다는 걸 이해해야 해요. 혈통과 연줄에 대해 완전히 다른 생각을 갖게 된 겁니다. 오랫동안 돈을 쓰는 데 부족함이 없었고 탐욕이나 방종에 관한 한 더 바랄 게 없는 생활을 했기 때문에 점차 작위를 물려받을 날만을 기쁘게 고대하게 된 거지요. 그와 교제하던 시기부터 나는 이미 그런 낌새를 느꼈는데 이제 그게 확실해졌어요. 말하자면 그는 윌리엄 경이 안 될지도 모르는 상황을 견딜 수 없게 된 거예요. 그러니까 친구가 전해 준 소식이 달갑지 않았던 거지요.[24] 그리고 그 결과가 무엇인지는 당신도 짐작할 수 있을 거예요. 가능한 한 서둘러 바스로 돌아

---

24) 월터 경이 재혼을 하면 그 결혼에서 아들을 낳을 가능성이 있고, 그렇게 되면 엘리엇 씨가 작위를 물려받을 수 없기 때문이다.

와서 당분간 여기서 지내며 엘리엇 가와의 관계를 재정립하고, 그럼으로써 자신의 지위가 어느 정도나 위협받고 있는지를 알아보고 혹시라도 상황이 위중하다면 그 여성분의 의표를 찌르려고 계획을 짠 거지요. 그것이 최선이라는 점에는 그 두 친구분이 합의를 했어요. 월리스 대령이 최선을 다해서 도와주기로 했고요. 그를 앤 양의 가족에게 소개하고, 이어서 그의 부인도 소개하는 등, 모두를 소개하기로 미리 다 각본이 짜여 있었던 거예요. 그런 다음 엘리엇 씨가 돌아왔고 당신도 아는 것처럼 그의 사과가 받아들여져서 다시 엘리엇 가의 가족과 어울리게 된 거지요. 앤 양이 도착함으로써 새로운 동기가 더해질 때까지 그의 한결같고 유일한 목적은 월터 경과 클레이 부인을 지켜보는 것이었어요. 그들과 함께 있을 기회라면 절대 놓치지 않았고, 그들이 가는 곳이면 어디에나 나타났고, 시도 때도 없이 방문을 하고……. 하지만 이걸 다 시시콜콜 앤 양에게 말할 필요는 없겠죠. 수단 좋은 남자가 어떤 일들을 꾸밀지는 상상이 가능할 테니까. 그리고 이 정도 들었으면 아마도 그의 행위를 대충 기억해 낼 수 있을 거예요."

"맞아요." 앤이 말했다. "지금 말씀하신 건 모두 제가 알고 있던 것이나 짐작할 수 있는 것들과 맞아떨어져요. 교활한 행위에는 항상 뭔가 저속한 부분이 있지요. 이기심과 표리부동성에 기반한 책략은 언제나 혐오감을 주지만, 지금 들은 것 때문에 놀라지는 않았어요. 엘리엇 씨가 그렇게 묘사되는 것을 듣고 충격을 받거나 믿을 수 없어 할 사람들도 있겠지만 전 항상 뭔가 미심쩍었어요. 겉으로 드러난 것 외에 다른 동기가 있다는 느낌을 받았거든요. 그이가 그렇게 두려워하던 사태가 일어날 가능성에 대해 지금은 어떻게 생각하는지 궁금하네요. 그 위험이 줄어들고 있다고 생각하는지.”

“내가 알기로는 줄어들고 있다고 생각하는 쪽 같아요.” 스미스 부인이 대답했다. “그는 자신이 클레이 부인의 의중을 꿰뚫어 보고 있다는 걸 클레이 부인이 눈치채고 자신을 두려워하고 있다고, 그래서 감히 그가 나타나기 전의 계획을 추진하지 못하고 있다고 생각하고 있어요. 하지만 그가 때때로 자리를 비울 수밖에 없으니까 그녀가 현재와 같은 영향력을 유지하는 한 그가 완전히 안심을 할 수 있을지는 알 수 없어요. 월리스 부인은 엘리엇 씨가 당신과 결혼할 때 당신의 부친이 클레이 부인과 결혼해서는 안 된다는 조항을 결혼의 조건으로 넣을 거라는 우스운 얘기를 했다더군요. 루크 간호사의 말이에요. 아무래도 그건 월리스 부인처럼 머리가 안 좋은 사람이나 할 생각이지요. 분별력 있는 제 친구 루크 간호사는 그게 터무니없는 생각이라는 걸 알지요. 그녀가 ‘그래 봐야 그분이 다른 사람과 결혼해 버리면 소용없는 거잖아요.’라고 하더군요. 그리고 솔직히 말해서 루크 부인이 월터 경이 두 번째 결혼을 하시는 걸 진심으로 바라지 않는 건 아닌 것 같아요. 그녀가 결혼에 대해 호의적이라고 해서 뭐랄 수는 없잖아요? 그리고 (각자 자신의 이해를 따르게 마련이니) 그녀가 월리스 부인의 소개를 통해서 제2의 레이디 엘리엇을 시중드는 하녀로 고용되는 큰 꿈을 꾸지 않으리라고 누가 말할 수 있겠어요?”

“모든 사실을 알게 되어서 정말 다행이에요.” 앤이 잠시 생각에 잠겼다가 말했다. "어떤 면에서는 그분과 어울리는 게 전보다 괴로울 거예요. 하지만 제가 어떻게 처신해야 할지는 알겠네요. 전 보다 직선적으로 처신할 생각이에요. 엘리엇 씨는 앞뒤가 다르고 가식적이며 계산적인 사람인 것 같군요. 그를 인도하는 원칙도 이기심 말고는 없는 것 같고요."

하지만 엘리엇 씨에 대한 이야기는 끝난 것이 아니었다. 이야기를 하다 보니 스미스 부인이 처음 하려던 이야기에서 조금 벗어나게 되었던 것이다. 그리고 앤은 자신의 가족에 대해 생각하느라 엘리엇 씨의 부정적인 점에 대해서 처음에 암시되었던 것들이 모두 다 이야기되지 않았다는 사실을 잊어버렸다. 하지만 스미스 부인이 이제 처음에 자신이 하려던 이야기를 하겠다며 앤의 주의를 환기시켰다. 그리고 앤은 스미스 부인에 대한 엘리엇 씨의 처신이 스미스 부인의 일방적인 신랄함을 정당화하지 않을지는 몰라도 너무나 냉정하고 부당하며 차가운 것이었음을 증명하는 사정에 대해 듣게 되었다.

엘리엇 씨가 결혼한 후에도 엘리엇 씨 부부와 스미스 씨 부부는 여전히 친밀한 관계를 유지하면서 결혼 전처럼 자주 어울렸는데, 엘리엇 씨는 스미스 씨를 그의 재산 범위를 한참 넘어서는 수준의 낭비로 오도했다. 스미스 부인은 자신의 잘못을 인정하려 하지 않았고, 남편을 비난하는 것도 자제했다. 하지만 앤은 그들이 항상 자신들의 수입으로 감당할 수 있는 이상의 생활 방식을 유지했고 두 사람 다 처음부터 사치와 낭비를 일삼는 경향이 있었다는 것을 기억했다. 스미스 부인의 설명으로 미루어 볼 때, 스미스 씨는 정이 많고 마음이 너그러웠지만 별로 신중하지 못하고 머리도 좋지 않은 사람이었던 듯했다. 말하자면 엘리엇 씨와는 아주 다른 유형의 인물로 친구가 이끄는 대로 끌려다녔고, 엘리엇 씨는 그를 무시했을 가능성이 컸다. 스미스 씨가 자신이 가난해졌다는 사실을 깨달을 즈음에 엘리엇 씨는 결혼을 통해 큰 부자가 된 데다 자신이 돈 주머니를 끌러야 하는 경우만 아니면(자기 탐닉에 빠져서도 돈에 있어서는 신중한 사람이었으므로) 어떤 쾌락과 허영도 맛볼 용의가 있는 상태였다. 그는 친구의 재정 형편을 짐작할 수 있었을 터인데도 그런 사정엔 전혀 신경을 쓰지 않으면서 오히려 친구가 돈을 쓰도록 재촉하고 부추겼다. 그게 친구를 파산으로 이끌 줄을 뻔히 알면서도. 스미스 부부는 당연히 파산했다.

다행히 스미스 부인의 남편은 그 파산의 전모를 알기 전에 죽었다. 그가 죽기 전에도 경제적 어려움을 자주 겪었기 때문에 그들 부부가 친구들의 우정을 시험할 기회는 있었지만 엘리엇 씨의 우정은 시험하지 않는 편이 나은 것으로 증명되었다. 스미스 씨가 죽고 나자 그의 재정 형편이 얼마나 한심한 상태였는지가 드러났다. 판단력보다는 감정이 앞섰던 스미스 씨는 엘리엇 씨의 배려를 신뢰하여 그를 자신의 유언 집행자로 임명해 두었다. 하지만 엘리엇 씨는 힘든 일은 할 용의가 전혀 없었고, 그렇지 않아도 형편이 어려웠던 스미스 부인이 그로 인해 말할 수 없는 어려움과 고생을 겪었다. 그리고 그런 설명을 들은 앤은 마땅히 분개하지 않을 수 없었다.

앤은 그와 관련된 편지들, 즉 스미스 부인의 급한 요청에 대한 답신들을 몇 통 보았는데, 그 편지들은 모두 대가 없는 수고는 하지 않겠다는 단호한 결심을 보여 주었다. 또한 그의 태도는 냉정한 공손함이라는 표면 아래 감춰진, 스미스 부인에게 초래할 고통에 대한 그의 완벽한 냉담과 무관심을 보여 주었다. 그것은 너무도 끔찍한 배은망덕과 몰인정의 풍경이었다. 몇몇 구절을 보고 앤은 어떤 노골적인 범죄 행위도 이보다는 나쁠 수 없겠다는 느낌을 받았다. 사연은 꽤 길었다. 스미스 부인은 과거에 겪었던 모든 서글픈 장면들을 세세히, 그냥 암시만 하고 넘어갔던 고생을 이제 자연스럽게 하나하나 짚어 가며 이야기했다. 앤은 스미스 부인이 이렇게 털어놓으면서 절묘한 안도감과 만족감을 느끼는 것을 완벽히 이해할 수 있었으며, 그녀가 평소에 그렇게 침착할 수 있었다는 사실에 더욱 감탄하게 되었다.

그녀가 늘어놓은 억울한 사정 중에서도 특히 화가 나는 일이 있었다. 스미스 부인은 서인도 제도에 땅을 소유하고 있었는데, 빚 때문에 가압류 상태에 있던 그 땅은 적절한 조치만 취하면 되찾을 가능성이 있었다. 엄청난 재산은 아니었지만 찾기만 하면 그녀가 비교적 부유한 생활을 영위할 만큼의 재산이었다. 하지만 그 일을 처리해 줄 사람이 없었다. 엘리엇 씨는 어떤 도움도 줄 의사가 없었고 그녀 자신도 어떻게 해 볼 도리가 없었다. 건강 때문에 직접 처리할 능력도 없었지만, 그렇다고 대리인을 살 돈도 없었던 것이다. 그녀에게는 변호사 일을 도와줄 친척도, 변호사를 살 돈도 없었다. 이것은 재산의 축소가 가져다준 잔인한 부산물이었다. 지금보다는 나은 삶을 살 수 있다는 것, 알맞은 통로를 통해 적절한 조치만 취한다면 그게 가능하다는 것, 그리고 더 미루다가는 그나마의 권리도 잃을 수 있다는 것, 이 모든 것은 정말 견디기 어려울 만큼 괴로운 일이었다.

그녀가 엘리엇 씨에 대한 앤의 영향력을 통해 도움을 얻고자 했던 것이 바로 이와 관련된 문제였다. 스미스 부인은 처음에는 그들이 결혼을 하면 친구를 잃을까 봐 매우 걱정했었다. 하지만 엘리엇 씨가 그녀가 바스에 있다는 사실조차 모르기 때문에 둘 사이를 갈라놓으려는 시도는 하지 못하리라 확신했다. 그래서 즉시 그가 사랑하는 여인을 통해 자신이 도움을 받을 수 있을지도 모른다고 생각을 했던 것이다. 엘리엇 씨의 인격을 고려할 때 가능한 범위에서 앤의 감정을 준비시키려고 하던 차에 앤이 그들이 결혼할 거라는 추측을 반박함으로써 상황이 완전히 역전된 것이었다. 그래서 자신이 꼭 완수하고 싶었던 가장 중요한 목적을 달성할 수 있으리라는 희망은 잃었지만, 대신 최소한 자신의 입장에서 사태의 전모를 앤에게 이야기함으로써 위안을 얻을 수는 있었다.

엘리엇 씨에 대한 묘사를 다 듣고 난 앤은 그들이 대화를 시작했을 때 스미스 부인이 엘리엇 씨를 호의적으로 이야기했던 것에 대해 놀라움을 표하지 않을 수 없었다. "그를 추천하고 칭찬하시지 않았던가요?"

"다정한 친구," 스미스 부인이 대답했다. "그 이상 할 수 있는 일이 없었어요. 그가 앤 양에게 아직 청혼을 안 했을지라도 당신이 그와 결혼할 게 틀림없다고 생각했기 때문이에요. 그가 당신 남편이라면 그에 대한 진실을 얘기할 수 없듯이, 지금의 엘리엇 씨에 대해서도 진실을 얘기할 수는 없었어요. 행복을 입에 담으면서도 내 가슴은 당신의 불행을 생각하며 피눈물을 흘리고 있었어요. 하지만 그는 분별력이 있고 또 성격도 좋으니 앤 양 같은 사람하고 살면 전혀 희망이 없지도 않겠다 싶었지요. 그는 첫 부인에겐 굉장히 잘못했어요. 두 사람의 결혼 생활은 정말 불행했지요. 하지만 그녀는 너무 무지하고 경박해서 존중받기 어려웠어요. 그리고 엘리엇 씨도 그녀를 전혀 사랑하지 않았고요. 당신과 함께라면 그보다는 나은 결혼 생활을 할 거라고 생각했어요."

앤은 여러 정황으로 미루어 자신이 그와 결혼을 했을 수도 있고 그랬다면 얼마나 불행하게 살았을까를 생각하며 몸서리를 쳤다. 레이디 러셀이 설득을 했으면 그 말을 따랐을 가능성도 없지 않았으리라! 그리고 뒤늦게 시간이 모든 진실을 드러냈다면 그땐 얼마나 기가 막혔을 것인가?"

앤은 레이디 러셀이 더 이상 속아서는 안 된다고 생각했다. 오전 시간을 거의 써 버린 이 중요한 만남 끝에 두 사람이 합의한 것은 앤이 레이디 러셀에게 엘리엇 씨가 한 일 중에서 스미스 부인과 관련된 모든 사실을 재량껏 이야기해도 좋다는 것이었다.

22

앤은 집으로 오면서 방금 들은 이야기를 차분하게 생각해 보았다. 적어도 엘리엇 씨의 정체에 대해 알게 된 것 하나는 다행스럽게 생각됐다. 더 이상은 그를 배려하고 싶은 생각이 없었다. 웬트워스 대령에 맞서 그가 주제넘게 나서고 있는 것은 분명했다. 어제 저녁만 해도 앤이 원하지도 않은 관심을 보이며 역효과를 냈을지 모른다, 돌이킬 수 없는 결과를 초래했을지 모른다고 생각하니 단호하고도 명료하게 혐오감이 일었다. 안쓰럽게 생각하던 마음도 깨끗이 정리되었다. 하지만 마음이 놓이는 점은 그것뿐이었다. 주변을 돌아보거나 장차 일어날 일들을 생각해 보면 모두 염려스럽고 마음이 놓이지 않는 것투성이였다. 레이디 러셀이 실망하고 속상해할 것이나 아버지나 언니가 느낄 수치심도 염려스러웠다. 앞으로 일어날 일들이 뻔히 보였지만, 그중 어떤 일도 미리 방지할 방법이 없는 것이 안타까웠다. 그의 정체를 알게 된 것은 진심으로 감사한 일이었다. 무슨 보답을 기대했던 것은 아니지만 스미스 부인 같은 옛 친구를 무시하지 않은 보답이 저절로 주어진 것이었다! 스미스 부인은 어느 누구도 해 줄 수 없는 얘기를 해 주었다. 이 사실을 가족에게 알릴 수 있다면! 하지만 소용없는 생각이었다. 레이디 러셀과 의논해야 했다. 그분께 말씀드리고 상의한 뒤 그 결과를 최대한 침착하게 기다리는 수밖에 없었다. 그러나 실상 그녀의 침착함을 가장 요구하는 일은 레이디 러셀한테 터놓고 말할 수 없는 것이었고, 그에 관련된 두려움과 염려는 오롯이 그녀만의 몫이었다.

집에 도착했을 때 앤은 의도했던 대로 자기가 엘리엇 씨와의 만남을 피했음을 알 수 있었다. 엘리엇 씨가 아침에 찾아와서 오래 머물다 돌아갔다는 것이었다. 하지만 속으로 자축을 하며 내일까지는 안전하다고 생각하는 순간 그가 저녁때 다시 들르기로 했다는 소식이 전해졌다.

"난 다시 오라고 할 생각이 전혀 없었는데," 엘리자베스가 무관심을 가장하며 말했다. "엘리엇 씨가 자꾸 암시를 하더라고. 아무튼 클레이 부인이 보기엔 그랬다는구나."

"정말 그랬어요. 그분처럼 초대받고 싶은 암시를 강력하게 하는 분은 처음 본 것 같아요. 정말 안됐더라고요! 그분 생각을 하면 제가 다 괴로울 지경이라니까요. 당신의 모진 언니께서, 앤 양, 잔인하게 굴기로 작정하신 모양이에요."

"오!" 엘리자베스가 외쳤다. "그런 게임은 하도 익숙해서 이젠 남자가 암시를 한다고 다 들어주게 되지는 않아. 하지만 오늘 아침에 아버지를 못 뵈어서 너무나 속상해하는 것을 보고 바로 양보했어. 그분과 월터 경이 한자리에 있을 기회를 놓치게 하고 싶지 않았거든. 그 두 분이 함께 있으면 서로에게 정말 도움이 되는 것 같아! 두 분 다 얼마나 기분이 좋아 보이시는지! 엘리엇 씨가 아버지를 우러러보는 눈빛에는 또 얼마나 존경이 담겼는지!"

"정말 기분 좋은 일이에요!" 클레이 부인이 외쳤다. 하지만 감히 고개를 돌려 앤을 바라보지는 못했다. "마치 부자지간처럼 보여요! 친애하는 엘리엇 양, 부자지간이라고 말해도 되겠지요?"

"오! 난 사람들한테 무슨 말을 해도 된다 안 된다 금지를 하진 않아요. 그런 생각이 든다면 하셔야죠! 하지만 제가 보기엔 다른 남자분들과 그분의 존경심이 크게 다른 것 같지는 않던데요."

"세상에, 엘리엇 양!" 클레이 부인이 손과 눈을 동시에 치올리며, 그리고 놀라움의 나머지 부분은 편리한 침묵으로 채우면서 외쳤다.

"음, 친애하는 퍼넬러피, 그분에 대해서는 걱정할 필요 없어요. 알다시피 내가 이미 초대했잖아요. 보내 드릴 때도 미소를 지어 드렸고. 그분이 내일은 하루 종일 손베리 파크의 친구들을 방문할 계획이라고 말하는 걸 들으니 정말 안됐다는 생각이 들었거든."

앤은 클레이 부인의 훌륭한 연기력에 감탄하지 않을 수 없었다. 자신의 가장 중요한 목적을 심각하게 방해하는 바로 그 사람이 올 것을 기대할 때나 그 사람이 실제 도착했을 때 그렇게 기뻐하는 듯한 모습을 가장할 수 있다는 사실이 놀라웠다. 클레이 부인으로서는 엘리엇 씨의 모습만 봐도 화가 날 텐데 말이다. 하지만 그녀는 침착하게도 매우 기뻐하는 것 같은 모습을 보여 주었고, 그가 없었더라면 자신이 월터 경에게 보였을 헌신이 반으로 줄어든 것에 대해 아주 만족하는 것처럼 보였다.

앤은 엘리엇 씨가 방으로 들어오는 모습을 보는 것이 정말 괴로웠다. 그리고 자기에게 다가와 말을 걸자 더없이 고통스러웠다. 전에도 겉과 속이 다르다고 느끼곤 했지만, 이제는 그의 행동 하나하나가 위선처럼 보였다. 아버지에게 주의를 기울이며 공손한 태도를 보일 때는 전에 아버지에 대해 했던 말이 생각나서 혐오감이 일었다. 그리고 스미스 부인에게 보인 잔인한 처신을 생각하면 현재의 미소와 부드러운 태도, 위선적으로 좋은 말을 하는 목소리 따위가 견딜 수 없었다. 그녀는 자기가 뭘 잘못했느냐고 항의를 받을 정도로 그에 대한 태도를 바꾸지는 말아야겠다고 생각했다. 그녀의 행위에서 이상한 낌새를 채고 질문을 하지 않도록 하는 것이 중요하다 싶었다. 하지만 그동안의 친밀함에서 벗어나지 않는 범위에서 단호하고 냉정한 태도를 취하고, 그동안 그의 인도하에 점진적으로 형성된 불필요하게 친밀한 관계에서 가능한 한 조용히 몇 발짝 돌아 나가야겠다고 생각했다. 따라서 그녀는 전날 저녁에 비해 더욱 신경을 곤두세우고 냉정한 태도를 보였다.

그는 자기가 어디서 어떻게 그녀에 대한 칭찬을 들었는지 다시 호기심을 부추겨 보려고 시도했다. 그녀가 더 물어봐 주기를 간절히 원하는 것처럼. 하지만 마법은 깨졌다. 그는 겸손한 사촌의 허영심을 자극하려면 공공 장소의 열기와 활기가 필요하다는 것을, 적어도 다른 사람들의 지나친 명령과 요구가 있는 가운데서 자신이 시도할 수 있는 방법으로는 가능하지 않다는 것을 깨달았다. 그것이 자신의 이익에 반하는 화제라는 것, 그의 행동 가운데서도 가장 용서할 수 없는 행동으로 그녀의 생각을 곧장 이동시킨다는 사실은 전혀 짐작조차 하지 못했다.

그가 다음 날 아침 일찍 정말로 바스를 떠날 예정이며 그다음 날까지 이틀 동안 바스를 비울 예정이라는 사실을 알고 나서야 그녀는 기분이 조금 나아졌다. 돌아오는 날 저녁에 캠던 플레이스에 들르라는 초대가 이루어지긴 했지만 목요일에서 토요일 저녁까지는 그가 안 올 것이 확실했다. 클레이 부인이라는 시답잖은 존재가 항상 그녀 앞에서 얼쩡거리는 것도 마땅찮았는데 그보다 더한 위선자가 일행에 보태진다면 모든 평온과 위안이 파괴될 것 같았다. 아버지와 엘리자베스를 향해 끊임없이 행해지는 기만에 대해 생각하는 것, 그들을 위해 마련되고 있는 다양한 수치의 근거를 고려하는 것은 너무도 창피스러운 일이었다! 엘리엇 씨의 이기심에 비하면 클레이 부인의 이기심은 복잡함과 역겨움이 덜했다. 클레이 부인이 아버지와 결혼하는 것을 막기 위해 엘리엇 씨가 은근하게 구는 상황에서 벗어날 수만 있다면 차라리 여러 가지 부작용이 있더라도 아버지와 클레이 부인이 결혼하는 편이 나을 것 같았다.

앤은 금요일 아침 일찍 레이디 러셀을 찾아가 자신이 알게 된 사실을 말하기로 계획했다. 클레이 부인이 언니의 수고를 덜어 주기 위해서 자기도 나가겠다고 하지 않았다면 아침 식사 후 바로 나갔을 것이다. 하지만 클레이 부인의 계획을 알게 된 이상 그녀와 동행하고 싶지 않아서 앤은 그녀가 멀리 갈 때까지 기다리기로 했다. 따라서 클레이 부인이 나가서 어느 정도 멀어지자 앤은 리버스 스트리트에서 아침을 보내겠다고 말을 꺼냈다.

"좋아." 엘리자베스가 말했다. "난 사랑 말고는 보낼 게 없네. 오! 레이디 러셀이 빌려주신 그 지루한 책도 돌려드리는 게 좋겠어. 그리고 내가 읽은 것처럼 말씀드려 줘. 정말이지 새로 나온 모든 시와 국내 정세에 관한 모든 책에 영원히 시달릴 순 없어. 레이디 러셀은 새로 나온 책들을 계속 권해서 너무 피곤해. 물론 그런 말씀까지 드릴 필요는 없고. 하지만 지난밤에 그분이 입으신 드레스는 정말 못 봐주겠더라. 전에는 드레스를 꽤 맵시 있게 입으신다고 생각했는데 음악회 날엔 정말 함께 있는 게 창피할 정도였어. 그렇게 격식을 차리면서 태도는 또 얼마나 가식적이던지! 꼿꼿한 건 말할 것도 없고! 아무튼 내 최선의 사랑을 전해 드려."

월터 경이 덧붙였다. "그리고 내 안부도 전해 드리렴. 내가 곧 한번 찾아뵙겠다고 말씀드려도 좋겠다. 공손하게 말씀드려라. 물론 찾아간다 해도 명함만 놔두고 올 생각이지만. 그만한 나이에 화장도 별로 안 하는 분을 아침부터 방문하는 건 옳은 일이 아니지. 볼연지라도 바르시면 남들 만나는 걸 두려워하지 않으셔도 될 텐데. 하지만 지난번 내가 방문했을 때는 바로 블라인드를 치기는 하시더구나."

아버지가 말하는 중에 문을 두드리는 소리가 났다. 도대체 누구일까? 앤은 엘리엇 씨가 하루 종일 시도 때도 없이 약속이나 한 듯 방문하던 일이 생각나서 7마일 떨어진 곳에서 볼일을 보고 있다는 사실을 몰랐더라면 그가 방문했다고 생각했을 것이다. 늘 그렇듯이 긴장된 기다림이 이어졌고, 그런 뒤 평소와 같은 발걸음 소리가 들렸으며, '찰스 머스그로브 씨 부부'라는 안내와 함께 당사자들이 하인의 인도를 받으며 방으로 들어섰다.

그들의 출현이 불러일으킨 감정 중 가장 강한 것은 놀라움이었지만, 그래도 진정으로 반가운 만남이었다. 아버지와 언니도 싫지 않았는지 적절한 환영의 태도를 보여 주었다. 그리고 가장 가까운 친척인 그들이 자신들의 집에서 묵을 의도가 아니라는 것이 확실해지자 월터 경과 엘리자베스는 다정한 태도를 한층 끌어 올렸다. 그들은 머스그로브 부인과 함께 며칠간 바스에 묵을 예정이었으며 화이트 하트에 숙소를 정한 터였다. 이 사실은 곧 전달되었다. 하지만 월터 경과 엘리자베스가 메리를 다른 응접실로 데리고 가서 그녀의 감탄을 실컷 즐기게 된 뒤에야 앤은 찰스에게서 그들이 바스에 온 이유, 메리가 의식적으로 암시한 특정한 용무에 대한 설명, 그리고 구체적으로 누구누구가 함께 왔는지 등을 들을 수 있었다.

앤이 알게 된 바에 의하면 그들 부부는 머스그로브 부인과 헨리에타, 그리고 하빌 대령과 동반 여행 중이었다. 찰스는 여행에 이르기까지의 상황을 아주 분명하고 이해하기 쉽게 설명해 주었다. 그들의 여행 계획은 그 집안 특유의 일처리 방식을 잘 보여 주었다. 계획은 맨 처음 하빌 대령이 용무차 바스에 올 일이 있다는 사실로부터 시작되었다. 그가 일주일 전에 말을 꺼내자, 사냥철이 끝나 심심하던 찰스도 그와 함께 오겠다고 제안했다. 그러자 하빌 부인이 남편에게도 도움이 될 것 같다며 좋아했다. 하지만 메리는 혼자만 남겨지는 것을 참지 못했고 그 때문에 너무나 불행해했다. 그래서 하루 이틀 동안은 모든 계획이 중지 혹은 종결 상태에 머무는 듯했다. 그때 찰스의 아버지와 어머니가 계획에 개입했다. 찰스의 어머니에게는 바스에 만나 보고 싶은 옛 친구들이 몇 명 있었고, 또 헨리에타도 함께 와서 자신과 루이자가 결혼 때 입을 옷을 살 수 있는 좋은 기회라고 생각했다. 그래서 결국 찰스의 어머니를 중심으로 일행이 구성되었고, 하빌 대령도 모든 것을 편안하고 순순히 받아들였다. 그리고 찰스와 메리도 모두의 편의를 위해 포함되었다. 그들 일행은 전날 저녁 늦게 바스에 도착했다. 하빌 부인과 아이들, 벤윅 대령은 머스그로브 씨와 루이자가 있는 어퍼크로스에 남았다.

유일하게 앤을 놀라게 한 사실은 일이 벌써 헨리에타의 웨딩드레스를 얘기할 정도로 진척되었다는 점이었다. 그녀는 재정 형편이 별로 좋지 않은 그들의 결혼이 그렇게 빨리 진행되리라고는 예상하지 못했다. 하지만 찰스로부터 최근에(메리가 앤에게 편지를 보낸 이후에) 찰스 헤이터가 친구의 소개로, 목사가 되려면 아직 몇 년을 더 기다려야 하는 젊은이의 자리를 그때까지만 맡아 달라는 부탁을 받았다는 사실을 들었다. 그 수입이 더해진 데다가 그 자리가 끝나기 전에 그보다 훨씬 영구적인 자리를 잡게 될 것이 거의 확실해지자 양쪽 집안에서 두 연인의 소망에 동의해 주었고, 덕분에 그들은 몇 달 안에, 그러니까 루이자와 같은 시기에 결혼을 할 것 같다는 것이었다. "더욱이 아주 좋은 자리예요." 찰스가 덧붙였다. "어퍼크로스에서 25마일밖에 떨어지지 않았고 도싯셔에서도 아주 좋은 지역에 자리하고 있어요. 우리 나라에서 가장 좋은 사냥 구역 중 하나가 그 중심에 있는데, 훌륭한 소유자 세 명이 주위를 둘러싸고 있지요. 그 세 사람은 경쟁적으로 자기 소유지를 돌보고 있고요. 그리고 그 세 군데 중에서 적어도 두 군데에서 찰스 헤이터가 추천을 받을 것 같아요. 찰스 헤이터가 그곳의 가치를 제대로 알아볼 사람은 아니지만요." 그가 말했다, "찰스는 사냥에 전혀 관심이 없어요. 그게 그 친구의 가장 큰 결점이지요."

"정말 기쁜 소식이군요." 앤이 외쳤다. "이 결혼이 그렇게 성사되다니 대단히 기뻐요. 참하고 항상 사이좋게 지내 온 두 자매가 편히 잘 살게 될 것 같네요. 부모님도 두 사람의 결혼에 만족하셨으면 좋겠군요."

"오! 그럼요. 아버지는 사윗감들이 더 잘사는 사람이었으면 하는 아쉬움은 있지만 그 외엔 달리 불만이 없으세요. 알다시피 지참금을 마련하는 일이, 더구나 한꺼번에 두 딸을 위해 마련해야 하는 일이 그리 쉬운 건 아니잖아요. 재정적으로나 다른 여러 면에서 무리가 가지요. 하지만 제 동생들에게 그런 권리가 없다는 말은 아니에요. 그 아이들이 딸의 몫을 받아 가는 건 당연해요. 아버지는 제게 항상 친절하고 너그러우셨어요. 메리는 헨리에타의 결혼에 아직도 불만이 많아요. 알다시피 항상 그래 왔잖아요. 하지만 메리는 찰스 헤이터의 인물을 제대로 보지 않고 있어요. 윈스럽에 대해서도 마찬가지고요. 메리에게 그런 재산의 가치를 제대로 평가하도록 강요할 수는 없지요. 하지만 시간이 지날수록 썩 괜찮은 결혼이라는 게 분명해지고 있어요. 그리고 난 항상 찰스 헤이터가 좋았어요. 그러니 이제 와서 그를 싫어할 이유는 없지요."

"머스그로브 씨 부부처럼 훌륭한 부모님들은 자식들의 결혼을 행복으로 여기시겠지요. 자식들의 행복을 위해서라면 무슨 일이든 힘껏 해 주실 분들이고요. 저도 잘 알아요. 그런 부모님 밑에서 자란 자식들은 얼마나 운이 좋은지요! 나이와 상관없이 야심 때문에 잘못된 일을 저지르고 불행에 빠지는 사람들도 있는데, 제부의 부모님들은 야심에서 완전히 자유로우신 분들 같아요! 루이자는 이제 완전히 회복되었다고 보시는 거죠?" 앤이 외쳤다.

그는 다소 망설이는 태도로 대답했다. "예, 그런 것 같아요. 많이 회복되긴 했어요. 하지만 성격이 달라졌어요. 이제는 전처럼 뛰어다니거나 까불지 않고 웃거나 춤추지도 않아요. 많이 달라졌어요. 누가 문이라도 쾅 닫을라치면 물에 빠진 논병아리처럼 놀라서 몸을 움찔해요. 그리고 벤윅이 하루 종일 곁에 붙어 앉아서 시를 읽거나 속살대지요."

앤은 웃지 않을 수 없었다. "제부와는 잘 안 맞겠군요. 저도 알아요." 그녀가 말했다. "하지만 아주 훌륭한 분이라고 생각해요."

"그건 틀림없어요. 아무도 그걸 의심하진 않아요. 그리고 처형도 제가 모든 사람이 저와 똑같은 목표를 추구하고 똑같은 취미를 가져야 된다고 생각할 정도로 속이 좁은 사람이라고는 생각하지 않으시겠죠. 저도 벤윅이 매우 훌륭한 사람이라고 생각해요. 그리고 시켜 보면 말도 아주 잘해요. 독서를 많이 한 게 나쁜 영향을 끼치지는 않았지요. 글만 읽은 게 아니라 전투에도 참가했으니까요. 용감한 친구예요. 지난 월요일에 저는 그 친구에 대해 전보다 훨씬 많은 것을 알게 되었습니다. 그날 오전 내내 아버님 댁의 커다란 헛간에서 저 유명한 쥐잡이를 했는데, 그가 자신의 역할을 아주 훌륭하게 해내더군요. 그 후로 그 친구를 더 좋아하게 되었어요."

이쯤해서 앤과 찰스는 대화를 중단해야 했다. 거울과 그릇들을 함께 감상하기 위해 찰스가 다른 식구들을 따라가야 했기 때문이다. 하지만 앤은 어퍼크로스의 현재 상태를 충분히 파악할 만큼 들은 데다 모든 일이 잘 풀리고 있는 것이 확실해서 기뻤다. 기쁨과 동시에 한숨을 내쉬긴 했지만 그 한숨에 질투의 악의는 섞여 있지 않았다. 가능하다면 자신도 그들과 같은 행운을 누리고 싶었지 그들의 행복을 줄이고 싶은 생각은 없었으니까.

그들의 방문은 전체적으로 매우 유쾌했다. 메리는 유쾌함과 변화를 즐기느라 기분이 최고였다. 시어머니가 내준 사륜마차를 타고 와서 캠던 플레이스에 머물며 신세를 지지 않아도 되었기 때문에 날아갈 듯 기분이 좋았고, 덕분에 그곳에 있는 모든 것을 칭찬할 준비가 되어 있었다. 메리는 그 집의 훌륭한 점에 대해 듣고는 바로 그 모든 것에 동의했다. 아버지와 언니에게 바랄 것이 없는 데다 그들의 응접실이 훌륭하면 그만큼 자신의 중요성도 커진다고 생각했기 때문이다.

엘리자베스는 잠시 심각한 고민에 빠졌다. 동생과 동생의 일행 모두를 정찬에 초대해야 할 것 같았기 때문이다. 하지만 정찬을 하게 되면 전과 격조가 달라졌다는 사실, 즉 하인의 수가 줄어든 사실을 켈린치의 엘리엇 가보다 항상 열등했던 사람들에게 보여 줄 수밖에 없을 터였다. 그건 생각하기도 싫은 일이었다. 결국 예절과 허영심 사이에서 허영심이 승리를 거두었고, 엘리자베스는 행복감을 되찾았다. 그녀의 생각은 이랬다. '낡은 생각이야. 시골식 대접이지. 우린 정찬에 사람들을 초대한다고 공언한 적이 없잖아. 바스에서는 그러는 경우도 별로 없고. 레이디 얼리샤는 한 번도 사람들을 정찬에 초대하지 않았어. 여동생의 식구가 한 달이나 바스에 머물렀는데도 말이지. 그리고 머스그로브 부인이 불편할 거야. 그분한테는 너무 힘든 일이야. 오지 않는 걸 외려 편하게 생각하실 거야. 우리하고 함께 있는 게 편할 리 없잖아. 모두들 저녁때 한번 들르라고 하지 뭐. 그게 훨씬 나을 거야. 그편이 더 신기하기도 하고 대접도 될 거야. 이런 응접실은 본 적이 없을 테니. 내일 저녁에 오라고 하면 좋아하겠지. 평소와 같은 파티가 될 거고, 규모는 작지만 꽤나 우아할 거야.' 엘리자베스는 이렇게 생각하는 것으로 만족했다. 머스그로브 씨 부부를 초대하면서 그들과 함께 온 일행에게도 전해 달라고 하자 메리도 매우 흡족해했다. 엘리자베스는 메리가 꼭 엘리엇 씨를 만나 봐야 한다고 했고, 또 다행히 마침 다음 날 저녁에 오기로 되어 있는 레이디 달림플과 카터릿 양에게도 소개해 주겠다고 했다. 메리는 자신이 주목받았다는 사실에 대단히 만족했다. 엘리엇 양은 오전 중으로 머스그로브 부인을 방문하기로 했고, 앤은 머스그로브 부인과 헨리에타를 직접 만나기 위해 찰스와 메리를 따라 나섰다.

앤은 레이디 러셀과 이야기를 나누려던 계획을 당분간 미룰 수밖에 없었다. 그들 세 사람은 리버스 가에 잠깐 들렀다. 하지만 앤은 자기가 하려던 이야기를 하루쯤 미룬다고 해서 큰 문제가 되지는 않으리라고 믿었다. 그리고 지난가을을 함께 보낸 친구들과 친지들을 다시 만나기 위해 화이트 하트로 가는 발걸음을 서둘렀다. 좋은 기억들이 되살아나면서 그들을 한시라도 빨리 만나고 싶었다.

집에 도착하니 머스그로브 부인이 딸과 둘이 있다가 앤을 보고 열렬히 환영했다. 헨리에타는 최근에 사정이 좋아지면서 행복감이 되살아난 것이 역력했으니 자신이 좋아했던 적이 있는 사람 누구에게나 넘치는 관심과 애정을 표현했다. 머스그로브 부인은 식구가 어려움에 처했을 때 앤이 도움을 줬던 일을 떠올리며 그녀를 진심으로 반겼다. 앤은 그들의 다정하고 진지하며 진심에서 우러난 애정이 특히 반가웠다. 집에서는 맛볼 수 없는 것이었기 때문이다. 시간이 나는 대로 최대한 그들과 함께 있어 달라는 초대를 받았고, 그녀는 가족과 다름없으니 매일매일 와서 하루 종일 있어 달라는 말을 들었다. 그런 애정에 대한 보답으로 앤은 항상 그랬듯이, 자연스레 그들에게 관심을 기울이고 도움을 주려고 노력했다. 찰스가 나가 여자들끼리만 남게 되었을 때는 머스그로브 부인이 루이자에 관해, 그리고 헨리에타가 자신의 일에 대해 이야기하는 것을 들어 주고, 이런저런 일처리에 대한 의견을 말하고 가게를 추천해 주었다. 그러는 중에 틈틈이 메리가 청하는 것을 돕기도 했으니, 그녀의 리본을 고쳐 주고 계산을 도와주었으며 열쇠를 찾아 주고 장신구 정리를 도와주었다. 메리는 비교적 만족한 상태로 창가 자리에 앉아 대중 온천장의 가운데 방으로 들어가는 입구를 내다보고 있었다. 하지만 가끔씩 다른 사람들이 자신을 부당하게 대우한다고 상상하곤 했는데, 그런 그녀를 달래는 것도 앤의 일이었다.

더없이 혼란스러운 아침이 기대되는 상황이었다. 워낙 여러 명이 함께 묵고 있어서 순식간에 변화가 일어나는 변덕스러운 상황이 수시로 발생했다. 오 분 있으면 메모지가 들어오고 그다음엔 소포가 오고, 앤이 그곳에 도착한 지 삼십 분이나 되었을까 말까 할 즈음엔 넓은 식당이 반 이상 채워졌다. 머스그로브 부인 주변에는 옛 친구 몇 명이 둘러앉아 있었고, 찰스가 하빌 대령과 웬트워스 대령을 대동하고 돌아왔다. 웬트워스 대령이 온 것을 보고 놀란 것도 잠시뿐이었다. 그들 공통의 친구들이 도착했으므로 두 사람은 곧 한자리에 있게 될 터였다. 바로 전의 만남을 통해 그녀는 그의 감정을 알게 되었다. 더없이 소중했던 그 만남 이후로 그녀는 기쁜 확신을 갖게 되었다. 하지만 그의 모습을 보며, 그녀는 그가 아직도 연주회장에서 급히 떠날 때의 바로 그 불운한 믿음을 갖고 있음을 느꼈고, 그 점에 대해 염려하지 않을 수 없었다. 그는 그녀와 대화를 나눌 만큼 가까이 다가오지 않으려 애쓰는 것처럼 보였다.

그녀는 침착하려고 노력했고, 사태가 자연스럽게 해결되기를 기다리며 마음을 추슬렀다. 그리고 '두 사람의 애정이 변함없다면 곧 서로를 가슴으로 이해하게 될 거야. 어린 소년, 소녀도 아닌데 순간의 부주의에 이끌려, 우리 자신의 행복을 가지고 경솔하게 장난질을 치면서 초조해해서는 안 돼.'라는 합리적인 논리를 스스로에게 들려주려 노력했다. 하지만 몇 분후 그녀는 현 상황에서 그들이 한자리에 있는 것이 고약한 종류의 부주의와 오해를 낳는 건 아닌가 하는 생각을 하지 않을 수 없었다.

"언니," 그때까지 창가에 앉아 있던 메리가 외쳤다. "클레이 부인이 주랑 아래 서 있어. 신사 한 분이 함께 있네. 방금 바스 거리로부터 모서리를 돌아 나오는 것을 보았어. 무슨 이야기인지 모르지만 분위기가 아주 심각해. 저 사람이 누구지? 이리 와서 내게 말해 줘. 맙소사! 그리고 보니 엘리엇 씨잖아."

"아니야." 앤이 재빨리 말했다. "엘리엇 씨일 리 없어. 오늘 아침 9시에 바스를 떠나서 내일까지 안 돌아온다고 했는걸."

이렇게 말하면서 그녀는 자신을 바라보는 웬트워스 대령의 시선을 느꼈다. 그리고 그것을 의식하는 순간부터는 당황하고 속이 타서, 그렇게 단순한 사실일망정 공연한 이야기를 했다고 후회했다.

메리는 결과적으로 자기가 사촌도 몰라본다는 말을 듣게 된 것이 분했는지 가족의 생김새의 특징을 흥분해서 말하기 시작했고, 앤에게 와서 직접 보라며 엘리엇 씨가 틀림없다고 강하게 우겼다. 하지만 앤은 자리에서 움직일 생각이 없었고 침착하고 냉정하게 행동하려고 애썼다. 하지만 두세 명의 여성 방문객들이 비밀을 안다는 듯이 눈짓과 미소를 교환하는 것을 보니 다시 속이 탔다. 그녀에 관한 소문이 퍼져 있는 게 분명했다. 잠시 침묵이 뒤따랐으니, 그 때문에 소문이 더 널리 퍼질 것 같았다.

"언니, 이리 와 봐." 메리가 외쳤다. "와서 직접 보라니까. 지금 빨리 오지 않으면 너무 늦어요. 악수를 하며 헤어지고 있어요. 돌아서고 있다고. 내가 엘리엇 씨를 못 알아보다니! 언니는 라임에서의 일을 완전히 잊어버린 모양이네."

메리의 입을 다물게 하기 위해, 그리고 필경 자신이 당황한 것을 감추기 위해 앤은 조용히 창가로 갔다. 앤이 창가에 도착했을 때는 엘리엇 씨가 한쪽 길로 막 사라지고 클레이 부인이 다른 길로 재빨리 걸어가는 중이었다. 덕분에 뜻밖에도 그 사람이 정말 엘리엇 씨였다는 사실을 확인할 수 있었다. 앤은 상반된 이해관계를 가진 두 사람이 저렇게 친근해 보이는 만남을 가진 것을 보고 놀라지 않을 수 없었지만 감정을 가라앉히며 침착하게 말했다. "그래, 분명 엘리엇 씨구나. 떠나는 시간을 바꾼 모양이지. 아니면 내가 잘못 알았거나. 별일도 아니네." 그러곤 의자로 돌아가서 자신의 혐의가 벗어졌기를 바라며 다시 침착하게 앉아 있었다.

손님들이 떠났다. 찰스는 그들을 공손하게 배웅하고 나서 그들이 온 것을 탓하며 나무라는 얼굴로 말했다.

"그런데 어머니, 제가 어머니가 좋아하실 일을 하나 했어요. 내일 저녁 연극 공연을 관람하기 위해 칸막이 좌석을 하나 예약해 놨습니다. 어때요, 착한 아들 아닌가요? 어머니가 연극을 좋아하시잖아요. 그리고 우리 모두가 함께 갈 수 있을 만큼 자리가 넉넉해요. 아홉 사람이 앉을 수 있어요. 웬트워스 대령도 오시기로 했고, 앤도 우리와 함께 가는 걸 마다하지 않을 거예요. 다들 연극을 좋아하니까요. 괜찮지요, 어머니?"

머스그로브 부인이 헨리에타와 다른 이들이 가면 당신도 함께 가겠다고 마음씨 좋게 대답하고 있는데, 메리가 화가 나서 목소리를 높이며 끼어들었다.

"세상에, 찰스! 어떻게 그런 생각을 할 수가 있어요? 내일 저녁 공연의 칸막이 좌석을 예약하다니! 내일 저녁에 캠던 플레이스에 가기로 한 것 잊었어요? 특별히 레이디 달림플과 그분의 따님, 그리고 엘리엇 씨, 그러니까 아주 중요한 친척들을 소개해 주겠다고 일부러 초대한 거잖아요? 어떻게 그런 걸 잊을 수 있죠?"

"말도 안 되는 소리!" 찰스가 대답했다. "저녁 파티가 대체 뭐요? 그런 건 잊어버려도 상관없소. 장인께서 진짜로 우리를 보고 싶으셨으면 정찬에 초대를 하셨겠지. 가고 싶으면 당신이나 가시오. 난 연극을 보러 갈 거요."

"오! 찰스, 너무나 불쾌해요! 가기로 약속했잖아요!"

"아니, 난 약속한 적 없소. 그저 웃으면서 고개를 숙이고 기쁘다고만 말했지, 약속 같은 건 안 했어."

"하지만 꼭 가야 해요, 찰스. 절대 용서받지 못할 일이에요. 우리를 특별히 소개해 주려고 오라신 거라고요. 달림플 가와 우리 집안은 항상 좋은 관계를 유지했어요. 집안에 무슨 일이 있을 때는 바로 연락하면서 지내는 사이예요. 당신도 알다시피 아주 가까운 친척이라고요. 그리고 엘리엇 씨만 해도 그래요. 당신이 특별히 잘 알고 지내야 할 분이에요! 엘리엇 씨를 소홀히 대해서는 절대 안 돼요. 생각해 봐요. 아버지의 뒤를 이을 분인데. 그러니까 우리 가문의 장래 대표잖아요."

"나한테 가문의 뒤를 잇는다느니 대표라느니 하는 말은 하지 마시오." 찰스가 외쳤다. "난 떠오르는 해에게 절하기 위해 지금 권력을 잡고 있는 분을 소홀히 하는 사람은 아니라고. 장인이 아니라 그분의 뒤를 이을 사람을 위해서 간다는 건 말도 안 되는 소리야. 엘리엇 씨가 나하고 대체 무슨 상관이오?"

찰스의 무관심한 이 말은 앤에게 생명수와도 같았다. 웬트워스 대령이 혼신을 다해 귀 기울이고 있는 모습이 보였기 때문이다. 그리고 찰스의 마지막 말을 듣고 눈길을 찰스에게서 그녀에게로 옮기는 모습도.

찰스와 메리의 다툼은 계속되었다. 찰스는 농담 반 진담 반으로 연극을 보러 가겠다고 우겼고 메리는 계속 심각하게 화를 내며 그 계획에 반대했다. 또한 메리는 다른 사람들이 자기만 빼놓고 연극을 보러 간다면 아무리 캠던 플레이스에 가기로 결심한 사람이 자기라 하더라도 다른 사람들이 자신을 부당하게 취급한 것으로 여기겠다는 점을 분명히 했다. 머스그로브 부인이 중재에 나섰다.

"연극 관람은 아무래도 미루는 것이 좋겠다. 찰스, 극장에 다시 가서 표를 화요일 저녁 것으로 바꾸도록 해라. 따로따로 가는 것도 안 좋고 앤 양의 부친께서 파티를 여신다면 앤 양도 못 가실 것 아니냐. 앤 양이 함께 가지 않는다면 헨리에타도 나도 꼭 연극을 보러 가고 싶지 않다."

앤은 그런 배려에 진심으로 감사드린다고 말했다. 그리고 이렇게 말할 수 있어 더욱 기뻤다.

"메리가 원해서 그렇지, 제 기분만 생각한다면 집에서 여는 파티는 저와 상관이 없답니다. 저는 그런 종류의 만남이 즐겁지도 않고 그보다는 연극을 보러, 더욱이 머스그로브 부인과 함께 가는 편이 훨씬 행복할 거예요. 하지만 그렇게 하지 않는 편이 나을 것도 같군요."

그녀는 이렇게 말했지만 웬트워스 대령이 자신의 말에 귀를 기울이고 있다는 사실을 의식했고, 때문에 말을 마친 뒤에도 계속 가슴이 뛰었다. 그러니 그의 반응을 살필 용기는 내지도 못했다.

곧 모두들 연극은 화요일에 보러 가는 게 좋겠다는 쪽으로 의견이 기울었으며, 찰스만이 다른 사람들이 안 간다면 자기만이라도 내일 저녁 연극을 보러 가겠다고 우기며 아내를 화나게 했다.

웬트워스 대령은 자리에서 일어나 벽난로 쪽으로 갔다. 아마도 그것은 곧 벽난로 앞에서 물러나 너무 노골적이지 않게 앤의 곁으로 오기 위한 계획이었던 듯했다.

그가 말했다. "바스의 저녁 파티를 즐기실 만큼 바스에 오래 계시지 않았군요."

"오! 아니에요. 저녁 파티는 저하고 잘 안 맞아요. 카드놀이를 좋아하지 않거든요."

"그러고 보니 전에도 그러셨죠. 카드놀이를 즐기지 않으셨어요. 하지만 세월이 흐르면 사람이 변하기도 하잖습니까."

"아직 그 정도로 많이 변하진 않았어요." 앤이 외쳤다. 그리고 또 무슨 오해를 초래할지 몰라 조심하며 말을 그쳤다. 잠시 후 그가 말했다. 아마도 즉각적인 감정의 결과인 듯했다. "참으로 긴 기간이에요! 팔 년 반은 오랜 기간입니다!"

이후 그가 무슨 말을 더 하려고 했는지는 앤이 조용한 시간에 곰곰 생각해 봐야 할 주제로 남았다. 그의 말이 아직도 귀에 쟁쟁한 가운데 헨리에타가 부르는 소리를 듣고 깜짝 놀랐기 때문이다. 헨리에타는 다른 사람들이 더 오기 전에 한가한 틈을 타 밖으로 나가고 싶다며 그녀에게 함께 나가자고 했다.

앤과 웬트워스 대령은 움직일 수밖에 없었다. 앤은 당장이라도 나갈 수 있다고 말했고 정말 나가는 시늉을 하려고 애썼다. 하지만 앤이 얼마나 속상해하며 의자에서 몸을 일으켰는지를 알았다면 헨리에타도 약혼자에 대한 애정 속에서, 그리고 그의 애정을 확보한 사람 특유의 자신감 속에서 앤을 동정할 여유가 있었을 것이었다.

하지만 그들의 나갈 준비는 거기서 중단되어야 했다. 두려운 소리가 들려왔다. 손님이 또 오고 있었고 문이 열리면서 월터 경과 엘리자베스가 들어섰다. 그들이 들어옴과 동시에 방안은 서리가 내린 듯했다. 앤은 곧 숨이 막히는것 같았고 주변을 둘러보면서 모두들 같은 느낌을 받고 있음을 알아차렸다. 방을 채우던 편안하고 자유롭고 쾌활한 분위기가 사라지고 사람들은 숨죽인 듯 냉정한 차분함과 단호한 침묵 혹은 무미건조한 대화를 이어 가며 아버지와 언니의 무정한 우아함을 상대했다. 그것을 느끼는 게 얼마나 창피한 일이었던지!

방을 유심히 관찰하던 그녀는 한 가지 점에 만족했다. 웬트워스 대령에게 아버지와 언니가 인사를 했으며, 언니의 인사가 전보다 상냥했던 것이다. 언니는 심지어 그에게 말을 건네기까지 했고, 한 번 이상 그에게 눈길을 주었다. 실제로 엘리자베스는 방을 샅샅이 돌고 있었다. 그녀의 다음 행동에 그 이유가 드러났다. 몇 분 동안 격식에 맞는 사소한 인사말을 건넨 다음에 언니는 머스그로브 씨 일행의 나머지 식구들 모두를 초대했다. "내일 저녁에 친구분 몇 명을 만나려고 해요. 정식 파티는 아니지만요." 그녀는 이 말을 아주 우아하게 했으며 '엘리엇 양, 자택에서'라고 쓰인 카드를 모든 사람을 가리키는 공손한 미소와 함께 탁자 위에 놓았다. 그리고 특별히 웬트워스 대령을 위해 한 번 더 미소를 짓고는 카드를 하나 더 놓았다. 실인즉슨 바스에서 이미 상당 기간 생활하면서 웬트워스 대령과 같은 태도와 외모를 가진 사람의 중요성을 충분히 이해하게 되었던 것이다. 과거는 중요하지 않았다. 현재로서는 웬트워스 대령이 그녀의 응접실에서 오가는 모습이 보기 좋을 터였다. 그를 지목해 카드를 주고, 월터 경과 엘리자베스는 자리에서 일어나 사라졌다.

그들의 방해는 엄숙했지만 짧았다. 그들 뒤로 문이 닫히자 남은 사람들 대부분에게 편안함과 활기가 돌아왔지만 앤은 그렇지 않았다. 그녀의 머릿속은 자신이 놀라움 속에서 목격한 초대장과 그것을 받는 사람의 반신반의하는 듯한 표정, 고맙다기보다는 의외라는 반응, 수락이라기보다는 공손한 승인의 인사로 꽉 차 있었다. 그녀는 그를 잘 알았다. 그의 눈에서 경멸을 보았고 그가 과거의 모든 무례함에 대한 보상으로 받은 그따위 선물을 선뜻 수락하리라고는 감히 생각할 수 없었다. 그녀는 기운이 빠졌다. 그는 엘리자베스가 남기고 떠난 카드를 계속 손에 들고 있었다. 깊이 생각하는 듯한 모습이었다.

"엘리자베스가 여기 있는 사람 모두를 초대하다니!" 메리가 다른 사람들이 다 들을 만큼 큰 소리로 속삭였다. "웬트워스 대령이 기뻐하고 있는 게 틀림없어! 카드를 손에서 못 내려놓잖아."

앤의 눈이 그의 눈과 마주쳤다. 뺨이 벌겋게 타오르고 입매가 순간적으로 경멸의 빛을 띠는가 싶더니 그가 몸을 돌렸다. 앤은 더 이상 자신을 당황시키는 표정을 보거나 소리를 들을 수 없었다.

무리는 흩어졌다. 신사들은 신사들대로, 숙녀들은 숙녀들대로 각자의 관심사를 추구했고, 앤은 그곳에 있는 동안 그를 다시 만나지 못했다. 다들 그녀더러 다시 와서 정찬을 함께하자고, 그날의 나머지 시간도 함께 보내자고 청했지만, 너무 오래 긴장을 한 탓인지 더 이상 기력이 없었다. 그녀는 집으로 돌아가서 아무 말도 하지 않을 수 있기만을 바랐다.

따라서 앤은 다음 날 오전 내내 그들과 함께 있기로 약속하고 그날의 피로를 캠던 플레이스까지의 고단한 걸음으로 마감했다. 캠던 플레이스에서는 주로 엘리자베스와 클레이 부인이 다음 날의 파티를 준비하는 소리를 들으며 저녁 시간을 보냈다. 그들은 손님이 누구누구인지를 자주 되뇌다가 바스에서 가장 우아한 장식을 하기 위해 끊임없이 장식을 고쳤는데, 그러는 동안 앤은 웬트워스 대령이 과연 내일 올까 하는 너무도 초조하고 비밀스러운 질문으로 스스로를 괴롭혔다. 엘리자베스와 클레이 부인은 그가 당연히 올 것이라 가정했지만 앤은 초조하게 그 질문을 생각하느라 오 분도 가만히 있을 수 없었다. 그녀는 그가 오긴 올 것이라고 생각했다. 왜냐하면 당연히 그래야 했으니까. 하지만 그가 역겨움을 억누르면서까지 꼭 와야 한다거나 그렇게 하는 게 신중한 행동이라고 생각할 이유는 생각해 낼 수 없었다.

그녀는 이렇게 안절부절못하며 시무룩하게 있다가 클레이 부인이 엘리엇 씨가 바스를 떠났을 것으로 추정되는 시간에서 세 시간이나 지나서 엘리엇 씨를 만나는 모습이 사람들 눈에 띄었다는 것을 알려 주기 위해 일어났다. 클레이 부인이 먼저 말을 꺼내길 기다렸지만 말이 없으니 자신이 말하는 것이 낫겠다는 생각이 들었던 것이다. 앤은 자신의 말을 듣던 클레이 부인의 얼굴에 순간적으로 죄의식 같은 것이 스쳤다고 생각했다. 순간의 표정이었지만, 앤은 그것이 뭔가 두 사람이 서로 수를 쓰다가, 아니면 엘리엇 씨의 어떤 권위 때문에, 월터 경에 대한 술책을 두고 그로부터 한 삼십 분 정도 훈계나 질책을 들어야만 했던 사람의 자의식 같은 것이라 상상했다. 하지만 클레이 부인은 매우 자연스러워 보이는 태도로 외쳤다.

"오, 맞아요! 그랬어요. 엘리엇 양, 바스 거리에서 엘리엇 씨를 만나 얼마나 놀랐는지! 정말 깜짝 놀랐어요. 가던 길을 돌아서 저와 함께 펌프 야드까지 걸어 주셨어요. 손베리로 떠나는 게 좀 지연되었다고 하시더군요. 이유가 뭐였는지는 기억이 안 나네요. 제가 서두르느라 별로 주의 깊게 듣질 않아서요. 하지만 돌아오는 길이 지연되지는 않을 거라고 하시더군요. 내일 얼마나 일찍 찾아와도 되는지 물으셨거든요. '내일'에 대한 관심이 크셨어요. 저도 집에 돌아오자마자 그사이에 있었던 일을 듣고, 또 내일의 계획이 확장되었다는 소식에 거기에만 신경을 쓰느라 그분을 뵈었던 걸 완전히 잊고 있었네요."

23

스미스 부인을 만나 이야기를 들은 지 겨우 하루가 지났지만 그사이에 더 흥미로운 일들이 일어났기 때문에 앤은 이제 엘리엇 씨의 행동에 별로 영향을 받지 않았다. 다음 날 아침에 리버스 가로 가서 레이디 러셀에게 모든 걸 설명하려던 계획이 하루 더 미루어진 것을 제외하면. 머스그로브 씨 가족과 다음 날 아침부터 정찬 때까지 함께 보내기로 약속을 했기 때문이다. 단단히 약속을 한 터라 엘리엇 씨의 본색이 드러나는 일은 셰에라자드의 목처럼 하루 더 미루어질 수밖에 없었다.

하지만 날씨가 나빠서 앤은 약속 시간을 정확히 지킬 수 없었다. 기다리고 있을 친구들을 생각하면 비가 오는 게 안타까웠지만, 그녀는 걸어갈 엄두가 나지 않아 한참을 기다렸다. 그녀가 화이트 하트에 도착해서 머스그로브 씨 가족이 머무는 아파트에 도착한 것은 정시가 지난 시간이라 다른 손님들이 먼저 와 있었다. 머스그로브 부인이 크로프트 부인과 대화를 나누고 있었으며, 하빌 대령과 웬트워스 대령도 대화 중이었다. 메리와 헨리에타는 앤이 도착할 때까지 기다리지 못하고 비가 개자마자 산책을 나갔으나 곧 돌아올 예정이라고 했다. 머스그로브 부인 편에 자기들이 돌아올 때까지 꼭 기다려 달라는 당부를 남겨 놓은 채. 따라서 그녀는 침착을 가장하고 자리에 앉아 있었지만 속으로는 바로 완전한 흥분 상태에 빠져들었다. 오전 중에 자신이 그처럼 흥분하리라고는 전혀 예상하지 못했었다. 하지만 조금의 지체도 조금의 시간 낭비도 없었다. 그녀는 곧 엄청나게 비참한 행복감 속에, 아니 엄청나게 행복한 비참함 속에 깊이 빠져들었다. 그녀가 들어선 지 이 분 만에 웬트워스 대령이 말했다,

"펜과 종이가 있다면 지금 편지를 쓰기로 하세, 하빌."

펜과 종이는 한쪽에 따로 놓인 탁자 위에 있었고, 웬트워스 대령은 그 탁자로 가서 방에 있던 거의 모든 사람들에게 등을 돌린 채 열심히 편지를 썼다.

머스그로브 부인은 크로프트 부인에게 큰딸이 약혼하기까지의 과정을 이야기하는 중이었는데, 속삭이는 시늉을 하고는 있었지만 실은 모든 사람이 들을 수 있도록 큰 소리로 말하고 있어서 방해가 됐다. 앤은 그 대화에 끼고 싶지 않았지만 하빌 대령이 생각에 잠겨 있느라 이야기할 기분이 아닌 듯해서 굳이 알고 싶지 않은 사실들까지 시시콜콜 들을 수밖에 없었다. 머스그로브 씨와 부인의 오라버니인 헤이터가 그 문제를 논의하기 위해 얼마나 여러 차례 만났는지, 부인의 오라버

니인 헤이터 씨가 어느 날 어떤 말을 했고, 다음 날 머스그로 브 씨가 어떤 제안을 했는지, 그리고 그 젊은이들이 무엇을 원했고, 부인이 처음에는 절대 찬성할 수 없다고 했지만 나중에는 어쩌면 괜찮을 것도 같다고 생각하게 되었는지 등등을. 그 외에도 그처럼 시시콜콜한 모든 사실들, 마음씨 좋은 머스그로브 부인 같은 사람에게서는 기대할 수 없을 만큼의 고상한 태도로 얘기를 한다 해도 관련된 사람들 외에는 아무도 관심을 갖지 않을 모든 사소한 일들에 대해 이야기를 늘어놓았다. 크로프트 부인은 마음씨 좋게 들어 주면서 계속해서 현명하게 응대를 하고 있었다. 앤은 신사들이 자기들 일에 빠져서 그 이야기를 듣지 않았으면 싶었다.

"그러니 부인, 이 모든 사정을 고려하건대," 머스그로브 부인이 예의 그 커다란 속삭임으로 말했다. "사태를 다르게 처리했더라면 더 나았을 수도 있겠지만, 더 이상 약혼을 끄는 건 공정하지 않다고 생각했어요. 찰스 헤이터도 결혼을 하고 싶어서 안달을 했고, 헨리에타도 간절히 원했거든요. 그러니 그 애들이 당장 결혼을 하는 편이 낫겠다, 그래서 많은 연인들과 마찬가지로 최대한 유리하게 상황을 만들자, 그렇게 생각했지요. 아무튼 약혼 기간을 오래 끄는 것보다는 그게 낫겠다고 제가 그랬어요."

"그게 바로 제가 드리려던 말씀이에요." 크로프트 부인이 외쳤다. "수입이 좀 적더라도 젊은이들이 얼른 자리를 잡아서 함께 어려움을 헤쳐 나가게 해 주는 것이 약혼 기간을 질질 끄는 것보다 나은 일 같아요. 전 항상 생각했어요, 어떤……."

"오! 다정한 크로프트 부인," 머스그로브 부인이 크로프트 부인이 말을 다 마치기도 전에 외쳤다. "저도 젊은 연인들이 약혼 기간을 질질 끄는 건 질색이에요. 제 아이들에게도 항상 그러면 안 된다고 말해 왔어요. 언제나요. 젊은 남녀가 육 개월이나, 아니, 십이 개월 안에라도 확실히 결혼만 할 수 있다면 약혼을 해도 좋다, 하지만 약혼 기간을 질질 끄는 건!"

"맞습니다, 부인." 크로프트 부인이 말했다. "그리고 불확실한 약혼, 길어질지도 모르는 약혼도 안 돼요. 언제 재정 형편이 나아질지도 모르면서 무조건 시작부터 하는 건 정말 불안하고 현명치 않은 일이지요. 그리고 그런 약혼은 부모들이 최대한 막아야 해요."

앤은 여기서 기대하지 않았던 흥미로운 주제를 발견했다. 자신에게도 적용되는 내용이어서 온몸이 감전이라도 되는 것 같았다. 그리고 본능적으로 저 멀리 떨어진 탁자로 눈길을 돌림과 동시에 웬트워스 대령이 글을 쓰다가 멈추고 고개를 들어 올려 귀를 기울이면서 재빨리 자의식에 찬 눈길을 자기 쪽으로 던지는 모습을 보았다.

부인들은 계속 이야기를 이어 가면서 두 사람이 이미 동의한 진실을 다시 확인하고, 그렇게 하지 않았다가 결과가 좋지 않았던 사례들을 들어 가며 그 명제의 진실성을 뒷받침하고 있었다. 하지만 앤에게는 어떤 소리도 분명하게 들리지 않았다. 그저 귓가가 웅웅거리고 마음이 어지러울 뿐이었다.

그들의 대화를 전혀 듣지 못한 하빌 대령이 자리에서 일어나 창가로 갔다. 방심한 상태로 자기 쪽을 바라보고 있는 듯 보이는 앤을 향해 그가 창가로 오라고 눈짓을 하는 모습이 똑똑히 보였다. 미소를 띤 채 그녀를 바라보다가 고개를 약간 움직여 '이리 오세요, 할 말이 있어요.' 하는 뜻을 표현했던 것이다. 실제 나이보다 나이가 많은 지인한테서나 기대할 법한 그의 가식 없이 편하고 친절한 태도에 앤은 선뜻 그의 초대를 받아들였다. 그녀는 자리에서 일어나 그에게 다가갔다. 그는 두 부인이 앉아 있던 반대쪽 창가에 서 있었는데, 웬트워스 대령이 앉아 있던 탁자와는 더 가까웠지만 바로 옆은 아니었다. 그녀가 하빌 대령 곁에 가자 그의 얼굴은 다시 진지하고 명상하는 듯한 표정으로 변했는데, 그의 본래 성격과 잘 어울리는 표정이었다.

"이것 좀 보세요." 그가 손에 들고 있던 꾸러미를 펼쳐 조그마한 세밀화를 보여 주면서 말했다. "이게 누군지 아시겠어요?"

"그럼요, 벤윅 대령이군요."

"맞아요. 그리고 누구를 위한 것인지도 짐작하시겠지요? 하지만," 그가 심각한 어조로 말했다. "원래 그녀를 위해 그려진 것은 아니었답니다. 엘리엇 양, 우리가 라임에서 함께 걸으면서 벤윅을 위해 슬퍼했던 것 기억하세요? 그때만 해도 정말 생각지도 못했는데……. 하지만 다 쓸데없는 소리지요. 이건 희망봉에서 그려진 거랍니다. 거기서 벤윅이 꽤 훌륭한 독일인 화가를 만나서 가엾은 내 여동생과의 약속을 지키기 위해 초상화의 모델이 되었지요. 그 그림을 받아서 동생을 위해 가지고 왔어요. 그런데 이제 난 다른 여성을 위해서 그걸 표구하게 되었군요! 그 역할을 내가 맡다니요! 하지만 다른 사람이 있어야지요. 내가 벤윅을 이해하게 되길 바랍니다. 이 일을 다른 사람에게 넘겨주게 되어서 다행이에요." 그는 웬트워스 대령 쪽을 바라보았다. "저 친구에게 넘겨주었어요. 지금 그 일에 대해 편지를 쓰는 중이랍니다." 그러고는 떨리는 입술로 "가엾은 파니! 그 애라면 그를 그렇게 빨리 잊지는 않았을 텐데!"라고 덧붙였다.

"맞아요." 앤이 감정이 실린 낮은 목소리로 대답했다. "틀림없이 그랬을 거예요."

"절대 그럴 성격이 아니었죠. 벤윅한테 흠뻑 빠져 있었으니까요."

"진정으로 사랑했다면 어떤 여자도 그러지 못했을 거예요."

하빌 대령이 '여자는 다 그렇다고 주장하세요?'라고 말하는 듯한 미소를 지었고, 그녀가 그에 대해 역시 미소를 지으며 대답했다. "그럼요. 여자는 분명히 남자가 여자를 잊는 것만큼 남자를 빨리 잊지 않아요. 그건 아마도 우리 여자들의 장점이라기보다 운명일 거예요. 우리도 어쩔 수 없는 거예요. 우리는 집에서 조용히 갇혀 지내니까 감정에 쉽게 좌우되지요. 남자들은 활동을 해야 하잖아요. 항상 직업과 추구하는 일과 어떤 종류의 업무가 있어서 바로 세상으로 돌아가고 계속해서 일을 하고 변화를 겪다 보면 감정은 줄어드는 법이니까요."

"전 물론 그 의견에 동의하지 않지만 설사 지금 주장하신 대로 남자들이 세상에 의해 그런 영향을 받는다고 해도 그건 벤윅한테는 적용되지 않아요. 그에게는 어떤 일도 강요되지 않았거든요. 그때 마침 평화가 와서 육지에 머물렀고, 그 후 계속해서 우리와 함께, 우리의 작은 집에 틀어박혀서 살았으니까요."

"맞는 말씀입니다." 앤이 말했다. "전적으로 동감이에요. 미처 그 생각까지는 못했네요. 하지만 그렇다면 남자의 본성이 벤윅 대령에게 영향을 끼쳤다고밖에 할 수 없겠네요."

"아니에요, 그렇지 않아요. 그게 남자의 본성은 아니지요. 자신이 사랑하는, 혹은 사랑했던 사람을 잊고 변심하는 것이 여자의 본성이 아니라면 남자의 본성이라고도 할 수 없습니다. 내 생각에는 반대인 것 같아요. 난 육체의 골격과 정신적 골격 사이에 진정한 유추가 성립된다고 믿어요. 남자는 육체가 강한 만큼 감정도 강하지요. 험한 취급도 감당할 수 있고 아주 험악한 날씨도 견딜 수 있단 말입니다."

"남자의 감정이 더 강할 수도 있겠지요." 앤이 대답했다. "하지만 같은 유추를 적용한다면 여자의 감정이 더 여리다고 할 수 있겠지요. 남자가 여자보다 건장하지만 그렇다고 더 오래 사는 것은 아니잖아요. 그리고 바로 그 점은 남녀의 애정의 성격에 대한 제 견해를 뒷받침해 주지요. 만일 그렇지 않다면 남자들은 너무 견디기 어려울 거예요. 남자들은 난관과 궁핍과 위험을 충분히 겪어요. 항상 열심히 일도 하고 모든 위험과 곤경에 노출되죠. 집도 조국도 친구도 모두 떠나서 말이에요. 정말 너무 힘들 거예요. (떨리는 목소리로) 여자와 같은 섬세한 감정이 그 모든 것에 더해진다면 말예요."

"이 문제에 관한 한 앤 양과 내가 동의하는 날은 오지 않을 것 같군요." 하빌 대령이 그렇게 말을 시작하는데 여태까지 완벽하게 조용하던 방 한구석에서 작은 소리가 들려왔다. 그들이 눈길을 돌린 곳에 웬트워스 대령이 있었고, 소리는 그의 펜이 떨어지는 소리였다. 하지만 앤은 자신이 생각하던 것보다 그가 훨씬 가까이에 있었다는 사실을 깨닫고 놀라지 않을 수 없었다. 그리고 그가 자신과 하빌 대령의 대화에 귀를 기울이다가 펜을 떨어뜨린 게 아닐까 하는 의심이 어렴풋이 들었다. 하지만 애를 썼다 해도 그가 그들의 대화 내용을 알아듣기는 힘들었을 것이다.

"편지를 끝냈나?" 하빌 대령이 물었다.

"몇 줄만 더 쓰면 되네. 오 분이면 끝날 걸세."

"나야 급할 것 없네. 끝날 때까지 얼마든 기다릴 수 있어. 아주 훌륭한 정박지에 있거든." 그는 앤을 향해 미소를 지었다. "물자도 충분히 공급되어 부족한 게 아무것도 없네. 출발 신호가 급할 게 하나도 없어. 그런데 엘리엇 양," 목소리를 낮추며 그가 말을 이었다. "말했듯이 이 문제에 관한 한 우리의 의견은 일치할 것 같지 않군요. 아마 어떤 남자와 여자도 마찬가지겠지요. 하지만 모든 역사, 모든 이야기, 산문과 시가 다 앤양의 견해를 반박하는 예를 담고 있다는 걸 지적해야겠군요. 내 기억력이 벤윅만큼만 된다면 지금 당장 오십 가지쯤 예를 들어 보일 수 있을 겁니다. 그리고 여자의 변덕스러움을 말하지 않은 책은 한 번도 본 적이 없는 것 같아요. 노래와 속담도 모두 여자의 변덕을 이야기하죠. 하지만 당신은 그게 다 남자가 쓴 거라고 하겠지요."

"아마 그럴 거예요. 맞아요, 맞아. 책에 쓰인 사례는 들지 마세요. 남자들은 자기들의 이야기를 하기가 훨씬 유리한 상황이에요. 남자들이 훨씬 수준 높은 교육을 받고 손에 펜을 쥐고 있었잖아요. 책으로는 아무것도 증명할 수 없어요."

"하지만 그렇다면 어떻게 사실을 증명할 수 있을까요?"

"증명할 수 없지요. 그런 문제에 관해 증명하는 건 불가능하다고 생각해요. 그건 견해의 차이이고 증명이 불가능한 문제예요. 우리 각자가 자기 자신의 성에 관해 편파적인 견해를 갖고 논의를 시작해서 그 기초 위에 주변에서 일어난 우호적인 예들을 모두 쌓을 테지요. 그런 예는 하나하나가 다 (특히 가장 두드러진 것들이) 남의 비밀을 드러내지 않고는, 혹은 어떤 면에서는 얘기되어서는 안 될 것들을 이야기하지 않고는 제시될 수 없을 거고요."

"아!" 하빌 대령이 목소리에 강한 감정을 실어서 외쳤다. "아내와 아이들에게 작별 인사를 한 뒤 그들을 싣고 떠나는 배가 수평선 너머로 사라질 때까지 지켜보다가 돌아서서 '우리가 다시 만날 수 있을지 없을지는 신만이 아시겠지!'라고 말할 때 남자들이 어떤 고통을 느끼는지 앤 양이 이해할 수 있을까요! 그리고 그가 가족을 다시 만날 때 느끼는 영혼의 흥분을 당신께 전달할 수 있을까요! 열두 달 정도 떠났다가 다른 항구로 돌아오게 되면 식구들을 그곳까지 데려와야 하는데 그에 걸리는 시간을 계산하면서 우리는 '며칠까지는 여기에 도착할 수 없겠군.'이라며 자신의 마음을 달래지요. 하지만 그러는 동안에도 가족들이 열두 시간이라도 앞당겨 도착했으면 하는 마음은 간절하답니다. 그러다가 마침내 그들이 몇 시간 앞당겨 도착하면(하늘이 그들에게 날개라도 달아 준 것처럼 말이지요!) 그런 그들의 모습을 볼 때 느끼는 흥분은 또 얼마나 큰지요! 내가 이 모든 것을, 그리고 한 남자가 자신의 온 존재를 건 그 같은 보물들을 위해 견딜 수 있고 해낼 수 있으며 오히려 영광으로 생각하는 모든 일들을 당신께 설명할 수만 있다면! 물론 심장을 가진 남자들의 이야기지요!" 그렇게 말하며 그는 자신의 가슴을 격정적으로 눌렀다.

"오!" 앤이 흥분해서 외쳤다. "저도 대령님께서 느끼시는 그 모든 감정과 대령님과 비슷한 모든 분들이 느끼시는 감정을 정당하게 평가해 드리고 싶어요. 같은 인간 중 누구의 감정이든 그 따뜻하고 충실한 심정을 과소평가해서는 절대 안 되지요. 만일 제가 진정한 애정과 충실성은 여자만 아는 감정이라고 감히 주장한다면 저는 정말 경멸받아 마땅합니다. 아닙니다. 전 남자도 결혼 생활 중에 모든 위대하고 좋은 일을 할수 있다고 믿습니다. 남자도 목적만 있다면 모든 중요한 노력을 기울이고 모든 가정적 관용을 베풀 능력이 있다고요. 다시 말해서 남자가 사랑하는 여인이 살아 있고, 또 그 남자를 위해 살고 있다면 말이지요. 제가 여자에 대해서 주장하는 특권은 (그건 부러워할 만한 게 못 되는, 탐내실 필요가 전혀 없는 특권이지요.) 상대나 희망이 사라진 뒤에도 오래오래 사랑하는 특권입니다."

앤은 더 이상 말을 잇지 못했다. 가슴이 너무 북받쳐 숨이 막히는 것 같았다.

"앤 양은 좋은 분입니다." 하빌 대령이 그녀의 팔에 다정하게 손을 대면서 감동한 목소리로 말했다. "당신과 논쟁을 할 필요는 없겠습니다. 그리고 벤윅을 생각하면 제가 말을 함부로 해서도 안 되겠지요."

그들은 다른 사람들에게 주의를 돌려야 했다. 크로프트 부인이 떠나고 있었다.

"프레더릭, 여기서 헤어져야겠구나." 그녀가 말했다. "난 집으로 가고 넌 친구분과 볼일이 있으니." 부인이 앤을 향해 고개를 돌렸다. "오늘 저녁에 우리가 모두 댁의 파티에서 다시 만나게 될 것 같군요. 언니께서 우리에게 초대장을 주셨는데, 프레더릭도 초대를 받았다지요. 내가 직접 본 건 아니지만. 프레더릭, 너도 다른 계획은 없지, 그렇지?"

웬트워스 대령은 급하게 편지를 접고 있었는데 제대로 대답을 할 수 없거나, 그럴 의사가 없는 듯 보였다.

"네." 그가 말했다. "맞습니다. 여기서 헤어져야겠네요. 하지만 하빌과 저는 곧 가야 해요. 그러니까 하빌, 자네만 준비가 됐다면 나도 삼십 초 안에 일어설 수 있네. 떠날 준비가 됐겠지. 삼십 초면 나도 자네와 떠날 수 있어."

크로프트 부인이 떠나고 웬트워스 대령이 급히 편지를 봉했다. 떠날 준비를 마치고 다소 서두르고 있었으며 심리적으로 흔들리는 듯, 그러니까 빨리 자리를 뜨고 싶어 하는 듯 보였다. 하빌 대령은 앤에게 지극히 다정하게 "좋은 아침 보내세요. 신의 가호가 있으시기를."이라고 인사를 건넸는데, 웬트워스 대령은 한마디도 하지 않았고 그녀 쪽을 돌아보지도 않았다. 단

한 번 쳐다보지도 않고 나가 버린 것이다!

하지만 그녀가 그가 편지를 쓰고 있던 탁자 쪽으로 가는 동안 방을 향해 다가오는 발소리가 들렸고, 문이 열렸으며 곧바로 그가 들어섰다. 그는 실례한다고, 장갑을 잊고 갔다고 말하면서 곧장 방을 가로질러 탁자로 가더니, 머스그로브 부인을 등지고 서서 흩어져 있던 종이들 밑에서 편지 하나를 꺼내 앤 앞에 놓았다. 그러고는 잠깐 동안 편지를 읽어 달라는 듯한 표정과 함께 뜨거운 눈빛으로 그녀를 바라보더니 급히 장갑을 들고 다시 방을 나갔다. 머스그로브 부인은 그가 방에 들어왔다 나간 것도 모를 정도로 순식간에 일어난 일이었다!

이 한순간이 앤에게 가져온 변화를 어떻게 표현할 수 있을까? 'A. E. 양께'로 시작해서 거의 알아보기 힘들 정도로 흘려 쓴 편지는 바로 좀 전에 그가 그렇게 급하게 접고 있던 것이었다. 표면적으로는 벤윅 대령에게 편지를 쓰면서 그는 그녀에게 보내는 편지도 함께 썼던 것이다! 그 편지에는 이 세상 모든 것이 담겨 있었다! 모든 가능성이 그 안에 있었다. 내용을 몰라 긴장하는 상태에 비하면 그 무엇이라도 좋았다. 머스그로브 부인은 탁자 위에 조그만 장식을 배열해 두고 있었다. 그것이 다른 사람들의 눈으로부터 자신을 보호해 주리라 생각한 앤은 웬트워스 대령이 편지를 쓰던 바로 그 의자에 깊숙이 앉아 홀린 듯 내용을 읽어 내려갔다.

더 이상 가만히 듣고 있을 수가 없구려. 가능한 방법으로 당신께 말하고 싶소. 당신은 내 영혼을 꿰뚫고 있소. 나는 현재 고통과 희망이 반반인 상태요. 너무 늦은 게 아니라고, 당신의 그 귀한 감정이 영원히 사라져 버린 게 아니라고 말해 주시오. 당신으로 인해 산산조각이 나다시피 한 팔 년 전보다 더 당신의 것이 된 내 마음과 함께 다시 당신께 나를 바치겠소. 여자보다 남자가 빨리 잊는다고, 남자의 사랑이 더 빨리 소멸한다고 감히 말하지 마시오. 당신 외에는 그 누구도 사랑한 적이 없소. 내가 부당했을지언정, 마음이 약해지고 앙심을 품었을지언정 한 번도 내 사랑이 흔들린 적은 없소. 내가 바스에 온 이유는 오직 당신 때문이었소. 오직 당신만을 생각하며 모든 일을 계획했소. 이걸 알아차리지 못한 거요? 내 소망을 이해하지 못했단 말이오? 내가 당신의 마음을 알았다면 지난 열흘도 기다리지 않았을 거요. 당신이 내 마음을 꿰뚫어 본 게 틀림없다고 생각하오. 이 글을 쓰기도 불가능할 지경이오. 당신의 말을 듣는 순간마다 내 가슴이 벅차오르고 있소. 당신이 나직한 목소리로 말하여 다른 사람은 못 알아들을 때에도 나는 그 음조를 알아챌 수 있으니. 너무도 착하고 너무도 훌륭한 사람! 당신은 남자도 공정하게 평가해 주고 있소. 남자에게도 진정한 사랑과 충실성이 가능하다고 믿고 있으니까. 믿어 주시오, 그 가장 열렬하고 한결같은 예가 바로 나라는 것을.

F. W.

이제 가야 하오. 내 운명을 모르는 채로. 하지만 가능한 한 빨리 이곳으로 돌아오든지 당신 일행을 뒤따라가겠소. 당신의 말 한마디, 눈짓 한 번으로 내가 오늘 저녁 당신 아버지 댁으로 가게 될지, 아니면 영원히 가지 않을지가 결정될 거요.

이런 편지를 읽고 어떻게 바로 정신을 차린단 말인가? 반시간쯤 혼자 있으면서 생각을 가다듬는다면 침착함을 되찾을수 있을까? 하지만 단 십 분도 지나지 않아 방해를 받았고 더욱이 현재 그녀가 처한 상황에서 침착하기란 불가능했다. 순간순간 흥분이 더해졌다. 행복감이 넘쳤다. 그리고 그녀가 행복을 음미하는 첫 단계를 넘기도 전에 찰스와 메리, 헨리에타가 함께 들이닥쳤다.

그들 앞에서는 절대적으로 침착하게 행동해야 했기에 앤은곧 자신의 감정과 싸우려고 노력했다. 하지만 잠시 후 더 이상지탱해 낼 기력이 없음을 깨달았다. 그들의 말이 한마디도 귀에 들어오지 않아서 몸이 좀 불편하다며 물러났다. 모두들 그녀의 안색이 무척 좋지 않다는 걸 깨닫고 놀라고 걱정하면서주변을 떠나지 않으려 했다. 정말 끔찍한 일이었다! 그녀 혼자조용히 방에 있도록 모두 밖으로 나가 주면 나아지련만, 오히려 모두들 그녀 주변에서 서성대고 있으니 정신이 더욱 산란했다. 마침내 더 이상 참을 수 없어진 그녀가 집으로 가겠다고말했다.

"어서 그렇게 하세요, 앤 양." 머스그로브 부인이 외쳤다. "얼른 집으로 가서 몸을 좀 추스르세요. 그래야 저녁 파티에참석하실 수 있을 거예요. 세라가 있어서 아가씨를 돌봐 드릴수 있으면 좋을 텐데. 하지만 난 의사가 아니니. 찰스, 벨을 눌러 가마를 부르도록 해라. 앤 양을 그냥 걸어가게 하면 안 되겠다."

하지만 가마는 절대 안 될 일이었다. 그것만은 막아야 했다! 그녀 혼자 조용히 시 외곽 쪽으로 걸어가면서 웬트워스 대령에게 말을 걸 기회를 놓친다는 건(앤은 그를 마주치리라 확신했다.) 참을 수 없는 일이었다. 앤은 절대로 가마를 타지 않겠다고 고집했다. 넘어지는 것 외에 다른 부상을 알지 못하는 머스그로브 부인은 앤이 최근에 넘어져서 머리를 부딪친 적이 없다는 사실을 거듭 확인했다. 그리고 저녁에 다시 만날 것을 기약하며 명랑하게 그녀를 보내 주었다.

가능한 한 웬트워스 대령의 오해를 피해야겠다는 생각에 조바심이 난 앤이 고민을 하다가 말했다.

"오늘 저녁 파티에 대해서 제대로 잘 이해가 안 되었을지 몰라서 말씀드리는데요, 다른 신사분들께도 저희 식구들이 꼭 뵙기를 바란다고 좀 전해 주십시오. 오해가 좀 있었던 것 같아요. 그러니 특히 하빌 대령님과 웬트워스 대령님께 저희가 오늘 저녁 파티에서 두 분을 뵙고 싶어 한다고 전해 주시면 좋겠어요."

"오! 앤 양, 다들 그렇게 이해하고 있어요. 내가 장담해요. 하빌 대령께선 가려고 생각하고 계셨어요."

"그런가요? 하지만 그래도 걱정이 돼서요. 오해가 있다면 정말 안타까운 일이니까요! 그분들을 다시 보시면 꼭 말씀드리겠다고 약속해 주시겠어요? 그 두 분이 오늘 아침 다시 이리로 오실 것 같으니 그렇게 전달하시겠다고 약속해 주세요."

"앤 양이 원한다면 물론 그래야지요. 찰스, 어디서든 하빌 대령을 만나거든 앤 양의 메시지를 잊지 말고 전하렴. 약속하지? 하지만 앤 양, 조금도 염려하실 필요 없어요. 하빌 대령은 이미 약속한 걸로 생각하고 계셔요. 내가 장담할게요. 웬트워스 대령도 마찬가지고요."

앤은 그 문제에 대해 더 이상 왈가왈부할 수 없었다. 하지만 오해가 생길지도 모른다는 염려로 인해 조금 전까지 완벽하던 그녀의 행복감에 약간의 그림자가 드리워졌다. 하지만 그것도 잠시였다. 만일 그가 캠던 플레이스에 오지 않는다 해도 하빌 대령을 통해 자신이 알아들을 수 있게 말을 전할 수 있을 터였다.

잠시 짜증을 야기하는 상황이 또 하나 발생했다. 진심으로 걱정이 된 마음씨 좋은 찰스가 앤을 집까지 바래다주겠다고 나선 것이다. 그를 말릴 방도는 없었다. 정말 잔인하다 생각될 만큼 야속했다! 하지만 결국 고마워할 수밖에 없었다. 총포상에 가는 약속까지 희생하며 바래다주겠다는 것이었으니. 할 수 없이 앤은 찰스와 함께 길을 나섰다. 얼굴에 고마운 표정만을 띠고서.

유니언 가를 걷고 있을 때 뒤에서 그들보다 빠르게 걷는 발소리, 뭔가 익숙한 소리가 들려왔고, 웬트워스 대령이구나 생각하는 순간 그가 나타났다. 그는 그들과 합류하면서 마치 함께 걸어갈지 그냥 지나칠지를 망설이는 듯 잠시 망설였다. 앤은 그를 마주 바라볼 만큼, 그리고 꺼리는 기색 없이 마주 볼 만큼 침착함을 되찾은 상태였다. 창백했던 뺨은 밝았고, 주저하던 발걸음은 단호했다. 그는 그녀의 곁에 서서 걸었다. 이윽고 갑자기 뭔가 생각이 떠오른 듯 찰스가 말했다.

"웬트워스 대령님, 어느 쪽으로 가십니까? 게이 가까지만 가시나요, 아니면 시 외곽 쪽으로 더 가시나요?"

"글쎄요." 웬트워스 대령이 놀라서 대답했다.

"벨몬트까지 올라가시나요? 캠던 플레이스 근처까지 가시나요? 그러면 저 대신 앤 양을 문 앞까지 데려다 주십사 부탁드리려고요. 앤 양이 오늘 아침에 좀 피곤해서 먼 길을 혼자 가면 안 되거든요. 그런데 사실 난 시장에 있는 가게 한 군데에 가기로 했어요. 그곳 상인한테 멋진 총이 한 자루 있는데 곧 부쳐야 해요. 그런데 부치기 전에 내게 보여 주기로 했어요. 내가 볼 수 있도록 최대한 포장을 늦추겠다고 했는데 지금 가지 않으면 기회를 놓치게 될 것 같습니다. 그 상인 말에 따르면 대령께서 윈스럽 근처에서 언젠가 쏘신 적이 있는 제 이연발식 산탄총하고 상당히 비슷한 모양입니다."

웬트워스가 이 제의를 거절할 리 없었다. 그는 남이 보기에 적당할 정도로 흔쾌히 수락했다. 미소는 자제되었고 영혼은 은밀한 황홀감으로 춤을 추었다. 삼십 초 만에 찰스는 다시 유니언 가의 아래쪽에 있었고 남은 두 사람만이 함께 걷고 있었다. 두 사람은 곧 의논 끝에 비교적 조용하고 한적한 자갈길로 접어들었다. 그곳에서 이루어질 대화야말로 현재의 시간을 진정한 축복으로 만들 터였다. 그리고 이 시간은 그들이 장차 살아가는 동안 가장 행복하게 회상함으로써 불멸성을 획득할 터였다. 그곳에서 그들은 전에 완벽히 확보된 듯했다가 수많은 세월 동안의 이별과 소원함으로 이어졌던 바로 그 감정과 약속들을 다시 교환했다. 다시 과거로 돌아가서 결합을 처음 계획했을 때보다 더 절묘한 행복감을 맛보았다. 서로의 성격과 진실과 애정에 대해 더욱 다정하고 확고하며 시련을 거친 지식을 갖게 되었고, 그런 지식을 실행에 옮길 준비도 자격도 갖추었다. 그들은 주변 사람들을 조금도 신경 쓰지 않은 채, 어슬렁거리는 정치가들도, 부산하게 움직이는 가정부들도, 시시덕거리는 처녀들도, 유모들도 아이들도 신경 쓰지 않으면서, 자기들의 과거를 돌아보고 서로의 감정을 확인하는 일에 몰두했다. 특히 이 순간 직전에 있었던 일들에 대한 해명은 너무도 마음에 사무치고 한없이 흥미로웠다. 바로 전 주에 있었던 일들을 세세히 살폈고 어제와 오늘 있었던 일들도 끝없이 따져 보았다.

그녀의 관찰이 맞았다. 엘리엇 씨에 대한 질투심이 그의 전진을 무겁게 가로막았고 회의를 안겼으며 그를 고문했다. 그것은 그녀와 처음 바스에서 재회했을 때부터 시작된 일이었다. 그 질투심은 조금 사이를 두었다가 음악회 때 돌아와 음악회를 망쳐 버렸다. 그리고 지난 스물네 시간 동안 그가 한 모든 말과 행위, 혹은 그가 하지 않은 모든 말과 행위에 영향을 미쳤다. 그 질투심은 그녀가 가끔씩 보이던 격려의 눈빛이나 말 또는 행동 덕분에 서서히 낙관적인 희망으로 대치되었다. 그리고 하빌 대령과의 대화에서 드러난 그녀의 생각과 어조 덕분에 완전히 사라졌다. 그래서 더 이상 참지 못하고 종이 한 장을 집어 들어 거기에다 자신의 감정을 쏟아 부은 것이었다.

그가 그 종이에 쓴 말 중에는 무엇 하나 철회하거나 수정할 것이 없었다. 그는 그녀 외에는 아무도 사랑한 적이 없었다. 그 누구도 그녀의 자리에 들어선 적이 없었다. 자기가 그녀의 사랑을 받을 자격이 있다고 믿은 적도 없었다. 그가 인정하지 않을 수 없었던 것은 자신이 무의식적으로, 아니 의도와는 무관하게 그녀에게 충실했었다는 사실이다. 그는 그녀를 잊으려고 노력했고 또 잊었다고 믿었다. 그저 화가 났던 것뿐인데 더 이상 그녀에게 관심이 없다고 착각했다. 그리고 그녀의 장점을 부당하게 평가했다. 자신이 그로 인해 고통을 받았기 때문에. 하지만 어퍼크로스에서 그녀를 제대로 보게 되었고, 라임에서 자신의 마음을 이해하기 시작했다는 사실을 인정해야 했다.

그는 라임에서 한 가지 이상의 교훈을 얻었다. 길을 지나가던 엘리엇 씨가 그녀에게 반한 듯한 눈길을 준 게 그의 관심을 끈 것은 사실이었다. 그리고 코브와 하빌 대령의 집에서 그녀가 얼마나 탁월한 사람인가를 확인했다.

루이자 머스그로브와 결합해 보려던 (홧김의) 시도에 대해서는 마음속으로 그것이 불가능하다는 걸 알고 있었다고, 자기는 루이자를 좋아하지도 않았고, 좋아할 수도 없었다고 힘주어 말했다. 물론 그날까지는, 그날 이후, 시간을 두고 숙고할 때까지는 루이자에 비해서 그녀가 얼마나 완벽하게 뛰어난 사람인지, 그리고 그녀의 마음이 얼마나 완벽하게 그의 마음을 독점하고 있는지 이해하지 못했다. 그날 그는 원칙의 확고함과 방자한 고집이, 부주의한 만용과 침착한 사람의 단호함이 다르다는 것을 배웠다. 그날 목격한 것들로 인해 그는 자기가 잃었던 여인이 얼마나 뛰어난 사람인가를 새삼 깨달았고, 자기 앞에 다시 나타난 그 여자를 새로 얻고자 노력할 수 없도록 만든 자신의 자존심과 어리석음과 멍청한 양심을 한탄하기 시작했다.

그 시점으로부터 그는 통렬한 반성을 시작했다. 루이자의 사고가 있은 뒤 며칠 동안 느꼈던 공포와 후회로부터 자유로워지면서 자신이 여전히 살아 있음을 다시 느끼기 시작했으며, 동시에 살아 있으되 자유롭지 못한 상태임을 깨달았다.

그가 말했다. "하빌이 이미 나를 루이자의 약혼자로 간주하고 있다는 사실을 깨달았소! 하빌도 그의 부인도 루이자와 내가 서로 사랑하는 사이임을 의심하지 않았소. 나는 놀라고 충격을 받았소. 어느 정도는 그에 대해 직접 반박할 수 있었소. 하지만 다른 사람들도(루이자의 가족, 아니, 아마 루이자 자신까지도) 똑같이 느끼고 있을지 모른다고 생각하자 더 이상 마음대로 행동할 수 없었소. 그녀가 원했다면 나는 도의상 그녀의 사람이 되었을 거요. 내가 경솔했던 거요. 그 문제에 대해 별로 진지하게 생각하지 않았었소. 지나치게 가깝게 지내는 것이 여러모로 나쁜 결과를 초래할 위험이 있다는 걸 고려하지 않았던 거요. 다른 나쁜 결과가 없다 하더라도 그렇게 해서 불쾌한 소문이 날 수도 있는데, 두 처녀 중 한 사람과 맺어질 수 있는지 없는지를 시험해 볼 권리가 내게는 없었다는 사실을 말이오. 정말 큰 실수를 범했고 그 결과를 책임져야 할 상황이었소."

요컨대 그는 자신이 너무 깊숙이 얽혔다는 것을 너무 뒤늦게 깨달았던 것이다. 그리고 자신이 루이자를 전혀 좋아하지 않는다는 사실을 분명히 깨달은 바로 그 순간에, 만일 하빌 부부가 짐작했듯이 그녀가 진정으로 그를 사랑했다면 그 사랑을 받아들여야만 하는 상황이었던 것이다. 그런 상황 때문에 그는 라임을 떠나기로, 다른 곳에서 그녀가 완전히 회복되기를 기다리기로 결심했다. 자신에 관한 어떤 감정이나 추측도 정당한 방법을 통해 약화시키고 싶었다. 그래서 형네 집에서 지내다가 켈린치로 돌아가기로, 돌아가서 상황이 요구하는 대로 행동하기로 결심했다.

"에드워드의 집에서 육 주를 지냈소." 그가 말했다. "그리고 형이 행복하게 지내는 모습을 보았소. 그 외에는 어떤 즐거움도 누릴 수 없었소. 그럴 자격도 없었고. 형은 특별히 당신에 대해서 물었소. 내 눈에는 결코 그럴 수 없다는 건 전혀 짐작도 못 한 채로 당신의 모습이 변했는지까지 물었소."

앤은 미소를 지으며 넘어가기로 했다. 그것은 너무 즐거운 실수라 나무랄 수가 없었다. 스물여덟 살의 여자가 젊었을 때의 매력을 잃지 않았다는 말을 듣는 것은 그 자체로 기분 좋은 일이었다. 하지만 그런 칭찬의 가치는 그가 전에 한 말과 비교해서, 그리고 그것이 그의 애정 부활의 원인이 아니라 결과임을 알기 때문에 형언할 수 없을 만큼 컸다.

그는 자존심의 맹목성과 잘못된 계산을 한탄하며 슈롭셔에 남아 있었는데, 어느 날 루이자가 벤윅과 약혼을 했다는 놀랍고도 행복한 소식을 듣게 되었다. 마침내 루이자에게서 해방된 것이다.

"그때 내 최악의 상태가 끝났소. 왜냐하면 적어도 그때부터는 행복을 향한 도정에 나설 수 있었으니까. 노력을 하고 뭔가 해 볼 기회가 주어졌으니까. 하지만 그렇게 오랫동안 아무런 행동도 하지 않고 기다린 뒤에 기대할 수 있는 건 부정적인 결과뿐이었으므로 그 결과가 두려울 수밖에 없었소. 소식을 들은 지 오 분 후에 '지금 가면 수요일엔 바스에 도착할 수 있겠군.' 하고 생각했고 실제로 그렇게 했소. 와 볼 필요가 있다고 생각해서, 그리고 어느 정도는 희망에 차서 온 게 너무 염치없는 일이었는지…… 당신은 아직 혼자였소. 당신이 나처럼 옛날의 마음을 그대로 간직하고 있을 수도 있다고 생각했소. 그리고 적어도 우연히 들어서 알게 된 고무적인 사실도 하나 있었소. 다른 사람이 당신을 좋아하고 당신과 결혼하기를 원하리라는 걸 의심해 본 적은 한 번도 없었소. 그런데 당신이 나보다 조건이 좋은 남자를 거절한 사실이 있다는 걸 알게 되었소. 그래서 그게 나 때문일까 하고 자주 자문하지 않을 수 없었소."

그들이 밀섬 가에서 처음 만났을 때에 대해서도 할 말이 많았지만, 음악회와 관련해서는 더욱 할 말이 많았다. 그날 저녁은 절묘한 순간들로 점철된 듯했다. 그녀가 그에게 말을 건네기 위해 팔각형 방에서 앞으로 나선 순간, 엘리엇 씨가 나타나서 그녀를 빼앗아 간 순간, 그리고 그에 이어지면서 희망이 돌아오거나 기분을 더 우울하게 만들었던 한두 순간들에 대해 그들은 흥분해서 이야기를 나누었다.

"당신이 나를 좋아하지 않는 사람들 사이에 있는 모습을 보면서, 그리고 당신 곁에 앉아서 대화를 나누며 미소를 짓던 당신의 사촌을 보면서 그와 당신이 결혼한다면 얼마나 격에 맞을까 생각해 보니 너무도 끔찍했소! 그것이 당신에게 영향을 미칠 수 있는 모든 사람들의 소망이라는 것도! 설령 당신으로선 내키지 않거나 크게 끌리지 않는 결혼이라 할지라도 그가 얼마나 강력한 지지를 받을 것인지! 그 모든 것은 나를 바보로 만들기에 충분했소. 그러니 나도 바보같이 굴 수밖에 없었지. 그걸 바라보면서 어떻게 괴로워하지 않을 수 있었겠소? 당신 바로 뒤에 앉아 있던 당신 친구분의 모습, 그녀의 영향력에 대해 그렇게 잘 아는데. 그 일만 떠올리면! 그녀의 설득이 과거에 당신에게 미쳤던 영향에 대해 너무도 잘 아는데! 내게는 모두 적대적인 상황이었잖소?"

"구별을 하셨어야죠." 앤이 대답했다. "지금의 저에 대해서는 의심하지 마셨어야죠. 상황과 나이가 크게 달라졌잖아요. 제가 한때 설득당했던 게 잘못이었다 해도, 그건 무모한 짓을 부추기는 설득이 아니라 위험한 행동을 하지 말라는 설득이었다는 걸 기억하셨어야지요. 제가 그 설득을 받아들인 건 의무라고 생각했기 때문이에요. 하지만 지금 상황에서는 의무의 문제가 개입할 여지가 없어요. 제가 좋아하지도 않는 사람과 결혼하는 건 무모한 짓이고 의무를 저버리는 일이니까요."

"그렇게 차근차근 생각했더라면 좋았겠지." 그가 대답했다. "하지만 그렇게 되질 않았소. 새로 파악한 당신의 성격으로부터 배울 수가 없었소. 그런 고려를 할 여유가 없었소. 날이 가고 해가 가도 쓰라리기만 하던 내 마음 때문에 그런 것이 하나도 눈에 들어오지도 않았고 그런 생각을 할 수도 없었소. 당신은 남의 설득에 넘어간 사람, 그래서 나를 포기한 사람, 나보다 다른 사람들에 의해 좌우되는 사람으로만 생각되었소. 그 참담했던 시절에 당신을 인도했던 그분과 당신이 함께 있는 걸 보았소. 그분의 영향력이 지금이라고 약해졌을 거라고는 믿을 수가 없었소. 습관으로 인해서 그분의 영향력이 더 커졌을 수도 있다고 생각했소."

"당신을 대하던 제 태도가 당신이 그런 생각을 거의, 아니, 전혀 못하게 막을 수도 있지 않았을까요?"

"아니요, 전혀! 당신의 편한 태도는 이미 다른 남자와 약혼한 여자의 태도일 수도 있었소. 그렇게 믿으면서 그대로 자리를 뜬 거요. 하지만 당신을 꼭 다시 만나 봐야 되겠다고 생각했소. 아침이 되자 다시 기운이 났고 아직은 여기에 남아 있을 이유가 사라지지 않았다는 느낌이 들었소."

마침내 앤은 다시 집에 도착했고 그녀가 얼마나 행복한 기분인지는 그 집에 있던 누구도 상상할 수 없었다. 그날 아침에 느꼈던 모든 놀라움과 긴장, 고통은 방금 있었던 대화로 인해 눈 녹듯이 사라졌다. 집에 들어설 때 느낀 행복감이 너무나 커서 그 기분을 완화시키기 위해 이 정도의 행복감이 계속해서 지속되는 게 가능할까 하는 일시적인 두려움마저 느껴야 했다. 잠시 진지하고 고마운 마음으로 심사숙고하는 것만이 그런 지고지선의 행복감에 따르는 모든 위험을 교정하는 최선의 방책이었다. 그래서 방으로 돌아가서 행복감과 고마움을 두려움 없이 만끽했다.

저녁이 왔고 응접실에 불이 켜졌으며 사람들이 모여들었다. 그것은 단순한 카드 파티였다. 처음 만나는 사람들과 너무 자주 만나는 사람들이 섞인 흔하디흔한 모임이었다. 친밀한 대화를 나누기에는 사람이 너무 많았고, 다양성을 즐기기에는 모인 사람의 수가 너무 적었다. 하지만 앤에게 그날 저녁은 이 세상에 태어나서 보낸 저녁 중 가장 짧은 저녁이었다. 그녀는 행복에 젖은 사람 특유의 아름답고 환한 미소를 띠고 주변 사람들에게 민감한 관심을 보였다. 그녀는 스스로 생각하거나 신경을 쓰는 것 이상으로 사람들의 눈길을 모았으며, 주변의 모든 사람들에 대해 즐겁고 너그러운 감정을 느꼈다. 엘리엇 씨에 대해서도, 그를 피하기는 했지만 동정심을 느꼈다. 월리스 부부에 대해서는 자신이 그들을 잘 알고 있다는 사실이 흥미로웠다. 레이디 달림플과 카터릿 양은 곧 그녀에게 아무런 해도 끼칠 수 없는 무해 무익한 사촌이 되고 말 터였다. 클레이 부인에 대해서도 신경 쓸 일이 없었고, 아버지와 언니의 매너 역시 남들 앞에서 부끄럽게 생각할 만한 면을 찾을 수 없었다. 머스그로브 가의 식구들과는 매우 편안하게 대화를 나누었고, 하빌 대령과는 오누이처럼 다정하게 대화를 나누었다. 레이디 러셀과는 대화를 하려다가 달콤한 생각이 떠올라 삼갔다. 크로프트 제독 부부와는 특별히 더 다정하고 진지한 관심을 기울여 대화를 나눴지만 역시 달콤한 생각이 떠올라 그 사실을 감춰야 했다. 웬트워스 대령과는 계속해서 잠깐씩 대화를 나누었고 항상 더 이야기를 나누고 싶은 갈증을 느꼈으며 그가 한자리에 있다는 사실을 계속해서 의식했다.

겉으로는 온실 속의 훌륭한 식물들을 열심히 감상하는 척하던 그런 짧은 대화 중에 그녀가 한번은 이런 말을 했다.

"옛일에 대해 생각하며 뭐가 옳고 그른 것이었는지, 그러니까 제가 한 행동에 대해서 공정하게 판단해 보려고 했는데요, 제가 한 행동 때문에 크게 괴로웠던 것은 사실이지만 그 행동이 옳았다고, 당신도 이제 더 잘 알게 되면 좋아하게 될 어른의 충고를 따른 것이 전적으로 옳은 행동이었다고 결론을 내렸어요. 그분은 제게 부모님이나 마찬가지세요. 하지만 제 말을 오해하지는 마세요. 그분의 충고가 옳았다고 말하는 것은 아니에요. 아마도 결과만이 그것이 좋은 충고였는지 아닌지를 말해 줄 수 있는 그런 경우가 아니었을까 싶어요. 그리고 저라면 그와 비슷한 어떤 상황에서도 같은 충고를 하지는 않았을 거예요. 하지만 제가 그분의 충고를 따른 것은 옳은 일이었다고 생각해요. 만일 제가 그 충고를 따르지 않았더라면 약혼을 포기했을 때보다 그걸 지속시켰을 때 더 마음고생을 했을 것 같아요. 양심의 가책을 느꼈을 테니까요. 지금은 인간에게 허용되는 범위 안에서 저 자신을 나무랄 이유가 없어요. 그리고 제가 알기로도 강한 의무감은 여성의 성격으로 나쁜 것이 아니니까요."

그가 그녀를 바라보다가 레이디 러셀 쪽을 한 번 본 다음, 다시 한 번 그녀를 바라보았다. 마치 냉정하게 판단을 내리기 위해 심사숙고하는 듯한 모습이었다.

"아직은 아니오. 하지만 때가 되면 그분을 용서할 수 있을지도 모르겠소. 곧 그분에 대해서도 너그러운 감정을 느끼리라 믿소. 하지만 나 또한 옛날 일을 생각해 볼 때 의문이 드는 게 있소. 레이디 러셀 말고도 적이 한 명 더 있었던 게 아닌가, 그건 바로 나 자신이 아니었던가 하는 의문이오. 내가 1808년에 몇 천 파운드의 재산을 가지고 라코니아호의 선장이 되어 영국에 돌아왔을 때 만일 당신에게 편지를 했다면 당신이 답장을 했을까요? 다시 말해서 그때 다시 나와 약혼을 했을까요?"

"했겠지요!" 그녀가 한 말은 이 한마디가 전부였다. 하지만 억양은 충분히 단호했다.

"세상에!" 그가 외쳤다. "그랬군! 내가 그 생각을 안 한 것도 그것을 원하지 않은 것도 아니었소. 그랬다면 내 모든 다른 성공에 왕관을 씌우는 격이라고 생각했소. 하지만 자존심 때문이었소. 내 자존심 때문에 다시 청혼을 할 수가 없었소. 당신을 오해했던 거요. 아니, 당신을 제대로 평가하지 못한 거지. 그 일을 떠올리면 나보다 다른 사람을 먼저 용서할 수밖에 없소. 육 년 동안의 이별과 고통을 피할 수도 있었는데. 이것도 내게는 새로운 고통이오. 나는 내가 누리는 모든 축복을 스스로 얻었다고 믿으면서 만족감을 느끼는 사람이오. 항상 명예로운 노동의 정당한 대가를 누리고 있다고 자부해 왔소. 역경을 이겨 낸 다른 위대한 사람들처럼." 그가 미소를 지으며 덧붙였다. "나도 내 행운 앞에 겸손하도록 노력해야겠소. 내가 받을 자격이 있는 것보다 더 많은 행복을 누리는 방법을 배워야겠소."

24

그다음에 일어난 일에 대해서는 누가 의심할 수 있을까? 젊은 남녀가 결혼을 하기로 마음을 먹고 나면 가난하든, 무모하든, 각자의 궁극적인 행복에 서로가 별 도움이 안 되든, 끈기 있게 밀어붙여 그 결혼을 성사시키고야 만다. 이것은 이야기를 끝맺는 교훈으로는 나쁠지 모르지만 나는 그것이 진실이라고 믿는다. 그리고 그런 남녀가 결혼에 성공한다면 웬트워스 대령과 앤 앨리엇 역시 모든 반대를 물리치지 못하리란 법은 없지 않은가! 두 사람이 다 정신적으로 성숙하고 자신들의 권리에 대해 잘 알고 있으며, 적어도 한 사람은 독립적인 재산을 소유하고 있다는 이점까지 있는데! 그들이 실제 부딪혀야 했던 반대보다 훨씬 큰 반대도 얼마든지 물리칠 수 있었을 것이다. 하지만 흔쾌함과 열렬함이 빠졌다는 것 외에는 그들을 불행하게 하는 일은 별로 없었다. 월터 경은 아무런 반대도 하지 않았고, 엘리자베스는 냉담하고 무관심했을 뿐이다. 일 년에 2만 5000파운드의 수입이 있고 공훈과 업적으로 도달할 수 있는 최고의 자리에 오른 웬트워스 대령은 더 이상 보잘것없는 남자가 아니었다. 그는 이제 어리석고 낭비벽이 있는 준남작의 딸과 결혼할 자격이 충분한 사람으로 받아들여졌다. 게다가 그 준남작은 섭리에 의해 부여된 재산마저 잘 지켜 낼 양식이나 원칙이 없고 지금으로서는 장차 그녀의 몫이 될 1만 파운드의 일부밖에는 줄 수 없는 처지였다.

월터 경은 비록 이 결혼에 대해 진심으로 행복해할 만큼 앤에 대한 애정도 없었고 이 결혼이 자신의 허영심을 충족시켜 주지도 않았지만 그 정도면 나쁜 결혼은 아니라고 생각했다. 오히려 웬트워스 대령을 밝은 낮에 만나서 더 찬찬히 뜯어보고는 그가 꽤 잘생겼다고 판단하고, 그의 우월한 외모가 앤의 우월한 지위와 그럭저럭 균형을 이룬다고 생각했다. 이 모든 것에다 웬트워스라는 이름도 괜찮게 들렸기 때문에 월터 경은 마침내 기분 좋게 명예로운 기록에 그 결혼을 적어 넣기 위해 펜을 준비할 수 있었다.

그들 중에서 유일하게 심정적 저항이 있을 것으로 염려되었던 사람은 레이디 러셀이었다. 앤은 레이디 러셀이 엘리엇 씨의 본색을 알아차리고 그를 포기하기까지는 어느 정도 고통이 따르리라고 짐작했다. 그리고 웬트워스 대령을 제대로 알고 평가하기까지도 약간의 어려움이 따르리라고 생각했다. 하지만 그것은 이제 레이디 러셀이 감당해야 할 몫이었다. 그녀는 자신이 두 사람에 대해서 잘못 알았다는 사실, 즉 그 두 사람을 판단할 때 지나치게 겉모습만 보았다는 사실을 받아들여야 했다. 웬트워스 대령의 매너가 자신의 개념과 맞지 않는다는 이유로, 그것을 위험하기 짝이 없는 충동적 성격의 표현으로 성급하게 추론했음을 인정해야 했다. 그리고 엘리엇 씨의 매너가 그 절도와 단정함으로, 그리고 그 공손함과 온화함으로 자신을 기쁘게 했다는 이유만으로 가장 올바른 견해와 가장 절제된 정신의 결과로 성급하게 판단했음도 인정해야 했다. 레이디 러셀에게는 자신이 완전히 틀렸다는 것을 인정하고 완전히 새로운 견해와 희망을 채택하는 것 외에는 다른 선택이 없었다.

어떤 사람들에게는 남다른 감식안, 다른 사람의 인격을 정확히 파악하는 능력, 다른 사람들은 아무리 경험해도 얻지 못하는 타고난 통찰력이 있다. 레이디 러셀에게는 자기보다 젊은 앤보다도 그 방면의 능력이 부족했다. 하지만 그녀는 선한 사람이었으며, 앤이 행복해하는 모습을 보는 걸 자신이 분별과 판단을 잘하는 것보다 더 중요하게 생각했다. 자신의 능력보다는 앤을 더 사랑했던 것이다. 그리고 좀 어색한 첫 단계를 지난 뒤에는 자신의 유일한 자녀라 할 수 있는 앤의 행복을 보장해 주는 남자를 어머니다운 심정으로 사랑하는 데 별 어려움을 느끼지 않았다.

가족 중 이 결혼을 가장 먼저 반긴 사람은 메리였다. 언니가 결혼을 하는 것은 자신에게도 명예로운 일인 데다, 가을에 자기 집에 머물게 함으로써 앤의 결혼에 크게 기여했다는 자부심도 느낄 수 있었기 때문이다. 그리고 언니가 남편의 여동생들보다 나아야 한다고 생각했으므로, 웬트워스 대령이 벤윅 대령이나 찰스 헤이터보다 재산이 많다는 사실을 매우 기뻐했다. 그러나 그들이 다시 함께 지낼 기회가 생긴다면 메리로서는 조금 고통을 감당해야 할 수도 있었다. 앤이 언니로서 대단히 예쁜 작은 마차의 상석에 앉을 권리를 되찾을 테니 말이다. 하지만 자신에게는 위안이 될, 즐겁게 기대할 미래가 있었으니, 앤에게는 어퍼크로스 홀 같은 영지의 주인, 한 집안의 가장이 될 전망이 없었다. 웬트워스 대령이 준남작의 지위를 얻을 가능성만 막을 수 있다면 앤과 자신의 처지를 바꾸고 싶은 생각은 추호도 없었다.

앤의 언니인 엘리자베스가 메리처럼 자신의 처지에 만족했더라면 좋았으련만. 그녀의 처지가 바뀔 가능성은 거의 없었기 때문이다. 그녀는 곧 엘리엇 씨가 물러나는 것을 보아야 하는 굴욕을 맛보았고, 그 뒤로도 엘리엇 씨와 함께 무너져 버린 근거 없는 희망을 되살려 줄 만한 적당한 조건의 남자를 만나지 못했다.

사촌인 앤의 약혼 소식은 엘리엇 씨에게 예고 없이 들이닥쳤다. 그 사건으로 인해 그가 세워 놓았던 최선의 가정적 행복의 계획, 그리고 사위한테 주어질 권리를 통해 월터 경을 감시하여 독신으로 유지시키겠다던 최고의 희망이 좌절되었다. 하지만 좌절하고 실망한 가운데서도 그는 자신의 이익과 쾌락을 위해 한 가지 성취를 이룰 수 있었다. 그가 바스를 떠난 뒤 곧이어 클레이 부인도 떠났는데, 곧 그의 도움으로 런던에 정착했다는 소식이 들려왔다. 그가 얼마나 이중적인 술수를 쓰고 있었는지, 적어도 교활한 여성에 의해서 유산 상속을 받게 되는 일만은 막으려고 얼마나 단단히 작정하고 있었는지가 분명해진 것이다.

클레이 부인은 사랑을 위해 이익을 포기했으며, 젊은 남자를 얻기 위해서 얼마나 더 오래 술책을 부려야 얻어질지 모르는 월터 경을 포기한 것이었다. 하지만 그녀는 애정 못지않게 능력도 있는 사람이었다. 그리고 이제 그와 그녀의 교활함 중에서 어느 쪽이 승리를 거둘 것인지가 관심거리가 되었다. 그러니까 모두들 그녀가 자신이 월터 경의 아내가 되는 것을 막은 엘리엇 씨를 잘 구스르고 달래서 결국 윌리엄 경의 아내가 되는 데 성공할지를 흥미진진하게 주목했다.

월터 경과 엘리자베스가 그녀를 잃고 그녀한테 속았다는 사실을 깨달은 뒤 충격을 받고 수치심을 느꼈음은 의심할 수 없는 일이다. 그들한테는 대단한 사촌들이 있었으니 물론 위로가 되긴 했다. 하지만 상대방은 자신들을 따르지도 아첨하지도 않는데 일방적으로 그들을 따르며 아첨하는 재미가 그리 좋지만은 않다는 것을 오랫동안 느끼며 지내야 했다.

레이디 러셀은 앤의 기대대로 처음부터 웬트워스 대령을 사랑하려고 마음먹고 있었다. 따라서 앤에게는 자신이 양식 있는 남편이라면 좋아할 가족을 제공하지 못한다는 사실을 의식하는 데서 오는 불만을 제외하면 미래의 행복에 대한 전망을 해칠 요인이 아무것도 없었다. 가족에 관해서만큼은 자신이 열등하다는 사실을 예민하게 의식하지 않을 수가 없었다. 두 집안 사이에 존재하는 재산의 불균형은 아무것도 아니었다. 그녀는 그것을 단 한순간도 안타깝게 생각하지 않았다. 하지만 그를 제대로 평가하고 받아들여 줄 가족이 없다는 것, 그의 형제자매들이 그녀를 만나자마자 보여 준 존경과 환영에, 훌륭한 태도, 우의와 선의로 보답할 수 없다는 것은 가장 큰 고통이었다. 너무나도 행복했던 그녀의 마음에 고통을 느낄 자리가 있었다면 말이다. 그녀의 친구 중에서 그의 친구도 될 수 있는 사람은 이 세상에 단 두 사람뿐이었다. 레이디 러셀과 스미스 부인. 그는 그들과 매우 쉽게 친해졌다. 과거에 있었던 모든 잘못에도 불구하고 이제 그는 레이디 러셀을 마음으로부터 좋아하게 되었다. 그들을 갈라놓았던 일은 옳았다고 할 수 없지만 그 외의 다른 모든 일에 관한 한 그녀가 옳았다고 말할 용의가 있었다. 그리고 스미스 부인으로 말하자면, 그녀는 만나는 순간 바로, 그리고 영원히 좋아할 수밖에 없는 여러 가지 미덕을 갖춘 사람이었다.

스미스 부인이 최근에 앤에게 보여 준 선행만으로도 웬트워스 대령은 그녀를 충분히 좋아할 수 있었으니, 앤의 결혼으로 그녀는 친구를 빼앗긴 것이 아니라 오히려 친구를 한 명 더 얻게 되었다. 그녀는 그들 부부가 새 집에 정착한 후 제일 처음 방문했다. 그리고 웬트워스 대령은 서인도 제도에 있는 스미스 씨의 재산을 되찾을 수 있도록 그녀를 위해 편지를 쓰고 대리인 노릇을 하며 그 문제의 해결 과정에서 부딪힐 수밖에 없는 모든 난관들을 헤쳐 나가는 데 도움을 주었다. 그는 이런 노력을 과감한 남자답게, 그리고 단호한 친구답게 열심히 수행해서 스미스 부인이 자신의 아내에게 베풀어 주었던, 혹은 베풀어 주려고 노력했던 모든 은혜를 충분히 되갚았다.

스미스 부인은 이렇듯 재산을 불리고 건강을 회복하고 친구도 자주 만나면서 더욱 즐거운 생활을 누리게 되었다. 성격이 쾌활하고 머리가 총명한 사람이었기 때문이다. 그리고 그 훌륭한 미덕을 계속 지니고 있는 한 이미 있는 것보다 큰 재산상의 번영에도 도전할 수 있었다. 그녀는 절대적인 부자가 되어도, 완벽하게 건강을 찾아도 여전히 행복할 수 있는 사람이었기 때문이다. 그녀의 행복은 그 안에 있던 빛나는 활기에서 왔으며, 친구인 앤의 행복은 그녀의 따뜻한 마음씨에서 왔다. 앤은 다정함 그 자체였고 웬트워스 대령의 사랑은 그러한 다정함의 대상으로서 부족함이 없었다. 단, 그의 직업을 감안하여 친구들은 그녀가 다정함을 좀 줄이는 게 낫지 않을까 하고 생각했다. 그녀의 햇빛을 흐리게 할 수 있는 것은 미래에 있을지도 모르는 전쟁에 대한 두려움 단 하나였기 때문이었다. 그녀는 해군의 아내라는 직업을 기뻐하고 자랑스럽게 생각했지만, 해군의 아내라는 국가적 대사보다는 가정적 미덕을 더 소중히 여겼기 때문에 시시때때로 불안과 걱정이라는 세금을 지불해야 했다.

작품 해설

1. 제인 오스틴의 생애

『설득』의 저자인 제인 오스틴은 1775년 12월 16일 영국 햄프셔 주의 스티븐턴이라는 작은 마을에서 교구 목사인 아버지 조지 오스틴과 어머니 커샌드라 리 오스틴 사이의 6남 2녀 중 일곱째 자식이자 둘째 딸로 태어났다. 외과의사의 아들로 태어나 어려서 고아가 된 오스틴의 아버지는 형제와 친척의 도움으로 옥스퍼드 대학을 마쳤다. 이후 먼 친척의 영지인 스티븐턴에서 교구 목사를 지내면서 학생들을 맡아 개인 지도를 하는 등, 빠듯한 살림을 꾸려 가는 전형적인 시골 하층 귀족 계급(gentry)의 삶을 산 인물이다. 기록에 의하면 그는 인물이 헌칠하고 가정적이며 자식들에게 너그러운 아버지로서, 교구 목사의 직무를 수행하는 한편 농사를 관장하고 독서를 즐겼다고 한다. 역시 귀족 계급인 목사의 딸로 태어난 오스틴의 어머니는 시 쓰기를 즐겼으며 당시 주부들에게 흔했던 우울증에 시달렸던 것으로 알려졌다.

제인의 형제들은 뇌성 마비를 앓았던 둘째 조지와, 아버지의 교구 목사직을 마련해 주었던 먼 친척 나이트 씨 집안의 양자가 되어 막대한 영지와 재산을 물려받은 셋째 에드워드를 제외하면 모두 부모와 마찬가지로 물려받은 재산이 없는 귀족가 자녀들의 전형적인 진로(뒤에 더 설명하겠지만, 둘째 이하의 아들은 목사나 군인이 되고 딸은 귀족가로 시집을 가거나 '노처녀'로 부모나 다른 형제들에게 얹혀살거나, 혹은 가정 교사로 일하는 것이 관례였다.)를 밟았다. 첫째인 제임스는 아버지의 교구를 물려받아 목사가 되었고, 다섯째인 프랜시스와 막내 동생인 찰스는 해군 장교가 되어 제독까지 지냈으며, 넷째이자 제인과 가장 가까운 오빠였던 헨리는 목사 교육을 받은 뒤 민병대원, 실패한 은행가를 거쳐 결국 목사가 되었다. 제인보다 두 살 많았던 언니 커샌드라는 목사인 약혼자가 서인도 제도에서 열병으로 죽은 뒤 결혼하지 않았고, 제인 역시 미혼으로 가족과 친척들의 살림을 돌보며 틈틈이 창작을 했다고 한다.

남자 형제들이 옥스퍼드와 왕립 해군사관학교에서 목사나 장교가 되는 정식 직업 교육을 받은 것과 달리 제인은 언니 커샌드라와 함께 일곱 살 때부터 열 살 때까지 약 삼 년여 동안 근처의 기숙 학교에 다닌 것이 공식적으로 받은 교육의 전부였다. 거기서 귀족가의 여자에게 요구되는 음악, 미술, 자수, 외국어 등을 배웠는데, 티푸스의 유행으로 그마저 중단하고 학교를 옮기는 등 우여곡절을 겪었다. 오늘날에 비해 소박했던 학교 교육마저 이렇게 조금밖에 받지 못했지만 제인은 독서와 예술을 즐기는 가정 분위기에서 자랐다. 1782년에서 1789년까지 거의 매년 형제자매와 친척, 친지들이 함께 모여 토머스 프랭클린의 「마틸다」(1775), 리처드 B. 셰리든의 「경쟁자들」(1775), 헨리 필딩의 「비극 중의 비극, 혹은 엄지 왕자의 삶과 죽음」(1731) 등 당대의 대표적인 희곡들을 공연한 것이 기록으로 남아 있다. 또한 큰오빠인 제임스는 넷째인 헨리의 도움으로 목사직을 안수받기 전인 1789년에서 1790년까지 일 년 남짓 옥스퍼드 대학에서 《한가한 산보자(The Loiterer)》라는 주간지를 60회에 걸쳐 편집, 발행한 바 있다. 일설에 따르면 십 대의 제인이 이 잡지에 독자 편지 형식의 기고문을 발표했다고도 한다. 제인은 당대의 낭만 소설, 새뮤얼 존슨 박사의 산문, 윌리엄 쿠퍼의 시 등을 즐겨 읽었으며, 프랑스인과 결혼한 사촌의 영향으로 프랑스 계몽주의, 낭만주의 문학도 접한 것으로 알려졌다. 타고난 재능에 이러한 집안 분위기까지 더해져 제인은 열한 살 때인 1787년부터 풍자 희곡이나 로맨스 등 다양한 장르의 단편을 써서 가족 앞에서 발표하곤 했는데, 1787년에서 1793년까지 그녀가 쓴 습작을 모은 작품집 세 권이 사후에 출판된 바 있다.

열여섯 살이 되던 1792년 사교계에 첫선을 보인 제인은 한동안 가정 교사가 되거나 가족에게 얹혀사는 길을 면하는 유일한 진로인 결혼에도 적극적으로 관심을 가졌다고 한다. 그점은 당대 작가로서 제인을 가까이에서 관찰했던 메리 러셀

미트퍼드의 말에도 잘 드러난다. 그녀는 제인을 가리켜 자신이 기억하는 한 "가장 예쁘고 가장 어리석고 가장 내숭떠는 남편 사냥 나비"였다고 말했다. 그러나 제인의 자신만만하고 적극적이며 낙천적인 결혼관은 직간접적인 경험을 통해 현실의 복잡성을 인식하면서 바뀐다. 그 가장 큰 계기는 스무 살 때인 1795년 가까운 이웃의 친척인 아일랜드 출신 청년 톰 르프로이와 청혼 직전까지 갔던 관계가, 제인보다 재산 많고 지위 높은 여성과 결혼하기를 원했던 르프로이 집안의 반대로 무산된 일이었을 것이다. 언니에게 보낸 편지에 "다음 무도회에서 그이한테 청혼을 받을 것 같아. 그렇지만 그 흰색 코트를 다시는 안 입겠다고 약속하지 않으면 거절할 거야."라는 농담을 썼을 정도로 제인은 그와의 결혼을 확신했고, 그래서 더 충격이 컸으리라 짐작된다.

전해지는 자료에 따르면 제인에게는 결혼의 기회가 한 번 더 있었다. 1802년 스물일곱 살 때 오랫동안 알고 지내던 친구 오빠로서 많은 재산을 상속받은 사람이지만 매력이나 사랑은 느낄 수 없었던 해리스 비그위더의 청혼을 수락했다가 몇 시간 후 철회한 일이 있었던 것이다. 제인이 사랑이 없음에도 청혼을 수락한 배경에는 바로 그 전해에 교구를 장남에게 물려주고 살림을 줄여 번화한 도시 바스로 이사한 아버지를 따라, 원하지 않는 도시 생활을 해야 했던 처지가 작용했을 것으로 보인다. 하지만 그녀는 사랑 없는 결혼보다 소위 '노처녀'의 삶을 택했다. 그리고 그런 선택의 결과 1809년 나이트 집안의 상속자인 에드워드 오빠가 고향인 햄프셔의 초턴에 작은 집을 마련해 줄 때까지, 부모와 언니(1805년 아버지 사후에는 어머니와 언니)와 함께 바스의 비좁은 아파트와 친척집을 전전했다. 이 기간 동안, 그리고 1817년 사망 시까지 제인은 우울증에 시달리던 어머니 대신 언니 커샌드라와 함께 수입이 변변찮은 귀족가의 살림을 꾸리고, 올케들이 아기를 낳을 때마다 불려가 도와주는 등 형제와 친척의 도움으로 사는 당대 '노처녀'의 전형적인 삶을 살았다. 제인이 언니에게 보낸 편지에는 굴뚝 청소부터 손님 접대용 고기에 대한 걱정까지 소소한 살림살이에 대한 언급이 가득했고, 작가로 등단한 뒤 쓴 편지 한 통에는 당대의 다른 여성 작가들이 살림에 매달리는 한편 글을 써내는 것에 감탄하면서, 자기는 "양고기 덩어리와 장군풀 소스로 꽉 찬 머리로는 창작이 불가능"할 것 같다고 토로하기도 했다.

열한 살 때부터 습작을 시작한 제인은 열여섯 살쯤인 1791~1792년에 희곡 『찰스 그랜디슨 경』을 쓰기 시작하고, 1793년에서 1795년 사이에 장편 『레이디 수전』의 집필을 시작하지만 끝내 완성하지 못한다. 이어 열아홉 살이던 1795년에 후일 『이성과 감성』으로 개작되어 출판된 장편소설 『엘리너와 메리앤』을 완성하고, 스물한 살 때인 1797년에는 후에 『오만과 편견』으로 개작한 장편소설 『첫인상』을 완성한다. 이때 『첫인상』이 출판 가능성이 있는 작품임을 알아본 아버지가 런던의 유명 출판사인 커델과 데이비스에 접촉을 시도했으나 일언지하에 거절당한 기록이 있다. 제인은 결과에 낙담하지 않고 그해에 바로 『엘리너와 메리앤』의 개작에 착수하여 다음 해인 1798년 『이성과 감성』이라는 새로운 작품으로 완성하고 같은 해에 사후 『노생거 사원』이라는 제목으로 발표된 『수전』 의 집필에 착수하여 다음 해인 1799년에 완성한다. 1803년 제 인의 작품으로는 처음으로 이 작품의 판권이 런던의 출판사 인 리처드 크로스비에 팔렸으나 바로 출판으로 이어지지는 않았다. 결국 『이성과 감성』, 『오만과 편견』, 『에마』 등의 작품 을 출판하면서 작가로서의 입지를 확보한 뒤인 1816년에 그 녀가 판권을 되사서 1817년 그녀 사후에 출판된다.

1802년 바스로 이사한 후 친척집을 전전하던 제인은 1809년 초턴의 작은 집으로 이사한 뒤에야 생활의 안정을 되찾은 듯 하다. 이사한 해와 다음 해에 걸쳐 십 년 전에 썼던 『이성과 감 성』을 다시 개작하여 1811년 토머스 에거튼 출판사에서 익명 으로 출판함으로써 작가로서 데뷔하며 호평을 받는다. 이와 같은 성공에 뒤이어 그해와 다음 해에 걸쳐 『첫인상』을 『오만 과 편견』으로 개작하여 같은 출판사에 더 비싼 가격으로 판권 을 판다. 이 작품은 1813년에 출판되는데, 같은 해에 『이성과 감성』과 『오만과 편견』이 함께 매진되어 재판을 찍는다. 『이 성과 감성』의 초판은 제인에게 적지 않은 수입을 가져다주었 다. 다음 해인 1814년에는 1811년에 시작해서 1813년에 완성 한 『맨스필드 파크』를 출판해 역시 매진을 기록했는데, 이는 전작보다 훨씬 많은 수익을 안겨 준 것으로 알려졌다. 1814년 창작을 시작하여 1815년에 끝낸 『에마』를 그해에 출판하며, 이 출판 관계 일로 런던을 방문했다가 그녀 작품의 애독자였던 섭정 동궁을 알현한 뒤 『에마』를 그에게 헌정한다. 사망 전해인 1816년 『설득』을 완성하고 1817년 1월에는 『샌디턴』 집필에 착수했으나, 밝혀지지 않은 중병으로 작업을 중단하고 7월 18일 마흔한 살을 일기로 8남매 중 가장 먼저, 그리고 성공한 작가로서의 활약을 향한 화려한 도정에서 안타까이 생을 마감한다. 그때까지도 그녀는 책에 본명을 밝힌 적 없는 '무명' 작가였다.

2. 제인 오스틴의 문학과 『설득』

제인 오스틴은 활동의 전성기에 갑자기 유명을 달리했기 때문에 동시대의 다른 작가들에 비해 전기적인 사실이나 작품 외적 견해 등을 많이 남기지 못했다. 그녀의 생활이나 견해를 가장 잘 드러내 주는 것은 가까운 이들에게 보낸 편지나 작가 지망생이었던 몇몇 조카들이 쓴 전기가 거의 전부인데, 이런 자료들 또한 여러 사정으로 충분하거나 정확하지 않다. 가령 제인은 어머니가 "커샌드라가 목을 매면 제인도 따라 할 것"이라고 말할 만큼 우애가 두터웠던 언니와 헤어져 있을 때 거의 매일 일기를 적듯 언니에게 편지를 보냈지만, 커샌드라는 사적인 편지를 공개할 수는 없다고 판단하고 제인의 사후에 상당량의 편지를 없앴다. 조카들 또한 자신들이 살던 영국 빅토리아 시대 특유의 근엄한 도덕주의를 기준으로, 사실만을 모아 전기를 썼기 때문에 사후 백여 년 동안 그녀는 요절한 성녀 정도로 알려졌다. 다행히 1920년대 옥스퍼드 대학에서 그녀의 작품 정본을 확립해 출간한 편집자 채프먼이 1932년 기왕에 출간된 서간집에서 누락되었던 상당수의 편지를 추가하여 새 서간집을 출간하고, 그녀의 습작과 미완성 작품들 또한 계속 출간해서 오늘날 우리는 제인 오스틴의 다양한 면모를 보다 풍부하게 알게 되었다.

추가된 자료들을 참고해 볼 때 제인 오스틴은 빅토리아 시대의 기준에 맞는 요조숙녀나 성녀라기보다 지적이고 활력 넘치며 개성이 강한 인물로, 풍자에 능한 작가답게 주변 사람들의 어리석음과 속물주의를 비판하고 조소하는 데 망설임이 없었다. 가령 제인은 언니에게 보낸 편지에서 이런 구절로 새로 사귄 사람들의 속물주의를 지적했다. "그 사람들 아주 멋지게 사는 부자인데, 여자는 돈이 많다는 사실을 즐기는 것 같았어. 그래서 우리는 다르다고 했더니, 과연 우리하고 사귈 가치가 있는지 의심하는 눈치야." 이렇듯 날카로운 비판력과 개성을 지닌 인물이었던 만큼 가족과의 관계도 모두 조화롭지만은 않았던 듯하다. 가령 부자 오빠인 에드워드의 아내로 열한 명의 자녀를 낳아 늘 친척의 도움을 필요로 했던 엘리자베스가 제인보다 커샌드라의 도움을 선호했다는 것은 잘 알려진 사실이다. 또한 제인의 어머니는 1797년 새 며느리인 메리 로이드를 반기면서 노년에 커샌드라는 슈롭셔에, 제인은 하나님이나 아실 곳에 가고 없을 때 "네가 있어 외롭지 않을 거라고 생각하니 다행"이라고 말했다고 한다. 어머니가 제인의 개성적인 면을 불편해한 만큼이나 제인도 어머니와 성격이 맞지 않는다는 사실을 꽤 의식했던 듯하다. 제인이 언니에게 보낸 편지 중에는 "나는 그 옷이 아주 마음에 들었는데, 어머니는 아주 꼴사납다고 생각하셔."라는 구절도 있다. 이 문장의 '아주'라는 부사가 상반된 두 술어를 반복해서 수식하는 데서 제인과 어머니 사이의 작지만은 않았던 차이가 강조된다. 또한 조카인 메리앤 나이트는 제인이 "에드워드 오빠의 집 벽난로 옆에서 일하다가 혼자 웃음을 터뜨리거나 갑자기 책장으로 가서 글을 쓴 뒤 다시 제자리로 돌아온" 기억을 기록으로 남겼다.

요즘은 덜하지만, 작가로서의 제인 오스틴에 대해서는 몇 가지 통념이 있었다. 그중 하나는 그녀가 살림을 꾸리는 틈틈이 수다를 떨듯 작품을 썼고 그것들이 어쩌다 대중적 성공을 거두었다는 것이다. 이것은 사실과 전혀 다른 이야기다. 1811년 『이성과 감성』으로 등단하기까지 제인 오스틴이 긴 습작기를 거쳤다는 점은 앞에서도 언급했지만 더 중요한 것은 그녀의 작품들이 여러 차례의 개작을 거칠 정도로 공들인 예술품이라는 사실이다. 앞에서 잠시 언급했듯이 1811년 출판된 등단작 『이성과 감성』의 경우 1795년 서간체로 썼던 『엘리너와 메리앤』을 두 번에 걸쳐 완전히 개작해서 발표한 작품이다. 두 번째 발표작이자 아마도 대중의 사랑을 가장 많이 받았을 『오만과 편견』역시 1796년에 『첫인상』이라는 제목으로 완성했던 것을 십오 년 뒤 완전히 개작해서 발표한 경우다. 그녀가 마지막으로 완성한 작품인 『설득』의 경우 마지막 두 장(章)의 섬세한 개작 과정과 내용이 1920년대 채프먼에 의해 자세히 밝혀진 바 있다. 또한 그녀의 작품이 장인 정신으로 갈고닦은 산물임은 작품으로 발표된 것과 비슷한 이야기들을 편지에 쓴 것과 비교할 때 둘 사이의 문체가 현격히 차이가 나는 데서도 확인된다.

제인 오스틴이 단순한 개인적 취미 생활로 작품을 쓴 것이 아님은 그녀가 1797년 아버지를 통해 『첫인상』의 출판을 시도했다가 실패한 이래 끈질기게 다른 작품들의 출판을 시도하고 전문 작가로서의 등단을 추구한 사실을 통해서도 확인된다. 그녀가 1803년 『수전』의 판권을 사 놓고 출간을 미루던 크로스비 출판사에 1809년 '애슈턴 데니스 부인(Mrs. Ashton Dennis)'이라는 이름으로 항의의 편지를 보낸 일화는 유명하다. 이 이름을 통해 장난스럽게 자신이 화가 났다는 사실(이름의 머리글자를 조합하면 화가 났다는 뜻의 mad가 된다.)을 표현한 그녀는 결국 작품의 판권을 되사서 다른 출판사에서 출판했다. 이와 같은 집념에서 우리는 제인 오스틴의 작가적 자부심을 읽을 수 있다. 그 같은 작가 정신과 자부심의 일단은 『노생거 사원』의 서문에서 피력한 견해에서도 발견된다.

소설에는 인간 정신의 가장 위대한 힘이 표현됩니다. 인간 본성에 대한 가장 완벽한 지식, 인간 본성의 다양한 모습에 대한 가장 훌륭한 묘사, 재치와 유머의 가장 활력 있는 토로가 최고로 정제된 언어로 세상에 전달되는 것입니다.(강조는 역자)

냉정하고 절제된 언어가 특징인 제인 오스틴이 이렇게 소설 장르론을 펼치면서 형용사마다 최상급을 사용한 것에서 우리는 자신의 일을 사랑하는 소설가로서의 자부심을 엿볼 수 있다.

작가로서의 제인 오스틴에 대한 또 다른 통념은 그녀가 제한된 공간을 벗어나 본 적이 없는 시골 귀족가 규수인 탓에 작품의 소재나 주제가 동시대 남성 작가들과 달리 소소한 가정사와 남녀 간의 사랑과 결혼이라는 사소한 영역에 한정되어 있다는 것이다. 과연 많은 평자들의 지적대로 제인 오스틴의 소설에는 남성끼리의 대화나 정치와 경제 등 남성적인 소재, 혹은 성적인 소재 등이 직접적으로 언급되는 경우가 적다. 그러나 이런 주장에 대해서는 두 가지 사실을 지적할 필요가 있다. 하나는 그런 소재의 부재가 무지에서 비롯되었다기보다는 이유 있는 의식적 선택의 결과라는 것이며, 다른 하나는 소설의 소재가 언뜻 보기와 달리 당대의 정치, 경제, 사회적 변화와 긴밀하게 연관되어 있다는 점이다. 먼저, 제인 오스틴은 혁명과 반혁명의 반전을 거듭했던 프랑스의 정치 상황이나 식민지 개척에 적극적이었던 영국의 경제 등에 대해 가족과 친척의 진로와 생애를 통해 심도 있는 지식을 습득하고 있었다. 다섯째 오빠와 남동생이 해군 장교로 서인도와 미 대륙, 인도와 중국에 이르는 세계 전역의 식민지 경영의 수호자로서 일익을 담당했다는 점은 앞에서도 언급했다. 그녀의 가족은 식민지 경영 시기를 맞아 그들이 승진 가도를 달릴 때 그 활동상을 편지와 직접적인 대화를 통해 자세히 접했다. 또 고모 한 사람은 단신으로 인도에 가서 동인도 회사 소속 외과 의사와 결혼했고, 그 사이에서 난 딸로 제인의 사촌이자 나중에 오빠인 헨리와 재혼한 일라이자의 첫 남편은 프랑스 왕당파의 군인으로서 단두대의 이슬로 사라졌다. 제인은 일라이자가 혁명의 위험을 피해 오스틴의 집안에 피신해 있는 동안 그녀와 가까이 지내면서 프랑스 문학과 문화를 접했다고 한다. 언니인 커샌드라의 약혼자도 서인도 제도의 산토도밍고에서 열병으로 사망했다. 귀족가 규수의 한정된 공간과는 거리가 먼 제인의 경험 중에는 부유한 이모가 포목 상인과의 다툼 때문에 절도 혐의로 팔 개월간의 감옥 생활 끝에 재판을 받고 무죄 판결을 받은 일도 포함된다. 이때 이모가 받은 절도 혐의는 당시의 비싼 옷감 가격으로 인해 유죄 판결을 받을 경우 사형이나 식민지 유형에 처해지는 중죄였다.

또한 미혼으로 죽은 제인 오스틴이 성적인 문제에 무지해서 그런 소재를 작품에서 다루지 않았다는 설도 사실과 거리가 멀다는 점이 최근의 연구에서 상당 부분 밝혀졌다. 제인이 살았던 18세기 말 19세기 초는 아직 빅토리아 왕조의 근엄하고 이중적인 성도덕이 정착하기 전이었고, 그런 흔적은 제인 오스틴의 편지에 자주 드러난다. 가령 제인은 언니에게 보낸 편지에서 한 이웃이 아들을 낳고, 다른 이웃인 귀족은 첩을 두었다는 소식을 한 문장 속에 간단히 언급하며, 자신이 '간통녀'를 쉽게 알아보는 눈을 가진 것을 장난스럽게 자랑하기도 한다. 또 다른 편지에서는 중년의 남자 하인을 고용해서 그가 중년의 여자 요리사에게는 남편 노릇을, 동시에 젊은 처녀인 하녀에게는 애인 노릇을 하도록 시킬 예정인데, 어느 쪽이든 아이는 허용하지 않겠다는 농담을 예사롭게 하고 있다.

제인 오스틴의 소재 선택이 의식적인 선택의 결과임은 자신의 소설 쓰기를 농담인 듯 "섬세한 붓으로 2인치의 상아에 그림을 그리는 일"에 비유한 것에서 대표적으로 드러난다. 앞서 살펴보았듯이 그녀의 경험의 폭이 좁지 않다는 사실에 기반해 볼 때, 이 말은 그녀가 남녀 간의 연애와 결혼을 둘러싼 풍속도가 정치, 경제 등에 못지않게, 혹은 그것을 포괄하는 중요한 주제라는 인식하에 그 주제를 섬세히 천착하기로 결정했음을 암시한다. 그런 판단을 뒷받침하는 증거로는 그녀가 작가 지망생인 조카 애너에게 한 충고를 들 수 있다. "즐겁게 인물들을 선택하고 있구나. 이제 그들을 생활의 활력이 존재하는 바로 그 중심, 그러니까 시골 마을의 서너 가족의 구성원으로 만드는 것이 네가 성취해야 할 과제란다."

실제로 당대 영국 사회에서 귀족가 자녀들의 결혼은, 귀족과 귀족 중심의 전근대적 질서에서 시민 중심의 근대 질서로 사회와 가치관이 변화하는 모습을 핵심적으로 볼 수 있는 장이었다. 이런 사실은 영국 특유의 전통적인 상속 제도와도 밀접한 관계에 있었으니, 대륙에서 귀족가의 자녀들이 대개 어느 정도 동등한 상속의 권한을 누렸다면, 영국은 장남에게 전 재산을 몰아줌으로써 부모 대에서 자식 대로 같은 재산과 지위가 계승되도록 하는 것이 원칙이었다. 또한 많은 경우 한정 상속이라는 제도를 통해 재산과 지위의 상속이 집안의 남자를 통해서만 이루어지도록 법적 장치가 마련되어 있었다. 그 결과 차남 이하의 아들들은 전통적으로 군인이나 목사가 되는 것이, 넉넉하지는 않으나마 귀족의 지위와 생계를 유지할 수 있는 길이었다. 아울러 한정되어 있지 않은 재산을 상속받는 여자와 결혼하는 정략결혼이 재산과 지위를 손에 넣는 중요한 수단이었다. 또한 장자 상속 및 한정 상속으로 인해 상속받을 재산이 없는 딸의 경우에는 결혼만이 재산과 지위를 유지할 수 있는 수단이었다. 앞에서도 언급한 것처럼 미혼인 딸에게는 형제나 친척에게 얹혀살며 천덕꾸러기 신세로 지내거나, 지위에 있어 하녀나 다름없는 가정 교사 노릇을 통해 자립을 하거나 둘 중 하나의 선택만이 있을 뿐이었다. 따라서 차남 이하의 아들들은 상속 재산을 가진 여자와, 상속 재산이 없는 딸들은 어느 정도의 재산과 지위를 가진 남자와 결혼해야 할 필요가 절실했다. 결혼의 규범이 개인의 성격이나 사랑보다는 재산과 지위에 중점을 둔 정략결혼이 될 수밖에 없었던 이유다.

하지만 개인 중심의 근대 시민 사회로 넘어오면서 이런 규범은 많은 개인들에게 질곡으로 느껴지고 결혼 시장에 나선 개인들은 '계산이냐, 사랑이냐'라는 어려운 선택을 강요당하게 되었다. 이런 사정은 최소한 재산과 지위를 유지할 수 있는 직업의 가능성이 있던 남자들과는 달리 상속 재산이 없고 존엄을 유지할 수 있는 직업의 가능성으로부터 차단된 여성들에게 더욱 가혹했다. 결혼 시장에 나선 여성들은 사랑과 무관하게 조건만 괜찮다면 청혼을 거절하기 어려운 상황이었기 때문이다. 제인 오스틴 자신도 바로 이런 '사랑이냐, 조건이냐'의 불합리한 선택의 기로에서 사랑은 좌절되고, 사랑 없는 조건은 본인이 거부할 수밖에 없는 어려운 상황을 직접 체험하면서 전근대적인 사회 제도와 규범의 불합리성을 뼈저리게 느낀 듯하다. 바로 이런 이유로 귀족 계층에 속한 젊은 남녀의 결혼은, 사회적 이슈와 무관한 여성들의 수다가 아니라 전근대에서 근대로 이행하는 사회의 핵심적인 움직임을 기록하는 장이며 척도였던 것이다.

앞에서도 언급했듯 『설득』은 제인 오스틴이 생전에 완성한 마지막 소설이다. 그녀는 사망 이 년 전인 1815년에 집필에 들어가 정확히 사망 일 년 전인 1816년 7월 18일에 작품을 완성했다. 죽음을 앞두고 병마에 시달리면서도 마지막 장을 대폭 수정해서 두 장으로 늘리는 등 공을 들인 이 작품은 오스틴의 사후에 발표되었고, 이후 지난 두 세기 동안 많은 독자들의 각별한 사랑을 받았다. "가장 아름다운 소설"이라는 평론가 미튼의 평에서 엿보이듯 평자들에게도 큰 주목을 받은 작품이다. 오스틴의 이전 작품들처럼 여주인공이 결혼과 함께 행복을 성취하는 결말로 귀결되는 플롯을 채택하고 있지만, 그처럼 개인적인 주제를 다루면서도 깊이 있는 사회 비평 또한 놓치지 않았다.

대표 소설인 『오만과 편견』을 비롯하여 여주인공들의 결혼이라는 주제를 다루는 방식은 그녀의 소설이 행복한 결말을 맺고 있음에도 불구하고 전통적인 여성상에 대한 미화와는 거리가 멀다. 『오만과 편견』의 여주인공인 엘리자베스와 제인의 성공적인 결혼은 그들의 미덕 못지않게 우연에도 기인하고 있고, 그들의 미덕도 외면적인 아름다움에 국한되어 있거나 순종적인 성격 같은 전통적인 미덕이 아니라 재기와 지성, 활력처럼 근대적인 미덕, 그들이 여성이라는 사실과는 무관한 미덕이다. 『설득』은 이와 같은 신데렐라적인 주제를 엘리자베스나 제인보다 훨씬 어려운 고비를 겪은 성숙한 여주 인공 앤을 통해 다룸으로써 결혼이 거의 유일한 행복의 창구 인 젊은 여성들에게 그 시대가 가했던 불확실성을 더욱 심도 있게 그려 내고 있다. 가령, 『오만과 편견』의 엘리자베스는 감 정을 택해 경솔한 결혼으로 귀착된 여동생 리디아나 조건 때 문에 사랑 없는 결혼을 선택한 친구 샬럿의 오류를 피하고, 오 만하지만 그만한 자격이 있는 남자 다아시와 짧은 기간 약간 의 우여곡절을 거친 후 결혼과 행복을 얻는다. 엘리자베스의 언니인 제인 역시 길지 않은 시간의 오해를 넘어 바람직한 신 랑감인 빙리와의 결혼에 안착한다. 하지만, 만일 오해 때문에 사랑하는 빙리와 헤어진 제인에게 십 년 가까운 세월이 지난 후 오해가 풀리지 않은 상태에서 그가 다시 나타났다면? 그리 고 헤어짐의 이유가 주변의 오해 때문이 아니라 상대방을 사 랑하면서도 신중을 기하기 위해 본인 스스로 청혼을 거절했 기 때문인데, 결혼이 가능한 향상된 조건에서도 상대방 남자 가 분노한 나머지 그녀가 아닌 다른 사람들 사이에서 신붓감 을 찾는다면? 과연 그와 같은 여주인공에게 제2의 기회가 주 어질 것인지? 『설득』은 오랜 세월 마음의 고통을 겪은 후 바로 그 같은 제2의 기회를 갖게 된 여주인공의 이야기이다.

작품이 시작하는 시점에서 『설득』의 여주인공 앤은 준남작 인 월터 엘리엇 경의 둘째 딸로, 팔 년 전 장래가 촉망되지만 재산이 전혀 없는 해군 장교 웬트워스와 파혼한 뒤 주변 사람 들을 돌보고 그들의 요구를 맞추며 쓸쓸한 '노처녀' 생활을 하 고 있다. 앤은 아직도 마음 깊이 웬트워스를 사랑하고 있지만 그녀의 결정에 화가 났던 웬트워스는 재산을 모으고 승진한 뒤에도 다시 찾아와 청혼하지 않는다. 그러다 팔 년 뒤 나폴레옹 전쟁이 끝난 1814년 영국으로 돌아와 마침 우연히 엘리엇 영지에 세를 들게 된 크로프트 제독의 부인인 누이의 집에 머물게 된다. 앤은 불안한 기대로 설레지만 웬트워스는 앤을 제외한 다른 사람들 사이에서 까다롭지 않게 신붓감을 찾는다. 작품은 앤의 시각을 중점적으로 활용함으로써 앤이 웬트워스가 이웃의 젊고 활달한 여성들과 사귀는 과정을 가까이에서 지켜보며 말없이 견뎌야 하는 고통을 생생하게 전한다. 당대의 평론가 카바너는 앤의 관점에 대한 이 묘사가 직업과 전문적 활동에서 배제된 채 결혼을 통해서만 존엄을 유지할 수 있었던 그 시대의 여성이, 사랑하는 사람에게서 거부당했을 때 말없이 감내해야 했던 고통을 근대 소설로는 처음으로 진정하게 그려 냈다고 평했다.

하지만 웬트워스가 결국 앤에 대한 자신의 사랑을 재확인하며 작중 이야기가 궁극적으로 두 사람의 결혼으로 귀결되었으니 이 작품은 여성의 행복은 결국 결혼에 있다는 보수적인 여성관, 세계관을 확인시켜 주는 것이 아닐까? 대답은 그렇게 간단하지 않다. 무엇보다 앤의 시점과 경험을 통해서 제시되는 영국의 구지배층에 대한 이 작품의 태도는 이전의 다른 소설보다 훨씬 비판적이다. 앤의 부친인 준남작 월터 엘리엇 경과 그의 편애와 기대의 대상인 큰딸 엘리자베스는『오만과 편견』의 다아시가 보여 주는 책임감 있고 지도력 있는 지주 귀족의 모습과는 전혀 다르게 묘사된다. 다시 말해 지배 계층으로서의 의무는 저버리고 돈과 편리, 쾌락만을 쫓는 우스꽝스러울 정도로 자아도취적이고 이기적인 인물들인 것이다. 그들보다 지위가 높은 친척 레이디 달림플 모녀에게서도 『오만과 편견』의 레이디 캐서린 모녀와 마찬가지로 진정한 지배 계층다운 면모가 보이지 않는다. 누구보다 앤의 좋은 친구이며 엘리엇 가족이나 다른 귀족보다는 합리적이고 사려 깊은 인물인 레이디 러셀조차 사람의 계급과 조건에 좌우되어 진정한 됨됨이를 못 알아보는 근본적 결함을 가지고 있다. 이 점은, 앤을 웬트워스와의 파혼으로 이끈 그녀의 충고를 나중에 월터 경의 상속자이지만 저열한 인간인 엘리엇 씨에 대한 호감과 대조해 볼 때 더욱 분명히 드러난다. 그리고 귀족은 아니지만 귀족으로서 영국 구제도의 중추라고 할 수 있는 향사층도 미래를 이끌 진취적이고 지도력 있는 계층은 아니다. 이 점은 앤에게 청혼했다 거절당한 뒤 앤의 동생인 메리와 결혼한 찰스 머스그로브의 가족에 대한 묘사에서 잘 드러난다. 찰스나 그의 부모는 엘리엇 가족에 비하면 훨씬 인간미 넘치고 다정한 사람들이지만 책임감이나 지도력 면에서는 평범한 사람들에 지나지 않는다. 찰스의 누이들도 부모보다는 교육을 받아 조금 더 세련된 면이 있지만 사려 깊은 인물들은 아니다.

『설득』이 이들 구지배층과의 대조를 통해 제시하는 새롭고 진정한 지도 계층의 모델은 웬트워스나 그의 매형인 크로프트 제독 부부, 그리고 웬트워스의 동료인 하빌 대령 부부 등 해군 장교들과 그들의 가족이다. 제인 오스틴의 작품으로서는 드물게 작중 사건들이 벌어지는 시기를 정확하게 못 박은

이 소설의 배경 연도인 1814년은 영국 근대사에서 의미심장한 해다. 나폴레옹 전쟁에서 프랑스와의 필사적인 대결 끝에 승리한 영국 해군이 많은 재산을 모으고 승진해서 돌아온 때이기 때문이다. 그런 배경으로 인해 과시적인 생활을 하느라 생겨난 빚을 해결하기 위해 내놓은 엘리엇 가의 저택에 크로프트 제독 부부가 세 들어 사는 상황이 가능했던 것인데, 앤이 보기에는 허영심 많고 어리석고 무책임한 아버지나 언니보다 그들 부부가 훨씬 더 켈린치 홀을 현명하게 운영할, 그 의무에 걸맞은 사람들이다. 재산을 많이 모으지 못해 소박하게 사는 하빌 대령도 세련된 매너는 조금 부족하지만, 살림과 가족, 친구들을 보살피는 데서 보이는 규모 있고 인간미 넘치는 태도는 진정한 의미의 신사이다. 그리고 앤의 또 다른 구혼자인 켈린치 홀의 미래 상속자 엘리엇 씨가 세련되고 완벽한 매너를 지닌 사기꾼에 지나지 않는다면, 앤이 선택하는 웬트워스 대령은 사소한 단점은 있지만 유능하고 정직하며 지도력 있는 신사이다.

새롭고 진정한 신사 계층으로서의 해군을 대표하는 크로프트 제독이나 하빌 대령, 웬트워스 대령은 이처럼 모두 현명함, 유능함, 정직함, 자연스러운 인간미 등의 자질을 가진 사람들인데, 이 점은 양성 관계에 대한 그들의 자세가 구지배층과는 달리 동등한 파트너십을 지향한다는 점으로도 나타난다. 구지배층에 속하는 사람들 중에서 앤의 유일한 친구라고 할 수 있는 레이디 러셀이 과거 앤의 불완전한 안내자였다면, 앤이 새로 사귀고 그녀의 시누이가 되는 크로프트 부인은 처음부터 앤의 전적인 존경을 얻으며, 작품의 말미에서는 그들의 관계가 더욱더 돈독해질 것임을 예상할 수 있다. 크로포트 부인을 그런 존재로 만드는 요소로 돋보이는 것은 그녀의 여성관이니, 그녀는 대화 중에 여성이 남성과는 달리 선상 생활을 할 수 없는 존재라고 보는 것은 불합리하다고 주장하며, 자신이 남편과 함께 배 위에서 생활하며 경험을 공유하고 많은 곳을 여행할 수 있었던 것을 자랑스럽게 이야기한다. 하빌 대령 역시 집안 살림을 돌보는 그의 모습을 보고 앤이 잠시 놀랄 정도로 부인과 집안 살림의 공동 파트너임이 분명하다. 무엇보다도 웬트워스 대령이 아내에게 원하는 자질은 착하고 순종적이라는 전통적 미덕과는 거리가 멀다. 그가 약혼을 파기한 앤에게 화가 났던 것도 그녀가 자기주장을 하기보다 남의 말에 좌우되었기 때문이었으며, 그가 찾는 아내는 주관이 뚜렷하고 현실적인 지혜와 능력이 뛰어난 여자이다. 루이자가 낙상을 했을 때 어쩔 줄 몰라 하는 그에게 앤이 현실적 도움을 제공하고, 그가 그 점을 주목하는 장면은 그런 사실을 잘 보여 준다. 전통적인 여성관이 남성 저자들(의 펜)에 의해 쓰였기 때문에 신뢰할 수 없다고 주장하는 앤과 펜을 떨어뜨리는 상징적 장면이 보여 주는 각성을 거치는 웬트워스의 결합은 당대의 한계 안에서나마 양성 간의 동등한 파트너십에 기반한 결혼관을 보여 주고 있는 것이다.

『설득』은 이처럼 구시대적 여성관을 비판하고 평등한 양성 관계를 긍정적인 모범으로 내세우며 기존의 지배층의 무능과 새로이 대두하는 계층의 일부인 해군의 유능함을 대비함으로써 당시에 진행되고 있던 커다란 사회적인 변화를 개인들의 연애와 결혼의 이야기를 통해 자연스레 알려 주는 소설이다. 이 변화가 바람직하다고 해도 결코 충분한 것은 아닌데『설득』의 결말은 그런 면도 잘 반영하고 있으니, 가령 이전 소설인『오만과 편견』의 결말이 결혼과 함께 "영원히 행복(happily ever after)"한 미래의 전망으로 끝난다면,『설득』의 결말은 그런 이상화된 결말과는 다소 차이가 있다. 해군 장교인 웬트워스는 언제라도 전쟁에 나가 다치거나 죽을 수 있는 불안한 위치에 있기 때문에 앤이 "시시때때로 불안과 걱정이라는 세금을 지불"해야 하기 때문이다. 이런 결말은 나아가 더 많은 자유와 평등에 대해 불안정이라는 대가를 치러야 하는 근대인의 삶에 대한 훌륭한 알레고리로 읽힐 수도 있다. 사회의 근대화가 진행, 심화되는 시기 개인들이 부딪치는 상황의 복합적인 결을 이렇듯 훌륭하게 포착한『설득』이 독자들의 사랑을 지속적으로 받고 그들에게 중요한 통찰을 제공하며 그들의 삶을 안내하는 것은 결코 놀라운 일이 아니다. 영문학의 이 소중한 고전을 새로운 번역으로 만나는 독자들에게도『설득』이 의미 있는 삶에 도움이 되기를 바라며 번역의 부족한 부분에 대해서는 질정을 부탁드린다.

2017년 4월
전승희

작가 연보

1775년   12월 16일 영국 햄프셔 주 스티븐턴에서 교구 목사인 아버지 조지 오스틴과 어머니 커샌드라 리 오스틴 사이에서 8남매 중 일곱째이자 둘째 딸로 출생.

1783~1786년   언니 커샌드라와 함께 간헐적인 기숙 학교 생활.

1787~1793년   습작 생활(사후 세 권의 책으로 출판됨).

1793~1795년   『레이디 수전』 집필.

1795년   『엘리너와 메리앤』 집필.

1795~1796년   톰 르프로이와 청혼 직전까지 간 관계가 남자쪽 집안의 반대로 무산.

1796~1797년   『첫인상』 집필. 런던의 한 출판사에 보냈으나 거절당함.

1797~1798년	『엘리너와 메리앤』을 『이성과 감성』으로 개작.
1798~1799년	『수전』 집필.
1799~1800년	1791~1792년경 시작한 것으로 추정되는 희곡 『찰스 그랜디슨 경』 완성.
1801년	아버지가 은퇴하고 장남인 제임스가 교구를 물려받은 뒤 어머니, 언니와 함께 서머싯 주의 도시인 바스로 이사.
1802년	해리스 비그위더의 청혼을 수락했다 번복.
1803년	『수전』의 판권을 런던의 크로스비 출판사에 10파운드에 판매.
1803~1804년	『왓슨 가 사람들』 집필.
1805년	아버지 사망.
1806~1809년	바스를 떠나 약 삼 년 동안 형제, 친척, 친구 집을 전전.
1809년	나이트 집안의 상속자인 에드워드 오빠가 마련해 준 햄프셔 주 초턴의 작은 집으로 이사. 『수전』의 판권만 구입한 뒤 출판이 지연되자 크로스비 출판사에 항의 편지 보냄. 『이성과 감성』 개작.
1811년	『이성과 감성』 출판되어 호평(140파운드 수익). 『맨스필드 파크』 집필 시작.
1811~1812년	『첫인상』을 『오만과 편견』으로 개작.
1813년	『오만과 편견』이 출판되자마자 인기작이 됨

(110파운드 수익).『맨스필드 파크』완성.『이
성과 감성』과『오만과 편견』재판 인쇄.

1814년 　　　　　『맨스필드 파크』출판되어 매진(310~350파
운드 수익).

1814~1815년 　　『에마』집필.

1815년 　　　　　『에마』(섭정동궁 알현한 뒤 이 책을 그에게 헌
정)를 출판해서 다음 해 매진(221파운드 수
익).『설득』집필 시작.

1816년 　　　　　『수전』의 판권을 되삼.『맨스필드 파크』재
판 인쇄(인세로 계약했기 때문에 183파운드 손
해 봄).『설득』완성.

1817년 　　　　　『샌디턴』(당시 가제『형제들』) 집필을 시작
한 뒤 병으로 인해 중단. 7월 18일 새벽 4시
30분경 사망. 12월『노생거 사원』(『수전』을
개제한 것)과『설득』출판.『오만과 편견』의
재판도 매진.

1871년 　　　　　『레이디 수전』,『왓슨 가 사람들』,『설득』의
교정 전 원고 등 출판.

1884년 　　　　　『제인 오스틴의 편지』가 두 권으로 출판.

1922년 　　　　　『사랑과 우정』(제인 오스틴의 습작 중 제2권)
출판.

1923년 　　　　　채프먼 편집,『제인 오스틴 소설 전집』다섯
권으로 옥스퍼드에서 출판.

1925년 　　　　　채프먼 편집,『샌디턴』과『레이디 수전』출판.

1926년	채프먼 편집,『설득의 마지막 두 장과 다양한 기록에서 추정되는 소설 계획서』출판.
1927년	채프먼 편집,『왓슨 가 사람들』출판.
1932년	채프먼 편집,『제인 오스틴이 언니 커샌드라와 다른 사람들에게 보낸 편지』가 두 권으로 출판.
1933년	채프먼 편집,『습작』제1권 출판.
1940년	『세 편의 저녁 기도』출판.
1951년	채프먼 편집,『습작』제3권 출판.
1954년	전집에서 제외된 작품들 옥스퍼드 전집의 제6권으로 출판.
1975년	『샌디턴』의 원고 출판.
1980년	『제인 오스틴의 찰스 그랜디슨 경』출판.
1995년	『제인 오스틴의 편지』3판.
1996년	『제인 오스틴: 시 전집과 오스틴 가족의 시』출판.

세계문학전집 **348**

설득

1판 1쇄 펴냄 2017년 4월 21일
1판 13쇄 펴냄 2024년 4월 15일

지은이 제인 오스틴
옮긴이 전승희
발행인 박근섭, 박상준
펴낸곳 ㈜민음사

출판등록 1966. 5. 19. (제 16-490호)
서울특별시 강남구 도산대로1길 62(신사동) 강남출판문화센터 5층 (우편번호 06027)
대표전화 02-515-2000 팩시밀리 02-515-2007
www.minumsa.com

© 전승희, 2017. Printed in Seoul, Korea

ISBN 978-89-374-6348-8 04800
ISBN 978-89-374-6000-5 (세트)

세계문학전집 목록

세계문학전집은 계속 간행됩니다.